W0287456

Eine Kleinigkeit wie Liebe

von

Jaliah J.

FSC
www.fsc.org
MIX
Papier aus verantwortungsvollen Quellen
Paper from responsible sources
FSC® C105338

Impressum

J., Jaliah
Eine Kleinigkeit wie Liebe

Berlin, Januar 2017
Erstauflage
Lektorat: Günter Bast, Theresa, Srwa Latif
Cover/Bildgestaltung: Klaud Design – Marie Wölk

Herstellung und Verlag: BoD – Books on Demand, Norderstedt.
ISBN 978-3-7431-4137-7

www.jaliahj.de

Eine neue Begegnung,

neue Hoffnungen,

neue Schicksalsschläge,

neue Entscheidungen und neue Enttäuschungen,

aber vor allem ...

Eine Kleinigkeit wie Liebe.

Folgt mir in die Welt von Lia ...

Kapitel 1

»Es tut mir leid, Lia, wenn ich könnte und eine andere Möglichkeit hätte, wärst du sofort dabei, aber du weißt, dass wir uns nur zur Hauptsaison so viele Feldarbeiter leisten können.«

Lia streift sich den Korb von den Schultern und legt dem Vorarbeiter, mit dem sie die letzten Monate gearbeitet hat, das Messer auf den Schreibtisch. Es war nicht einfach, die ersten Wochen hatte sie jeden Abend Wunden, doch wie jedes Jahr hatte sie wenigstens während der Hauptsaison Arbeit auf dem Feld, jetzt beginnen die harten Monate.

»Schon okay, ich weiß ja, dass ihr es auch nicht leicht habt.«

Der ältere Mann lächelt und tiefe Falten bilden sich um seine dunklen Augen. Lia selbst spürt jedes Jahr aufs Neue, wie hart die Arbeit im Freien, auf den Feldern ist.

Dem Vorarbeiter sieht man an, dass er sicherlich erst einige Jahre auf dem Feld arbeiten musste, bevor er jetzt für das Personal und die Logistik zuständig ist.

»Ich verspreche, sobald wir wieder etwas frei haben oder ich etwas höre, lasse ich dir Bescheid geben.« Lia nickt und umarmt den freundlichen Mann, der ihr jedes Jahr wieder Arbeit verschafft, leider eben nur für die Hauptsaison, und wie jedes Jahr zieht sich schon jetzt Lias Magen zusammen, beim Gedanken an die nächsten Monate.

Bevor sich Lia auf den Rückweg in ihr Dorf macht, geht sie noch einmal in den Gemeinschaftswaschraum. Sie wäscht sich den Staub aus dem Gesicht und sieht sich im Spiegel an. Sie stand die letzten Wochen jeden Tag auf dem Feld, ihre Haut ist trotzdem nicht sehr viel dunkler geworden, weil sie immer darauf geachtet hat, sie zu schützen.

Die meisten Menschen, die hier aus dem Süden Puerto Ricos kommen, sind sehr dunkel, sie hingegen ist etwas heller und hat einen schönen Olivton, der sie von den anderen unterscheidet und um den sie oft beneidet wird. Und obwohl sie es nie zugeben würde, mag sie es, etwas anders auszusehen, auch wenn ihr Aussehen sie an den Menschen erinnert, den sie am liebsten für immer aus ihren Gedanken verbannen möchte.

»Und, konnte er noch etwas für dich tun?« Lia schreckt zusammen, als die alte Crista aus einer der Toiletten kommt. »Nein, leider nicht.« Crista tritt neben sie an das Waschbecken und seufzt leise auf. »Sobald ich etwas höre, sage ich dir Bescheid. Versprochen.«

Lia lächelt und öffnet ihren langen Zopf. Sie lässt ihre dunklen welligen Haare, die ihr bis zum Bauchnabel gehen, frei und reibt sich über ihre dunklen Augen, die diesen verdammten Schwung haben, der sie auch immer an den Menschen erinnert, wegen dem sie sich selbst so herumquälen muss.

»Du hast so ein wunderschönes Gesicht, versuch es doch mal in den größeren Städten als Model.« Lia lacht und bindet sich ihre kleine hellbraune Tasche um. »Crista, du weißt doch, dass die Frauen von hier nicht anfangen sollten zu träumen.« Sie lachen beide und Lia verabschiedet sich.

Lia konnte die Schule nur besuchen, bis sie fünfzehn war, seit nun sieben Jahren arbeitet sie, doch sie ist nicht dumm oder naiv und weiß genau, dass Mädchen wie sie, aus den einfachen Dörfern hier, nicht sehr viel vom Leben erwarten dürfen.

Große Träume und Hoffnungen hat sie auch gar nicht, sie wünscht sich nur ein paar Monate weiter, ohne sich sorgen zu müssen, doch sie weiß, dass dies nicht so sein wird.

Die Felder liegen zwischen zwei Dörfern und Lia braucht in ihres zwanzig Minuten zu Fuß zurück. Sie geht einen Umweg am Fluss entlang, zieht ihre Flip Flops aus und läuft durch das kalte Nass.

Nach dem langen und heißen Tag tut es gut. Sie versucht eine Lösung für die kommenden Monate zu finden, doch als sie dann an den zwei alten Felsen vorbei in ihr Dorf tritt, hat sie noch immer keinen guten Ausweg aus der Situation gefunden.

Sie geht in den neuen Supermarkt, der erst vor einigen Monaten hier eröffnet wurde. Er ist klein und hat nicht so eine riesige Auswahl wie die Märkte in den größeren Städten, doch sie müssen nun auch nicht mehr jedes Mal über eine halbe Stunde zu Fuß bis in die nächste Stadt laufen, wenn sie etwas brauchen.

Lia kramt ihre zwei Geldscheine hervor, sie hat bereits geahnt, dass sie auch dieses Jahr nicht zu den Glücklichen gehört, die auch in der Nebensaison weiter auf den Feldern aushelfen dürfen. Es sind meistens die kräftigsten Männer, die dieses Glück haben. Deswegen hat sie alles, was sie in der Saison zur Seite schaffen konnte, durchgezählt und aufgeteilt, sodass sie wenigstens im Groben über die Runden kommen müssten.

Es gab vor zwei Tagen Fleisch, darauf müssen sie heute verzichten, sie hat alles da, um die leckeren Kichererbsenbällchen für ihren Vater zu machen, also kauft sie Bananen und Mehl, um ihm Bananenbrot zu machen.

Kurz vor der Kasse sieht sie auf die Flaschen mit Coca Cola, da sie heute nicht viel braucht, kauft sie eine große für das Essen, es ist sehr selten, dass sie sich das leisten können, doch Lia weiß, dass sie alle heute etwas Aufheiterung gebrauchen können.

»Hallo Lia.« Sie schreckt aus ihren Gedanken auf, als sie die Sachen auf das Band legt und plötzlich Yandiel hinter ihr steht. Seine Familie hat den Supermarkt hier eröffnet, sie sind die reichste Familie aus ihrem Dorf und sicher auch aus dem Nachbardorf.

Yandiel und sie sind zusammen zur Schule gegangen, bis Lia zu arbeiten beginnen musste. Er hat schon immer versucht, ihr näher zu kommen, doch auch wenn sie ihn mag, hat Lia jedes Mal abgeblockt und nach und nach hat sich gezeigt, dass sie eine weise Entscheidung getroffen hat.

Je mehr Geld die Familie bekam, desto mehr hat Yandiel sich verändert. Er geht davon aus, haben zu können, was immer er gerne möchte. Das bezieht sich auf alles, neue Kleidung, Freunde und auch Frauen.

Lia weiß, dass es ihn kränkt, dass ausgerechnet sie ihn nur als alten Schulfreund sieht, doch Lia ist keine Frau, die sich aufgrund von Geld auf einen Mann einlässt, im Gegenteil, sie hasst Frauen, die das tun und allein der Gedanke daran haftet wie eine Säure an ihr, die sich immer wieder brennend über ihre Haut zieht.

»Hallo Yandiel, arbeitest du jetzt auch mit im Laden?« Yandiel lehnt sich gelassen gegen den großen Aufsteller mit Cola, von dem sie sich gerade noch eine Flasche genommen hat. »Nein, doch da ich ja bald das Geschäft übernehme, bin ich jetzt schon öfter hier und sehe nach dem Rechten.«

Lia nickt, Yandiels Cousine sitzt an der Kasse und lächelt sie an, als sie die Preise der Waren in die Kasse eingibt. »Ich habe gehört, dass die Feldarbeit zu Ende ist.« Lia nickt erneut, es ist kein Geheimnis, dass sie mit dieser Arbeit ihre ganze Familie ernährt. »Wenn du Hilfe brauchst ...«

Lia lächelt und blickt zu Yandiel, hinter den hellbraunen frechen Augen und den komischen Designerhemden erkennt sie hin und wieder den kleinen dünnen Kerl aus ihrer Klasse wieder, den sie oft dabei erwischt hat, wie er sie heimlich beobachtet.

»Nein danke, Yandiel, das ist wirklich nett gemeint. Ich muss jetzt los, mein Vater wartet, grüß deine Familie.« Lia bezahlt und verabschiedet sich. Nur weil sie an den kleinen Jungen denkt, gelingt es ihr immer wieder, sein machthaberisches Getue zu ignorieren.

»Warte Lia ...« Yandiel kommt ihr hinterher und schnappt sich auf dem Weg eine Tüte mit Chips. »Hier … für besondere Kunden.« Er lächelt und Lia nimmt die Tüte an. »Danke.«

Sie sieht, wie Yandiels Cousine im Hintergrund den Kopf schüttelt. Lia lächelt und verlässt den Laden wieder.

Lia zieht ihren beigefarbenen Beutel aus der Handtasche und verstaut alles darin, bevor sie sich ihn um die Schulter bindet und durch das halbe Dorf läuft.

Sie wird überall gegrüßt, ihr Vater ist ein sehr beliebter Mann im Dorf, auch wenn er absolut davon überzeugt ist, dass es mittlerweile mehr Mitleid als alles andere ist, was die Dorfbewohner ihm entgegenbringen. »Lia, wie gut, dass ich dich treffe, warte mal einen Augenblick ...« Kurz bevor sie ihr Haus erreicht, hält sie die alte Nachbarin auf und reicht ihr einen Korb mit Äpfeln und vielen Aprikosen.

»Wir mussten die heute alle ernten, wir haben selbst noch drei Körbe und wissen gar nicht wohin damit, lasst es euch schmecken.« Lia ist der Nachbarin, die ihnen schon so oft geholfen hat, unendlich dankbar.

»Dankeschön, das ist aber schön, ich habe gerade Mehl gekauft, ich werde morgen einen Aprikosenkuchen machen und für dich und deinen Mann ein Stück vorbeibringen.«

Die Nachbarin lächelt und tätschelt ihre Hand. »Du bist eine tolle junge Frau, dein Vater kann sehr stolz auf dich sein.« Lia lächelt, sagt aber nichts dazu.

Ihr Vater liebt sie, das steht außer Frage, doch sie haben eine komplizierte Beziehung, die nicht so einfach zu erklären ist und das spürt man bereits, als Lia eine Minute später das schwere Eisentor zu ihrem Grundstück zur Seite schiebt.

Wie immer wartet ihr Vater auf der Terrasse auf sie, genau wie er dort auch immer auf ihre jüngere Schwester Lorena wartet, doch sobald er sie erblickt, erkennt Lia auch sofort neben der Erleichterung, dass sie da ist, den stillen Vorwurf, den er immer in seinem Herzen trägt und doch niemals ausspricht. Wer ihn jedoch gut kennt, kann diesen Vorwurf in seinen Augen erkennen.

Sie geht auf den unebenen Boden an den paar Hühnern vorbei, ihr Hund Bayli kommt zu ihr gerannt und begrüßt sie freudig.

»Sieh doch Vater, was wir bekommen haben, ich mache dir jetzt dein Essen und morgen leckeren Kuchen ...« Sie hebt den Korb mit den Früchten hoch. »Sie können dich nicht weiter beschäftigen, oder?«

Lia lässt den Korb wieder sinken und blickt ihrem alten Vater in die enttäuschten Augen. Es kostet ihn viel Kraft, mit seinen Krücken auf die Veranda zu kommen und doch tut er es jeden Tag. »Nein, aber ich werde mir etwas einfallen lassen, wir werden das schaffen. Ich frage morgen gleich in der Schneiderei nach, ob ich mal wieder etwas aushelfen kann.« Ihr Vater nickt. Früher war er ein großer, stolzer und starker Mann, zumindest in ihren Erinnerungen.

Jetzt zieht sich ihr Herz zusammen, wenn sie auf den alten Mann, der geschwächt und gebeutelt von seinem Schicksal vor ihr sitzt blickt und darin kaum mehr etwas von dem Mann von früher erkennt. Keiner von ihnen sagt mehr ein Wort.

Lia geht ins Haus und beginnt das Essen vorzubereiten, Lorena müsste bald von der Schule kommen und sie weiß, dass sie dann das nächste enttäuschte Gesicht zu sehen bekommt, schon jetzt zerfrisst sie ihr schlechtes Gewissen.

Sobald alles vorbereitet ist, hängt sie die trockene Wäsche im Hof ab und füttert die Tiere. Genau in dem Augenblick hört man draußen vor dem Tor laute Stimmen und Gepfeife. Das Tor geht auf, Lorena kommt in den Hof und lässt lachend das Tor ins Schloss fallen.

Lia seufzt leise auf, als sie den wütenden Blick ihres Vaters auf ihrer jüngeren Schwester sieht. »Bis morgen, mein Sonnenschein.« Von draußen ertönt eine laute Jungenstimme und Lorena zuckt unter dem Blick ihres Vaters zusammen.

Einen Moment ist es totenstill in ihrem Hof. Lias Herz zieht sich traurig zusammen, als sie auf ihre Schwester blickt. Sie haben sehr viel Ähnlichkeit, Lorena hat dieselbe olivfarbene Haut wie sie, auch sie ist schlank und hat an den richtigen Stellen die passenden Kurven.

Während Lia ihre Haare lang und gewellt bis zur Hüfte trägt, hat Lorena ihre Haare frech am Kinn abgeschnitten, doch das betont ihr hübsches Gesicht nur umso mehr.

Sie haben beide die gleiche feine Nase und die vollen Lippen, die Augen sind gleich geschwungen, wobei ihre Augen eher die Farbe einer Mandel haben und die von Lorena etwas heller sind, manchmal erkennt man darin die grüne Farbe der Frau, die ihr Leben zerstört hat.

Lia ist zweiundzwanzig, Lorena neunzehn und keiner von ihnen kann das Leben führen, was sie beide sicherlich hätten, wäre nicht vor sieben Jahren ihre kleine heile Welt zusammengebrochen.

Ihr Vater steht mühsam auf und geht ins Haus, ohne ein Wort an seine jüngste Tochter zu verlieren.

Lorena verdreht die Augen und kommt zu Lia. Sobald sie bei ihr ist, küsst sie ihre Wangen und Lia vergisst die mahnenden Worte, die sie ihrer Schwester gerade noch an den Kopf werfen wollte. Sie hält sich zurück.

»Kannst du die Jungs nicht eine Straße weiter verabschieden? Du weißt, wie Papa darüber denkt.« Lorena hilft Lia mit der Wäsche, dabei setzt sie ihre Korbtasche, die ihr als Schultasche dient, nicht ab.

»Wollte ich ja, doch sie haben mich verfolgt und ich denke auch, Papa muss irgendwann akzeptieren, dass wir zu Männern Kontakt haben, ich meine, wir müssen doch heiraten und glücklich werden, oder?«

Lia lacht und kneift ihrer Schwester leicht in die Hüfte, als sie zusammen ins Haus gehen. »Ich habe eine Überraschung für dich.« Lorena blickt sich enttäuscht zu ihr um.

»Du kannst nicht weiter auf dem Feld arbeiten, oder?« Ihre Schwester kennt sie zu gut. »Nein, aber ich lasse mir etwas einfallen. Versprochen. Es läuft alles weiter wie immer.«

Sie legen die Wäsche auf den Küchentisch und falten sie zusammen. »Ich sollte die Schule auch abbrechen, wenn wir beide arbeiten ...«

Lia hält sofort dagegen, das kommt gar nicht in Frage. »Niemals, du machst die Schule zu Ende, wenigstens eine von uns und du hast auch nur noch ein Jahr, ich schaffe es schon, mach dir keine Gedanken.« Lorena faltet schweigend weiter, erst als die Tür zum Schlafzimmer ihres Vaters laut ins Schloss fällt, blickt sie wieder hoch. Sie werden wohl wie so oft allein zu Abend essen.

Erst als die heiße Sonne schon lange untergegangen ist, schaffen es Lorena und Lia, sich auf das kühle Steindach ihres Hauses zurückzuziehen. Sie essen Chips und trinken Cola, einen Luxus, den sie sehr selten genießen können.

Ihr Vater ist erst jetzt in der Küche und isst. Momentan möchte er seinen Töchtern offenbar nicht ins Gesicht sehen, Lia stört es nicht, sie kennt es nicht anders.

»Ich habe letzte Nacht von ihr geträumt, sie stand plötzlich in der Tür und hat uns abgeholt, in ihr Leben, und all die letzten Jahre waren plötzlich unbedeutend.«

Lia verschluckt sich fast bei den leisen Worten ihrer Schwester. Sofort brennt ihr Rücken und Wut steigt in ihr auf, doch sie hält sich zurück und schweigt, auch wenn sie weiß, dass Lorena nicht nachlässt.

»Träumst du nie von ihr? Denkst du nie an sie?« Lia seufzt auf, sie sieht auf ihr Dorf hinab, das man von hier oben gut überblicken kann. »Nein und wenn, dann nichts Positives, Lorena, und du solltest dich auch nicht an falsche Hoffnungen klammern.«

Sie muss ihre Schwester nicht anblicken, um zu wissen, dass sie jetzt einen leicht schmollenden Gesichtsausdruck bekommt, doch sie sagt nichts mehr dazu, da sie genau weiß, dass Lia sonst vor diesem Gespräch flüchten würde.

Sie versteht ihre Schwester, doch Lorena kann nicht richtig begreifen, was Lia fühlt und denkt, denn sie weiß nicht, was alles in dieser bedeutenden Nacht passiert ist und was die Person, von der Lorena immer noch träumt, wirklich alles getan hat.

Lia fühlt sich ausgeruht, als sie am nächsten Morgen die Augen öffnet, erst als sie auf der Uhr in ihrem alten Handy bemerkt, dass es bereits Mittag ist, springt sie aus dem Bett, stößt dabei ihren Fuß an der Kante von Lorenas Bett und geht fluchend in die Küche, wo ihr Vater am Tisch sitzt und sie nur mit einem abfälligen Blick begrüßt.

»Ich habe total verschlafen, soll ich dir noch etwas zum Frühstück machen?«

Ihr Vater sieht wieder auf die Zeitung vor sich. »Nein, Lorena hat es mir heute Morgen gemacht. Soll das jetzt immer so weitergehen?« Lia geht ins Bad.

»Ich bin die letzten Monate jeden Tag um fünf aufgestanden, um auf dem Feld zu arbeiten, wenn ich einmal etwas Schlaf nachhole, wird das niemanden umbringen.«

Lia bindet sich einen Zopf, putzt sich die Zähne, wäscht sich und leert den vollen Wäschekorb.

Sie nähen sich ihre Kleidung fast immer selbst. Lorena hat unglaubliches Talent an der Nähmaschine und da ihre Nachbarin eine Tierallergie hat und sie weder eine Kuh oder Hühner halten kann, bekommt sie immer Milch und Eier von ihnen.

Ihr Mann ist ständig auf Geschäftsreise und bringt ihnen von überall die schönsten Stoffe mit, sie haben ein kleines Zimmer voll mit Stoffen, damit näht Lorena ihnen wunderschöne Sachen.

Viele andere Mädchen beneiden sie um ihre Kleidung und manchmal kaufen sie ihnen einige Sachen ab, sodass auch Lorena hin und wieder etwas Geld verdienen kann.

Lia zieht sich einen schwarzen knielangen Rock an, der mit einigen Pailletten abgesetzt ist, dazu trägt sie ein weißes Top, das mit dem Stoff des Rockes eine kleine Brusttasche hat und einen schönen Ausschnitt, der gleich abgesetzt ist.

Ihr Vater sitzt weiter in der Küche und ignoriert sie. Lia nimmt sich etwas Bananenbrot, trinkt ein Glas Milch und schnappt sich den Wäschekorb.

»Ich gehe Wäsche waschen.« Lia lässt die schlechte Laune ihres Vaters selten an sich heran, sie weiß, dass er anders sein kann, doch es fällt ihr immer schwerer, sich noch an den Mann von früher zu erinnern.

Sie muss einmal bis zum Ende des Dorfes laufen. Die ersten Schulbusse, die die Kinder der umliegenden Dörfer abholen und in die nächste Stadt zur Schule fahren, treffen bereits wieder ein, als Lia in den einzigen Waschsalon im Dorf kommt.

Sie hat Glück, sie bekommt gleich zwei Maschinen und kann so die ganze Wäsche zusammen waschen.

Ihre alte Klassenkameradin ist auch dort und erzählt Lia ausführlich von ihrer bevorstehenden Hochzeit mit dem Bruder von Yandiel. Das ganze Dorf redet nur noch von dieser Hochzeit und ihre alte Schulfreundin versteht überhaupt nicht, wieso Lia Yandiel keine Chance gibt.

Sie alle wissen, dass Lias Familie diese Hochzeit sehr gut tun würde, doch Lia verschwendet nicht einmal einen Gedanken an die Option zu heiraten, nur um finanziell besser dazustehen, niemals, nicht nachdem, was ihnen passiert ist.

Deswegen ist sie auch froh, als sie allein im Waschsalon bleibt und ihre nasse Wäsche wieder in ihren Korb zurücklegt. Der Rückweg geht natürlich schwerer und als sie kurz vor ihrem Tor ist, kommen drei Jungen die Straße hochgerannt und rufen sie.

Lia kennt die Jungs, sie kommen aus dem Nachbardorf, treiben sich aber oft genug bei ihnen herum.

»Lia, Lia, du sollst zu Crista, sie hat Arbeit für dich gefunden.«

Lia bleibt stehen, in diesem Moment kommt Lorena aus ihrem Hof, sie muss schon Schulschluss gehabt haben.

»Wirklich?« Die Jungen nicken ganz außer Atem und zeigen auf einen Geldschein. »Wir sollten dich holen, sie warten auf dich.« Lia gibt Lorena den Wäschekorb, ihre Schwester strahlt über das ganze Gesicht.

Wenn sie wirklich Arbeit findet, haben sie einige Sorgen weniger. »Ich gehe ins Nachbardorf, bis später.«

Kapitel 2

Normalerweise braucht Lia von ihrem Haus bis zum Nachbardorf über zwanzig Minuten zu Fuß und dort braucht sie auch noch mal etwas, um zu Cristas Haus zu kommen, doch die Aussicht auf Arbeit, die ihre Familie in den nächstenn Monaten über die Runden bringen könnte, lässt sie so schnell laufen, dass sie nach nur fünfzehn Minuten ganz außer Puste an Cristas Haus ankommt, wo auf der Terrasse schon zwei Frauen mit ihr zusammen auf sie zu warten scheinen.

Eine der Frauen hat einen Gips um den Fuß und diesen auf einen Stuhl gestützt, sie alle mustern sie und Lia verlangsamt ihr Tempo. »Hallo, das ging ja schnell. Ich freue mich, dass du Arbeit für mich hast.«

Crista lächelt und stellt die beiden Frauen neben sich als ihre Nachbarinnen Maria und Dora vor. »Sie ist viel zu jung, Crista, ich bezweifle, dass das wirklich gut gehen kann.« Die Frau mit dem Gips um das Bein, Dora, sieht fast schon enttäuscht auf sie, doch bevor Lia reagieren kann, antwortet Crista schon.

»Sie ist vielleicht jung, aber sie ist wirklich eine der Fleißigsten auf dem Feld und sie hat keine Mutter mehr, das bedeutet, dass sie einen Haushalt führen kann, eine andere Lösung habe ich auch nicht für dich.« Die Frau mit dem Gips sieht sie von oben bis unten an.

»Sie ist so hübsch, nicht dass es da Probleme gibt. Ich will den Job nicht verlieren.« Lia spürt, dass sie etwas tun muss, sie weiß immer noch nicht, worum es genau geht, doch sie braucht einen Job, egal welchen.

»Ich kann arbeiten, ich will arbeiten und mein Aussehen hat damit gar nichts zu tun, ich weiß wie es ist, hart zu arbeiten und ich verspreche, mein Bestes zu geben.«

Die Frau lächelt mild. »Du kennst die Nechas?« Lia zuckt die Schultern. »Natürlich.« Es gibt in Puerto Rico niemanden, der die führende Familia nicht kennt. Für die Außenwelt steht ein Präsident an der Spitze Puerto Ricos, hier aber weiß jeder, dass er, wenn er Entscheidungen zu treffen hat oder bei allen anderen Angelegenheiten, zu den Nechas geht.

Es gibt einige Familias in Puerto Rico, sie gehören nach Puerto Rico wie alles andere, so war es schon immer und keiner stellt es in Frage. Sie führen Geschäfte wie Waffenhandel, bieten Schutz gegen Geld an und viele andere Dinge laufen über sie.

Lia hat niemals jemanden von ihnen getroffen, sie weiß aber, dass die Mitglieder der größten Familia alle den Namen Nechas an ihrem Herzen, in Form eines Tattoos, tragen und für die Familia bereit sind zu sterben.

Sie hat auch gehört, dass sie alle in einer kleinen Nebenstadt von San Juan leben und dass man ihnen besser aus dem Weg geht, wenn man nicht gerade Hilfe von ihnen braucht oder ihnen ein gutes Geschäft vorzuschlagen hat, deswegen sieht sie die Frau jetzt neugierig an. Was hat ihre Arbeit mit den Nechas zu tun?

»Wir beide ... arbeiten für die Nechas ... in deren Häusern als Dienstmädchen. Wir kümmern uns um deren Wohlbefinden, kochen und erledigen alles, was mit dem Haushalt zu tun hat. Gestern habe ich mir zuhause auf dem frisch gewischten Boden mein Bein gebrochen und brauche für drei Monate eine Vertretung, sonst verliere ich den Job.«

Lia atmet tief ein, sie hat wirklich mit allem gerechnet, sogar darüber nachgedacht, wie weit sie für eine Arbeit gehen würde, doch die Nechas? Das trifft sie wirklich vollkommen unerwartet.

Alle sind ruhig und warten auf eine Reaktion von Lia, doch sie ist zu überrumpelt, sie wägt alles in ihrem Kopf ab, bis die Frau mit dem Gips leise aufseufzt.

»Mir ist klar, dass viele Vorurteile haben wegen der Nechas, aber seien wir ehrlich: Mir gegenüber war noch niemals jemand von ihnen respektlos. Sie bezahlen mehr als andere Haushalte und du hast meistens deine Ruhe. Ich arbeite im Haus von Cruz, einem der Hauptanführer, er verreist oft und ich sehe ihn eher selten.« Lia streicht sich ihre langen Haare hinter die Ohren.

»Aber für die Nechas? Ich meine, habt ihr keine Angst, dass da etwas passieren kann? Was genau müsste ich dort tun?« Die Frauen setzen sich etwas auf und deuten Lia, sich zu ihnen zu setzen, was sie auch tut. Sie kann sich nicht vorstellen, für solche Menschen zu arbeiten, sie hat nicht einmal damit gerechnet, jemals jemanden von ihnen zu treffen.

»Um Punkt acht kommt der Bus an die Haltestelle, der alle vom Dorf nach San Juan bringt. Alle, die dort arbeiten, steigen ein, es wird also voll und du musst jeden Morgen pünktlich sein, aber wir fangen so erst um neun unseren Dienst an. Maria hier arbeitet im Nebenhaus von mir, für Cruz' Bruder Jomar, sie kann dir am ersten Tag helfen.

Cruz ist momentan nicht im Land und du bist alleine im Haus, sodass du dich ganz in Ruhe an alles gewöhnen kannst. Es ist meistens gar nicht so viel zu tun, ich bereite im Garten Frühstück vor und lasse es auf dem Tisch, manchmal isst er etwas davon, manchmal nicht, je nachdem wie seine Pläne sind.

Oft sind Frauen bei ihm, Freunde kommen vorbei oder seine Brüder oder Cousins, aber für die bist du so gut wie unsichtbar und das sollst du auch. Du musst dich um alles kümmern, aber selbst nicht auffallen und unsichtbar bleiben, das ist eigentlich das Geheimnis.

Die Einkäufe erledigen andere, ich wische nach der Frühstückszubereitung das Haus, mache sauber und kümmere mich um die Wäsche. Im Garten musst du nichts machen, sie haben mehrere Gärtner. Ich habe hier eine Liste, was es jeden Tag zum Mittag geben soll, ich muss diese Liste wöchentlich erstellen, damit dafür eingekauft werden kann. Kannst du diese Gerichte kochen?«

Lia sieht auf eine Liste und nickt, sie kann all diese Gerichte kochen, es sind typisch puertoricanische Spezialitäten. »Gut, danach kannst du die Liste erstellen. Du wirst merken, was alles zu tun ist und Maria ist ja auch noch da. Jeden Freitag, wenn ihr die bewachte Siedlung wieder verlasst, bekommt ihr einen Umschlag mit eurem Lohn. Wieviel hast du auf dem Feld verdient?«

Lia sieht zu Crista. »Zwanzig Dollar am Tag.« Die Frau lächelt mild. »Du arbeitest dort nicht so hart und nur bis sechzehn oder achtzehn Uhr, da gehen die zwei Busse zurück zu den Dörfern. Je nachdem, wieviel zu tun ist, arbeite ich und bekomme jeden Tag vierzig Dollar.«

Lia kann ihre Überraschung nicht verbergen, vierzig Dollar, das wäre ein Traum. »Du kannst das Geld komplett behalten, ich habe schon gesagt, dass ich Ersatz habe und mir ist nur wichtig, dass du mir keine Schande machst und ich nach den drei Monaten zurück zu der Arbeit kann, traust du dir das zu?«

Lia schluckt schwer. Für die Nechas arbeiten? Doch das Geld kann sie mehr als gut gebrauchen und es ist so viel, dass sie die restliche Zeit ganz locker überstehen können. »Ich denke schon, ich werde mein Bestes geben.« Die Frau sieht sie misstrauisch an.

»Du brauchst keine besondere Kleidung, zieh dich nur nicht zu kurz an. Du solltest niemandem sagen, wo du genau arbeitest, wenn du sagst, in einem wohlhabenden Haushalt in San Juan, reicht das völlig, die Leute von hier fangen sonst nur an zu reden, bis heute weiß kaum einer, in wessen Haushalt ich mithelfe.«

Lia nickt, so muss sie das eh machen, ihr Vater würde garantiert ausrasten, wenn er den Namen Nechas hört.

Die Frau ermahnt Lia noch einige Male, unsichtbar zu bleiben und ihr Bestes zu geben. Sie verabredet sich am nächsten Morgen mit Maria an der Haltestelle und obwohl sie erleichtert sein sollte, geht sie mit einem merkwürdigen Gefühl zurück in ihr Dorf.

Ihre Schwester wartet schon gespannt und nicht einmal ihr erzählt sie, wo genau sie arbeiten wird, nur dass es ein Haushalt in

San Juan ist. Sie erwähnt auch nicht, wie viel sie dort verdienen kann, da sie noch nicht weiß, ob sie das wirklich mitmacht, sie beschließt, sich morgen alles anzusehen und wenn es ihr zu sehr Angst macht, muss sie sich etwas anderes einfallen lassen.

Ihr Vater reagiert gar nicht auf die Neuigkeiten, er lässt sich am Abend von Lia Geld geben und wird von einem alten Freund mitgenommen. Die Schwestern wissen was passiert, wenn er mit seinem alten Freund in die Kneipe fährt, deswegen gehen sie früh ins Bett und schlafen auf dem Dach.

Wie immer kommt er mitten in der Nacht, sie hören seine wütende Worte und hören das aufgebrachte Poltern von Gegenständen, doch sie sind so sehr daran gewöhnt, dass es sie nicht mehr erschreckt.

Lia kommt am nächsten Tag auch nicht deswegen fast zu spät zur Haltestelle, sondern, weil sie nicht weiß, was sie anziehen soll. Sie war das letzte Mal mit zwölf in San Juan, als sie ins Krankenhaus musste wegen ihres Blinddarms.

Die Erinnerung daran ist noch ganz tief in ihr, sie mussten mit dem Bus fahren. Egal was für Schmerzen sie damals hatte, sie konnte nicht aufhören aus dem Fenster zu sehen, um sich das bunte Treiben außerhalb ihres Dorfes anzusehen.

Jetzt eilt sie zum Bus, als sie ankommt, kann sie gerade noch hineinspringen und setzt sich, völlig außer Puste, neben Maria. »Ich dachte schon, du springst ab, bevor es überhaupt angefangen hat.« Lia zeigt an sich herunter. Sie trägt eine dunkelblaue Treggings und ein weiß-blau gestreiftes Top.

»Ich wusste nicht, was ich anziehen soll.« Maria winkt ab, sie trägt eine Shorts und ein weites T-Shirt, worunter sich der leichte Bauch abzeichnet, der sich mit dem Alter sicherlich gebildet hat. »Das interessiert niemanden, manche tragen Schürzen, mich stört das aber beim Putzen, ansonsten achtet niemand dort auf dich oder deine Kleidung.«

Lia sieht neugierig aus dem Fenster, als sie die ihr vertraute Gegend langsam verlassen. Je näher sie San Juan entgegenfahren, umso belebter wird es. Die Menschen und Autos werden moderner. Lia sieht immer wieder Frauen an Haltestellen und auf den Straßen und erneut bemerkt sie, dass man ihnen allen hier im Bus ansieht, dass sie nicht aus der Großstadt kommen.

Egal wie modern ihre Kleidung auch nachgenäht worden ist, man sieht ihnen an, dass sie vom Land kommen.

Maria erklärt ihr einiges dazu, was sie heute tun soll. Lia versucht das Geschehen draußen zu ignorieren und sich auf ihre Worte zu konzentrieren. Es ist wichtig, dass sie keine Fehler macht. Sie fahren fast vierzig Minuten, als Maria und drei weitere Frauen und zwei Männer aufstehen. »Wir müssen hier raus.«

Alle anderen aus den Dörfern bleiben sitzen und sehen zu ihnen. Lia steht auch auf und spürt die Blicke aller selbst beim Aussteigen noch auf sich. Sie hatte ganz vergessen, dass die Nechas nicht in San Juan leben, sondern etwas weiter davor.

»Wieso gucken die alle so … böse?« Lia versucht, mit den Frauen und Männern Schritt zu halten. »Weil wir alle für die Nechas arbeiten, entweder sind sie neidisch oder sie verachten uns dafür, doch du solltest dich daran gewöhnen, nicht jedem mitzuteilen, für wen genau du momentan arbeitest.«

Lia bleibt kurz stehen, natürlich, sie war ja genauso schockiert, als sie erfahren hat, dass sie für die Nechas arbeiten soll. Sie laufen von der Bushaltestelle fünf Minuten einen sandigen, steinigen Weg entlang, der irgendwann immer fester wird und dann daraus eine Straße entsteht.

Hier und da erscheinen Häuser, aber keine Wohnhäuser, es sieht eher so aus, als wären es Wachposten. Vor dem ersten bleiben sie stehen und Lias Herz beginnt wie wahnsinnig zu schlagen, als zwei Männer aus dem Haus kommen.

Lia hat noch niemals gefährliche Menschen gesehen, gefährlich im Sinne von Menschen, bei denen man wirklich weiß, dass sie es sind, wie wenn sie im Gefängnis sitzen, Mörder, Verbrecher, Mitglieder von Familias. Lia hat sich noch nicht einmal Gedanken darüber gemacht, wie sie sie sich vorstellen würde, als sie jetzt aber auf die beiden blickt, weiß sie, dass es genauso ist.

Beide tragen Jeans und Shirts, die gleichen schwarzen Shirts mit LN in Gold auf die Brust gestickt. Einer von ihnen trägt eine schwarze Kappe, die er falsch herum auf hat und einen Zahnstocher zwischen den Lippen, der andere trägt eine Glatze und darauf sind auch die Initialen LN tätowiert, beide sind breit gebaut und weitere Tattoos zieren ihre Körper, doch Lia blickt wie angewurzelt auf die Waffen, die beide bei sich tragen.

»Die Einkäufe sind da, Jomar, Cruz und Caleb kommen schon früher zurück, sonst gibt es nichts Besonderes. Habt ihr eine Vertretung für Dora?« Maria lächelt, Lia ist erstaunt, die Männer reden sehr nett und höflich mit den Hausangestellten. »Ja hier, Lia wird sie vertreten, sie ist sehr fleißig und wird sich viel Mühe geben.«

Lia spürt, wie sie rot wird, als der Mann sie von oben bis unten mustert. »Wie alt bist du?« Lia schluckt schwer. »Zweiundzwanzig.« Der Mann hebt die Augenbrauen, doch Maria mischt sich wieder ein. »Sie ist eine der besten Arbeiterinnen auf unseren Feldern.« Der Mann sieht ihr in die Augen. »Von mir aus, wir brauchen deinen Ausweis.«

Lia sieht ihn verwirrt an. »Wozu?« Der Mann bekommt ein freches Grinsen im Gesicht. »Damit wir deine Adresse und alles andere kennen, falls du auf die Idee kommst, irgendetwas anzustellen.«

Lia sieht nicht, wie sie in dem Augenblick zu dem Mann schaut, doch sie spürt selbst, wie sie blass wird und ihr nichts mehr einfällt, als sie ihm mit zittrigen Händen ihre Geburtsbescheinigung gibt, die die beiden Männer lachend fotokopieren und ihr dann wieder aushändigen.

Als Lia danach den anderen folgt, sind ihre Knie weich, am liebsten würde sie umdrehen und wieder nach Hause fahren, doch sobald sich die ersten richtigen Straßen und Häuser vor ihnen auftun, weiß sie, dass es dafür jetzt zu spät ist.

Natürlich hat sie sich niemals Gedanken darüber gemacht, wie Leute wie die Nechas wohnen, doch als sich jetzt gepflegte Straßen auftun, auf denen kaum jemand zu sehen ist, sieht sich Lia verblüfft um.

Alles hier wirkt groß, gepflegt, hell … irgendwie nett und das ist das Letzte, was Lia erwartet hätte. Es gehen mehrere kleine Straßen von der großen Straße ab, auf der sie laufen. Die Häuser an den Straßen sind alle sehr luxuriös.

Nach und nach verteilen sich die anderen in den jeweiligen Straßen, um zu den anderen Häusern zu gelangen, nur Maria und sie laufen auf einen Platz zu, wo ein großer Brunnen steht, von dem verschnörkelte Engel Wasser aus Vasen fließen lassen.

»Gehört all das wirklich zu den Nechas? Ich hatte mir das alles ganz anders vorgestellt.« Maria neben ihr lächelt. »Wirklich? Wie? Dunkel, gefährlich? Als ich mich für den Job beworben habe, hatte ich die wildesten Vorstellungen und wollte viermal umdrehen, doch ich bereue es nicht, hier zu arbeiten.

Man kann über die Nechas denken, was man möchte, zu mir war immer jeder hier höflich, ich bekomme mein Geld und kann in Ruhe meine Arbeit machen, ich bin zufrieden hier und du wirst schnell merken, dass es nicht so schlimm ist, wie du jetzt vielleicht denkst.«

Sie bleiben vor mehreren großen Gebäuden stehen, die offenbar auch das Ende des Gebietes abgrenzen. Es sind sechs Villen, die zwar ähnlich wie alle anderen Häuser aussehen, jedoch erkennt man deutlich, dass sie etwas größer und pompöser sind.

Sie stehen im Halbkreis zu dem Brunnen, man kann von vorn nur die Terrassen und die Hausfronten sehen, neben jedem Haus steht eine breite Garage, vor drei Garagen stehen noch einige Autos.

Vielleicht liegt es daran, dass noch früher Morgen ist, doch man sieht niemanden, es wirkt fast schon gespenstisch ruhig.

»Komm erst einmal mit mir, die Häuser der Brüder sind ähnlich gestaltet und ich kann dir zeigen, was du alles zu tun hast. Dora hat das Haus von Cruz ja schon gestern geputzt, deswegen kannst du mir erstmal über die Schulter schauen.«

Sie deutet zu einem der Häuser und Lia folgt ihr. Sie schieben eine schwarze Eisentür auf und gehen direkt zur Eingangstür, die nicht verschlossen ist.

»Wenn die Männer da sind, benutzen wir den Personaleingang bei den Garagen, da kommt man direkt in die Waschküche, wenn sie da sind, darf man auch nicht in den ersten Stock, wo sich die Schlafzimmer und die anderen Zimmer befinden.

Erst wenn sie wach sind oder du weißt, dass sie nicht da sind, darfst du hochgehen. Beim Betreten des Gebietes bekommst du von der Wache aber meistens die wichtigsten Infos.«

Lia stockt, als sie in die pompöse Eingangshalle treten. Es ist alles in hellem Marmor gehalten, Lia hat noch nie echten Marmor gesehen, nur in Filmen und da ihr alter Fernseher schon lange nur noch in schwarzweiß sendet, aber auch nicht so richtig, doch als sie jetzt den Boden betrachtet, weiß sie, dass das alles hier echter und sehr teurer Marmor ist.

Maria neben ihr kann sich ein Lächeln bei Lias Blick nicht verkneifen. »So ähnlich habe ich auch geguckt an meinem ersten Tag, aber warte, du hast ja noch gar nicht alles gesehen.«

Maria führt sie einmal herum, in eine traumhaft große, schwarze Lackküche, wo man jeden einzelnen Fingerabdruck sehen kann. Sie zeigt ihr, wo man die Putzmittel findet und welches Tuch oder Mittel man für welches Zimmer benutzen sollte und wie man den Boden am besten wischt.

Es gibt eine riesige Fläche, die als Wohnraum dient, hier stehen einige Couchen, ein großer Fernseher ist da, ein Klavier steht neben einem Billardtisch und man sieht in einen großen Garten mit Pool.

Lia blickt auf eine Marmorsäule, auf der einige Bilder platziert sind. Auf einem sind fünf Männer und eine hübsche junge Frau abgebildet. Maria tritt zu ihr.

»Das sind die Anführer der Nechas, die direkten Nachkommen der Familia. Die beiden Brüder Cruz und Jomar und ihre Schwester Savana. Daneben ihre Cousins Caleb, Dariel und Ian.«

Lia sieht auf die Brüder, Jomar, in dessen Haus sie gerade stehen, wirkt etwas jünger als sein Bruder, er hat kurze gelockte Haare und auffallend schöne Gesichtszüge, genau wie sein älterer Bruder, der zwar keine Locken hat, aber man trotzdem die Ähnlichkeit der beiden sieht, auch die Schwester in ihrer Mitte hat dieses hübsche Gesicht und sie alle auf dem Bild haben eine gewisse mächtige Aura.

»Sie sehen so … stolz und stark aus, alle.« Maria nimmt ihr das Bild aus der Hand und lächelt. »Ich denke, das sind sie auch alle, sie sind nett zu uns, doch trotzdem spürt man genau, dass sie nicht wie wir sind und ansonsten auch nicht viel mit Leuten wie uns zu tun haben.«

Maria stellt das Bild ab, bevor sich Lia noch einmal genau alle ansehen kann und schiebt Lia freundlich aber bestimmt weiter. »Wir sind hier zum Arbeiten, nicht mehr und nicht weniger.«

Lia hilft Maria während der nächsten Stunden im Haus, sie wischt den Boden, macht die benutzten Betten, sie bekommt noch einiges gezeigt und erklärt, dann gehen sie hinüber in das Haus von diesem Cruz, bei dem sie dann arbeiten soll.

Auf den ersten Blick wirkt das Haus wirklich so ähnlich wie das von Jomar, doch wenn man genauer hinsieht, bemerkt man doch einige Unterschiede.

Im Wohnbereich steht kein Klavier, es ist heller gehalten als das Haus seines jüngeren Bruders. Er hat eine helle Küche, worüber Lia froh ist, da sie hier nicht alles mehrmals täglich putzen muss, doch dafür ist die Küche größer und im Wohnbereich steht kein Billardtisch, dafür hat er einen Trainingsraum und mehr Schlafzimmer im oberen Bereich, außerdem einen riesigen Grillplatz im Garten neben dem Pool.

Im ganzen Haus, aber besonders im oberen Bereich, liegt ein würziger männlicher Duft nach teurem Aftershave und auch noch etwas anderem, anziehendem, was Lia kaum definieren kann.

Er hat ein kleines privates Kino, auf seinem Dach befindet sich ein Whirlpool sowie einige kuschelige Sofas, die aber mit Planen bedeckt sind, auch stehen da einige Kerzen und Fackeln. Maria erklärt lächelnd, dass die Brüder einen beachtlichen Frauenverschleiß haben.

Im Treppenbereich hängen mehrere Bilder, von den drei Geschwistern, in schwarzweiß, aber auch noch Bilder mit anderen Männern und Frauen und ein Kinderbild hängen dort. Ein Bild zeigt diesen Cruz mit einer älteren Frau im Arm, die seine Mutter sein könnte. Er lacht aus vollem Herzen und Lia versteht, warum er an so viele Frauen kommt.

Er ist ein hübscher Mann. Er hat ein unwiderstehliches Lächeln, ein hübsches Gesicht, schöne dunkle Augen, manchmal ist er glatt rasiert, manchmal hat er einen Dreitagebart, manchmal sind seine Haare kürzer, manchmal etwas länger, doch alles steht ihm.

Er muss ungefähr in Lias Alter sein, auf einem Bild erkennt man, dass er am Arm eine Tätowierung hat. La Familia steht da in geschwungener Schrift und Lia ist sich sicher, dass es nicht sein einziges Tattoo ist.

Wieder drängt sie Maria weiter, sie zeigt ihr, wo sie die Wäsche waschen und aufhängen kann, wo sie in der Küche was findet und was sie sonst noch an den nächsten Tagen zu erledigen hat.

Lia macht sich sogar Notizen, sie dürfen im Haus trinken und essen, was sie möchten, sie kochen, wenn die Männer da sind täglich und können natürlich selbst auch davon essen, heute machen sie sich einige Brote und essen etwas Obst.

Als sie zum früheren Bus wollen und die Häuser verlassen, ist in dem Gebiet schon viel mehr los.

Teure Autos fahren an ihnen vorbei, ihnen begegnen mehrere Männer, wie auch die Wachen sind sie alle breit gebaut, einer ist allerdings einfach nur viel zu füllig.

Sie alle tragen offen Waffen bei sich, meist in die Hosen gesteckt. Und auch wenn sie Maria und Lia gar nicht beachten, schlägt Lias Herz so laut, dass sie es in ihren eigenen Ohren hören kann.

Auf der Rückfahrt ist Maria immer noch dabei, ihr einiges zu erklären. Lia raucht noch immer der Kopf, als sie dann endlich einige Zeit später durch ihr Tor auf ihren Hof kommt und Lorena schon neugierig auf sie wartet. »Und wie ist es? Ist die Familie nett, in deren Haushalt du hilfst?«

Einen Moment kommen ihr die Bilder hoch von Cruz und seinem Bruder, den Wachen und den Männern, die sie heute gesehen hat, den Waffen und dem unglaublichen Reichtum, sie kann es niemandem erzählen, deswegen umgeht sie es einfach und erzählt nur, wie schön das Haus ist, dass Maria nebenan arbeitet und sie dort essen und trinken kann und was sie sonst noch zu tun hat.

Ihr Vater reagiert gar nicht, Lorena freut sich, Lia versucht diese Freude auch zu spielen, doch am Abend bekommt sie Bauchschmerzen, wenn sie daran denkt, dass sie bereits in ein paar Stunden wieder dorthin muss, in das Gebiet der Nechas, zu all diesen gefährlichen Leuten.

Doch wie schnell auch die Minuten und die Gedanken an ihr vorbeirasen, sie braucht das Geld und weiß, dass sie sich zusammenreißen muss.

Kapitel 3

Am nächsten Morgen ist es Lia, die während der gesamten Busfahrt auf Maria einredet. Sie soll heute schon etwas kochen, da der Hausbesitzer Cruz am Abend oder in der Nacht von seiner Reise wiederkehrt und deswegen etwas vorbereitet werden soll.

Lia kann das gewünschte Gericht kochen, doch sie hat sich ein paar Abwandlungen überlegt und erzählt Maria auf dem Weg zum Haus davon, nachdem sie auf der Fahrt alles wiederholt hat, was sie zu tun hat.

Maria lächelt nur und erklärt Lia, dass sie einfach das ganz normale Gericht kochen soll und versichert ihr, dass sie sich völlig umsonst so viele Gedanken macht.

Heute sind andere Männer am Eingang des Gebietes, sie beachten sie nicht weiter und Lia atmet erleichtert durch, während sie weitergehen. Als sie zu den großen Villen kommen, fährt gerade ein schwarzes edles Auto aus einer der Einfahrten.

Die hinteren Scheiben sind getönt, vorne sitzt ein Mann, der ein weißes Shirt und eine Sonnenbrille trägt. Als der Wagen neben ihnen stehen bleibt, stocken sie alle. Eine der getönten Scheiben wird heruntergefahren und eine bildhübsche junge Frau sieht ihnen lächelnd entgegen.

Es dauert einen Moment, bis Lia erkennt, dass es sich bei der Frau um dieselbe handelt, die auf vielen der Bilder in den Häusern zu sehen ist. Savana, die einzige Frau der Anführer der Nechas, wie Maria ihr erklärt hat.

Sie lächelt und wirkt so anders, als Lia es erwartet hätte. Es stellt sich nicht das gleiche unwohle Gefühl ein, wie wenn ihr einer der Männer, die hier leben, begegnet.

Savana blickt zu einer der anderen Frauen. »Morgen, ich wollte nur schnell Bescheid geben, dass ich über die Couch einige Sachen gelegt habe, die unbedingt nochmal aufgebügelt werden müssen.

Ich habe heute Nachmittag ein wichtiges Meeting.« Die Frau, die angesprochen wurde, ist offenbar ihre Haushälterin und nickt schnell.

»Natürlich, Señora. Ich werde es gleich als erstes erledigen.« Lia spürt selbst, dass sie die hübsche Savana anstarrt. Sie hat sich nie viele Gedanken über ihr Aussehen gemacht, doch sie weiß, dass andere das tun.

Lia war von Anfang an immer eines der hübschesten und beliebtesten Mädchen in ihrem Dorf und auch in der Umgebung. Es kommt öfter vor, dass sie hören, dass selbst in den kleineren Städten bei ihnen von den hübschen Schwestern Lia und Lorena gesprochen wird.

Aber trotzdem hat sie schon gestern gemerkt, dass sie anders ist als die Frauen hier, es liegen Welten zwischen ihnen, da kann sie in ihren Dörfern für noch so schön gehalten werden. Gegen diese Frauen hier aus den großen Städten wirkt sie wie eine einfache Dorffrau.

Savana ist so … elegant, ein anderes Wort fällt Lia dafür nicht ein, elegant und schön. Man sieht nur ihr hübsches Gesicht und ihre langen, glatten Haare, die in einem schönen Braunton schimmern und doch wirkt sie so viel eleganter als sie alle, die auf dem Bordstein stehen und sie ansehen.

Sie hat feine Gesichtszüge, ihre dunklen Augen sind mit Eyeliner umrandet und ihre Lippen glänzen rot. Lia schminkt sich selten, sehr selten. »Perfekt, danke.« Savana will sich gerade eine Sonnenbrille aufsetzen, da huscht ihr Blick zu Lia und sie hält ein.

Lia sieht auf die vielen goldenen Armreifen, die an ihren Armen klappern. »Ist sie neu?« Offenbar redet Savana nur mit ihrer Haushälterin. Diese nickt und deutet auf Lia. »Unsere Kollegin hatte einen kleinen Unfall und Lia hier vertritt sie für einige Wochen.«

Ein wissendes Lächeln schleicht sich auf Savanas perfekte Lippen. »Bei wem arbeitet sie?« Lia fühlt sich unwohl, ein gewisser

Unterton verrät ihr, dass sie Savana belustigt und sie versteht nicht, was sie falsch gemacht hat.

»Cruz, sie arbeitet bei ihrem ältesten Brüder.« Savana lacht belustigt auf und lächelt kurz zu Lia. »Da wird er sich freuen, einen schönen Arbeitstag, Ladies.« Savana setzt sich die Sonnenbrille auf und lässt die Scheibe wieder hinauffahren.

Lia sieht sich verwundert um, während alle anderen sich aufteilen, um in ihre Häuser zu kommen. Auch Männer sind bei ihnen gewesen und niemand scheint sich über Savanas Bemerkungen zu wundern. Lia schließt schnell zu Maria auf, die ihr deutet, heute bei Cruz anzufangen.

»Du versucht dich heute schon mal alleine, wenn irgendetwas ist, bin ich ja nebenan.« Lia nickt, hält Maria aber am Arm zurück. »Wieso hat die Schwester so merkwürdig reagiert? Habe ich etwas falsch gemacht?« Maria bemerkt offenbar, dass Lia besorgt ist, sie gibt sich doch wirklich Mühe.

»Lia, hast du mal in den Spiegel gesehen? Du siehst aus wie ein Topmodel und nicht wie eine Haushälterin, Cruz … eigentlich alle Männer hier sind für ihren Frauenverschleiß bekannt und daran musste sie wohl denken. Das war ein Kompliment.«

Lia schüttelt den Kopf und zeigt in die Richtung, in der das Auto verschwunden ist. »Du denkst doch nicht, dass ich oder irgendeiner von uns aus den Dörfern mit diesen Frauen zu vergleichen sind?« Nun lacht Maria lauthals und steckt Lia damit an, die sich ein Schmunzeln nicht verkneifen kann.

»Weißt du was, Lia, du hast recht, die haben schönere Sachen, bessere Kleider und größere Häuser, doch wir, meine Liebe, können arbeiten. Wir wissen, wie hart das Leben sein kann und können noch immer lachen, wir können kochen und unseren Haushalt alleine erledigen.« Lia lacht und geht in Richtung des Hauses.

»Na dann werde ich mal dem nachkommen, worin wir Frauen vom Dorf gut sind: putzen und kochen.« Maria lacht noch immer und klatscht in die Hände, sie weiß, dass Lia sie aufzieht.

»Zeig es ihnen, meine Liebe, wir sind die besten!«

Lia vergeht das Lachen erst, als sie in das Haus von Cruz eintritt. So ganz allein hier jetzt einzutreten, ist beklemmend, es ist ganz still und Lia versucht auszublenden, wo sie gerade ist, vor allem aber, wer hier wohnt und atmet tief ein. Sie denkt an das viele Geld, was sie verdienen kann und geht in die erste Etage.

Da sie ja weiß, dass bereits alles geputzt ist und dieser Cruz danach nicht mehr im Haus war, geht sie einfach noch einmal alle Zimmer durch. Sie findet noch ein paar Shirts in einer der Wäschetruhen im Bad, zwei weiße und ein schwarzes Hemd. Lia stockt, als sie auf einem der Shirts mehrere kleine getrocknete Blutflecken entdeckt.

Sie atmet erneut durch, holt die Flasche mit Chlor und lässt die Flecken im Waschbecken einweichen, dabei singt sie leise das neue Liebeslied ihres Lieblingssängers: El Perdedor, Verlierer. Es geht darum, dass er ein Mädchen liebt und nicht gut genug für sie ist.

Lia denkt an ihr Geplänkel mit Maria, natürlich sind sie nicht so wie die Frauen hier, doch ist sie deswegen gleich auch eine Verliererin? Vielleicht haben sie nicht sehr viel, doch alles, was sie haben, ist ehrlich verdient und sie musste noch nie vorher irgendwelche Blutflecken entfernen.

Sie legt die Wäsche in die Maschine und startet diese. Dann saugt sie das obere Stockwerk, macht noch einmal die Betten und überprüft, ob alles in Ordnung ist. Danach ist das untere Stockwerk dran, doch auch da saugt sie nur schnell durch und hängt anschließend die Wäsche im Garten auf.

Sie hat oben schon einige Fitnessgeräte gesehen, auch hier stehen ein paar Hanteln und Bänke im Gras, dazu gibt es einen riesigen Pool, einen Grillbereich und viele Liegen. Gestern soll ein Gärtner hier gewesen sein. Lia atmet die frische Luft ein und sieht sich dann um, bevor sie ihre Zehen in den Pool hält.

Herrlich, sie hat sich immer einen Pool gewünscht, niemand den sie kennt, kann sich das leisten, sie war erst zweimal am Meer, es ist irgendwie paradox, in Puerto Rico zu leben und das Meer kaum zu kennen.

Lia würde nicht sagen, dass sie die Leute hier um ihr Leben beneidet, doch natürlich ist so ein Luxus schön, das kann sie nicht abstreiten.

Nachdem sie sich von dem Garten losreißen konnte, beginnt sie zu kochen und lässt sich hierbei viel Zeit, da sie ja sonst nichts mehr zu tun hat. Sie macht einen Salat, den sie in den Kühlschrank stellt, auch wenn es nicht auf dem Plan steht, backt sie frisches Olivenbrot, dann macht sie sich an den Reis und das Kokoshähnchen.

Zwischendurch kommt Maria einmal herüber und sieht nach, ob Lia irgendwelche Hilfe gebrauchen kann, doch sie kommt zurecht.

Lia ist schon fast fertig, als erneut die Haustür ins Schloss fällt, lauter als bei Maria und sie erschrocken von den Kochtöpfen aufsehen lässt. Eine raue Männerstimme donnert durch das Haus.

»Und wer hat das angeordnet? Manchmal habe ich das Gefühl, wenn man euch den Rücken zudreht, funktioniert nichts mehr!« Lia hält den Atem an, als ein Mann in den Wohnraum tritt.

Er sieht nicht in ihre Richtung sondern geht mit schnellen wütenden Schritten zu den Treppen, doch Lia erkennt den Mann sofort von den Bildern wieder: Cruz. Sollte er nicht erst am Abend kommen?

Ihr Herz schlägt augenblicklich schneller, besonders als er stehen bleibt, das Handy kurz vom Ohr nimmt, sich das Shirt vom Oberkörper zieht und auf den Boden fallen lässt, bevor er sich wieder dem Anruf widmet.

»Ich finde das überhaupt nicht witzig, ich bin in einer Stunde da und kümmere mich selbst darum, kommt heute Abend vorbei, dann klären wir das.« Er legt auf und geht fluchend die Treppen hinauf, ohne einmal zu Lia zu blicken, die fassungslos hinter ihm her starrt.

Sie kann nicht aufhören, auf den breiten braunen Rücken zu sehen, der in der Mitte ein Kreuz trägt und groß über den Schulterblättern Nechas verewigt hat.

Sie atmet erst wieder, als sie oben eine Tür knallen und nur zwei Sekunden später die Dusche hört. Der würzige Geruch, der im ganzen Haus leicht verteilt war, ist nun umso präsenter und Lia sieht sich verzweifelt um.

Sie muss hier so schnell wie möglich hinaus.

Sie hat nicht viel von Cruz erkennen können, bis auf seinen Rücken und dass er wütend gewirkt hat, für den kurzen Moment, als sie ihm ins Gesicht gesehen hat, konnte sie schnell bemerken, dass er auf den Bildern viel freundlicher als in Wirklichkeit aussieht.

Er sieht allerdings auch viel besser aus als auf den Bildern, auch das konnte sie in dieser Millisekunde erkennen, doch gleichzeitig noch viel gefährlicher und dass er gerade wütend ist, beunruhigt Lia noch mehr.

Sie nimmt den Reis vom Herd und gießt schnell das restliche Wasser ab, genau in dem Moment klingelt oben ein Handy.

Er duscht noch und kann deshalb das Gespräch nicht annehmen. Lia blickt auf die Uhr, sie hat in zehn Minuten Feierabend, wenn sie den frühen Bus nehmen, wieso hat sie sich nicht mit Maria deswegen abgesprochen?

Sie wird einfach hinübergehen und darauf bestehen, den frühen Bus zu nehmen, sie muss nur noch schnell …

Die Dusche geht aus und Lia stockt einen Moment, bevor sie panisch den Reis in einen neuen Topf einfüllt, die Herdplatte mit der Soße und dem Huhn ausmacht, das Brot in ein Tuch einwickelt und neben den Herd stellt. Nur noch schnell den Topf abwaschen und hier verschwinden, doch natürlich hat Lia nicht so ein Glück, denn in dem Moment hört sie jemanden die Treppe herunterkommen.

»Hey, wer bist du?« Lia schließt die Augen und weigert sich, sich umzudrehen, so schnell kann er sich nicht komplett angezogen haben. Sie legt den Topf in die Spüle und sieht nicht nach oben zum Treppenansatz, wo er stehen müsste.

»Ich bin Lia, Dora ist krank und ich vertrete sie so lange, ich bin auch schon fertig für heute.« Sie wäscht den Topf schnell ab und versucht zu ignorieren, dass Cruz zu ihr in die Küche kommt, doch auch wenn sie blind wäre, würde sie diese mächtige Präsenz sofort spüren.

»Okay, ich bin Cruz, freut mich. Ich hoffe, Dora geht es bald wieder besser, ich habe von dem Unfall gehört, bestelle ihr schöne Grüße von mir. Wenn sie etwas braucht, soll sie nur Bescheid sagen.« Nun muss sie sich umdrehen, um nicht unhöflich zu wirken.

Als er ihr die Hand hinhält, würde Lia am liebsten fluchen, sie trocknet sich schnell ihre Hände ab und reicht ihm die Hand, dabei blickt sie das erste Mal wieder auf und stellt erleichtert fest, das er eine Shorts und ein T-Shirt trägt.

Seine große Hand umfasst ihre fast komplett und Lia sieht ihm in die Augen. »Ich werde es ihr ausrichten.« Cruz lächelt, nun kann sie nicht umhin, ihn ganz anzusehen, er ist ein wirklich hübscher Mann, seine dunklen Augen blicken sie fast schon forschend an, sein Lächeln ist frech und anziehend zugleich. Er scheint sich einige Tage nicht rasiert zu haben, trotzdem wirkt er perfekt.

Lia fühlt sich unwohl unter seinem Blick und deutet auf das Essen. »Wie gesagt, ich bin fertig, ich hoffe, es schmeckt.« Cruz lehnt sich an die Küchentheke und verschränkt die Arme. »Es riecht sehr lecker, aber sag mal Lia, wie alt bist du? Die anderen Haushaltshilfen sind viel älter als du.«

Lia stellt die abgewaschenen Sachen wieder in die Schränke, sie fühlt sich erwischt, er wird sie doch nicht wieder nach Hause schicken, weil sie so jung ist?

»Ich bin zweiundzwanzig und ehrlich gesagt habe ich auch noch nie als Haushaltshilfe gearbeitet, ich kenne Doras Nachbarin von der Arbeit auf dem Feld, sie weiß, dass ich hart arbeiten kann und immer mein Bestes gebe, deswegen hat sie mich gefragt, als Dora jemanden gesucht hat, der sie für eine Weile vertreten kann. Ich werde mir alle Mühe geben, dass alles so läuft, wie Dora hier alles gemacht hat ...«

Es klopft und Maria tritt ein. »Bist du fertig oder brauchst du noch?«

Maria grüßt Cruz und dieser sieht weiter zu Lia, die sich immer unwohler fühlt. »Ja bin ich, wir können los.« Sie nickt noch einmal zu Cruz und murmelt eine Abschiedsgruß, bevor sie schnell das Haus verlässt.

»Ist alles in Ordnung? Du siehst aus, als hättest du ein Gespenst getroffen.« Maria sieht sie belustigt an, als sie zur Bushaltestelle laufen. »Ja, es ist alles gut, ich war nur überrascht, dass dieser Cruz plötzlich da war und mit mir geredet hat.«

Maria winkt ab. »Glaub mir, das war nur, weil du neu bist, morgen sagt er nur noch hallo und tschüss, sie sind nett, aber wir sind nur ihre Angestellten, mach dir keine Sorgen.«

Lia versucht es, sie versucht Cruz und alles andere aus ihren Gedanken zu vertreiben, nicht auf ihren unruhigen Herzschlag zu achten, nicht an seine mächtige Präsenz zu denken und zu ignorieren, dass sie Angst empfindet, wenn sie an ihn und den Tag morgen denkt, doch es geht nicht und als ihre Schwester sie schon neugierig vor ihrem Tor erwartet, schüttelt Lia den Kopf.

»Ich denke nicht, dass ich noch einmal dahin gehen werde!«

Kapitel 4

Als sie am nächsten Tag im Bus sitzt, auf dem Weg zum Nechas-Gebiet, muss sich Lia eingestehen, dass es einfach nur das Geld ist, was sie zu dem Entschluss gebracht hat, sich zusammenzureißen und das alles durchzuziehen.

Sie hat in der Nacht kaum geschlafen und kommt jetzt nicht mehr umhin, sich zu fragen, wie weit sie für Geld gehen würde, sie hätte nicht gedacht, dass sie etwas tun würde, was ihr solche Angst bereitet, doch sie brauchen das Geld einfach zu dringend.

Als ihre Schwester sie gestern Abend ständig gefragt hat, was denn genau Schlimmes passiert sei, dass sie diesen gut bezahlten Job aufgeben will, konnte Lia nicht einmal richtig darauf antworten. Es ist ja nicht wirklich etwas Schlimmes passiert, sie muss sich einfach zusammenreißen und versuchen, Cruz und die Nechas auszublenden.

Sie nimmt es sich fest vor, sagt es sich wie ein stilles Gebet immer wieder selbst beruhigend in ihren Gedanken, während sie zum Eingang des Gebietes und zum Wachhäuschen laufen. Auch Maria neben ihr ist heute sehr schweigsam und gähnt ständig, Lia lässt sich anstecken, bis sie die beiden Männer erblicken, die sie einmal von oben bis unten mustern.

»Wer ist die Junge?« Einen der Männer hat Lia schon einmal gesehen, den anderen, der auch gleich nachfragt wer sie sei, noch nicht, doch nicht das lässt alle erstarren. Der Mann hat einen blutigen Verband um den Kopf gewickelt und presst sich irgendeinen Stoff auf eine Wunde am Arm.

»Brauchen sie Hilfe? Ich kann Wunden nähen und ...« Einer der Männer, der sie auch jeden Morgen begleitet und der offenbar hier als Gärtner arbeitet, tritt besorgt vor. Der Mann im Wachhaus allerdings winkt nur ab und grinst leicht.

»Wir hatten gestern etwas Spaß, mehr nicht, es ist alles halb so wild. Also zu wem gehört die Hübsche hier?«

Lia spürt, dass sie rot wird, als der Mann sie noch einmal von oben bis unten betrachtet. Sie kann trotzdem nicht aufhören, auf seinen blutigen Verband zu sehen. Sie hatten etwas Spaß?

»Sie arbeitet für Cruz, ersetzt dort seine Haushälterin. Einer der Gärtner muss den Pool in Haus 66 heute neu mit Wasser befüllen, da ist gestern wohl ein Missgeschick passiert, ansonsten gibt es nichts Wichtiges. Versucht heute, etwas leiser zu sein, die meisten sind erst vor einer halben Stunde nach Hause gekommen.«

Maria zieht Lia weiter, die die Augen schließt und ihr stilles Gebet weiter leise vor sich hinmurmelt. Sie muss all das ignorieren, sich auf den Haushalt konzentrieren und so schnell wie möglich wieder nach Hause fahren.

Sie versucht an das erste Geld zu denken, das sie in einigen Tagen erhalten müsste und was sie alles damit kaufen wird. Ihr Vater weiß nicht genau, wie viel sie verdient, sie kann auch einfach weniger abgeben und etwas Geld für Lorena und sich zurückhalten, doch Lia schämt sich sofort für diese Gedanken, sie darf nicht vergessen, was ihr Vater alles für sie macht oder getan hat.

Maria ermahnt sie noch einmal, sich ruhig im Haus zu verhalten und geht dann schnell in das Haus von Jomar, während Lia erst einmal kräftig einatmet, bevor sie durch den Nebeneingang in ein abgedunkeltes Haus kommt.

Überall sind die Jalousien geschlossen. Lia geht leise in den Wohnbereich und sieht, dass hier niemand ist, allerdings liegen einige Flaschen mit Bier und Cola auf dem Tisch und neben der Couch stehen mehrere Teller, auf denen sie noch Reste von ihren Hühnchen erkennt, außerdem entdeckt sie noch eine Chipstüte, die komplett über den Boden ausgekippt ist.

In dem Haus hatten vermutlich wirklich einige Leute ihren Spaß. Lia kann zu wenig erkennen und geht an die elektrische Anlage, die Maria ihr erklärt hat. Sie erinnert sich, dass sie auch nur unten die Jalousien hochfahren lassen kann, doch als sie es dann probiert, beißt sie sich auf die Lippen, sie hofft, dass es klappt und sie Cruz nicht weckt und diese Wut, die sie gestern an ihm bemerkt hat, auf sich zieht. Als sie jedoch die Treppe hochblickt, erkennt sie, dass sie wirklich nur unten die Jalousien hochfahren lässt.

Jetzt sieht sie, dass sich ein gewisses Chaos durch die gesamten Zimmer zieht, doch sie ist froh darüber, wenigstens etwas zu tun zu haben, deswegen startet sie auch gleich.

Lia trägt heute eine enge schwarze Stoffhose und ein weißes Top mit schönen hellblauen Stickereien, an dem Lorena lange gesessen hat. Es ist sicher nicht optimal zum Putzen, doch Lia hat auch nichts, was sie dafür verwenden könnte, alle ihre Sachen haben einen gewissen Wert für sie, deswegen versucht sie, einfach vorsichtig zu sein.

Sie beginnt in der Küche, auch wenn nur sie gestern hier gekocht hat, haben es die Leute, die gestern noch hier gewesen sein müssen, geschafft, Unordnung zu hinterlassen. Lia sieht, dass ihr Essen komplett aufgegessen wurde, auch das Brot und irgendwie freut es sie.

Ist es nicht verrückt, dass es sie freut, dass irgendwelchen Gangstern, die es lustig finden, mit blutenden Wunden durch die Gegend zu laufen, ihr Essen schmeckt?

Ihr Handy klingelt und sie nimmt leise an. Schon allein, dass sie in so einem hochmodernen Haus das einfachste Handy hat, das es noch auf der Welt gibt, zeigt ihr wieder, wie unterschiedlich diese Welten sind. Lia kann nicht einmal Nachrichten verschicken, nur Anrufe erhalten oder selbst anrufen und das reicht ihr auch vollkommen.

Sie ist froh, nicht mehr auf der Schule zu sein, aus der Lorena ständig schlechtgelaunt wieder nach Hause kommt. Sie haben dasselbe Handy und ihre jüngere Schwester erzählt ihr immer wieder von Sachen wie Facebook oder Whatsapp und Lia kann nur den

Kopf darüber schütteln, sie ist froh, dieses Handy zu haben, egal was für Funktionen es hat oder nicht hat.

Eigentlich ruft nur Lorena sie an, selten jemand wegen Arbeit oder eine ihrer Freundinnen in der Nachbarschaft, da sie eh zu wenig Zeit hat, um sich mit ihnen im Dorf herumzutreiben. Doch heute ist ihr Vater dran, merkwürdig, er benutzt kaum ihr altes Telefon zuhause und Lia war gar nicht bewusst, dass er ihre Handynummer hat.

»Wann bekommst du dein erstes Gehalt?« Lia legt den Lappen beiseite, mit dem sie gerade die Marmorfläche abgewischt hat. »Am Freitag, wieso?« Natürlich antwortet ihr Vater nicht darauf, wieso sollte er?

»Und dass du da jetzt in einem fremden Haus putzt, bedeutet, dass sich hier die Arbeit von alleine macht? Soll ich heute den Dreck der Ziegen essen?« Lia schließt die Augen, sie wollte gestern noch für heute etwas Essen zubereiten, doch sie war so abgelenkt und durcheinander, dass sie es vollkommen vergessen hat.

»Ich rufe Lorena an, sie kommt von der Schule direkt nach Hause und kocht dir etwas, Papa, es ist ja nicht so, als hättest du mal nichts zu essen bekommen, du weißt doch, dass wir uns darum kümmern.«

Ihr Vater lacht gehässig auf. »Deine Schwester nicht, deine Schwester hat viel zu viel mit den Jungs zu tun, sie ist wie ihre ...« Lia unterbricht ihn, bevor er es aussprechen kann. »Ich rufe sie jetzt an, Papa, bis später.«

Nachdem sie ihre Schwester erreicht hat und ihr gesagt hat, dass sie sich heute um das Essen kümmern muss, putzt sie mit schlechter Laune weiter. Sie ist zweiundzwanzig und hat nichts anderes im Sinn, als ihrem Vater alles recht zu machen und bloß nichts Falsches zu tun, soll das alles sein? Wird jetzt ihr Leben so aussehen? Was macht sie in fünf Jahren? Lia kann sich nicht einmal vorstellen, dass ihr Leben dann ganz anders sein könnte als jetzt.

Sie putzt die Küche und räumt den Wohnraum auf, außerdem nimmt sie die Wäsche im Garten ab, hebt alles auf, was da herumliegt, bügelt und reinigt die Gästetoilette. Sie wischt das untere Stockwerk komplett durch, dann macht sie sich an das Mittagessen, heute bereitet sie Alcapurrias zu, sie kann nur die alte traditionelle Kochweise davon und hofft, dass es so richtig ist.

Sie backt heute ein helleres Brot und eine Soße, die früher immer zu den Alcapurrias gereicht wurde. Als sie fertig ist, hat sie nicht mehr viel Zeit und geht leise ins obere Stockwerk.

Bisher hat sie keinen Ton von hier gehört, alle Türen zu den Zimmern stehen offen, bis auf die zum größten Schlafzimmer, das Lia auch am besten gefallen hat. Sie weiß, dass sie eigentlich nicht nach oben soll, wenn die Leute da sind, da die Tür aber zu ist, wischt sie einmal schnell durch und geht dann wieder hinunter, gerade als Maria bei ihr an die Tür klopft.

Sie verlassen das Gebiet wieder. Lia lächelt, als sie dieses Mal zurück in ihr Dorf fährt, so können die nächsten Tage ruhig weitergehen.

Deswegen ist Lia am nächsten Tag auch nicht mehr so beunruhigt, selbst im Wachhäuschen sitzt nur ein Mann, der sie kaum beachtet. Als sie dann in das Haus eintritt, ist es wieder dunkler, aber dieses Mal ist unten nicht überall die Jalousie heruntergefahren und Lia kann besser sehen, um sich schnell einen Überblick zu verschaffen.

Heute ist es nicht ganz so unordentlich, auf dem Tisch stehen zwei Flaschen Cola und eine Chipstüte, es scheint so, als hätte jemand einfach am Abend eine Weile ferngesehen. Lia sieht in den Kühlschrank und auf den Herd, es ist einiges von dem Essen gegessen worden, auch wenn nicht alles weg ist. Vielleicht war dieser Cruz gestern einfach allein hier und hat auch allein gegessen, so wirkt es zumindest.

Lia beginnt wie gestern, alles im unteren Stockwerk zu putzen, sie hat gestern vergessen, Wäsche zu waschen und macht heute eine Maschine an, es ist zwar kaum etwas da, doch Maria hat ihr gesagt, sie muss jeden oder jeden zweiten Tag Wäsche waschen.

Sie soll heute nur Kochbananen frittieren, Tostones. Da das ganz schnell geht, hängt sie erst die Wäsche im Garten auf und will dann nach oben gehen, um dort nach dem Rechten zu sehen, als plötzlich die Haustür zuschlägt und ein Mann in den Wohnbereich tritt, der den Kopf schüttelt und sich auf das Sofa setzt.

»Du hast fünf Minuten. Wir haben in drei Minuten unseren Termin, wäre ich nicht, würdest du den kompletten Tag verpennen.« Seine Stimme donnert durch das ganze Haus.

Sofort ist alles wieder da, das ungute Bauchgefühl, die Angst, die schwitzigen Hände, Lia macht das letzte Shirt an der Wäscheleine fest und weiß, dass sie sich nicht davor drücken kann, zurück ins Haus zu gehen. Sie macht es wie Maria es ihr eingebläut hat, sie sind gar nicht da, einfach unauffällig sein.

Leise geht sie ins Haus zurück, sie hört die Dusche im oberen Stockwerk, das bedeutet, Cruz ist wirklich wach. Lia schließt die Schiebetür zum Garten.

Sie nuschelt nur ganz leise ein Hallo und sieht den Mann nicht einmal richtig an, doch sie hat sofort gesehen, dass es Cruz' Bruder Jomar sein muss, den sie überall mit ihm zusammen auf den Bildern gesehen hat. »Hi, wer bist du? Arbeitest du hier? Wo ist Dora?«

Lia spürt den Blick von Jomar an sich auf- und abgleiten, sie versucht nicht aufzufallen und all das zu umgehen, doch sie kann nicht unhöflich sein, deswegen blickt sie zu Cruz' Bruder und antwortet. »Ich bin Lia, ich vertrete Dora nur, da sie verletzt ist.«

Jomar wirkt ebenso wie Cruz in der Realität viel härtet als auf den Bildern, vielleicht liegt es aber auch daran, dass sie auf den Bildern meistens beide lächeln oder lachen, Jomar schmunzelt einen

Moment, doch trotzdem kann Lia nicht leugnen, dass sie auch vor ihm Angst hat.

Beide Brüder ähneln sich sehr, Jomar und Cruz haben ähnliche Gesichtszüge, beide sind ohne Zweifel schöne Männer, Jomar hat kurze Locken und seine Augen funkeln ebenso dunkel wie die seines Bruders.

Auch wenn er ihr freundlich entgegensieht, hat Lia Angst vor ihm, besonders als sie die Waffe entdeckt, die er neben sich auf die Couch gelegt hat.

»Na da freut sich mein Bruder bestimmt ...« Lia will gar nicht wissen, wie genau er es meint und geht in Richtung Küche, sie ignoriert das Schmunzeln, doch dann hört sie wieder diese noch rauere und noch dominantere Stimme. »Worüber freue ich mich?«

Lia blickt nach oben zu den Treppen, wo jetzt Cruz erscheint, er knöpft sich gerade ein blaues Hemd zu, dazu trägt er eine schwarze Shorts.

Lia kommt nicht umhin zuzugeben, dass sie ihn äußerst attraktiv findet, seine dunkle Haut, die dunklen Augen, die schönen Gesichtszüge, doch ihr fallen auch gleich mehrere Schrammen im Gesicht auf, nicht sehr groß, aber doch deutlich sichtbar, fast so, als wäre er auf den Boden gefallen oder jemand hätte ihn mit etwas im Gesicht getroffen.

Es ist natürlich nicht ganz so schlimm wie die Verletzungen, die der Mann gestern im Wachhäuschen hatte, doch Lia ist sich sicher, dass die Wunden miteinander zu tun haben und die Angst, die sie bei all diesen Männern sofort verspürt, verstärkt sich nur noch mehr.

»Ich meinte, dass du dich sicher freust, dass Lia Dora vertritt.« Lia kann das freche Grinsen sehen, das Jomar seinem älteren Bruder zuwirft, ignoriert es aber und holt sich alles heraus, was sie später zum Zubereiten des Mittagessens braucht. Erst als Cruz zu ihr in die Küche kommt und sich aus dem Kühlschrank einen

Joghurtdrink holt, stockt sie. »Ja, bin ich auch, das Essen war wirklich sehr gut. Lia, ich ...«

Lia unterbricht ihn, sie spürt, dass sie rot wird. »Oh mein Gott, ich habe das Frühstück vergessen!«

Cruz zieht die Augenbrauen zusammen und zuckt die Schultern. »Ich frühstücke eigentlich eh nicht wirklich, es macht gar nichts, im Gegenteil.« Lia nimmt für einen kurzen Augenblick die Hände vor das Gesicht, das ist ihr so was von unangenehm, sie hat es einfach vergessen. Maria hat gesagt, jeden Tag kochen und Frühstück zubereiten, sie hat kaum begonnen und macht schon einen solchen Fehler.

»Es tut mir wirklich leid, erst war niemand hier und gestern haben Sie geschlafen und heute … ich habe es einfach vergessen, aber ich mache gleich etwas, wollen Sie hier frühstücken oder im Garten?«

Cruz scheint zu merken, wie unangenehm ihr das ist und ein wirklich süßes Lächeln bildet sich auf seinen Lippen, dabei bemerkt Lia eine kleine Narbe an seiner Oberlippe. Sie ist nur minimal, aber wenn er so lächelt, sieht man sie.

»Wirklich Lia, das ist nicht schlimm und dein Essen hat mir sehr gut geschmeckt, also mach dir keine Sorgen. Ich habe morgens eh keine Zeit, falls ich überhaupt am Morgen aufstehe und nicht erst nach Hause komme … also alles in Ordnung und bitte bleiben wir beim Du, ich bin gerade mal drei Jahre älter als du.«

Woher weiß er wie alt sie … stimmt, Lia hat es ihm gesagt. »Okay, aber ab morgen werde ich etwas vorbereiten.« Sie weiß nicht, was ihr unangenehmer ist, dass sie schon jetzt solche Fehler macht, die Art, wie Cruz sie ansieht oder dass Jomar sie belustigt beobachtet, bis sein Handy klingelt.

»Wir müssen los!« Cruz nickt, lächelt noch einmal, Jomar hebt kurz die Hand und schon sind beide verschwunden. Lia hat aber noch die Waffe gesehen, die Cruz im hinteren Hosenbund bei sich trägt und schüttelt den Kopf, wo ist sie hier bloß gelandet?

Lia gibt sich nun besonders viel Mühe beim Zubereiten des Essens, dann geht sie schnell nach oben, wischt alle Zimmer und betritt erst ganz zum Schluss das Zimmer, in dem Cruz schläft und wo sie gestern nicht hinein konnte.

Der anziehende Duft liegt schwer im Raum und Lia geht direkt ins Bad, sie putzt alles und versucht, die vielen Parfüms und Duschgele zu ignorieren. Ihr Blick fällt in eine geöffnete Schublade, in der nebeneinander viele teure Uhren liegen.

Lia beeilt sich, fertig zu werden und als sie dann im Schlafzimmer das Bett macht, fragt sie sich, wie viele Frauen wohl schon in dem riesigen weichen Boxspringbett geschlafen haben.

Sie denkt an ihre schmalen einfachen Holzbetten und schüttelt den Kopf. Als sie in den begehbaren Kleiderschrank geht, fällt ihr Blick auf die vielen hundert Paar Sneakers, Shirts und Hosen, Hemden und Anzüge und ganz offen in einer herausgezogenen Schublade liegen mindestens zehn Waffen.

Lia schluckt, es ist zu unwirklich, wie sie hier in diesem Raum steht, auf die Waffen starrt und gleichzeitig diesen anziehenden Geruch in der Nase hat.

Sie besinnt sich erst wieder, als sie Maria von unten nach ihr rufen hört, sie müssen zum Bus.

Lia schüttelt den Kopf, um sich wieder in die Realität zurückzuholen und wieder fragt sie sich:

Was tut sie hier eigentlich?

Kapitel 5

Dass sie am nächsten Tag wieder mit einem unguten Gefühl zur Arbeit fährt, verwundert sie nicht, doch sie hat dieses Mal nicht überlegt, das Ganze wieder sein zu lassen, denn heute ist Freitag und sie müsste ihr Geld bekommen. Lia ist schon gespannt, wie genau das funktioniert und ob es wirklich so viel ist, wie Dora es versprochen hat.

Also geht sie trotz ihrer Angst und ihrem unguten Bauchgefühl sehr gespannt zur Arbeit. Auch auf dem Feld hat sie fünf Tage von Mittwoch bis Sonntag gearbeitet und sich dann zwei Tage ausgeruht, doch bei der Arbeit musste sie sich Freitags schon immer zur Arbeit schleppen, so erschöpft war sie von den anderen Tagen, jetzt fühlt sie sich körperlich vollkommen ausgeruht, die Arbeit ist für sie nicht hart … körperlich, psychisch ist das etwas ganz anderes.

Unterschiedlicher könnten die beiden Arbeiten nicht sein, auf dem Feld fühlt sie sich wohl, mag die Leute, war gern auf der Arbeit, auch wenn sie körperlich teilweise an ihre Grenzen gegangen ist. Jetzt geht sie ungern und mit Angst zur Arbeit, sie arbeitet aber viel weniger und körperlich spürt sie kaum Anstrengung.

Trotzdem und auch wenn sie jetzt viel mehr Geld verdient, würde Lia die Arbeit auf dem Feld immer vorziehen, nur hat sie gar nicht die Wahl, also steigt sie aus dem Bus, geht an den Wachposten vorbei und atmet tief ein, als sie das Haus von Cruz betritt.

Lia trägt ihre Haare heute offen, sie hat eine weite Stoffhose mit weißen und schwarzen Karos darauf an sowie ein weißes Top. Sie bindet sich schnell die Haare zu einem Knoten, als sie im Haus ist und zieht ihre Flip Flops aus, sie ist lieber barfuß und da keine Jalousien unten sind, scheint Cruz schon weg zu sein.

Sicherheitshalber geht Lia aber alles im Haus ab und sieht nach, ob sie auch wirklich allein ist, doch es ist alles unberührt. Die Küche ist sauber, es liegt nichts herum.

Lia geht in den ersten Stock und sieht, dass das Bett von Cruz unberührt ist, er war gar nicht erst da. Sie geht in die Küche und bemerkt das noch unberührte Essen von gestern, offenbar ist er von dem, was er mit seinem Bruder getan hat, noch nicht zurück.

Es ist alles sauber, sie hängt die trockene Wäsche ab und bügelt, dann will sie gerade hinüber zu Maria und fragen, ob sie trotzdem heute noch etwas neues kochen soll, da geht die Tür auf und Cruz tritt ein. Lia hört noch Gemurmel vor der Tür, doch dann fällt diese ins Schloss und Cruz steht genau vor ihr.

Lia kann nicht mal eine höfliche Begrüßung murmeln, als er so nah bei ihr steht, egal wie hübsch er ist, auch jetzt noch, Cruz sieht fix und fertig aus.

Tiefe Schatten sind unter seinen Augen, viel mehr als eine durchgemachte Nacht müssen diese verursacht haben und er sieht aus, als würde er seine Augen kaum aufhalten können, doch er bleibt stehen und sieht zu ihr hinab.

Natürlich überragt er sie um einen Kopf und seine dunklen müden Augen brennen sich in ihre. Lia hat bisher nicht bemerkt, wie voll seine Wimpern sind, wie perfekt seine Nase in sein Gesicht passt und wieder sieht sie die kleine Narbe an seinen Lippen, die sich in dem Moment zu einem kleinen amüsierten Lächeln hochziehen.

»Du siehst aus, als wäre ich ein Monster und gerade dabei, dich umzubringen.« Gott, so schnell wie Lias Herz schlägt und so wie ihr die Panik den Nacken hochgefahren ist, muss sie ihn wirklich wie verrückt vor Angst anstarren.

»Es … nein, entschuldige, ich bin nur … geht es Ihnen … dir gut?« Cruz fährt sich mit seiner Hand kurz durch die Haare, dabei sieht sie, dass er nicht nur die einige Tage alten Kratzer auf der Wange hat, sondern auch welche auf seinem Arm. »Ja, wir haben gerade etwas viel um die Ohren, ich brauche dringend Schlaf, aber mir fehlt nichts.«

Einen Augenblick sieht er ihr wieder in die Augen, Lia ist verwundert, bei all der Härte, die dieser Mann ausstrahlt, fühlt es sich ganz weich an, wenn er sie so anblickt. »Hat dir schon mal jemand gesagt, dass du ganz besonders schöne Augen hast?«

Lia zwinkert kurz irritiert, doch sie hat sich nicht verhört. Es war auch nicht als Kompliment oder Anmache gemeint, Cruz hat sie das ganz ernsthaft gefragt. »Ich habe es schon mal gehört, aber … alle Menschen haben unterschiedliche Augen … es sind nur Augen.«

Was für eine bescheuerte Antwort, Lia senkt den Blick, als sie sieht, wie sich wieder ein Lächeln auf Cruz' Lippen schleicht. Was tut sie hier eigentlich? Sie ist zum Arbeiten hier, zu mehr nicht.

»Ich wollte gerade rüber zu Maria und fragen, ob ich für heute noch neues Essen zubereiten soll?« Sie blickt wieder hoch und deutet zur Küche, wohin Cruz auch gleich geht.

Lia kann nicht verhindern, dass sie etwas heftiger einatmet, als Cruz eine Waffe aus dem Hosenbund zieht und auf die Marmorplatten in der Küche legt, bevor er sich aus dem Kühlschrank eine Dose mit Cola nimmt und sie komplett leert.

Lia sieht auf die Uhr, es ist kurz nach zehn Uhr am Morgen.

»Nein, du kannst für heute Schluss machen, ich lege mich jetzt schlafen und esse später das Essen von gestern, ich mag es nicht, Essen wegzuschmeißen und wer weiß, ob ich überhaupt zum Essen komme. Mach dir ein schönes Wochenende und grüß Dora.«

Cruz sieht ihr noch einmal in die Augen und wendet sich dann zu den Treppen um. »Sicher? Ich kann auch noch etwas putzen oder ...« Cruz bleibt vor den Schaltern der Jalousien stehen und lässt das ganze Haus langsam dunkel werden.

»Es ist alles sauber, du hast sehr gut gearbeitet, Lia, mach dir einen schönen Tag, du hast es dir verdient.«

Lia ist es sofort unangenehm, hier unten mit ihm allein zu sein, sobald es immer dunkler wird und das Tageslicht ausgesperrt wird.

»Okay … dann schlaf gut und ja … bis Montag.« Lia öffnet ihren Zopf, schnappt sich ihre Korbtasche und zieht ihre Schuhe über. Als sie sich noch einmal umdreht, steht Cruz noch immer da, wieder liegt sein Blick auf ihr.

Lia sieht auf die Waffe, die noch immer in ihrem Blickfeld liegt und hebt noch einmal kurz die Hand, bevor sie schnell das Haus verlässt.

Es ist noch viel zu früh, unsicher klopft sie bei Maria an die Tür, die ihr auch gleich öffnet. Auch Jomar ist gerade erst gekommen, er sitzt aber noch am Frühstückstisch, enttäuscht merkt Lia, dass sie wieder vergessen hat, Frühstück vorzubereiten.

Als Lia jetzt erklärt, dass Cruz ihr freigegeben hat, sagt auch sein jüngerer Bruder, dass er sich schlafen legt und auch Maria gehen könne. Kurze Zeit später stehen sie beide um kurz vor elf mitten im Nechas-Gebiet, Maria rundum zufrieden, Lia völlig überfordert.

Der Bus zurück zu ihren Dörfern kommt noch lange nicht, doch Maria stört das wenig, sie gehen zu den Wachhäuschen, wo ihnen ein Mann beiden jeweils einen Umschlag gibt.

Lia öffnet ihren erst, als sie zusammen mit Maria auf die belebte Straße treten. 200 Dollar und das für nur fünf Tage Arbeit und sie hatte ja nicht einmal viel zu tun, für Lia ist das verdammt viel Geld.

Sie will zur Haltestelle und nachsehen, ob ein anderer Bus in die Nähe fährt, doch Maria schüttelt den Kopf und zeigt in die andere Richtung.

»In zwanzig Minuten sind wir zu Fuß in San Juan, wir haben bis sechzehn Uhr Zeit, auf geht's.«

Die Erinnerungen, die Lia an San Juan hat, stimmen in keiner Weise mit dem überein, was sie hier vorfindet. Es ist atemberaubend, Lia saugt alles in sich auf, während Maria sie von einem Geschäft zum anderen bringt.

Hier sind so viele Menschen und alle sind verschieden, solch bunte Vielfalt wie hier kennt sie so gar nicht.

In den Dörfern und kleinen Städten bei ihnen ist es niemals gut, aus der Reihe zu tanzen und zu sehr aufzufallen. Besonders Lorena und sie müssen sehr vorsichtig sein, die Geschichte ihrer Familie reicht schon, sie müssen aufpassen, nicht zu sehr aufzufallen, doch hier scheint es niemanden zu kümmern, was andere denken könnten.

Das ist es wahrscheinlich, was Lia so fasziniert, hier spürt man überall das Leben, Freude am Leben, überall sind fröhliche Menschen in Cafés, Familien gehen spazieren, Straßenmusiker spielen ihre Musik, Lia kann gar nicht genug davon bekommen.

Als sie in einer kleineren Straße entlanglaufen, pfeifen zwei junge Männer hinter Maria und ihr her. »Hey Schönheit, wie ist dein Name? Bleibt stehen, wir wollen deiner Mutter danken, dass sie so einen schönen Engel zur Welt gebracht hat.«

Sie laufen weiter und Lia hofft, dass Maria das einfach überhört, doch die knufft ihr in die Seite.

»Sie denken, ich bin deine Mutter, da muss ich ja doch noch etwas von meiner Schönheit behalten haben, willst du zurückgehen?« Lia dreht sich nicht einmal um.

»Nein, ich habe keine Zeit und keine Lust auf so etwas.« Hat sie wirklich nicht, doch selbst wenn, würde sie das niemals jemandem wie Maria auf die Nase binden, Gerüchte und Neuigkeiten verbreiten sich bei ihnen schneller als hochansteckende Krankheiten.

»Das ist aber sehr schade, du bist so eine hübsche junge Frau, du kannst nicht nur ans Arbeiten denken, wann willst du das Leben genießen, wenn du so alt bist wie ich?«

Lia zuckt nur die Schultern und entdeckt in dem Moment einen Laden mit Stoffen, in dem sie zwei tolle Bahnen für ihre Schwester besorgt. Die Sachen hier sind nicht nur viel besser, sie sind auch preiswerter.

Maria kennt die besten Läden und Lia besorgt ein paar Sachen für die Küche, neue Handtücher, die Stoffe für ihre Schwester, ganz zum Schluss gehen sie in einen Supermarkt und am liebsten würde Lia hier alles einpacken.

Die Preise sind viel niedriger als in den Geschäften, die sie kennt. Mit vielen Tüten kommen sie dann am Bus an und fahren zurück in ihre Dörfer, Lia kann es gar nicht erwarten, nach Hause zu kommen.

Die letzten Tage hat ihr Vater langsam mitbekommen, zu welcher Uhrzeit Lia wieder zuhause ist, als sie jetzt zu ihrem Haus kommt und das Auto des Mannes sieht, der als Einziger noch regelmäßig ihren Vater besuchen kommt, flucht sie leise und versteckt die vielen Tüten schnell im Hühnerschuppen, in den außer ihr niemand hineingeht.

»Bist du endlich da?« Lia beeilt sich, als sie die Stimme ihres Vaters über den Hof donnern hört, offenbar wurde sie schon erwartet und als Lorena ihr genervt entgegensieht, ahnt sie schon Schlimmes.

Im Haus erwartet sie ein vertrautes Bild, ihr Vater und sein Freund sitzen in der Küche, Lorena hat gekocht und die beiden bedient und jetzt haben sie zwei Gläser Bier vor sich stehen. »Da bist du ja, hast du deinen Lohn bekommen?«

Lia nickt und ballt ihre Hände zu Fäusten, sie spürt, wie sich ihre Nägel in ihre Hand drücken, sie wünschte, sie könnte mehr tun, um ihre Wut loszuwerden, doch sie kann es nicht, als ihr Vater die Hand aufhält.

Sie hat gut eingekauft und nur 38 Dollar ausgegeben, für die Menge die sie gekauft hat, ist das sehr wenig. Ihr Vater weiß nicht, wie viel sie verdient, er hat nie gefragt und als sie ihm jetzt 100

Dollar in die Hand legt, zieht er zwar die Augenbrauen kurz zusammen, sagt aber nichts.

»Wir wollen in die Stadt, ein wenig unter Leute kommen, bleibt zuhause!« Der Freund erhebt sich und Lorena senkt den Blick, sie wissen beide genau, dass sie von dem Geld nichts mehr sehen werden.

Ihr Vater macht es nicht sehr oft, aber ab und zu versäuft er ihr gesamtes Geld in nur einer Nacht. Es ist ihm egal, wie sie weiter über die Runden kommen oder wie hart Lia für das Geld arbeiten musste.

Wenn sie es mal gewagt hat, ihn deswegen anzusprechen, war seine Antwort immer gleich, er muss verdrängen, wie sehr sein Leben ihretwegen verpfuscht ist und was für Opfer er bringen musste.

Ohne ein weiteres Wort zu verlieren, verlassen die beiden langsam das Haus. Ihr Vater kann eigentlich, seit seinem schweren Unfall kaum laufen und doch kann er, wenn er es wirklich möchte, das Haus wieder verlassen, sonst müssen seine Töchter alles für ihn erledigen.

»Iss etwas.« Lorena stellt ihr einen Teller hin.

Lia hat ihrer Schwester das Kochen beigebracht und doch unterscheidet sich der Geschmack ihres Essens. Ihre Schwester ist in der Zubereitung von Süßem viel besser und Lia hingegen kann die herzhaften Gerichte besser kochen.

Lorena hat heute als Nachtisch Lias Lieblingsspeise gezaubert. Kuchenstücke aus Blätterteig und Vanillepudding. Erst als Lia diese genossen hat, fallen ihr die Tüten wieder ein und sie bittet ihre Schwester, diese aus dem Stall zu holen.

Sie feiern keine Geburtstage, kein Weihnachten oder sonst etwas seit dem Tag, als sich ihr ganzes Leben geändert hat, doch wenn sie ihre jüngere Schwester so wie jetzt strahlen sieht, als sie neugierig die Tüten auspackt, erinnert sie sich wieder an die Zeiten, als sie diese Feste noch gefeiert haben, noch unbeschwert gelacht haben und alles noch so einfach war.

Lorena bestaunt die Stoffe und küsst ihre Schwester auf die Wange, sie stellt die Lebensmittel weg, die Lia besorgt hat, bis auf die Cola und die Süßigkeiten, die nehmen sie mit aufs Dach, nachdem sie alle Tiere versorgt und ihre Matratzen nach oben gehievt haben.

Es ist selten, dass sie im Freien auf dem Dach schlafen, eigentlich nur, wenn sie daran denken und ihr Vater wieder mit diesem Freund unterwegs ist.

Sie sitzen in der kühlen Nachtluft, essen und trinken und lassen die Beine vom Dach baumeln, während sie über ihr Dorf blicken. Lia erzählt Lorena, wie San Juan ist und was sie dort alles gesehen hat, sie weiß, dass Lorena unbedingt so schnell wie möglich in eine große Stadt ziehen möchte.

Am liebsten möchte sie Puerto Rico verlassen und Lia soll sie begleiten, doch sie kennt ihre Antwort. Sie können ihren Vater nicht verlassen, nicht auch noch sie, das würde er nicht überleben.

Einige Stunden später weiß Lia schon nicht mehr, wieso sie noch immer so viel Rücksicht auf ihren Vater nehmen.

Das Tor zum Hof knallt laut ins Schloss und sie hören sofort, dass er alles Geld, was er bekommen hat, ausgegeben hat.

»Ichhh bin zurück in meinnnnem undankbaren Lebennnn, verflucht seist du, Adora, verflucht auf ewig. Alles habe ich für diese Kinder getan und was issssst der Dank?«

Auch Lorena wird wieder wach, sie hören, wie ihr Vater etwas umwirft, doch keiner wird es wagen nachzusehen, was das war, sie liegen stumm und ganz steif auf dem Dach und hören ihn unten wüten.

»Da kommt ein Mann zu mir und erzählt mir, dass er meine Tochter, meine eigene Tochterrr gesehen hat und sie ist mittlerweile genauso hübsch wie diese Hure, aus der sie entstanden ist, es kann ja nichts anderes aus ihrrrr werden, verdammte Scheißßßße.«

Lia spürt, dass Lorena mit den Tränen kämpft, sie hören einen dumpfen Schlag und wie ihr Vater laut aufstöhnt, er muss gefallen sein. Lia schließt die Augen.

Sie warten, doch als sie nichts mehr hören, seufzt sie leise auf und steht auf.

»Bleib hier, hörst du?« Lorena will sie an der Hand festhalten. »Nein Lia, nicht schon wieder ...« Doch Lia ist schon vom Dach herunter gestiegen und geht durch das Haus auf den Hof.

Ihr Vater liegt auf den Treppen, von allein wäre er nicht wieder hochgekommen, Lia sieht nach, ob er verletzt ist, doch sie kann nichts erkennen.

»Papa, ist alles in Ordnung?« Lia greift nach seinem Arm, um ihm hochzuhelfen, doch im selben Moment scheint er wieder zu sich zu kommen und steht aus eigener Kraft so ruckartig auf, dass Lia fast nach hinten fällt.

»Fass mich nicht an, du bist genau wie deine Mutter, alle reden schon von dir, wommmmit habe ich das verdient?«

Er hinkt ins Haus und Lia geht hinterher, wäre sie doch niemals vom Dach heruntergekommen, doch wenn er wirklich verletzt gewesen wäre, hätte sie sich das auch nicht verziehen.

»Ich kann nichts dafür, dass sie reden, ich tue nichts außer zu arbeiten, das weißt du genau. Ich bin müde, ich gehe ...«

Es wäre zu einfach, wenn sie es schaffen würde, wieder zu verschwinden, ihr Vater greift nach ihr, doch er bekommt nur noch ihre Haare zu fassen und zieht so kräftig daran, dass Lia schreiend zu Boden fällt, sie hat das Gefühl, ihr wird die Kopfhaut abgezogen.

»Ihr seid verfluchtttt, deine Schwester und du. Ihr habt die Schönheit der Hure abbekommen, sodass auch ihr alle Männer um euch herum in den Waaaahnsinn treiben müsst, womit habe ich das verdient? Was habe ich soooo Schlimmes getan, dass ich so etwas verdient habe?«

Lia kann kaum denken, so sehr zieht er an ihren Haaren, als er sie dann mit einen kräftigen Stoß loslässt, knallt sie mit ihrem Arm gegen die harte Mauer, doch Hauptsache, er hat ihre Haare losgelassen.

Lia weiß, dass er noch lange nicht fertig ist, doch dieses Mal ist ihr Vater so betrunken, dass Lia es schafft, aufzustehen und die Treppen zum Dach hochzueilen, bevor er sie erneut ergreifen kann.

Sie schlägt die Tür hinter sich zu, Lorena sitzt zusammengekauert auf ihrer Matratze, Lia kann ihre Tränen kaum zurückhalten, gleichzeitig kennt sie es nicht anders, sie müssen für all das büßen, was ihre Mutter getan hat und das, seit sie sie vor sieben Jahren verlassen hat.

Sie hören etwas im Haus zerschlagen, Lia nimmt Lorena in den Arm und hält sich gleichzeitig ihren immer noch schmerzenden Kopf.

Sie hört die bösen Worte ihres Vaters und schließt die Augen. Die Frage, die sich ihr Vater stellt, dominiert nun auch ihre Gedanken.

Womit hat sie all das eigentlich verdient?

Kapitel 6

Am nächsten Tag kitzeln die unbarmherzigen Sonnenstrahlen Puerto Ricos Lia und Lorena wach. Da sie auf dem Dach eingeschlafen sind, haben sie keine Chance mehr weiterzuschlafen, die Sonne steht schon sehr früh zu hoch am Himmel und sie setzen sich müde auf.

Lias Arm schmerzt, ihrem Kopf geht es mittlerweile schon besser. »Das sieht böse aus.« Lorena streicht über Lias rechten Arm, mit dem sie gestern Abend wegen ihres Vaters gegen die Mauer gestoßen ist und der sich jetzt über ihrem Ellenbogen tiefblau verfärbt hat.

Wäre ihre Haut nicht so olivfarben sondern ähnlich dunkel wie die der meisten hier im Dorf, würde das gar nicht so sehr auffallen, so aber zeichnet sich das Blau ziemlich stark von ihrer Haut ab.

»Das wird schon wieder verheilen … wie alles andere davor auch.« Lia und Lorena schaffen ihre Sachen ins Haus zurück. Das Schlafzimmer ihres Vaters ist fest verschlossen und sie wissen, dass er sicherlich bis heute Abend im Bett bleiben wird, manchmal verbringt er nach solchen Nächten sogar noch länger in seinem Zimmer.

»Was machen wir heute?« Lia will gerade Kaffee kochen und Lorena sieht hungrig in den Kühlschrank. Ein Blick auf die Uhr in der Küche zeigt, dass es kurz nach sieben ist, sie haben noch den ganzen Tag in diesem langweiligen Dorf vor sich.

Klar, sie haben auch viel im Haushalt zu tun, doch Lia ist noch viel zu sauer wegen der letzten Nacht und wird sich heute garantiert nicht hinstellen und die Wäsche für ihren Vater waschen.

Sie haben noch Geld, von dem ihr Vater nichts weiß, genug für den Rest der Woche und um etwas für sich auszugeben. Sie denkt an ihren gestrigen Tag mit Maria und lächelt.

»Schnell, füttere die Tiere, ich packe uns eine Tasche und schreibe Papa einen Zettel, dass ich heute arbeiten muss und du mich begleitest. Wir nehmen den Acht-Uhr-Bus und fahren nach San Juan an den Strand.«

Allein das Gesicht ihrer Schwester so strahlen zu sehen, ist all den Stress wert. Normalerweise ist Lia viel zu vernünftig und vorsichtig und würde sich so etwas niemals trauen, doch der Ausflug gestern hat ihr ein kleines Stück Freiheit gezeigt. Und wenn man nur eine Stunde mit dem Bus fahren muss, um die zu bekommen, wieso sollen sie es nicht nochmal genießen?

Nach all den letzten Wochen harter Arbeit und dafür, dass sie hier als Einzige Geld nach Hause bringt und den Haushalt erledigt, kann sie auch mal unvernünftig sein und wenigstens einen Tag all das hinter sich lassen, während ihr Vater seinen Rausch ausschläft.

Selbst wenn er wach wird, wird er sich nichts dabei denken, wenn sie sagt, dass sie arbeiten ist und Lorena sie begleitet, also lächelt Lia nur, als Lorena sie ungläubig ansieht.

»Du würdest mich mit so etwas doch nicht auf den Arm nehmen, oder? Ich meine, wir haben nicht einmal Bikinis.« Stimmt, sie waren ja nie wirklich schwimmen im Meer oder auch sonst nirgendwo. Langsam kommt sich Lia immer naiver vor.

Für sie war all das so weit weg, so unerreichbar, San Juan, das Meer, ihre Welt bestand immer nur aus den Dörfern der Umgebung und ein Ausflug in die nächst größere Stadt war schon eine kleine Weltreise. Dabei ist es nur eine Stunde mit dem Bus entfernt, wieso hat sie sich das vorher nie gewagt?

»Ich war dort in einem Laden, wo es sehr günstige Bikinis gibt, wir kaufen uns welche, also komm jetzt, der Bus wartet nicht auf uns.« Sie muss ihre Schwester kein zweites Mal bitten, zusammen bereiten sie alles vor und sind sogar einige Minuten zu früh an der Bushaltestelle.

Lorena betrachtet genau wie Lia am ersten Tag alles ganz genau, was sie aus dem Fenster heraus sehen kann. Lia hingegen schließt die Augen und beginnt zu träumen, während der Bus langsam die Dörfer hinter sich lässt und die Straßen immer fester werden.

Es waren nur wenige, die heute eingestiegen sind, offenbar ist es normal, dass man als Haushaltshilfe nur von Montag bis Freitag arbeitet.

Lia öffnet ihre Augen erst wieder, als die Straßen voller und belebter werden und somit kurz vor der Haltestelle, an der sie ab jetzt fünf Mal die Woche aussteigen wird. Lia zeigt ihrer Schwester, wo sie arbeitet, aber noch immer erwähnt sie nicht, für wen sie im Haushalt arbeitet.

Lia geht nach vorn zum Fahrer und fragt ihn, wie weit er sie in San Juan an den Strand bringen kann, zu ihrer Freude erklärt er ihr, dass seine letzte Haltestelle genau an einer der beliebtesten Strandpromenaden ist.

Nun drücken sich wieder beide Schwestern ihre Nasen am Fenster platt. San Juan ist so schön, bunt und laut. Und alles, was Lia in dieser Stadt sieht, ist Freiheit.

Sie vergewissern sich noch einmal, wann genau die Busse zurück zu ihren Dörfern fahren und erst dann verlassen sie den Bus und blicken auf das Meer.

»Es ist so wild.« Auch Lorena neben ihr ist stehengeblieben und umfasst ihre Tasche fester. Lia sieht sich um, sie war nicht in diesem Teil der Stadt mit Maria, aber sie entdeckt einige kleine Geschäfte, die hier an der Strandpromenade gerade öffnen und zieht Lorena mit sich. »Komm schon, du Angsthase.«

Lia genießt die nächste Zeit einfach nur.

Normalerweise ist sie die Vorsichtige, Zurückhaltende und Lorena ist kaum zu stoppen, ist neugierig und tut Dinge, ohne viel über Konsequenzen nachzudenken, doch heute ist Lia diejenige, die ihre Schwester führt, wie es eigentlich auch sein sollte. Immerhin war sie schon mit Maria hier und sie wollen den Tag genießen, also müssen sie ihre Scheu vergessen.

Im dritten Laden finden sie gehäkelte Bikinis, die sie sich leisten können und die auch noch ganz gut aussehen. Sie lassen sie gleich unter ihren Kleidern an. Lia trägt ein langes beigefarbenes lockeres Kleid mit einem tiefen Rückenausschnitt, während Lorena ein ähnliches in gelb trägt, das ihr aber bis zu den Knien geht.

Sie kaufen sich ein paar frische Croissants und Getränke und setzen sich an den Strand. Lorena ist begeistert, sie streifen sich die Flip Flops ab und nehmen ihre Taschen als Kissen und ihre Kleider als Handtücher. Der Sand zwischen den Füßen und das Rauschen des Meeres sind unglaublich beruhigend.

»Jetzt verstehe ich, warum man sagt, das Meer heilt alle Wunden.« Lia hat die Augen geschlossen, genau wie Lorena und genießt die wärmende Sonne auf sich. Nicht man sagt es, sie weiß genau, wer das immer gesagt hat.

Sie erinnert sich noch ganz genau, wie oft ihre Mutter ihnen vom Meer, den Städten und ihrem tollen Leben darin erzählt hat.

Lia liebt Lorena über alles, doch in dieser Sache sind sie einfach zu unterschiedlich. Während Lia von all dem nichts mehr wissen möchte, all das verdrängt, denkt Lorena noch oft daran, denkt an diese Zeit zurück und Lia weiß auch, dass sie ihrer Mutter auf eine merkwürdige Art und Weise verziehen hat.

Was Lia niemals kann, nicht nach all dem was geschehen ist, welche Worte damals gefallen sind, nicht nachdem sie sie zurückgelassen hat, niemals!

Es ist unwirklich, unwirklich schön. Der Strand wird immer voller und alles, was Lia und Lorena ab und zu tun, ist sich im Wasser abzukühlen, wobei sie darauf achten, nicht zu tief ins Meer zu gehen, da keiner von ihnen schwimmen kann. Ansonsten tun sie nichts, liegen da, lauschen der Musik, die aus den Boxen auf der Nachbardecke kommt und genießen einfach das Nichtstun.

Aber Mittags haben beide so viel Hunger, dass sie sich die Kleider wieder anziehen und über die Strandpromenade laufen, um irgendwo etwas Günstiges zum Essen zu finden. Lia fühlt sich wunderbar, diese paar Stunden Ruhe haben schon so viel bewirkt, sie spürt den Sand auf ihrer Haut und das Salz des Meeres auf ihren Lippen.

Sie holen sich belegte Sandwiches und da sie noch etwas Zeit haben, bis der Bus zurückfährt, schlendern sie durch die vielen Seitenstraßen und sehen sich die bunten Geschäfte an. Lia liebt San Juan, Lorena ist allerdings noch begeisterter als sie.

Während Lia immer die Vernünftige und Rücksichtsvollere von beiden sein musste, um ihren Vater bei Laune zu halten, hat Lorena immer davon geträumt, aus dem Dorf zu entkommen.

Auch wenn Lia Lorena über alles liebt, erinnert sie ihre kleine Schwester in diesen Momenten immer wieder an die Person, die sie für die gleichen Träume so sehr hasst.

Sie kaufen sich noch ein Eis und wollen langsam wieder zum Bus, da es schon später Nachmittag ist und sie zurück ins Dorf müssen, als aus einem der Cafés an der Strandpromenade mehrere Männer kommen und sie fast in diese hineinlaufen.

»Sieh an … Lia, richtig? Genießt du deinen freien Tag?« Lia stockt, als sie direkt in die Augen von Jomar blickt, der mit drei weiteren Männern das Café gerade verlassen hat. Augenblicklich klopft ihr Herz schneller, auch wenn sie zwei der Männer und Jomar schon ein paar Mal gesehen hat, strahlen sie noch immer so viel Gefahr aus, dass sie wieder droht, in eine Angststarre zu verfallen.

Sie spürt Lorenas verwunderte Blicke und zwingt sich, ein wenig zu lächeln. »Ja, hallo … genau, wir waren am Strand.« Cruz ist nicht da, doch es ist trotzdem faszinierend, wie ähnlich sich Jomar und Cruz sehen, außer den kleinen Locken, die Jomar kurz geschnitten hat.

Die Männer tragen alle Jeans und Shirts, also sind sie nicht zur Erholung am Strand, sondern sicherlich geschäftlich. Lia blickt sich zu Lorena um und sieht, wie diese Jomar unbeirrt ins Gesicht starrt, sie scheint die Waffen, die all diese Männer offen tragen, gar nicht zu registrieren.

»Schön, ist das deine Schwester?« Auch Jomar hat Lorena bemerkt, was allerdings nicht schwer ist, sie beide haben schon so einige Blicke auf sich gezogen und Lia erkennt sofort das Aufblitzen in Jomars Blick, als er ihrer Schwester in die Augen sieht.

Durch die Sonne schimmern Lorenas Augen nun fast grün und Jomar gefällt offensichtlich, was er sieht. Sofort stellt sich Lias angeborener Beschützerinstinkt gegenüber ihrer Schwester ein und sie möchte Lorena leicht weiterziehen.

»Ja, das bin ich, Lorena und du bist ...?« Ganz wunderbar, Lorena versteht Lias Ziehen genauso wenig wie das unauffällige Zwicken in ihrem Arm, als sie Jomar die Hand hinstreckt. »Jomar, deine Schwester arbeitet bei meinem Bruder im Haus.« Lorena legt ihren Kopf leicht schräg und sieht Lia verwundert an. »Ahaaa, freut mich.«

Es ist ein Geschenk des Himmels, dass in diesem Moment der Bus vorfährt, mit dem sie zurückfahren müssen. »Unser Bus, wir müssen zur Haltestelle. Einen schönen Tag noch, Jomar.« Cruz' Bruder lächelt. »Euch auch.«

Lia spürt weiter seinen Blick auf ihnen liegen, während sie zum Bus eilen und sobald sie sich gesetzt haben und der Bus losfährt, schubst ihre jüngere Schwester sie leicht von der Seite an. »Wieso hast du mir nicht gesagt, wie heiß die Leute sind, für die du arbeitest. Sind das Models oder so etwas in der Art?«

Lia lacht kurz bitter auf, während sie in dem Moment an den Luxusautos vorbeifahren, in die gerade Jomar und seine Männer steigen. »Das sind keine Models, Lorena, glaub mir ...« Sie wendet sich zu ihrer Schwester um und weiß sofort, dass sie ihr nun alles ganz genau erzählen muss.

So schnell ist die Busfahrt noch nie an Lia vorbeigezogen, sie erzählt Lorena alles, von Cruz, den Häusern und was sie alles erlebt hat, seit sie Dora getroffen hat. So gut es tut, ehrlich und offen zu ihrer Schwester zu sein und sich alles von der Seele zu reden, so verwundert es Lia eigentlich nicht sehr, dass Lorena im Gegensatz zu ihr nicht so ängstlich und voreingenommen wie sie ist.

Sie sagt, dass sie das Gefühl habe, Jomar sei sehr nett und solange Lia alle gut behandeln, soll sie weiter dort arbeiten, das viele Geld können sie gut gebrauchen.

Nachdem sie den Bus verlassen haben, lassen sie dieses Thema, die Stadt, den Strand, das Meer und die Nechas weit hinter sich und blicken auf das ausgetrocknete Gras am Wegrand zu ihrem Dorf.

Sie lassen sich Zeit, es ist nicht so, als würde etwas Aufregendes auf sie warten. Als sie das Dorf betreten, sehen sie wieder die gleichen Gesichter, die gleichen Gerüche umhüllen sie und der Duft der Freiheit, an dem sie in San Juan geschnuppert haben, findet sich nur noch auf ihrer Haut wieder.

Lorena geht schnell in den Supermarkt, um Brot für das Essen später zu kaufen, während Lia sich auf die Treppen davor setzt und dem Treiben im Dorf zusieht. »Hast du dich verletzt?« Yandiel setzt sich zu ihr und deutet auf ihren Arm. Sie hat völlig vergessen, dass dieser völlig verfärbt ist und sieht selbst noch einmal nach.

»Ja, ich habe mich gestoßen, sieht schlimmer aus, als es ist.«

Yandiel nickt und Lia lächelt, als sie in dem Moment den kleinen frechen Jungen aus der Schule hinter seinem etwas übertriebenen Auftreten erkennt.

»Ich habe deinen Vater gestern Nacht getroffen, er war … viel unterwegs.« Lia sieht wieder auf die Straße vor sich, ihr Vater ist kaum ansprechbar, wenn er so betrunken wie gestern ist. »Kann sein, er war … mit einem Freund weg.«

Yandiel verschränkt seine Finger, in dem Augenblick erinnert er sie an einen strengen Lehrer, den sie früher in Mathematik hatte und der jedes Mal, wenn es etwas Schlechtes zu verkünden hatte, diese Bewegung gemacht hat.

»Für einen Mann in der Lage deines Vaters ist es sicherlich nicht leicht, mit zwei so hübschen und klugen Töchtern zu leben und das ewige Gefühl im Nacken zu haben, sie schützen zu müssen.«

Lia lacht leise auf. »Er braucht uns nicht zu schützen, wir passen schon gut auf uns alleine auf.«

»Das denkt er aber sicherlich nicht, es wäre bestimmt leichter für ihn, wenn er seine Töchter an der Seite von guten Ehemännern wüsste, die ihnen alles bieten können und die sich gut um sie kümmern und auch um ihn.« Lia würde am liebsten die Augen verdrehen, nicht das schon wieder.

»Da gehört noch so viel mehr dazu, als dass mein Vater denkt, ich bin versorgt, damit ich heirate und das gilt auch für Lorena.« Yandiel beginnt zu grinsen, ein fieses, gekränktes Grinsen breitet sich auf seinem Gesicht aus. »Was brauchst du noch, Lia?«

Sie hebt die Arme, wieso sind sie nicht einfach direkt nach Hause gegangen? »Vielleicht noch so eine Kleinigkeit wie … Liebe?« Nun lacht Yandiel los.

»Du hast doch selbst gesehen und gespürt, was so ein Denken verursacht oder weswegen ist eure Mutter damals abgehauen? Willst du ihr jetzt nacheifern? Liebe bildet sich mit der Zeit. Denkst du, wenn du halbnackt am Strand liegst, findest du so etwas Dummes wie die Liebe?«

Lia steht auf, Yandiel starrt auf ihr Bein, welches durch das hochgerutschte Kleid offen liegt und an dem noch Sand vom Strand klebt.

In diesem Augenblick kommt zum Glück auch Lorena aus dem Geschäft. Sie hat die letzten Worte alle mitgehört und verdreht die Augen. »Halt dich aus meinem Leben raus, Yandiel!«

Er will noch etwas sagen, doch Lorena läuft an ihm vorbei und lässt die Flasche Cola, die sie zusätzlich zum Brot gekauft hat, auf seinen Fuß fallen.

Yandiel flucht laut auf. Lia bückt sich und hebt die Flasche wieder auf.

»Uppss, 'tschuldige, Yandiel, das tut mir jetzt wirklich, wirklich leid.« Lorena lacht und Lia und sie drehen sich um und gehen in Richtung ihres Hauses.

»Kein Wunder, dass euer Vater sich besaufen muss, bei solchen Töchtern!«

Lorena legt den Arm um Lia und zusammen laufen sie zum Haus.

»Das ist nur der verletzte Stolz eines zu eingebildeten Mannes!« Lia weiß, dass ihre jüngere Schwester recht hat, doch gleichzeitig überkommt sie ein ungutes Gefühl. Sie kann nur hoffen, dass Yandiel bald mal über diesen verletzten Stolz hinwegkommt.

Kapitel 7

Während Lia am Montag früh neben Maria im Bus sitzt, muss sie ständig dieses aufkommende Gefühl unterdrücken. Als sie am Samstag nach Hause kamen, hat ihr Vater noch geschlafen. Er ist erst am Abend aufgestanden und hat sie für den Rest des Wochenendes ignoriert.

Gestern hat sich Lia um den gesamten Haushalt zu Hause und um den Hof gekümmert. Seitdem sie jetzt im Bus sitzt und wieder in Richtung Stadt und der Freiheit fährt, überkommt sie dieses Glücksgefühl, was sie nicht haben sollte. So nervig Yandiel auch ist, in einer Sache hat er recht: Sie weiß, wozu diese Gefühle und Gedanken führen und deswegen versucht sie auch, all das auszublenden.

Wahrscheinlich ist es ganz gut, dass sie nicht bis San Juan fahren wie die meisten im Bus, sondern früher aussteigen und in das Gebiet der Nechas laufen.

Maria hat sie daran erinnert, dass sie eigentlich schon am Freitag für die nächste Woche eine Essens- und Einkaufsliste hätte erstellen sollen, doch die Einkäufe werden erst heute Vormittag erledigt, deswegen hat sie schnell im Bus zusammen mit Maria eine erstellt und gibt sie jetzt im Wachhäuschen ab.

Es gibt auch nichts weiter zu beachten, zumindest werden sie auf nichts hingewiesen und so betritt Lia das Haus von Cruz lieber durch den Hintereingang. Sobald sie erkennt, dass im oberen Stockwerk die Jalousien heruntergefahren sind, weiß sie, dass Cruz oben schlafen muss und bewegt sich leise durch das Haus.

Es stehen Pizzakartons auf dem Boden, eine Flasche Wein steht auf dem Tisch mit zwei Gläsern, auf einem davon ist knallroter Lippenstift zu sehen. Einzelne Kleidungsstücke liegen herum, Lia beseitigt das kleine Chaos, auch die Küche hat in den zwei Tagen einiges abbekommen, doch Lia ist das lieber, als hätte sie gar nichts zu tun.

Sie startet die Waschmaschine, wischt und putzt den unteren Bereich, irgendwann kommt einer der Männer, mit denen sie jeden Tag herkommen und kümmert sich um den Garten und den Pool, während Lia die Wäsche aus der ersten Maschine in die Sonne zum Trocknen hängt.

Der Mann erzählt Lia von seiner Tochter, die auf die gleiche Schule wie Lorena geht und die ihm momentan Sorgen bereitet, sie langweilt sich im Dorf und ist schon zweimal mit einer Freundin in die nächst größere Stadt abgehauen.

Lia lächelt über die Sorgen des Mannes und versichert ihm, dass sich das alles legen wird, wenn seine Tochter etwas älter ist. Als er sie allerdings ansieht und ihr erklärt, dass er sich wünschte, sie würde so fleißig und verantwortungsvoll wie Lia werden, lächelt sie zwar weiter, doch innerlich keimt wieder dieses Gefühl von heute Morgen auf.

Nein, sie sollte nicht zu solch einem Leben verdammt sein, sie sollte … etwas Besseres erwarten.

Aber aussprechen tut Lia das nicht, für die Männer vom Dorf sind Frauen, die frei und eigenständig sein wollen, ein Grauen.

Lia kommt gerade zurück ins Haus, um langsam das Mittagessen vorzubereiten, da erscheint eine Frau am oberen Treppenabsatz und sieht ihr genervt entgegen. »Bist du hier die Putzfrau?« Lia stockt, die Frau trägt nur ein enges Top und darunter einen Bikini. »Ähmm, ja, ich sorge hier für den Haushalt.« Putzfrau, es hört sich so abfällig an, aber am Ende ist sie genau das.

»Wo sind meine Anziehsachen? Sie müssten hier gelegen haben.« Oh nein, sie hat sie mitgewaschen und nicht einmal gemerkt, dass darunter Frauensachen waren, selbst beim Aufhängen war sie so in das Gespräch mit dem Gärtner verwickelt, dass sie das nicht bemerkt hat.

»Ich habe sie mitgewaschen, das tut mir leid, ich wusste nicht, dass Sie die jetzt brauchen. Die Sonne wird die Sachen aber in nicht einmal einer halben Stunde getrocknet haben oder ich tue sie schnell in den Trockner.«

Die Frau lacht gehässig auf. Sie ist ungefähr in Lias Alter, hat etwas kürzere Haare als sie, die sich um ihr Gesicht locken, ihre Figur ist perfekt. Lia hat sich nie großartig mit anderen Frauen verglichen, wozu auch?

Jeder Mensch ist einzigartig. Sie hatte auch noch nie irgendwelche Komplexe, sie ist zufrieden mit ihrem Aussehen, doch sie kommt trotzdem nicht umhin, deutlich den Unterschied zwischen dieser Frau und sich zu sehen. Das Mädchen vom Land und die Frau, deren Wäsche sie wäscht, das würde jeder sofort erkennen.

»Bist du wahnsinnig, hast du nicht gesehen, dass die Sachen von Dior sind? Lass sie in der Sonne trocknen, so kann ich noch etwas Zeit mit Cruz verbringen, wo hast du das Frühstück zubereitet?« Lia kneift die Augen zusammen, schon wieder vergessen. »Ich richte es sofort an, wo möchten Sie es essen?«

Die Frau schüttelt den Kopf und geht in den Garten. »Hier draußen, ich lege mich solange an den Pool.«

Lia sieht ihr hinterher und überlegt, ob der Po echt ist? Er sieht perfekt aus und sie hat erst neulich davon gehört, dass sich die Frauen in Puerto Rico immer mehr Po-Implantate einsetzen lassen. Die Dusche geht oben an und Lia sammelt sich und geht schnell in die Küche.

Sie macht ein paar Rühreier und schneidet Obst, in dem Moment klopft es und ein weiterer Mann, der ebenfalls immer mit ihnen zusammen fährt, bringt die Einkäufe und verstaut sie auch gleich.

Lia fragt ihn schnell, was die anderen immer zum Frühstück zubereiten. Sie hat Glück, er hilft ihr und bringt ihr sogar noch Croissants und frische Brötchen aus einem der Häuser, wo keiner zuhause ist.

Lia bestellt gleich für jeden Morgen welche, sie deckt den Tisch ein, gießt Kaffee auf und stellt frischen Orangensaft und Marmelade auf den Tisch im Schatten.

Der Gärtner ist fertig und hebt noch einmal die Hand in Lias Richung, dann ist sie mit der Frau allein im Garten und geht schnell wieder ins Haus.

Sie fühlt sich unwohl in ihrer Gegenwart, sie ist sich der Gegensätze zwischen ihnen bewusst, doch sie so deutlich zu sehen, ist dann doch noch einmal etwas anderes.

Heute rennt die Zeit, Lia beginnt, das Mittagessen zuzubereiten. Zum Glück hat sie ein einfaches Gericht ausgesucht, während es vor sich hinköchelt, legt sie den Teig für das Brot in den Ofen und genau in dem Moment kommt Cruz die Treppe herunter.

»Morgen Lia.« Er lächelt und Lia kann nicht verhindern, dass sich automatisch auch ein Lächeln auf ihrem Gesicht bildet. Er is wirklich ein wunderschöner Mann, kein Wunder, dass er eine Freundin hat.

Seine dunklen Augen gleiten einmal an ihr hinauf. Lia trägt heute eine Jeanslatzhose, Lorenas ganzer Stolz, dazu hat sie einfach nur Flip Flops und ein weißes Tank Top an. Ihre langen Haare hat sie zu einem seitlichen Pferdeschwanz geflochten.

»Guten Morgen. Das Frühstück steht schon im Garten bereit ...« Cruz ist nun unten angekommen und hebt verwundert die Augenbrauen, vielleicht hat Lia das auch einfach etwas zu stolz verkündet, dass sie endlich mal an das Frühstück gedacht hat.

Cruz trägt eine schwarze Sportshorts, die ihm bis zu den Knien geht und ein schwarzes Shirt mit etwas größerem V-Ausschnitt. Er ist frisch rasiert und sein Duft füllt wieder den gesamten Raum aus. Vielleicht ist das aber auch nur Einbildung, weil sein ganzes Auftreten so einnehmend und mächtig erscheint.

Lia hat ihn ja schon einmal ohne Shirt gesehen und weiß, dass er sehr muskulös ist. Alles an ihm ist durchtrainiert, er hat einen tollen Körper, seine dunklen Augen wirken wahnsinnig gefährlich, wenn sie auf einem liegen und doch ist es nicht das, was ihn so mächtig erscheinen lässt.

Lia kann es auch nicht an einer Sache festmachen, es ist alles an ihm, alles zusammen, was genau ausstrahlt, dass dieser Mann viel Macht hat. Wenn man den Gerüchten glaubt, ist er sogar einer der mächtigsten Männer in ganz Lateinamerika.

»Du musstest dir nicht extra die Mühe machen, wie war dein Wochenende? Mein Bruder hat mir erzählt, ihr wart am Strand? Lebst du dort in der Nähe?«

Lia wischt die Küchenanrichte noch ab, dann ist sie hier auch fertig. Stimmt, sie hatte das Aufeinandertreffen mit Jomar fast schon wieder vergessen. »Deine Freundin wollte im Garten frühstücken und das ist keine Mühe, dafür bin ich ja da. Stimmt, wir haben Jomar getroffen, aber wir leben nicht in San Juan, wir kommen aus dem Nachbardorf von Dora, es ist etwas weiter weg.« Cruz nickt und sieht in den Garten. »Stimmt, das hatte ich vergessen. Meine Freundin?«

Das Handy in seiner Hand piepst und Lia deutet nach draußen, wo sich die Frau gerade an den Tisch setzt und freudig zu Cruz winkt. »Wieso ist sie noch da?« Lia stockt kurz etwas verwirrt, doch die Frage war nicht an sie gestellt, er hat sie eher in den Raum geworfen, während er nach draußen zu der Frau geht.

Wieso fragt er sich, weshalb sie noch da ist? Die beiden haben doch offenbar die Nacht zusammen verbracht.

Die zweite Maschine ist fertig, Lia hängt die Wäsche leise und so unauffällig wie nur möglich auf, sie soll ja eigentlich unsichtbar für alle sein. Doch sie kommt nicht umhin, hin und wieder zu den beiden am Tisch zu sehen. Cruz telefoniert, die Frau isst genüsslich, setzt sich näher zu ihm und kuschelt sich an ihn. Lia sieht wieder weg.

Sie ist jetzt zweiundzwanzig Jahre alt, sie hatte schon hier und da mal was mit einigen Jungen aus dem Dorf, letzten Sommer hatte sie eine kleine Liebelei mit einem der Feldarbeiter, doch etwas Festes oder Ernstes war all das nie. Wenn sie sich Cruz ansieht und die Männer, die bei ihr leben, bezweifelt sie, dass sie jemals etwas Ernsthaftes haben wird.

Ein Mann muss für sie wie Cruz sein, dieses Auftreten, die höfliche Art, dieses Lächeln, natürlich sollte er nicht zur Nechas gehören und bei ihnen in der Nähe wohnen, doch wenn sie sich einen Mann basteln könnte, dann würde so etwas dabei herauskommen.

Wahrscheinlich wird sie am Ende wirklich jemanden wie Yandiel heiraten, einfach nur, damit sie nicht für immer allein ist, er wird schon gar nicht so unrecht gehabt haben.

Lia hängt die Wäsche auf und geht ins Haus, da klopft es und Maria fragt, ob sie mitkommen will zum Bus. Lia sieht auf die Uhr. »Ich habe noch das ganze obere Stockwerk zu machen, ich muss den späteren Bus nehmen.« Maria ermahnt sie noch einmal, auch um achtzehn Uhr an der Haltestelle zu sein, da sonst kein Bus mehr fährt.

Lia beeilt sich und geht ins obere Stockwerk. Während sie die obere Terrasse kehrt und nach und nach die Zimmer durchgeht, ruft sie Lorena an um Bescheid zu geben, dass sie später kommen wird.

Lia hört immer wieder Stimmen von unten, doch sie kümmert sich nicht weiter darum, als Letztes geht sie in das Schlafzimmer, das Cruz wohl immer nutzt und wo das größte Chaos herrscht. Lia räumt auf und macht das Bad, zuletzt steht sie unschlüssig vor dem riesigen zerwühlten Bett.

Die beiden haben sich sicherlich gut amüsiert, soll sie das Bett beziehen? Herrgott, ist das unangenehm, sie hat nicht geahnt, vor was für Problematiken man alles gestellt wird, wenn man als Hausangestellte arbeitet. Lia bezieht das Bett einfach neu und legt das alte Bettzeug in den Wäschekorb, sie wird das morgen waschen, heute schafft sie es nicht mehr.

Durch das Fenster sieht sie, dass Cruz mittlerweile allein ist, die Frau scheint schon gegangen zu sein, noch immer telefoniert er, vielleicht auch einfach nur wieder, Lia hat sich an das gehalten, was

Maria ihr gesagt hat, sie ist unsichtbar und ignoriert, was hier alles passiert.

Sie saugt noch einmal den Flur ab und als sie dann die letzten Kissen auf das frisch gemachte Bett legt, kommt Cruz zu ihr ins Schlafzimmer. Sofort wirkt das riesige Schlafzimmer viel zu klein, als dass sie beide hier hineinpassen und Lia will schnell wieder hinaus.

Cruz hat noch immer jemanden am Apparat. »Bereiten Sie den Jet vor, wir fliegen nach Brasilien. Wie lange brauchen Sie?« Während er redet, öffnet er den Kleiderschrank, wirft eine schwarze große Lederreisetasche auf das Bett und dreht sich wieder zum Schrank um.

Ohne nach hinten zu blicken, wirft er mehrere Shirts, eine Hose und zwei Shorts nach hinten, einige Socken und Unterhosen, vor den Schuhen bleibt er unschlüssig stehen, wie kann ein Mann so viele Schuhe haben? Lia hat drei Paar und die hat sie schon ewig.

Da erst bemerkt sie, dass sie noch im Zimmer steht und Cruz anstarrt, doch anstatt hinauszugehen, tritt sie noch näher, als sie auf die zerknitterten Kleidungsstücke sieht. »Soll ich das machen?« Cruz hat schon aufgelegt und wendet sich zu ihr um, er hat offenbar nicht einmal bemerkt, dass sie da ist, so soll es ja auch sein.

»Das musst du nicht, ich schmeiße hier einfach alles rein.« Lia tritt zur Tasche und faltet das Shirt. »Kein Problem, ich mache das schon.« Dora wird diese Sachen auch alle machen, also macht sie es auch.

Lia faltet alles und legt es ordentlich in die Tasche. Die Schuhe steckt sie seitlich hinein und als sie fertig ist, merkt sie erst, dass Cruz sie die ganze Zeit beobachtet hat.

Ihr wird warm und ihre Wangen röten sich, als sich ein amüsiertes Lächeln in seinem Gesicht abzeichnet. »Woher kannst du das so gut?« Lia schließt die Tasche. »Mein Vater musste früher oft verreisen, geschäftlich. Irgendwann musste ich die Taschen dann immer für ihn packen.« Lia wendet sich zu ihm um. »Da hat er aber großes Glück, eine Tochter wie dich zu haben.«

Lia zuckt nur leicht die Schultern und geht dem intensiven Blickkontakt, den Cruz zu ihr herzustellen versucht, aus dem Weg. Sie musste die Tasche packen, weil ihre Mutter weg war und sie ihren ständig betrunkenen Vater fast schon zur Arbeit schleppen musste, damit er den Job nicht verliert, was dann eh passiert ist.

»Hast du dich verletzt?« Plötzlich stehen Cruz und sie sehr nah beieinander, er fasst leicht an ihren Arm, Lia hat den blauen Fleck schon vollkommen vergessen.

Auf Lias Haut bildet sich eine feine Gänsehaut, als er über die noch etwas schmerzende Stelle mit dem Daumen streicht und seine dunklen Augen ihr Gesicht ganz genau mustern. Lia stolpert über ihre eigenen Gedanken, dieser Mann verwirrt sie. »Ich habe mich gestoßen. Es sieht schlimmer aus als es ist.« Sie versucht zu lächeln und will sich abwenden, da fällt ihr Blick auf die Uhr, sie muss los.

»Gibt es noch etwas zu tun, sonst würde ich gehen, mein Bus kommt.« Cruz räuspert sich, einen Augenblick wirkt es fast so, als wäre auch er etwas neben der Spur. »Nein, nein, alles ist gut. Ich muss eh etwas erledigen, bevor wir loskönnen. Soll ich dich fahren?«

Am liebsten hätte Lia laut losgelacht, natürlich kein Problem, wieso sollte sie nicht mit dem Anführer der Nechas in seinem teuren Auto ins Dorf gefahren kommen, zweiundzwanzig ist doch ein tolles Alter, um zu sterben.

»Nein, nein danke. Das würde nur Probleme geben, Dorftratsch und so etwas ...« Cruz lacht leise, er öffnet eine Schublade und steckt sich eine Waffe hinten in die Hose, öffnet noch einmal die Tasche und legt zwei weitere hinein. »Ich verstehe, aber dann bringe ich dich wenigstens zur Haltestelle. Komm.«

Er deutet ihr mitzukommen, Lias Beine aber sind beim Anblick der Waffen zu Blei geworden und sie stolpert eher hinter ihm her.

»Hast du ein Problem mit Waffen?« Cruz grinst noch immer breit, während sie zusammen die Treppen hinuntergehen. »Ein Problem? Ich habe gar nichts mit Waffen zu tun, überhaupt nichts.« Sie spricht viel zu schnell, doch das muss sie unbedingt klarstellen, sie kennt so ein Leben nicht und will es auch nicht kennen.

»Okay, ich hoffe, dich stört es nicht. Ich passe auch auf.« Lia nimmt sich ihre Tasche und öffnet ihren Zopf. »Ich versuche, es einfach zu ignorieren.« Während sie sich die langen Haare auf den Rücken schiebt, spürt sie wieder Cruz' Blick auf sich, war sie zu ehrlich? Lia blickt hoch und direkt in Cruz' dunkle Augen, einen Augenblick huscht etwas Undefinierbares über sein Gesicht, dann lächelt er erneut. »Hier entlang geht es zur Garage.«

Lia hat sich schon die ganze Zeit gefragt, wohin die zweite Tür beim Dienstboteneingang und der Waschküche führt, als sie dort jetzt durchgehen, stehen sie in einer Garage, einer Garage mit mindestens zehn teuer aussehenden Autos.

Lia hat sich nie mit Autos beschäftigt, keiner von ihnen hat eines besessen. Ein Nachbar hat einen alten Transporter, mit dem fast alle aus dem Dorf ihre Sachen erledigen, sonst nimmt man immer den Bus, wenige besitzen ein Auto.

Ihr Nachbar bringt den Kindern immer Autofahren bei, auch wenn keiner von ihnen wahrscheinlich jemals ein Auto besitzen wird, kann jeder Auto fahren.

Lia weiß zwar nicht, was für Autos hier herumstehen, aber sie sind teuer, das sieht man sofort. Cruz steuert einen silbernen Zweisitzer an. Ferrari, okay, das hat selbst Lia mal gehört. Die Türen öffnen sich und Cruz deutet ihr an, sich zu setzen.

Es fällt Lia sehr schwer, nicht beeindruckt zu tun, sie mag es nicht, von Sachen zu schwärmen, die einem nicht gehören, doch als sie sich in das weiche Leder setzt, muss sie einmal darüberstreichen, während sie sich anschnallt. Es fühlt sich fantastisch an.

Als Cruz sich neben sie setzt, bereut sie es sofort, so schnell eingewilligt zu haben, sich fahren zu lassen.

Sie sind sich sehr nah, Cruz startet den Motor und lässt das Tor zur Garage hochfahren. Sein Duft breitet sich im Auto aus und Lia würde am liebsten die Augen schließen und die Zeit anhalten, das ist doch wahnsinnig. Sie hätte einfach sagen sollen, dass sie zum Bus laufen möchte, weil … ja weswegen eigentlich? Ihr wäre eh keine Ausrede eingefallen.

Cruz fährt los und Lia atmet schneller. »Das Auto ist aber schnell.« Sie sieht zu ihm, er blickt nach vorn, als er das Auto aus seiner Ausfahrt auf die Straßen des Necha-Gebietes fährt. »Was für ein Auto hat deine Familie?« Lia sieht auf die Straße, zu dieser Zeit ist es noch voller. Alle sehen zu ihrem Auto und Lia würde sich am liebsten verkriechen und den Kopf einziehen.

»Wir haben kein Auto.« Sie sieht zwar aus dem Fenster, trotzdem spürt sie, dass Cruz sich zu ihr umsieht. »Wenn du möchtest, fahre ich dich bis nach Hause, das ist kein Problem. Ich habe Dora auch schon ein paar Mal nach Hause gebracht. Oder zumindest bis zum Anfang des Dorfes, sie hat gesagt, dass die Leute sonst denken, sie hat einen jungen Liebhaber und sie möchte die Männer nicht vergraulen.«

Lia muss lachen und sieht zu ihm. »Danke, aber nein, lieber nicht. Ich versuche am besten immer so wenig wie möglich aufzufallen und keinen Ärger zu machen.«

Sie fahren an den Wachposten vorbei und Cruz hält kurz. »Ich kann Jomar nicht erreichen, wenn er kommt, sag ihm, dass er seine Sachen packen soll, ich bin in einer Stunde wieder da.« Die Wachen nicken und sehen zu Lia. Wer weiß, was die sich jetzt denken.

Cruz fährt weiter, Lia würde ihn gerne fragen, wohin er reisen muss und was genau sie eigentlich machen, doch sie hat kein Recht, ihm solche Fragen zu stellen und wahrscheinlich ist es sogar besser, wenn sie all das gar nicht weiß. Ob seine Freundin über all die Sachen Bescheid weiß, die er so macht?

Lia spürt, dass das alles sie immer neugieriger macht und gleichzeitig weiß sie genau, wie falsch das ist.

»Gibt es irgendetwas, was ich tun soll, wenn du verreist bist? Etwas, was vielleicht schon länger zu erledigen ist?« Sie muss sich komplett auf ihren Job konzentrieren. Zum Glück sind sie sehr schnell an der Bushaltestelle und Lia sieht auch schon den Bus kommen. »Nein, du hast heute schon sehr viel getan, mach dir die nächsten Tage einfach eine entspannte Zeit.« Natürlich wird Lia das nicht machen, doch sie lächelt und schnallt sich ab.

»Viel Spaß und eine gute Reise.« Cruz nickt, als Lia aussteigt, noch einmal sieht sie zu ihm und ihre Blicke treffen sich. Wieder schleicht sich ein leichtes Lächeln auf seine Lippen, wenn man ihn so sieht, fällt es schwer zu glauben, wer er ist.

»Pass auf dich auf, Lia.«

Als Lia den Bus betritt, hört sie auf, dem Auto von Cruz hinterher zu sehen. Sie steigt ein und während er nach San Juan in die Freiheit fährt, tuckert der Bus sie langsam wieder in ihr kleines Dorf zurück.

Kapitel 8

Die nächsten zwei Tage hat sie wirklich nicht viel zu tun, Maria ist zudem noch krank, sie hat eine Magen-Darm-Grippe und Lia übernimmt das Haus von Jomar auch noch mit, damit Maria sich ausruhen kann.

Sie hält die Häuser eigentlich nur sauber, wischt und entfernt den Staub, die Wachen haben ihr erklärt, dass die Männer erst am Freitag wiederkommen, deswegen sieht Lia der ganzen Woche entspannt entgegen.

Es ist natürlich schön, nicht so viel zu tun zu haben, doch umso mehr Zeit hat sie auch zum Nachdenken und Lia spürt schnell, dass das auch nicht gut ist. Sie kommt langsam nicht mehr drumherum, sich zu fragen, was aus ihrem Leben werden soll.

Immer mehr Frauen, mit denen sie zur Schule gegangen ist, heiraten, gründen ihre eigenen Familien. Die Hochzeit ihrer Freundin mit dem Bruder von Yandiel ist in zwei Wochen und wenn die sie dann fragend anblicken, kann Lia nur die Schultern zucken. Was soll sie tun?

Soll sie Lorena und ihren Vater sich selbst überlassen? Ihre Schwester würde noch zurechtkommen, Lia will sich nicht einmal vorstellen, was ihr Vater tun würde, wären sie nicht da. Wahrscheinlich muss sie wirklich jemanden aus dem Dorf heiraten, der sich mit ihr zusammen um ihren Vater kümmert. Für das Glück ihrer Mutter musste sie auf ihres verzichten, das war ihr noch am gleichen Tag klar, als ihre Mutter verschwunden ist.

Nun, am Donnerstag, schreibt sie die Essenslisten für die nächste Woche, sie überlegt, was sie von diesem Einkauf noch verwenden kann, es ist schade um das ganze Essen, aber offenbar war es nicht geplant, dass viele der Männer die Woche über gar nicht da sind. Lia hat angefangen, die Fenster zu putzen, sie wird noch zwei schaffen und dann den Bus nehmen.

Als sich plötzlich die Tür öffnet, stockt sie und legt den Stift beiseite. Eine Frau tritt ein, Lia erkennt sofort Savana, die hübsche Schwester von Jomar und Cruz, die ohne sie zu beachten mit lautem Klackern durch das Haus läuft.

Soll sie fragen, ob sie etwas sucht? Natürlich hat sie nicht das Recht dazu, sie soll sich verhalten, als wäre sie unsichtbar, deswegen stellt sie sich gerade auf und erst da bemerkt Savana sie.

Cruz' und Jomars Schwester ist wirklich wunderschön, sie trägt ein kurzes rotes Kleid und hohe rote Pumps, dazu eine schwarze Clutch. Fast so, als wäre sie zu einem feinen Abendessen unterwegs, dabei ist es ja erst Mittag.

Ihre Haare trägt sie heute streng nach hinten zu einem Dutt und ihre Lippen sind im gleichen Rotton geschminkt wie ihr Kleid. »Oh, die neue Hausangestellte, stimmt, hatte ich ganz vergessen, ich dachte erst, mein Bruder hat eine seiner Frauen hier vergessen.« Sie lächelt kurz und geht dann die Treppen hoch.

Lia räuspert sich leise, die Freundin von Cruz wird es sicher nicht leicht haben mit der Schwester von ihm. Sie hört am Klackern der Schuhe, wo sich Savana ungefähr befindet und eine Minute später kommt sie schon wieder herunter, sie steckt sich eine kleine Waffe in die Clutch, offenbar war sie an der Schublade mit den Waffen, die Cruz im Schlafzimmer hat.

Savana zieht noch einmal die Luft ein und lächelt dann. »Auch wenn er nicht da ist, liegt sein Duft im Raum.« An ihrem Lächeln erkennt Lia, dass Savana ihren Bruder sehr lieben muss.

Ohne ein weiteres Wort zu verlieren geht sie zur Waschkammer und in der nächsten Minute fährt ein schwarzer Sportwagen aus der Garage. Lia atmet erst durch, als sie das Auto nicht mehr sehen kann und räumt alles zusammen, sie wird sich niemals daran gewöhnen, diesen Leuten hier so einfach über den Weg zu laufen. Selbst die Schwester trägt eine Waffe? Das ist doch Wahnsinn.

Lia hat noch Zeit, bis sie an der Bushaltestelle sein muss. Sie sieht fast immer, wenn sie durch das Gebiet läuft, auf den Boden, sie möchte gar nicht so genau wissen, was hier alles passiert. Als sie am Wachhaus ankommt, will sie einfach nur schnell vorbei, sie murmelt schon ein leises 'Tschüss', doch einer der Wachleute ruft sie zurück.

»Du arbeitest doch grad bei Cruz, oder?« Lia nickt. »Wo ist Maria?« Eigentlich wollte sie nicht sagen, dass Maria krank ist, doch jetzt hat sie wohl keine Wahl. »Ihr ging es nicht so gut, ich habe ihre Arbeit mit übernommen, soll ich ihr etwas sagen?«

Der Mann reicht ihr zwei zusammengeheftete Blätter. »Jomar hat vorhin angerufen, sie kommen morgen zurück und wollen feiern, die Sachen müssen vorbereitet werden.«

Lia sieht auf die zwei Seiten lange Liste. »Vorbereitet? Für morgen?« Der Mann nickt und zieht sein Handy aus der Tasche, was in dem Moment klingelt. »Frag Maria, die kennt das schon.« Mit diesen Worten wendet er sich ab und Lia geht schnell zur Haltestelle. Während der ganzen Fahrt starrt sie auf die Liste.

Es sind viele verschiedene Kleinigkeiten, nicht unbedingt schwer herzustellen, aber es ist zu viel, um das morgen zu schaffen. Sie sieht immer wieder auf einen Punkt auf der Liste: 'Lias Bananenbrot'. Eigentlich könnte sie das stolz machen, wären nicht die anderen 39 Punkte auf der Liste und die Tatsache, dass Lia keine Ahnung hat, wie sie das alles hinbekommen sollen.

Ungeduldig steigt Lia aus dem Bus aus und statt in ihr Dorf läuft sie direkt ins Nachbardorf, zum Haus von Crista. Dora sitzt mit ihr auf der Veranda und sieht ihnen entgegen. »Sag nicht, dass etwas passiert ist. Ist es schlimm? Du bist ganz blass.« Lia läuft schneller und erzählt ihnen alles, Crista holt Maria dazu, die zwei Häuser weiter wohnt und die noch immer nicht sehr gesund aussieht.

»Das sind die normalen Feiern, die gibt es alle paar Wochen mal. Du musst morgen ins Geschäftshaus gehen und einfach nur bei den Vorbereitungen helfen, die Häuser von Cruz und Jomar sind doch sauber, oder?« Lia nickt, mehr als das.

»Es werden sicherlich alle Hausangestellten mithelfen, die Männer kümmern sich um den Garten und den Grill und solche Sachen. Ihr bereitet alles vor und wenn die Party am Abend beginnt, bleibt ihr eine Weile hinter dem Buffet stehen und wenn Bedarf ist, füllt ihr das immer wieder auf. Neben den zwei Bussen am Mitttag fährt um 22 Uhr noch ein Nachtbus, den nehmen wir dann immer zurück.

Für solch einen Tag bekommt jeder von uns 50 Dollar Bonus, das heißt, du bekommt 250 Dollar ausgezahlt. Ich werde morgen auch kommen und mithelfen, sonst seid ihr eine Person zu wenig und das könnte dann eng werden.« Maria sieht sich die Liste an.

Crista gießt Lia Limonade ein. »Das ist keine gute Idee, nachher steckst du da noch alle an, kennst du niemanden, der für Maria aushelfen kann? Was ist mit deiner Schwester Lorena?« Lia trinkt das Glas in einem Zug aus, sie hat nicht gemerkt, dass sie solch einen Durst hat.

»Sie muss zur Schule und ...« Crista unterbricht sie. »Ach was, die Schule, sieh uns alle an, hat sie einem von uns etwas gebracht? Einen Tag wird sie schon fehlen können.«

Maria lächelt zuversichtlich. »Sie kann dafür meine 50 Dollar haben, frag sie doch einfach mal, ich bin mir sicher, dass sie das gerne tun wird.« Lia weiß ganz genau, dass sie das gern tun wird und das ist ja das Problem, ihr kommt sofort wieder vor Augen, wie intensiv Jomar ihre jüngere Schwester angesehen hat. Sie will sie gar nicht in diese Welt mitnehmen.

»Es ist doch bestimmt nicht gerne gesehen, wenn wir einfach fremde Leute mitbringen? Ich meine, die haben ja nicht umsonst Wachposten.« Maria zieht ihr Handy heraus. »Kein Problem, ich habe die Nummer vom Wachhaus, ich kann da Bescheid geben. Frag sie doch einfach, wenn sie möchte, haben wir ein Problem weniger.«

Lia kehrt mit schlechter Laune in ihr Dorf zurück, sie wollte Lorena nicht vor allen anrufen und hat versprochen, sie zu fragen und später Maria anzurufen und Bescheid zu geben. Wie soll sie außerdem erklären, dass sie erst mitten in der Nacht nach Hause kommen werden? Ist es nicht lächerlich? Sie macht sich mit zweiundzwanzig Jahren Gedanken darüber, was ihr Vater sagen wird, wenn sie einmal in ihrem Leben spät nach Hause kommt.

Lia war noch nie lange weg, nicht länger als neun Uhr abends und dann auch nur bei einer ihrer Freundinnen im Dorf und das auch nur sehr sehr selten.

Lia schließt die Tür zu ihrem Hof auf und sieht das übliche Bild, ihr Vater sitzt auf der Veranda und sieht ihr entgegen, während Lorena die Wäsche abhängt. »Hatte dein Bus Verspätung?« Lia hat gar nicht mitbekommen, dass ihr Vater sich schon merkt, wann sie nach Hause kommt, sie hatte ihm doch am Montag erst erklärt, dass es auch sein kann, dass sie den späteren Bus nimmt.

»Nein, ich musste ins Nachbardorf, es gibt ein Problem auf der Arbeit.« Ihr Vater will sich schon wegdrehen, das interessiert ihn dann wohl nicht mehr, doch Lia nutzt die Chance. »Die Leute, deren Haushalt ich jetzt erledige, geben morgen eine Feier.« Lia hält die Liste hoch. Ich muss die ganzen Vorbereitungen machen und auch während des Festes am Buffet stehen, also werde ich erst gegen Mitternacht zurück sein.«

Ihr Vater sieht sie von oben bis unten an, allerdings weiß er genau, dass sie alle auf diese Arbeit angewiesen sind. »Was soll man heutzutage schon noch feiern.« Er will sich wieder abwenden, okay, es läuft besser als sie dachte, immerhin hat er nicht nein gesagt. »Maria, die mit mir dort arbeitet, hat eine Magen-Darm-Grippe und gefragt, ob Lorena morgen aushelfen kann.«

Ihre Schwester beginnt zu strahlen. »Was bekommt sie dafür?« Lia sieht zu Lorena. »25 Dollar für den ganzen Tag.« Sie hat auf dem Feld 20 Dollar bekommen, er wird das glauben. Herrgott, Lia erschreckt sich selbst, wie leicht ihr das Lügen fällt, doch so haben Lia und Lorena 75 Dollar zusätzlich zu ihrem Gehalt, von denen ihr Vater nichts weiß.

»Macht doch, was ihr wollt, ihr seid eh zu nichts zu gebrauchen.« Ihr Vater kehrt zurück ins Haus, mehr werden sie von ihm sicherlich nicht mehr hören.

Lorena kommt überglücklich zu ihr. »Das wird super, ich werde mir die größte Mühe geben und wer weiß, vielleicht behalten sie mich und wir beide können zusammen ...« Lia stoppt die Hoffnungen ihrer Schwester.

»Das ist einmalig, du gehst weiter zur Schule, es reicht, wenn eine von uns ein beschissenes Leben führt.« Sie spürt, dass Lorena noch mehr sagen will, doch Lia hat genug für heute. »Was ziehen wir morgen an?«

Ohne weiter auf die Fragen ihrer Schwester einzugehen, läuft Lia ins Haus und stellt den alten Boiler an. Sie muss duschen, natürlich klappt das hier mit dem Wasser auch nur, wenn sie Glück haben, ansonsten müssen sie sich eben mit kaltem oder lauwarmem Wasser begnügen.

Nach der Dusche ruft Lia Maria an und sagt Bescheid, dann ruft sie nach Bayli, um etwas mit ihm spazieren zu gehen. Als sie auf den Hof hinauskommt, sieht sie, wie Lorena zwei Jeansshorts und ein graues und ein weißes Shirt mit V-Ausschnitt heraussucht. Garantiert plant sie schon, wie sie sich die Haare machen wird, Lia verdreht die Augen und geht schnell vom Hof. Das kann was werden.

Doch schon während der Busfahrt am nächsten Morgen bereut Lia ihre Gedanken, sie liebt Lorena und ihre unbeschwerte Art. Sie bringt sie zum Lachen und auch wenn sie es sich nicht anmerken lässt, ist sie doch sehr aufgeregt, was Lia natürlich absolut versteht, ihr ging es ja genauso an den ersten Tagen.

Jetzt noch klopft ihr Herz schneller, als sie an das Wachhäuschen kommen. »Die Sachen werden in ungefähr einer halben Stunde da sein, dann könnt ihr anfangen. Es sollen noch drei Kuchen mehr sein und es kommen sicherlich viele Leute, stellt genug Liegen auf.«

Sie laufen weiter, wie immer sind es noch drei weitere Frauen und die beiden Männer, die Lia mittlerweile schon kennt. Lia fragt, wie viele Mitglieder die Nechas eigentlich haben und erfährt, dass hier in der Siedlung nur die engsten Mitglieder leben, das sind so um die 60 Leute, es sind über ganz Puerto Rico verteilt aber um die 700 Mitglieder und in der ganzen Welt soll es weit über tausend geben. Lia kann sich das kaum vorstellen, aber heute Abend wird sie viele von denen am Buffet bedienen müssen.

Lia und Lorena haben wirklich die Shorts und Shirts an, allerdings tragen sie beide Tanktops darunter, da es beim Zubereiten sicherlich sehr warm werden wird. Die Frauen bringen sie dieses Mal nicht zu Cruz' und Jomars Haus, sie biegen eine Straße vorher ab, wo viele ähnliche Häuser nebeneinander stehen. In einigen Gärten stehen Schaukeln und Kinder spielen.

Lia sieht verblüfft zu, wie eine Frau mit Kinderwagen an ihnen vorbeiläuft. Es wirkt alles so vollkommen normal, als wäre das hier eine nette Kleinstadt und nicht der Wohnsitz der Nechas, der gefährlichsten und einflussreichsten Familia der Welt.

Am Ende der Straße steht ein etwas größeres Haus, sie gehen hinein. Es wirkt fast wie ein kleines Bürogebäude. Mehrere große Zimmer stehen offen, eines wirkt wie ein Kino, eines hat einen riesigen dunklen Besprechungstisch, es gibt aber auch eine große Küche und auch hier gibt es Dart, Billardtische und Spielkonsolen.

Lia sieht, wie einige Leute im Garten beschäftigt sind, der riesig ist. Er ist sogar noch größer als der von Cruz und Jomar, es werden gerade mehrere Grills aufgebaut und daneben weiße Tische aufgestellt. Lia und Lorena sehen sich ein wenig um, solange sie auf die Zutaten warten. »Sieh dir das an.« Lorena bleibt vor zwei großen Bildern stehen, die im Besprechungsraum hängen.

Das eine zeigt Cruz, Jomar und Savana. Auf den anderen sind Cruz und Jomar mit fünf weiteren Personen abgebildet. Drei hat sie schon auf anderen Bildern gesehen, Dariel, Ian und Caleb, ihre Cousins und auch Anführer der Nechas, aber daneben stehen noch zwei weitere Männer.

»Das sind die Anführer der Nechas.« Lia und Lorena drehen sich um, als eine der anderen Frauen eintritt und ehrfürchtig auf das Bild sieht. »Wer sind die beiden Männer?« Lia kann nicht verhindern, dass, so sehr sie all das auch abschreckt, es sie irgendwie auch neugierig macht. Die Frau kommt näher.

»Das sind die beiden Anführerbrüder, Cruz und Jomar, da ihre Cousins Dariel, Ian und Caleb und zwei weitere Anführer, wenn auch nicht angeboren, Luis und Hector, sie sind enge Berater und Vertraute der beiden Brüder. Die Ware ist da, lasst uns anfangen, sie alle werden heute kommen und sicher viel Hunger mitbringen.«

Sie stehen den ganzen Tag in der Küche, fünf Frauen und trotzdem rennt die Zeit und sie kommen kaum hinterher. Sie müssen planen, was ruhig kalt werden darf, was unter die Wärmebehälter soll, Lorena gibt sich wirklich viel Mühe, backt Kuchen und bereitet leckere Desserts zu. Lia kommt kaum dazu hochzusehen, doch irgendwann am späten Nachmittag spürt sie einen Blick auf sich und sieht nach oben und direkt in Cruz' Augen.

Er ist wieder da, wieder spürt sie ein leichtes Kribbeln im Bauch, er hebt die Hand und grüßt sie. Lia lächelt. Offenbar sieht er sich an, ob alles gut läuft. Ein Mann kommt zu ihm und erklärt ihm etwas und Cruz sieht wieder weg.

Lia widmet sich wieder dem Teig für die gefüllten Teigfladen. Cruz hat eine schwarze feine Anzughose und ein weißes Hemd an, wahrscheinlich waren die Termine, dort wo er war, sehr wichtig.

Lia blickt wieder nach oben, noch immer steht Cruz da und spricht mit dem Mann, sie lachen. Er ist wirklich wunderschön, wenn er lacht, wenn er ernst aussieht, wirkt er gefährlich, wenn er lacht, wunderschön, eine riskante Mischung, die einen zusammenzucken und doch immer wieder hinsehen lässt.

»Dir gefällt wohl, was du siehst.« Lorena kommt zu ihr und stößt ihre Schwester von der Seite an. Lia wird sofort rot und knetet den Teig noch stärker. »Was redest du da? Du hast doch gehört, wer diese Männer sind.« Lorena lacht leise. »Ich habe gehört, dass

Frauen nicht auf weiche Männer stehen, sie müssen gefährlich und unberechenbar sein.« Lorena sieht wieder hoch in die amüsierten Augen ihrer jüngeren Schwester und dann zu Cruz, doch dort steht keiner mehr, er ist weg.

»Ich stehe auf niemanden, ist der Apfelkuchen schon fertig?«

Sie arbeiten bis um 19 Uhr an dem Essen, als sie alles auf die Tische verteilt haben, möchte Lia eigentlich nur noch ins Bett, doch sie machen sich frisch und stellen sich hinter die Tische. Es dauert, nach und nach kommen einige Leute, um 21 Uhr wird es etwas voller und Lia, Lorena und die Frauen teilen Teller aus und füllen das Buffett sofort nach, wenn etwas fehlt. Bis um 21:30 Uhr haben sie wirklich viel zu tun, da scheint der größte Ansturm zu sein.

Lia kommt kaum dazu, sich die Leute richtig anzusehen, aber Jomar oder Cruz hat sie nicht gesehen, dafür Savana und zwei der Cousins. Alle anwesenden Männer wirken mächtig und gefährlich, doch es tauchen auch immer wieder Männer auf, die einem das Blut in den Adern gefrieren lassen.

Langsam spielt sich alles ein, Lia versucht sich einen Überblick zu verschaffen, plötzlich sieht sie, wie Cruz und ein anderer Mann den Garten betreten. Nun trägt er eine Jeans und ein dunkelblaues Shirt. »Dich kenn ich doch!«

Jomar steht plötzlich vor ihnen und grinst Lorena an, die sofort zurücklächelt. »Ja, wir hatten uns am Samstag in San Juan gesehen, ich bin Lias Schwester. Sie arbeitet für Cruz.«

Jomar nimmt sich ein Stück Brot und nickt. »Stimmt, und arbeitest du jetzt auch hier?« Ein Mann kommt zu Lia und fragt nach, was für Füllungen es gibt, trotzdem verfolgt Lia das Gespräch zwischen Jomar und Lorena genau.

Lorena erklärt ihm, dass sie für Maria eingesprungen ist und nachdem er gefragt hat, was sie zubereitet hat, nimmt er sich von allem etwas, was sie gebacken hat. Lia verkneift es sich, die Augen zu verdrehen, zum Glück wird es am Tisch wieder voller und Lorena und Jomar werden unterbrochen.

Dafür hat Lia nun wieder Cruz genau im Blick, der auf einer Liege sitzt und sich mit zwei Frauen unterhält. Es sind einige Frauen hier, alle ähnlich hübsch wie Savana und es verwundert Lia überhaupt nicht, dass sich gleich mehrere um Cruz bemühen.

Sie muss an Cruz' Freundin denken, sie hat sie hier noch nicht gesehen und offenbar scheint Cruz gerade auch nicht viel an sie zu denken. »Wir müssen zur Haltestelle, der Nachtbus kommt.« Die anderen Frauen nehmen sie mit zurück ins Haus, wo sie sich ihre Taschen nehmen und das Haus verlassen, gerade als die Musik laut aufgedreht wird. Nun beginnt die Party richtig und das Personal verlässt das Haus.

»Geht ihr schon?«

Lia will gerade hinter den anderen her durch den Hintereingang, da ertönt Cruz' raue Stimme hinter ihr. Lia dreht sich um und wieder treffen sich ihre Blicke. »Ja, unser Bus kommt.« Cruz hat ein Stück ihres Bananenbrotes in der Hand. »Bleib doch, deine Schwester auch, wir bringen euch nachher.«

Lia stockt, etwas verwundert, doch auch neugierig.

Natürlich könnte sie das, einmal im Leben auf einer Party feiern mit Männern, die verstörend gefährlich und schön zugleich sind, doch sie lächelt nur und schüttelt den Kopf. »Das geht nicht, aber ich wünsche dir noch viel Spaß. Wir sehen uns Montag.«

Der Tag heute hat sie alle fertig gemacht, Lorena hat die ganze Fahrt an ihrer Schulter gelegen und geschlafen, während Lia aus dem Fenster gesehen hat und wieder einmal ein ganz anderes Leben hinter sich gelassen hat.

Wäre sie wirklich so, wie ihr Vater immer tut, hätte sie diese Chance doch nutzen und einfach mal ihr Leben genießen können, feiern, tanzen, frei sein … doch sie laufen zurück zu ihrem Hof und weder Lorena noch sie wundert es, dass ihr Vater auf der

Veranda sitzt und ihnen entgegensieht. Sie haben das meiste von dem Geld, welches sie im Wachhaus bekommen haben, bereits versteckt, doch er scheint es gar nicht darauf abgesehen zu haben.

Er sagt kein Wort, Lorena geht direkt an ihm vorbei ins Haus, während Lia zu ihm geht. Sie sieht, wie müde er ist und dagegen ankämpft, die Augen zu schließen. »Wir sind wieder da, Papa, du kannst ins Bett gehen.«

Ihr Vater sieht hinter Lorena her und dann zu ihr. »Ich weiß.« Lia lächelt, in solchen Momenten vergisst sie all die bösen Worte ihres Vaters, die Sachen, die er ihnen antut und der starke Mann, der er mal war, erscheint wieder vor ihrem inneren Auge: Wie er sie in die Luft geworfen und wieder aufgefangen hat und wie stolz er einmal war. Als hätte er ihre Gedanken gelesen, umfasst er Lias Hand, die auf seiner Schulter ruht, mit seiner.

»Ich werde niemals müde werden, auf euch zu warten!«

Lia küsst die Hand ihres Vaters. »Ich weiß, Papa.« Er löst den Griff und Lia drückt noch einmal leicht seine Schulter. Sie will ins Haus und nur noch ins Bett, da ruft er sie noch einmal.

Einen Moment lang kommt ihr die Stimme von Cruz wieder ins Gedächtnis, doch dann schüttelt sie diese Gedanken ab und konzentriert sich auf die Worte ihres Vaters, es ist so selten, dass er noch normal mit ihnen redet.

»Ihr beide seid alles für mich.«

Lia dreht sich nicht noch mal um, Bildfetzen von Blut und wütenden Männern kommen in ihre Gedanken, der Geruch von Tränen und Angst. »Das wissen wir, Papa.« Das wissen sie wirklich und das werden sie auch niemals vergessen. »Gute Nacht, Papa.« Sie geht ins Haus. »Gute Nacht, Lia.«

Es ist so selten, dass sie die Stimme ihres Vaters so liebevoll vernimmt, einen Augenblick hält sie ein, doch dann geht sie ihrer Schwester hinterher, morgen ist alles wieder beim Alten, das weiß sie genauso sicher wie die Tatsache, dass ihr Vater immer auf sie warten wird.

Kapitel 9

Als Lia am Montagmorgen im Bus sitzt, ist sie überhaupt nicht mehr müde. Das Wochenende hat sie mit ihren Freundinnen Tabea und Sonja verbracht. Tabea heiratet am nächsten Wochenende und sie hat von Samstag auf Sonntag bei ihr geschlafen, es war so etwas wie eine kleine Junggesellinnenabschiedsfeier, auch wenn sie einfach nur Süßes gegessen, auf dem Dach gelegen, in die Sterne gesehen und sich unterhalten haben.

Es war schön, mal wieder etwas anderes. Lia hat fast nur zugehört, dabei hätte sie dieses Mal eigentlich wirklich etwas zu berichten gehabt, niemand außer ihrer Schwester weiß, dass sie für Cruz Nechas arbeitet. Doch sie hat es nicht einmal erwähnt und lieber zugehört, wie Tabea von Yandiels Bruder schwärmt, während Sonja tief bestürzt ist, noch keinen Mann gefunden zu haben.

Sonja hat sie sogar gefragt, ob Lia etwas dagegen hätte, wenn sie sich etwas näher an Yandiel heranwagen würde und Lia hat ihr versichert, dass sie sich darüber sogar freuen würde. Allerdings hat Tabea erzählt, dass Yandiel viel von Lia schwärmt und sie bezweifelt, dass er so leicht locker lassen wird.

Am Sonntag hatte Lia wieder alle Hände voll damit zu tun, alles für die Woche vorzubereiten. Lorena ist auch ganz aufgeregt wegen der Hochzeit. Der große Platz am Brunnen in der Mitte des Dorfes soll dafür hergerichtet werden und sie soll einige Hussen und Schleifen nähen und verdient so auch etwas Geld. Sie plant auch schon, was sie anziehen sollen.

Sie haben in San Juan schöne Kleider gesehen, nun mit dem Extrageld könnten sie diese kaufen, aber wie sollten sie so schnell nochmal nach San Juan kommen? Lorena will sich etwas einfallen lassen, Lia ist das alles eigentlich egal, sie versteht die Aufregung, es passiert so selten etwas im Dorf, doch irgendwie kann sie sich nicht so ganz von der Aufregung anstecken lassen.

Maria ist wieder da und fragt sie aus, wie die Feier gelaufen ist. Lia denkt, dass alle zufrieden waren. Sie würde gern wissen, wie lange die Feier noch ging und ob Cruz' Freundin noch kam, doch solche Sachen werden sie wahrscheinlich nie erfahren.

Im Wachhaus sitzt nur ein Mann, der am Handy mit jemandem spricht und ihnen andeutet, sie sollen einfach weitergehen. Irgendwie wirkt er sehr aufgebracht, Lia blickt sich um, es ist noch sehr ruhig, aber das ist ja auch nicht sehr ungewöhnlich, so früh am Morgen.

Lia geht durch den Hintereingang ins Haus, sie hatte die Liste für die nächste Woche ja schon abgegeben und bekommt sicherlich bald die Lieferung dafür. Es sind keine Jalousien heruntergelassen, also ist Cruz nicht da oder schon wieder weg. Es herrscht Chaos. Offenbar ging die Party hier im Haus noch lange weiter, und das ausgiebig.

Es liegen Flaschen herum, überall stehen Schachteln und Teller. Kleidungsstücke liegen herum, Lia hebt auch schwarze Seidenstrümpfe auf.

Sie startet die erste Waschmaschine und will gerade anfangen aufzuräumen, da wird die Haustür aufgestoßen. Drei Männer stürzen ins Haus, in der Mitte Cruz, Lia erkennt Jomar, alle stützen Cruz, überall ist Blut. »Hol Handtücher, schnell!« Lia ist ganz starr, erst als die Männer Cruz auf die Couch hieven, kommt sie zu sich und rennt in das untere Gästebad. Sie reißt Handtücher aus den Schränken, befeuchtet zwei und rennt zurück.

»Ihr sollt das zu Ende bringen!« Sie erkennt Cruz' Stimme kaum wieder. Jomar nimmt ihr die Handtücher ab und presst zwei auf eine klaffende Wunde an Cruz' Rippe. Herrgott, Lia wird schlecht, überall ist Blut.

Einer der anderen Männer redet mit jemandem am Handy, der andere lädt eine Waffe nach und sieht zur Tür. »Verdammt, Jomar, ich meine das ernst, verschwindet, schnappt sie euch, bevor sie weg sind, los, die Männer schaffen das nicht.«

Cruz' Stimme ist schwach, Lia sieht das Blut in die helle Stoffcouch einziehen, alles wird rot. Sie sieht in Cruz' Gesicht, er lehnt gegen die dicken Polsterkissen, auch in seinem Gesicht ist Blut, doch Lia erkennt nicht, ob er dort auch verletzt ist.

Cruz blickt entschlossen zu seinem jüngeren Bruder, der ihm die Handtücher gegen die Wunde presst. Cruz trägt nur noch eine schwarze Shorts, auch Jomar und die anderen sind voller Blut. »Du musst ins Krankenhaus, Cruz.«

Man hört Jomars Sorgen, Lia weiß gar nicht, was sie tun soll. Der Mann, der die Waffe nachgeladen hat, geht in die Küche und holt eine Flasche Wasser, die er Cruz gibt, der sie gleich trinkt, dabei aber vor Schmerzen aufflucht. »Ich gehe in kein Krankenhaus, das weißt du.« Der Mann am Handy legt auf. »Der Arzt ist gleich da.« Das Handy klingelt sofort wieder. »Jomar, geht! Ich komme klar, der Arzt kommt gleich.«

Man sieht Jomar die Verzweiflung an, er sieht sich um und trifft auf Lias Blick. »Lia, komm her! Drück das auf die Wunde, bis der Arzt da ist, schaffst du das?« Lia nickt und nimmt Jomars Platz neben Cruz ein. Sie drückt die Handtücher auf die Wunde. »Los jetzt!« Keine zwei Sekunden später sind Jomar und die Männer weg. Lia drückt die Handtücher fest auf die Wunde. Ihre Finger werden rot und sie hört ihr eigenes Herz schneller schlagen.

»Lia!« Sie hört auch Cruz' schnellen Herzschlag, so nah sind sie sich. Er muss unvorstellbare Schmerzen haben. »Lia!« Lia blickt auf und in Cruz' Augen, er hat sie nur halb geöffnet, er lehnt zurück und atmet angestrengt. Seine Hand umfasst ihre Hand, mit der sie die Handtücher auf die Wunde presst. »Ist alles in Ordnung?« Lia sieht ihn verdutzt an.

»Das fragst du mich?« Sie hört selbst, wie panisch sich ihre Stimme anhört, Cruz kneift einen Augenblick die Augen zusammen, als wäre ein starker Schmerz durch ihn gefahren, doch er sieht ihr danach weiter in die Augen und legt seinen Kopf ein wenig schief, während er sie betrachtet. »Du bist ganz blass und zitterst.«

Lia registriert erst jetzt richtig, dass seine Hand immer noch über ihrer liegt. »Ich kann kein Blut sehen.«

Cruz lächelt und zischt dabei leise zwischen den Zähnen. »Tja ... das tut mir leid. Dafür schlägst du dich aber sehr gut.« Lia wischt sich mit dem Armrücken über die Stirn, sie trägt ihre Haare heute offen und sie stören sie. Im gleichen Augenblick hebt Cruz die Hand und streicht ihre Haare nach hinten, dabei sieht er sie aus halb geschlossenen Augen an, er darf nicht einschlafen, Lia hat keine Ahnung von erster Hilfe, aber wenigstens das weiß sie.

»Meine Schwester hatte einmal als sie kleiner war Nasenbluten, als ich ihr helfen wollte und das Blut gesehen habe, bin ich ohnmächtig geworden und mit dem Kopf auf den Boden aufgeschlagen. Ich musste genäht werden, siehst du die kleine Narbe über meiner Augenbraue? Die ist davon.«

Cruz lacht leise, es scheint ihm wehzutun, doch er bleibt bei ihr und schläft nicht ein, seine Augen wandern Lias Gesicht ab. »Du bist eine kleine Heldin.« Lia lächelt, sie spürt, dass auch sie sich beruhigt. Ihr Blick wandert über das blutige Handtuch, das Blut scheint zu stoppen, auf seiner Brust sind ein paar Narben, genau wie an seiner Hüfte, da ist sogar eine etwas dickere.

»Du hast viele Narben.« Lias Blick geht zu seinem Gesicht, sie sieht ihm kurz in die halbgeschlossenen Augen, dann greift sie nach dem Handtuch, das noch nass ist und tupft vorsichtig das Blut in seinem Gesicht ab, sie will überprüfen, ob da auch eine Wunde ist, oder ob das Blut von der Wunde an seiner Rippe ist. »Ich bin sehr oft gefallen.« Lia bekommt eine Gänsehaut, wer weiß, was Cruz schon alles für Verletzungen hatte, was er alles mitgemacht hat oder was er auch anderen angetan hat.

»Aber du stehst immer wieder auf, oder?« Lia flüstert nur noch, plötzlich ist sie sich erst richtig der Situation bewusst, in der sie hier ist. Sie sitzt neben dem Anführer der Nechas, hält seine Wunde, versucht ihn wach zu halten und ist ihm so nah wie schon lange keinem Mann mehr. Nicht einmal das ganze Blut hält sie ab, sie muss wahnsinnig sein.

»Ich versuche es zumindest.« Cruz schließt unter ihren sanften Tupfbewegungen die Augen, seine Hand liegt weiter über ihrer. »Du darfst nicht einschlafen.« Cruz lächelt erneut, wie kann er lächeln und dabei fast verbluten? Er setzt an, etwas zu sagen, doch da geht die Haustür erneut auf.

Ein älterer Mann mit weißen Haaren, einem langen weißen Kittel und einem großen braunen Koffer eilt zusammen mit drei Schwestern herein. »Was hast du wieder angestellt, Cruz?« Lia atmet erleichtert auf. Cruz richtet sich wieder auf. »Das übernehmen wir, danke schön.« Eine der Schwestern zieht sich Handschuhe an und deutet Lia, das Handtuch loszulassen, einen Augenblick drückt Cruz noch kurz ihre Hand, dann lässt Lia los und macht Platz für den Arzt und die Schwestern.

Sie bringen sogar Gestelle mit Infusionen mit, es ist, als würde sich der Raum binnen Minuten in eine kleine Arztpraxis verwandeln. »Wie ist das passiert?« Das ist Lias Stichwort, sie geht ins Bad und wäscht sich das Blut ab, sie möchte gar keine Details hören, auf ihrem weißen Top sind einige Blutflecken, sonst kann sie aber alles abwaschen. Als sie fertig ist, geht sie in die Küche und trinkt etwas, dann nimmt sie die Putzsachen und geht nach oben.

Das viele Blut und alles, was gerade geschehen ist, setzen ihr so zu, dass sie noch eine ganze Weile völlig neben sich steht und eher mechanisch das obere Stockwerk säubert. Genau in dem Moment, als sie damit fertig ist, bringen die Schwestern Cruz nach oben.

Er ist blass und trägt einen weißen Verband um die Rippen, aber er läuft allein, die Schwestern bringen nur die Infusionen und andere Sachen mit. Lia wechselt nach unten, wo Jomar mit dem Arzt steht. Lia hat nicht mitbekommen, dass er wieder da ist. Cruz' jüngerer Bruder hat noch die gleichen Sachen an wie vorher, auch an ihm klebt noch Blut.

Lia beginnt mit dem Wischen des Bodens im unteren Bereich und hängt die Wäsche auf, als Jomar nach oben geht, verabschieden sich der Arzt und die Arzthelferinnen. Lia fragt ihn noch schnell, wie das mit dem Essen ist und der Arzt empfiehlt, etwas

Leichtes zu kochen. Die Einkäufe werden gebracht und Lia beginnt damit, eine Hühnersuppe zu kochen mit selbstgebackenem Brot.

Gerade als alles fertig ist, kommt Jomar die Treppen wieder herunter und atmet tief ein. Er sieht müde und geschafft aus, wahrscheinlich haben sie alle in dieser Nacht nicht geschlafen. »Ich lasse das nachher abholen, kümmere dich nicht darum.« Er lächelt zu Lia, die bereits einige Fleckenentferner neben die helle, mit Blut durchtränkte, Couch gestellt hat. Lia nickt nur, das war heute zu viel, sie kann kaum noch klar denken.

Jomar verlässt das Haus, die Suppe und das Brot sind fertig. Plötzlich ist es ganz still im Haus. Lia atmet durch, sie sieht auf die Blutflecken auf ihrem Top und spürt, dass sie noch immer ein wenig zittert. Sie kann bald gehen, eigentlich soll sie nicht nach oben, wenn jemand im Haus ist, doch wahrscheinlich ist das bei einem Tag wie heute eh egal.

Sie sucht nach einem Tablett, stellt einen Teller mit Suppe und frischem Brot darauf und eine Flasche Wasser dazu, dann bringt sie es nach oben. Cruz wird sich nicht viel bewegen dürfen, deswegen klopft sie leise, vielleicht schläft er bereits, doch er sagt, sie solle hereinkommen, auch wenn seine Stimme sehr müde klingt.

»Ich wollte nur schnell das Essen ablegen, damit du nicht nach unten kommen musst. Soll ich noch etwas tun? Ich kann auch den Bus später nehmen.« Lia ignoriert, dass Cruz halbnackt im Bett liegt. Sie stellt das Tablett auf einen breiten Nachttisch und zieht ihn neben das Bett. »Nein danke, du hast mehr als genug getan. Es tut mir leid, dass du das heute mitbekommen hast.«

Was soll Lia dazu sagen? Ausgerechnet sie, Lia möchte von dieser Welt nichts wissen, doch von einer Sekunde zur anderen war sie plötzlich ein Teil davon, deswegen sagt sie gar nichts dazu. Als sie sich zu ihm umwendet, macht ihr Herz einen kleinen unbeabsichtigten Stolperer.

Er liegt in dem riesigen Bett, seine breite Brust hebt und senkt sich geschwächt und der weiße Verband ist gut zu sehen, seine Augen kann er kaum offenhalten und trotzdem wirkt dieser Mann noch immer gefährlich und mächtig.

»Tut es sehr weh?« Lia sieht ihm in die Augen. Er zuckt ein wenig die Schultern. »Es ist nur ein Streifschuss gewesen. Es geht, alles Wichtige wurde nicht getroffen.« Lia spürt, wie sich alles um sie herum zu drehen beginnt. »Das war … du bist angeschossen worden?«

Sie hört selbst, wie sie wieder panisch wird und ihr Atem schneller geht und wie auch schon vorhin, scheint sie Cruz zu amüsieren. »Ja, aber wie gesagt, es ist nicht schlimm, hast du noch keine Schusswunde gesehen?«

Lia stemmt die Arme in die Hüften, als müsste sie sich selbst Halt geben. »Ich komme vom Dorf, bei uns prügeln sich höchstens mal ein paar Jungs … So etwas kenne ich nicht, zum Glück.« Cruz lächelt mild. »Vielleicht sollte ich aufs Dorf ziehen.« Nun muss auch Lia lächeln, irgendwie mag sie Cruz, trotz alldem.

Sie sieht auf der Uhr, dass sie los muss, doch es ist komisch, ihn so hilflos zurückzulassen. »Soll ich deine Freundin anrufen? Damit sie kommt und du nicht alleine bist?«

Cruz' Blick liegt die ganze Zeit auf ihr, er wirkt sehr ruhig. Wer weiß, was für Medikamente er alles bekommen hat. »Ich habe keine Freundin, meine Schwester kommt gleich und bleibt bei mir.« Lia nickt, auch wenn sie seine Aussage verwundert. Hat er sich bereits von der Frau getrennt, die letztens erst morgens hier war?

Sie muss aufhören, sich über solche Sachen Gedanken zu machen, es geht sie nichts an.

»Bis morgen.« Sie verlässt das Schlafzimmer. »Bis morgen, Lia, pass auf dich auf.«

Maria fragt sie während des gesamten Rückweges aus. Sie hat alles nur halb mitbekommen, und hat so etwas hier erst zweimal erlebt. Meistens werden Verletzte ins Krankenhaus gebracht, Cruz aber hasst Krankenhäuser und lässt sich immer zuhause verarzten. Lia ist fix und fertig, als sie endlich wieder ihren Hof betritt. »Was ist dir denn passiert?« Wie immer wartet ihr Vater auf sie und sieht auf das getrocknete Blut auf ihrem Top.

Lia hasst es zu lügen. »Eine Kollegin von mir hat sich verletzt und ich habe ihr geholfen.« Sie will nur noch duschen. »Du kannst doch kein Blut sehen.« Lia stimmt zu und betritt das Haus. »Das war auch der reinste Horror heute.«

Lorena kann sie natürlich nichts vormachen, das sieht sie ihrer Schwester, die in der Küche steht und kocht, bereits an, doch zuerst muss sie duschen. Das Wasser ist warm und spült den letzten Rest von Cruz' Blut weg, auch in ihren Haaren ist etwas Blut und Lia kommen die Bilder wieder hoch, wie er ihre Haare zur Seite schiebt.

Was ist da heute nur passiert? Und kann sie nach alldem überhaupt noch normal mit Cruz umgehen?

Kapitel 10

Diese Frage beschäftigt sie so sehr, dass sie am nächsten Morgen im Bus mit Maria darüber spricht. Sie verhält sich absolut falsch, es kann doch nicht sein, dass Cruz und alles, was dort passiert, so sehr ihre Gedanken beherrscht.

Maria allerdings versichert ihr, dass das ganz normal ist. Auch sie hat gestern noch die ganze Zeit darüber nachgedacht und war noch nicht einmal richtig dabei wie Lia. Zudem sagt sie ihr, sie solle auch nicht unterschätzen, dass sie jetzt gerade mehr Zeit im Nechas-Gebiet, in Cruz' Haus, verbringt als zuhause und dass das automatisch einen gewissen Platz in ihrem Leben einnimmt.

Da Lia dies ja nur für eine bestimmte Zeit macht, tröstet sie der Gedanke, dass es bald vorbei ist und sie beschließt, dass sie so etwas nicht mehr zu nah an sich heranlassen sollte.

Durch die Wachen erfahren sie, dass die Frau, die für Savanas Haus zuständig ist, heute nicht kochen wird und Lia dafür mehr zubereiten soll, da Savana zur Zeit die meiste Zeit bei Cruz verbringt.

Wunderbar, ihr ist es schon unangenehm genug, sich unauffällig um alles zu kümmern, wenn nur er da ist, jetzt ist auch noch die wunderschöne Schwester da und sieht ihr auf die Finger.

Lia hofft, dass sie das von gestern einfach verdrängen und weitermachen kann, als wäre nichts passiert. Sie geht durch den Hintereingang ins Haus, oben ist alles abgedunkelt, im unteren Stockwerk liegt einiges an Geschirr in der Küche, ansonsten ist nicht viel passiert, außer dass der Wohnbereich sehr leer ist.

Alle Sofas, sowie auch der Teppich und der Tisch sind weg, Lia hat gesehen, dass überall Blutspritzer waren, doch sie hätte das schon wegbekommen, außer vielleicht bei der Couch, auf der sie gesessen haben und die wirklich absolut voller Blut war, ansonsten hätte sie das in den Griff bekommen, aber offenbar wurde alles entsorgt.

Es ist absolut still im Haus, vielleicht schlafen alle noch, sie sieht nach der Suppe, aber diese wurde komplett aufgegessen. Lia wäscht alles ab, dabei fällt ihr eine Tasse mit Lippenstift auf und lauwarmer Kaffee, vielleicht ist die Schwester doch schon unterwegs.

Sie beginnt wie immer die Wäsche zu machen und alles zu wischen, dann fängt sie an, einen leckeren Auflauf mit Hähnchenkeulen vorzubereiten, das Lieblingsrezept ihres Vaters. Sie essen das selten, weil sie sich nur selten Fleisch leisten können. Genau in dem Moment, als alles fertig in den Kühlschrank kommt, damit es später nur noch warm gemacht werden muss, kommt Cruz langsam die Treppen herunter.

Lia hat gehört, dass jemand im Bad war, aber das ist auch schon wieder einige Minuten her, doch so langsam wie Cruz sich bewegt, wird er es gewesen sein, er hat wohl noch Schmerzen, was natürlich normal ist, er ist schließlich gestern angeschossen worden. Lia würde am liebsten den Kopf schütteln, er hätte tot sein können, ob sich darüber überhaupt jemand hier Gedanken macht?

Cruz sieht aber etwas besser aus als gestern, er trägt eine knielange graue Jogginghose und ein weißes Unterhemd, durch das man die Verbände erkennen kann, doch seine Augen blicken ihr wach entgegen, auch wenn er noch immer erschöpft wirkt.

»Morgen, ist meine Schwester schon lange weg?« Lia stellt alles in den Kühlschrank und zuckt die Schultern. »Ich habe sie gar nicht gesehen, sie muss schon früher gegangen sein.«

»Mist!« Cruz gibt etwas in sein Handy ein und versucht jemanden anzurufen, dabei kommt er in die Küche und drückt auf der Kaffeemaschine herum. Lia hat schon wieder das Frühstück vergessen. »Ich mache Frühstück, willst du im Haus oder im Garten essen?« Offenbar nimmt niemand ab, er nimmt das Handy wieder vom

Ohr. »Ein Kaffee und ein paar Eier reichen, ich gehe in den Garten ... Hast du deine Haare geschnitten?«

Lia fasst sich automatisch an ihren unordentlichen Knoten auf dem Kopf. Nach gestern hatte sie kein so starkes Bedürfnis, sich zurechtzumachen. Sie hat ihre Haare zu einem Knoten gebunden und sich eine Jeans und ein einfaches weißes Shirt angezogen. »Nein, die sind alle noch da ... nur halt zusammengebunden.« Cruz sieht sie noch einmal an. »Okay.«

Er dreht sich um und geht langsam in den Garten und Lia schüttelt den Kopf. Was war das? Wieso interessiert es ihn, was mit ihren Haaren ist? Lia brät ein paar Spiegeleier, schneidet Obst und macht frischen Toast dazu. Sie stellt alles zusammen mit dem Kaffee auf ein Tablett und bringt es Cruz nach draußen, der immer wieder neue Gespräche am Handy beginnt.

Die Zeit rast wirklich schnell vorbei und Lia ist froh, dass sie, auch wenn Cruz zuhause bleibt, ihm ein wenig aus dem Weg gehen kann. Sie bereitet noch Brot vor und geht dann nach oben. Es stehen Gläser und Packungen von frischem Mandelgebäck auf dem Dach herum, auch einige Fackeln sind abgebrannt. Offenbar hat Cruz hier seinen Abend verbracht, vielleicht mit seiner Schwester oder mit Jomar oder mit sonst wem.

Lia muss sich selbst rügen, ihr kommt es bereits so vor, als würde sie Cruz gut kennen. Nur weil sie sein Haus putzt, bedeutet das nicht, dass sie ihn kennt. Im Grunde weiß sie kaum etwas von ihm. Lia macht alles sauber, dabei hört sie, dass der Arzt kommt.

Sie putzt das obere Stockwerk und bezieht Cruz' Bett neu, es sind ein paar Blutflecken auf dem Laken und es sieht so aus, als hätte seine Schwester genau neben ihm geschlafen. Die beiden stehen sich sicherlich ähnlich nah wie auch Lorena und sie.

Normalerweise ist es immer sehr ruhig, wenn Lia hier ist, da ja Cruz eher selten zuhause ist, doch heute hört sie, wie ständig Leute ein- und ausgehen. Gegen zwei macht sie das Essen warm, da sind gerade drei Männer im Garten und besprechen sich mit Cruz. Sie beachten Lia kaum, doch sie spürt immer wieder Cruz' Blick auf sich.

Als sie oben fertig ist und nach unten kommt, hat sich Cruz bereits Essen aufgetan und gegessen. Er liegt auf einer Liege im Schatten und scheint eingeschlafen zu sein. Lia räumt sein Geschirr ab, dabei fällt ihr Blick auf eine Packung mit Schmerzmitteln, der Arme muss noch große Schmerzen haben.

Lia nutzt die Ruhe und isst selbst eine Kleinigkeit, dann räumt sie die Küche auf und hängt die Wäsche ab, sie muss sie nur noch zusammenfalten, dann kann sie gehen. Cruz wacht im Garten auch langsam wieder auf, es wird sicherlich nicht sehr bequem auf der Liege sein. Er kommt wieder ins Haus.

Gerade als Lia damit beginnt, die Wäsche zu falten, geht wieder die Haustür auf und Savana kommt ins Haus gestürmt, sie funkelt Cruz böse an, der sofort laut aufseufzt und sich an die Küchentheke lehnt, die er gerade erreicht hat.

»Warum tust du das?« Cruz verschränkt die Arme und Lia zuckt zusammen, als Savana ihren Bruder anschreit. »Warum tue ich was? Dich schützen? Weil ich dein Bruder bin.« Savana wird nur noch wütender.

Lia beeilt sich, schnell die Wäsche zu falten und sieht nicht auf, muss sie schon wieder in so eine unangenehme Situation hineingeraten?

»Blödsinn, du weißt ganz genau, dass du mich nicht schützen brauchst. Ich bin eine Anführerin der Familia, genau wie Jomar und du kannst nicht einfach ihn alles erledigen lassen und mich nur auf Feste mitgehen lassen! Ich kann genau wie er Geschäfte aushandeln und mich um alles andere kümmern. Was soll das? Ich bin heute zwei Stunden umsonst zu einem Meeting gefahren und habe erst da erfahren, dass es abgesagt ist.«

Cruz sieht ohne eine Gesichtsregung seine Schwester an, egal wie wütend diese ist. Lia kann nicht anders, sie blickt immer wieder hoch, bemüht sich aber, dass das nicht auffällt. »Sieh mich doch an! Die Geschäfte werden immer gefährlicher, die anderen Familias haben die Schnauze voll davon, dass wir überall das Sagen haben und es kann immer wieder zu solchen Zwischenfällen kommen, dann will ich nicht, dass du da bist, Savana, verstehst du das nicht?

Ich habe das Meeting abgesagt, ich hole das nach, wenn ich wieder fit bin. Ich bin gestern eingeschlafen, bevor ich es dir sagen konnte und du gehst ja nicht an dein Handy! Zickst du jetzt etwa herum, weil ich nicht möchte, dass dir etwas passiert?«

Cruz ist ruhig, doch irgendetwas in seiner Stimme ist so klar und fest, dass selbst Lia spürt, es würde nicht viel bringen, dagegen zu sprechen. Savana bleibt einen Augenblick stehen und funkelt ihn böse an. »Finde dich endlich damit ab, dass ich kein kleines Mädchen mehr bin! Du bist so … bestimmend, alles muss nach deiner Nase gehen. Die arme Frau, die eines Tages dein Herz erobern wird, sie wird es nicht leicht haben.« Sie dreht sich um und verlässt mit einem lauten Knallen der Haustür das Haus.

»So weit wird es sicherlich nicht kommen, ich weiß ja, wie anstrengend Frauen sein können.« Das hat Savana sicherlich noch gehört und Lia von der Wäsche aufblicken lassen. Es geht sie nichts an und sie würde auch gar nichts dazu sagen, doch Cruz flucht leise und sieht zu ihr. »Es ist anstrengend, der Älteste zu sein, hast du nur deine jüngere Schwester? Ist sie auch so zickig?«

Lia ist bestimmt nicht in der Position, Cruz etwas sagen zu können, doch offenbar will er darüber sprechen. »Ich habe nur Lorena als Schwester, es ist nicht so leicht, die Ältere zu sein, da hast du recht. Man muss auf viel verzichten und hat eine gewisse Verantwortung, doch es klappt eigentlich ganz gut zwischen uns. Ich habe immer probiert … ihr kein schlechtes Gefühl zu geben.«

Cruz gießt sich ein Glas Limonade ein und stellt ihr auch eines hin. »Ich will ihr kein schlechtes Gefühl geben, ich liebe meine Schwester über alles, aber ich möchte nicht, dass sie sich zu sehr in Gefahr begibt. Früher war es völlig ausreichend, wenn sie als unsere Schwester irgendwo aufgetaucht ist, um ihren Schutz zu garantieren. Niemals hätte jemand sie angefasst, aber die Zeiten ändern sich.

Es gibt momentan einige Familias, die sich gegen uns stellen und ich möchte, dass sie sich mehr zurückzieht und uns diese Treffen erledigen lässt.«

Lia hätte nicht erwartet, dass Cruz mit ihr über so etwas spricht, sie ist seine Angestellte, aber man merkt, dass es ihm auf der Seele brennt. Wahrscheinlich will er das gerade loswerden und sie hat den Streit jetzt ohnehin mitbekommen. Lia legt die letzten Handtücher zusammen und trinkt ihre Limonade.

»Man sollte versuchen, immer einen Weg zu finden, der beiden zusagt. Als wir jünger waren, sind wir immer zusammen zur Schule gegangen. Wir sind über einige Felder und Grundstücke gelaufen und haben so einiges an Zeit gespart, aber der Weg war verboten und nicht ungefährlich.

Ich musste früher mit der Schule aufhören, um zu arbeiten und wollte, dass Lorena mit den anderen aus dem Dorf zusammen geht und nicht mehr unseren alten Weg, der alleine einfach zu gefährlich ist. Ich wusste aber, dass Lorena ausflippt, wenn ich es ihr so gesagt hätte, also habe ich es einfach … besser verpackt.

Ich habe ihr erklärt, wie traurig ich bin, dass ich nicht mehr zur Schule kann und dass ich unseren gemeinsamen Weg vermissen werde. Für jeden von uns würde nun ein neues Kapitel anfangen und wir sollten diesen Weg nicht mehr nutzen, er war unser Weg und jeder müsste nun etwas Neues finden.

Lorena hat das sofort verstanden und ist mit zwei Freundinnen zusammen einen anderen Weg gegangen. Und wenn ich sie manchmal von der Schule abgeholt habe, sind wir wieder den alten Weg gegangen. Ich habe meinen Willen bekommen, aber ohne dass sie das Gefühl hatte, bevormundet zu werden.«

Cruz hat ihr genau zugehört, er setzt an, etwas zu sagen, doch dann schließt er den Mund wieder und scheint zu grübeln. Maria klopft und Lia ruft ihr zu, dass sie gleich kommen wird. Sie packt alles zusammen und sieht sich noch einmal zu Cruz um, um sich zu verabschieden, der grübelt immer noch.

»Also meinst du, ich hätte ihr lieber neue Aufgaben geben sollen, sodass sie keine Zeit mehr für die alten hat, statt ihr die alten Aufgaben einfach wegzunehmen?«

Auf Cruz' Lippen liegt ein Lächeln und genauso findet Lia ihn unheimlich schön, er ist immer ein attraktiver Mann, doch so ist er wirklich wunderschön. Lia lächelt auch. »So wäre es zumindest nicht zu solch einem Streit gekommen. Bis morgen.« Sie ist schon halb zur Tür hinaus, als sie Cruz noch einmal hört. »Bis morgen, pass auf dich auf, Lia.«

Maria wartet schon draußen und zieht die Augenbrauen zusammen. »Gestern sahst du aus, als wärest du direkt einem Horrorfilm entsprungen und heute dieses Lächeln auf deinem Gesicht, was ist passiert?«

Lia versucht, wieder ernst zu werden und zuckt die Schultern, während sie in Richtung Wachposten gehen. »Nichts ist passiert.« Maria lacht und hakt sich bei Lia ein. »Na dann hoffe ich, dass dir noch sehr oft dieses Nichts passiert, es steht dir.«

Eigentlich würde Lia mit komischem Bauchgrummeln zur Arbeit gehen, wenn sie weiß, dass Cruz den ganzen Tag zuhause ist, doch am nächsten Tag ist es das erste Mal, dass sie das gar nicht so schrecklich findet. Wenn sie seine Schussverletzung verdrängt und die Tatsache, wer er ist, könnte man sogar behaupten, sie würde sich freuen, ihn wiederzusehen.

Allerdings komm es überhaupt nicht dazu, dass sie sich wirklich sehen, auch wenn Cruz die ganze Zeit zuhause ist. Er schläft bis zum Mittag und Lia kümmert sich leise um den unteren Bereich und ums Essen. Als dann der Arzt kommt, sagen sie sich nur kurz hallo und Lia kümmert sich solange um den oberen Teil des Hauses, bis Maria sie abholt. Lia versteht sich selbst nicht mehr, so ist es doch richtig, so soll es sein, und doch spürt sie eine gewisse Enttäuschung darüber in sich aufkommen.

Auch am nächsten Morgen schläft Cruz wieder, wie viel kann ein Mensch schlafen? Lia schläft wenig, sie ist es gewohnt, mit nur ein paar Stunden Schlaf auszukommen. Als sie aber mit dem Putzen und der Wäsche unten fertig ist, kommt Jomar und lächelt sie breit an. »Hallo Lia, wie geht es dir und wie geht es deiner Schwester?« Lia mag Cruz' Bruder, trotzdem reicht das nicht, dass sie sich Jomar an der Seite ihrer Schwester vorstellen könnte. Lorena mit einem Mann der Nechas … es wäre schlimmer als alles andere, was passieren könnte.

»Ihr geht es gut und mir auch, danke, ich glaube, Cruz schläft noch.« Jomar sprintet die Treppen hinauf ins obere Stockwerk. »Das ändern wir schnell, ich habe gute Neuigkeiten für ihn.« Lia bereitet das Frühstück im Garten vor und Jomar kommt ein paar Minuten später wieder herunter. Sie stellt auch ihm Kaffee und einen Teller hin.

Cruz lässt sich noch ein wenig Zeit und Lia beginnt mit dem Mittagessen. Als Cruz dann herunterkommt, sieht sie nicht hoch, erst als er in die Küche kommt, sich Orangensaft eingießt und sich zu ihr stellt. »Morgen, ich habe dir zu danken.« Lia blickt auf und direkt in seine Augen, die auf ihr liegen.

Lia hat sich noch nie viel Gedanken darüber gemacht, wie sie aussieht, wenn sie zur Arbeit geht, doch gestern stand sie länger als sonst im Bad, sie wollte sich sogar ein wenig schminken, was sie dann doch verworfen hat, doch sie hat sich einen wunderschönen schwarzen Rock angezogen, der mit türkisfarbenen Perlen am Saum bestickt ist und das passende Oberteil, dabei hat sie Cruz nicht einmal richtig gesehen.

Den ganzen Weg zurück hat sie sich geärgert, wie kommt sie dazu, sich so aufzuführen? Wozu? Wegen Cruz? Auch wenn er ihr sehr gefällt, ist sie erstens nicht in der Lage, etwas mit ihm anzufangen und zweitens ist sie eine Frau vom Dorf, sie hat doch gesehen, mit was für Frauen er sonst Kontakt hat.

Nur weil er nett zu ihr ist, braucht sie sich nicht einzubilden, dass er überhaupt Interesse an ihr hat. Drittens, selbst wenn die beiden

Punkte vorher nicht wären, er ist der Anführer der Nechas und sicherlich der letzte Mann der Welt, auf den sie sich einlassen sollte.

Was sie nicht vorhat, der Mann bringt sie jetzt schon durcheinander und deswegen hat Lia sich heute einfach nur eine Leggins und ein einfaches schwarzes Top angezogen, ihre Haare zur Seite geflochten und sich keine weitere Mühe gemacht. Als er jetzt so nah bei ihr steht, bereut sie das aber wieder schnell und könnte sich dafür ohrfeigen.

Der Mann wurde vor drei Tagen angeschossen und sieht einfach nur unverschämt gut aus, er hat kein Shirt und nur eine lockere Jogginghose an. Lia blickt auf seinen Arm mit dem La Familia-Tattoo, den Namen Nechas an seinem Herzen und als er einen Schluck trinkt, auf seine kleine Narbe an der Oberlippe.

Es bildet sich ein Bart, weil er sich sicherlich einige Tage nicht rasiert hat, doch auch das steht ihm sehr gut. Herrgott, sie muss sich wirklich mehr zusammenreißen, ihr wird warm, vielleicht bekommt sie Fieber, das würde einiges erklären.

»Wieso danken? Was habe ich getan?« Cruz leert das Glas. »Ich habe mir deinen Rat zu Herzen genommen. Zumindest die nächsten Wochen hat Savana so viel zu tun, dass sie gar nicht auf die Idee kommen wird, unsere Geschäftspartner zu treffen. Sie war mir sogar dankbar dafür und hat gedacht, ihr Wutanfall hier hätte etwas bewirkt.«

Lia hebt die Hände. »Ich weiß halt, wie man mit jüngeren Schwestern umgeht.« Jomar kommt aus dem Garten und sieht sie beide an. »Habe ich irgendetwas verpasst?« Cruz lacht leise und Lia spürt, wie ihr wieder wärmer wird. »Vielleicht fällt dir auch noch ein, was man gegen nervige kleine Brüder machen kann.« Lia widmet sich schnell wieder dem Essen, doch sie kann sich ein Lächeln nicht verkneifen. »Damit habe ich leider keine Erfahrungen.«

Lia beeilt sich mit dem Essen, bevor sie das Brot zubereitet, geht sie erst einmal das obere Stockwerk fertig machen, dort ist aber nicht viel zu tun. Mit Ausnahme des Zimmers, in dem Cruz schläft, ist keines weiter betreten worden, zumindest sieht es nicht so aus.

Lia ist fast fertig, sie muss nur noch das Essen ansetzen und das Brot backen, die Wäsche aufhängen und kann dann gehen. Die Brüder sitzen noch immer im Garten und reden die ganze Zeit, vielleicht schmieden sie irgendwelche Pläne, da ruft plötzlich Jomar nach ihr.

»Lia, die Wachen haben gerade angerufen. Deine Schwester ist vorne und möchte zu dir.« Lia traut ihren Ohren nicht, schnell geht sie zu den Treppen. »Meine Schwester? Was tut sie hier?« Jomar und Cruz sitzen beide noch am Tisch im Garten, die Glastüren sind weit offen. »Ich weiß nicht, ich habe gesagt, sie sollen sie reinlassen und herbringen. Ist das schlimm? Mich stört das nicht.« Jomar grinst fast genauso breit wie Cruz.

»Natürlich ist das schlimm, sie hat hier gar nichts zu suchen, sie müsste noch in der Schule sein ...« Cruz verschränkt die Arme vor der Brust. »Wie war das? Du weißt, wie man mit jüngeren Schwestern umgeht?«

Lia kommt die Treppe herunter und schiebt sich ihren dicken Zopf wieder zurecht, sie kommt nicht dazu, etwas zu erwidern, da betritt bereits ein Mann mit Lorena das Haus. »Das ist nett, danke schön, was für ein Service, ich bin sogar hergefahren worden, Lia, stell dir vor, so würde ich immer in die Schule ge ...«

Ihre Schwester ist voll in ihrem Element, sie lächelt den Mann an, der sie ins Haus begleitet hat und kommt zu ihr in den Wohnbereich, wo sie mehrere Tüten auf den großen Marmortisch legt, der zum Essen dient.

Lia unterbricht sie, am liebsten würde sie in dem Moment ihrer Schwester an die Gurgel gehen, doch sie versucht, ruhig zu bleiben, ihrer Stimme aber hört man an, wie sie sich wirklich fühlt.

»WAS tust du hier? Wieso bist du nicht in der Schule?« Lorena hebt die Hand zu Cruz und Jomar, die sich entspannt im Garten zurücklegen und sie beobachten, sie grüßen sie leicht amüsiert zurück.

Ihre Schwester ist nicht sehr beeindruckt von Lias Wut, das bedeutet, dass sie vollkommen überzeugt ist von dem, was sie tut oder getan hat.

»Ich war heute nicht in der Schule. Ich bin nach San Juan gefahren und habe unsere Kleider besorgt.« Lia glaubt nicht, was sie da hört. »Du hast was? Wie bist du nach San Juan gekommen?« Lorena stützt ihre Hand in ihre Hüfte. »Lia, nur weil wir bisher zu feige waren, uns in den Bus zu setzen und die Welt außerhalb des Dorfes zu erkunden, heißt das nicht, dass wir das nicht ändern können. Ich habe den späteren Bus genommen und habe alles besorgt, wie du siehst, habe ich es überlebt.«

Lia verschränkt die Arme, sie hätte Lorena niemals nach San Juan bringen dürfen, sie weiß doch, wie unvorsichtig ihre Schwester ist. »Bis Papa davon erfährt!« Lorena legt den Kopf schief. »Komm schon, Lia, sieh doch, was ich besorgt habe.« Sie zeigt auf die Tüten, doch Lia sieht auf die Uhr, sie hat nicht mehr viel Zeit. »Wir haben keine Zeit mehr, ich arbeite hier, falls du es vergessen hast.«

Lorena lächelt und küsst ihre Schwester schnell auf die Wange. »Ich helfe dir und dann zeige ich dir alles. Cruz hat bestimmt nichts dagegen, wenn ich dir helfe.« Sie sieht kurz in die Richtung der Brüder. »Oh übrigens, gute Besserung … also was soll ich tun?« Lorena weiß genau, wie sie Lia wieder gnädig stimmt und Cruz räuspert sich. »Danke, und ich habe gar nichts dagegen und Jomar erst recht nicht.«

Lia kneift ihrer Schwester kurz in den Arm und sagt ihr aber, dass sie das Essen ansetzen soll und welches Brot sie backen soll, währenddessen hängt sie die Wäsche ab. Zwar unterhalten sich Cruz und Jomar wieder, doch Lia ist bewusst, dass sie auch immer wieder zu ihnen gucken. Irgendwann stehen sie auf und gehen kurz nach oben, in der Zeit räumen Lia und Lorena zusammen den Tisch im Garten ab.

»Es ist traumhaft hier, Lia, stell dir vor, wir würden hier wohnen.«

Lia lacht, ihre Schwester ist so eine Träumerin. Als sie fertig sind, haben sie noch ein paar Minuten. Lorena holt die zwei Kleider aus der Tüte, die sie beide in San Juan bestaunt haben.

»Du bist verrückt, sie sind viel zu teuer und das für nur einen Abend.« Lorena zaubert noch zwei Paar farblich passende Pumps dazu. »Ich habe gehandelt.«

»Für was macht ihr euch so schick?« Jomar steht plötzlich hinter ihnen und auch Cruz kommt die Treppe herunter, er hat sich ein weißes Shirt übergezogen.

»Am Wochenende heiratet jemand und es gibt ein riesiges Fest in unserem Dorf. Das passiert selten.« Cruz sieht auf die Kleider und zwischen Lorena und Lia hin und her. »Da werdet ihr sicherlich die Hübschesten sein.«

Lorena lacht leise. »Wir brauchen nicht noch mehr Ärger, der Bruder des Bräutigams ist jetzt schon sehr in seinem Stolz verletzt, weil meine hübsche Schwester ihn nicht beachtet, ich hoffe, das gibt keinen Ärger.« Kann Lorena nichts für sich behalten? Lia spürt Cruz' Blick auf sich und legt die Kleider zurück in die Tüte. »Das kann ich mir gut vorstellen.«

Lia blickt hoch und genau in Cruz' Augen, meint er das ernst? Findet er sie hübsch? Mit all den Frauen, die er haben kann?

Jomar legt den Arm um Cruz und hat ein wissendes Lächeln im Gesicht, langsam wird Lia wirklich mulmig im Bauch, was passiert hier? Keiner sagt etwas, auch Lorena legt den Kopf ein wenig schief und sieht zwischen Cruz und Lia hin und her. Lia würde am liebsten fliehen, was für eine peinliche Situation und all das nur, weil ihre Schwester hier ist.

Lorena wird sich noch einiges anhören müssen. Maria klopft und erlöst sie alle aus der Situation. Lia kann gar nicht schnell genug aus dem Haus gehen, sie wird immer verwirrter. Lorena winkt beiden Brüdern nochmal zu, während Lia nur eine schnelle Verabschiedung murmelt.

Als sie die Tür schließen, hört sie noch einmal Cruz' unverwechselbare raue Stimme.

»Passt auf euch auf!«

Kapitel 11

Lia kann in dieser Nacht kaum schlafen.

Sie denkt die ganze Zeit über Cruz und die letzten Tage nach. Er ist ein hübscher Mann, ein Mann, vor dem fast jeder in Puerto Rico Angst hat, auch sie hat sich die erste Zeit kaum zur Arbeit getraut und ihr Herz hat wie wild geschlagen, als er in der Nähe war.

Zugegeben, wie Maria und auch Dora es prophezeit haben, man gewöhnt sich daran, für die Nechas zu arbeiten und sie hat nun auch keine Angst mehr vor den Brüdern, doch das einer von ihnen nun ein wenig mit ihr zu flirten beginnt, ist noch einmal eine ganz andere Sache.

Sie hat wirklich lange darüber nachgedacht und ja, Cruz flirtet ein wenig mit ihr. Seine Bemerkungen und Blicke kann sie kaum noch ignorieren, auch wenn sie das sollte.

Nie im Leben würde Lia sich auf jemanden wie Cruz einlassen, sie ist nicht lebensmüde und einen Mann wie Cruz sollte man lieber nur von Weitem genießen.

Lia findet ihn attraktiv, keine Frage, doch sie muss versuchen, seine Annäherungsversuche zu ignorieren, damit sie bis zum Ende ihrer Zeit ohne komische Gefühle bei ihm arbeiten kann.

Lia hat ihrer Schwester gestanden, dass sie Cruz mag und auch sehr anziehend findet, doch sie wird sich niemals auf einen Mann wie ihn einlassen, momentan auf gar keinen Mann, aber wenn, dann garantiert nicht auf einen wie Cruz.

Diese Männer können so nett und höflich zu ihnen sein, wie sie wollen, es ist eine Tatsache, dass jeder, wirklich fast jeder hier in Puerto Rico Angst oder Respekt vor ihnen hat und das muss ja irgendwo herkommen.

»Was ist bloß los mit dir heute ... Du bist so durcheinander und hibbelig.« Maria hält Lia zurück, als sie zu den Wachhäuschen laufen. Lia muss sich zusammennehmen. Sie erkennt sich selbst kaum wieder, sie redet sich die ganze Zeit ein, dass sie sich nicht auf Cruz einlassen darf, aber gleichzeitig hat sie statt einer einfachen Leggings und einem Top eine Jeansshort und ein gehäkeltes weißes Top angezogen. Sie hat sich sogar Wimperntusche aufgetragen, was sie wirklich selten tut, während sie sich die Argumente aufgesagt hat, die sie einen weiten Bogen um Cruz machen lassen sollten.

»Ich bin mit meinen Gedanken schon bei der Hochzeit, freust du dich nicht?« Maria lacht auf, sie kauft es ihr ab. »Es gibt Essen und Bier umsonst, wer freut sich da nicht?« Lia versucht, sich den restlichen Weg über nichts mehr anmerken zu lassen, auch das halbe Nachbardorf wird zur Hochzeit kommen. Die Familie von Yandiel trägt ganz groß auf und je mehr Lia darüber nachdenkt, umso weniger Lust hat sie darauf. Bis zur Haustür von Cruz erzählt Maria, was sie anziehen möchte.

Lia sieht schon von außen, dass die Jalousien oben geschlossen sind, Cruz wird noch schlafen, umso besser, je weniger sie heute auf ihn trifft, desto besser. Lia wird das Wochenende nutzen, um ihre Gedanken wieder etwas in die richtigen Bahnen zu lenken. Es ist ja nicht das erste Mal gewesen, dass Cruz ihr ein Kompliment gemacht hat oder ein wenig geflirtet hat, aber das erste Mal so offensichtlich vor anderen und irgendwie hat es damit mehr Gewicht, bildet sich zumindest Lia ein.

Im Haus ist es, wie sie erwartet hat, sehr ruhig. Unten ist ein kleines Chaos angerichtet worden. Es sind eine neue Couch und mehrere neue Sessel da, ebenso ein Tisch und auch ein neuer Teppich. Sie sehen ähnlich aus wie auch die alten, Lia fragt sich, ob die Sachen wirklich die Männer selbst aussuchen, oder ob das jemand für sie erledigt.

Es liegen einige Teller herum, Weinflaschen und andere Getränke, auch der Garten sieht ziemlich mitgenommen aus, ein Chaos von Handtüchern, Tellern und Kleidungsstücken überzieht den Rasen. Der Grill ist geöffnet, es wirkt fast so, als hätte Cruz hier gestern eine Party gefeiert, doch er ist vor einigen Tagen angeschossen worden, das kann unmöglich sein.

Lia sagt sich immer wieder, dass sie das nichts angeht. Sie beseitigt das Chaos im Garten und hängt gleich die Wäsche ab. Sie bringt alles ins Haus und beginnt dort unten aufzuräumen, bis sie merkt, dass sich oben einiges bewegt.

Dumme Lia, sofort beginnt ihr Herz schneller zu schlagen. Sie weiß aber, dass all das reine Willenssache ist, deswegen konzentriert sie sich auf ihre Arbeit unten. Als dann jemand die Treppen herunterkommt, sieht sie allerdings sofort auf, das sind nicht die schweren Schritte eines Mannes und sie hat recht. Eine Frau kommt die Treppen herunter.

Sie trägt ein kurzes, schwarzes enges Kleid und ihre High Heels in den Händen. Ihre langen Locken fallen ihr wild ins Gesicht und auf ihren Lippen liegt ein vollkommen zufriedenes Lächeln. »Bist du die Hausangestellte?« Lia wendet sich schnell wieder dem Wischer zu, sie hat die Frau angestarrt. »Ja, das bin ich.« Die Frau geht in die Küche.

»Gibt es hier kein Frühstück?« Lia beißt sich leicht auf die Lippen, schon wieder vergessen. »Ich kann Ihnen sofort etwas machen ...« Die Frau hebt die Hand. »Schon gut, ist Cruz noch nicht zurück?« Lia fällt es wirklich schwer, nicht zu zeigen, wie verwundert und ja auch ein wenig schockiert sie über all das hier ist. »Er ist gar nicht da?«

Offenbar kann sie nicht sehr gut schauspielern, denn die Frau sieht sie nun verwundert an. »Nein, er ist schon weg, hatte heute Morgen etwas zu erledigen. Etwas sehr zurechtgemacht für eine Putzfrau, oder?« Die Frau lacht und geht an Lia vorbei an den Kühlschrank, sie holt eine Flasche Sekt heraus und öffnet sie.

Auch wenn es noch früher Vormittag ist, gießt sie sich ein ganzes Glas ein und trinkt es, dabei sieht sie Lia von oben bis unten an.

»Ich … nein, also ich meine, ich trage ganz normale ...« Die Frau hebt wieder die Augenbrauen an. »Alles klar, Schwester, mir brauchst du nichts zu erklären. Wir alle versuchen unser Glück, die einen halt mehr, die anderen weniger.« Noch ein abfälliger Blick trifft Lia und dann zieht sie sich einen Stift und einen Zettel aus ihrer kleinen Clutch und kritzelt eine Telefonnummer auf das Papier.

Lia zieht ihr weißes Top nach unten, was fällt der Frau eigentlich ein? Doch je mehr sie darüber nachdenkt und je unangenehmer ihr all das hier wird, weiß sie, dass sie recht hat. Die Frau zieht einen Lippenstift aus der Tasche und trägt ihn auf die Lippen auf, dann gibt sie einen Kuss auf das Papier neben der Nummer, sodass ein perfekter Kussmund abgebildet ist.

Sie legt das Papier auf die Theke, weit weg von Lia. »Wenn er nicht anruft, weiß ich, dass du die Nummer weggeschmissen hast.« Sie lächelt zuckersüß, gießt sich noch einmal nach und verlässt mit dem Glas in der Hand das Haus. Lia sieht ihr völlig überrumpelt hinterher.

Sie könnte nicht einmal in Worte fassen, wie sie sich fühlt. Sie ist … schockiert. Wie naiv und dumm ist sie eigentlich, weil ein Mann wie Cruz ein paar nette Worte ihr gegenüber verliert, ernsthaft zu glauben, er hätte irgendein Interesse an ihr? Sich darauf auch noch etwas einzubilden? Der Mann hat mehrere Frauen im Monat, wenn nicht sogar wöchentlich, wahrscheinlich weiß er schon gar nicht mehr, zu wem er was sagt.

Wie konnte sie so dumm sein und sich irgendetwas einbilden? Die ersten Tage waren für sie die Unterschiede zwischen den Frauen aus der Stadt und ihnen, den Frauen vom Dorf, so offensichtlich, doch je länger sie hier ist, scheint sie sich selbst eingebildet zu haben, diese Unterschiede gäbe es nicht mehr.

Für einen Mann wie Cruz ist Flirten ein kleiner Zeitvertreib und sie sollte doch froh sein, sie hat sich die ganze Zeit unwohl gefühlt, sich Gedanken gemacht, umsonst, völlig sinnlos, er hat schon längst vergessen, was gestern war.

Sie sollte wirklich erleichtert sein, doch das ist sie nicht. Lia kommt sich naiv und dumm vor, so als hätte sie sich selbst dabei erwischt, wie sie auf etwas gehofft hatte, worauf sie nie hoffen dürfte.

Je mehr sie über all das nachdenkt, umso wütender wird sie über sich selbst. Statt unten alles zu beenden, geht sie nach oben, die Frau hat vollkommen recht, sie ist hier die Putzfrau, mehr nicht. Lia wischt das obere Stockwerk, sie putzt das Bad von Cruz und ganz zum Schluss bezieht sie das Bett neu.

Sie wird immer wütender, es ist so eklig, wenn sie daran denkt, was die Frau und Cruz da drinnen gemacht haben. Wie konnte sie sich einbilden, sie wäre mehr als die Frau, die all diesen Schmutz wieder entfernt. Die Worte der Frau hallen in ihrem Kopf wieder.

Lia kann nicht glauben, dass ihre Einbildung, da wäre mehr, so offensichtlich ist. Sie kann nur hoffen, dass Cruz das nicht bemerkt hat, all das wird ihr immer unangenehmer.

Als sie gerade das Bett frisch bezogen hat, hört sie unten die Tür ins Schloss fallen. Sie sieht zur Uhr, es ist noch Zeit, sie muss ja auch noch das Mittagessen zubereiten. Sie wünschte, sie könnte einfach schon gehen, doch vielleicht verschwindet Cruz gleich wieder. Ihre Aufgabe ist es, sich so zu verhalten, als wäre sie gar nicht da und das wird sie ab jetzt auch wirklich tun.

Sie wirft alles in den Wäschekorb und nimmt diesen gleich mit nach unten. Lia blickt nicht auf, sie spürt, dass sich Cruz in der Küche befindet, sie sieht nur eine Millisekunde auf und nickt, dann will sie sich auf in die Waschküche machen.

»Hey … ist diese Tanja weg?« Lia bleibt nun doch stehen und deutet auf den Zettel, am liebsten würde sie ungläubig den Kopf schütteln. »Sie hat etwas dagelassen.« Lia dreht sich weg und geht in die Waschküche, doch aus den Augenwinkeln sieht sie, wie Cruz den Zettel mit der Nummer zusammenknüllt, wegwirft und ihr hinterherblickt.

Die Frau wird sicherlich denken, Lia hätte die Nummer entfernt, doch im Grunde kann ihr all das egal sein, es geht sie nichts an. Sie steckt alles in die Waschmaschine und startet sie, dann geht sie zurück in die Küche. Cruz ist weg und Lia beginnt mit dem Mittagessen, sie hört ihn oben und merkt auch, dass er irgendwann nach unten kommt und sich in den Garten begibt, doch sie konzentriert sich darauf, das Essen zuzubereiten, bis ihr Handy klingelt.

Lia nimmt das Gespräch an, es ist Tabea, deren Nerven mittlerweile blank liegen. Sie ist gerade bei Lorena und lässt noch etwas am Hochzeitskleid ändern. Lia blickt beim Telefonieren in den Garten, aus dem gerade Cruz zurückkommt.

Er läuft sehr langsam und ist wieder etwas blasser um die Nase, man sieht noch immer die Verbände und Lia ist sich absolut sicher, dass er sich zu viel zugemutet hat, doch all das ist nicht ihr Problem. »Es gibt noch eine Änderung, Lia, Yandiel hat mich gebeten, dich zu fragen, ob es in Ordnung ist, wenn ihr zusammen mit uns im Auto fahrt, ihr beide seid die Trauzeugen und … deswegen.«

Natürlich hätte Lia ein Problem damit und das weiß Tabea auch, deswegen fragt sie sie ja. Yandiel bildet sich auf alles etwas ein und sie möchte das verhindern, doch sie blickt zu Cruz und auch er sieht ihr in die Augen, während er ins Haus kommt. »Oh nein, alles in Ordnung, ich freue mich drauf.«

Tabea räuspert sich. »Okaaay, sie holen uns dann bei mir ab und wir fahren zusammen zur Kirche.« Lia nickt. »Ja, er kann mich gerne abholen.« Cruz kommt zu ihr in die Küche und Lia beginnt, das Gemüse zu schneiden, während sie sich das Handy unter das Ohr klemmt.

»Ist alles bei dir in Ordnung, Lia? Du bist ja auf einmal so … positiv. Ich dachte, du machst Probleme wegen Yandiel.« Lia lacht leise, nun wird Tabea endgültig glauben, sie hätte den Verstand verloren. »Ich freue mich wahnsinnig auf morgen und dass ich deine Trauzeugin bin, das wird ein wunderbares Fest, du wirst schon sehen. Ich komme später nochmal zu dir, ich muss hier erst meine Arbeit erledigen, bis später.« Lia legt schnell auf.

Tabea wird denken, sie ist verrückt, doch irgendwie fühlt sie sich jetzt besser, so als hätte sie Cruz damit eins ausgewischt. Ja, sie weiß, dass sie nur seine Putzfrau ist und sie ihn sicherlich nicht interessiert, doch trotzdem streichelt das ein wenig ihr angekratztes Selbstbewusstsein, auch wenn es vollkommen blödsinnig ist.

»Hört sich so an, als könntest du es gar nicht erwarten, dass diese Hochzeit stattfindet.« Lia dreht sich nicht einmal richtig zu Cruz um, der sich etwas zu trinken aus dem Kühlschrank holt. »Es wird bestimmt sehr … gut werden.« Lia schneidet auf einer Seite der Küchentheke das Gemüse und Cruz setzt sich genau ihr gegenüber auf einen Barhocker auf die andere Seite, sodass sie sich in die Augen blicken können und er ihr genau auf die Finger sehen kann.

»Gut? Erzähl mal, wie sind die Hochzeiten auf den Dörfern so?« Lias Versuch, Cruz aus dem Weg zu gehen, scheint sich in Luft aufzulösen. Sie hält kurz ein und sieht ihn das erste Mal heute richtig an. »Du blutest!« An seiner Wunde kommen einige Blutflecken durch den Verband und das Shirt zum Vorschein.

Cruz sieht nicht einmal hin. »Ich habe mich etwas zu sehr angestrengt, ich musste heute Morgen zu einem wichtigen Termin. Das konnte nicht verschoben werden.« Lia wendet sich wieder dem Gemüse zu, es liegt ihr auf der Zunge, etwas wegen der Frau zu sagen, doch sie lässt es sein, es geht sie nichts an.

»Also, wie ist das? Was erwartet euch dort? Riesen Kuchen, Feuerwerk? Fliegende Tauben, das ganze Programm?« Lia muss lächeln. »Fliegende Tauben? Eher Hühner, die immer durch das Dorf wandern. Es ist eine ganz normale Hochzeit, obwohl, die Familie, in die meine Freundin einheiratet, ist in unserer Gegend die wohlhabendste Familie, deswegen wird die Feier wohl etwas … spektakulärer ausfallen, aber immer noch auf dem Dorf. Ohne Feuerwerk, ohne Limousinen, dafür aber mit sehr gutem Essen und ganz viel Musik.«

Cruz hat ein Lächeln im Gesicht. Lia beginnt das Gemüse anzubraten, aus dem sie dann die Soße für die Nudeln macht, die es heute gibt. »Also hat deine Freundin das große Los gezogen mit der Hochzeit?« Lia zuckt die Schultern. »Sie denkt das und ist glücklich, das ist das Wichtigste.« Cruz lehnt sich zurück und beobachtet sie weiter.

»Deine Schwester hat gesagt, dass du dem Bruder des Bräutigams einen Korb gegeben hast, du könntest doch auch so eine tolle Hochzeit haben.« Lia blickt wieder zu ihm auf und trifft seinen neugierigen Blick. Sie erinnert sich in dem Moment an ihr Gespräch mit Yandiel zurück.

»Ich habe nicht vor zu heiraten und wenn, dann muss für mich etwas mehr als ein wenig Sicherheit und Geld dabei sein.« Cruz zieht die Augenbrauen hoch. »Und das wäre?« Lia schiebt die Soße von der heißen Platte und gießt die Nudeln ab. »So eine Kleinigkeit wie die Liebe vielleicht?« Nun lacht Cruz leise.

»Ihr Frauen mit der Liebe, ich glaube, das ist stark überbewertet.« Nun kann Lia sich nicht mehr zurückhalten, sie mag es, wenn sie sich so mit Cruz austauschen kann und vergisst ein wenig, was für einen Platz sie hier im Haus hat. »Das habe ich gesehen, dass du an so etwas nicht glaubst.« Sie muss lachen und zeigt auf den Müll, in dem sich die Nummer der Frau befindet, Cruz hat wieder dieses unverschämt schöne Lächeln im Gesicht. »Das hat alles keine Bedeutung.«

Lia füllt ihm seinen Teller und stellt ihm das Essen hin, genau in diesem Moment klopft Maria und Lia lächelt noch einmal. »Pass gut auf, dass solche Sachen ohne Bedeutung nicht deine Gesundheit gefährden. Du solltest die Wunde nochmal einem Arzt zeigen.« Lia geht an ihm vorbei und deutet noch einmal auf seinen immer stärker blutenden Verband unter dem Shirt. Als sie an ihm vorbei will, greift Cruz nach ihrer Hand und hält sie eine kleine Sekunde fest.

»Mache ich, und du hab viel Spaß auf dieser Traumhochzeit.« Er lässt ihre Hand los, Lia spürt wieder diese köstliche Hitze in ihre Wangen steigen. »Ein schönes Wochenende.«

Als sie mit Maria und den anderen das Nechas-Gebiet verlässt, ist sie genauso durcheinander, wie heute Morgen, als sie gekommen ist. Wenn sie daran denkt, wie wütend und enttäuscht sie war, wie naiv und dumm sie sich vorkam und wie Cruz all das mit ein paar Worten einfach weggewischt und sie wieder wie ein kleines Schulmädchen zum Schwärmen gebracht hat, weiß Lia, dass sie sich für die nächsten Wochen, die sie noch hier zu arbeiten hat, etwas einfallen lassen muss. Sie erkennt sich selbst kaum wieder, denn diese Gefühle sind neu für sie, beängstigend.

Lia geht erst zu Tabea, bevor sie nach Hause geht. Ihre Freundin ist sehr aufgeregt und Lia fragt sich nun immer mehr, ob sie das alles eines Tages erleben wird. Wird sie diese Aufregung spüren, diese Vorfreude und das Gefühl haben, einen Mann für immer an ihrer Seite haben zu wollen? Momentan wirkt das alles noch so weit weg, aber gleichzeitig spürt sie auch genau, dass es sie immer mehr beschäftigt.

Zuhause sitzt Lorena an der Nähmaschine und ändert den einzigen Anzug ihres Vaters um. »Und wie war es in der großen weiten Welt? Tabea hat gesagt, dass du vorhin am Telefon ganz anders warst, lag es an Cruz?« Lia geht gar nicht erst auf die Andeutungen ihrer Schwester ein, sie fragt sie lieber über die Vorbereitungen zur Hochzeit aus und lenkt sie so ab.

Im Gegensatz zu Lia liebt Lorena all so etwas wirklich über alles. Feiern, Tanzen, die Vorbereitungen, Abenteuer, auch wenn sie äußerlich viel Ähnlichkeiten haben, vom Charakter unterscheiden sie sich sehr. Lorena erzählt ihr, dass ihr Vater nicht zur Hochzeit kommen möchte, sie hat ihn nur mit ganz viel Mühe dazu bekommen, ihn neu ausmessen zu dürfen.

Dadurch, dass er das Haus kaum noch verlässt, verändert sich natürlich auch seine Statur. Von dem großen, hart arbeitenden Mann, der er mal war, ist nicht mehr sehr viel übrig geblieben, weder innerlich noch äußerlich.

Wenn Lia ihren Vater anblickt, fragt sie sich, wie sie eigentlich noch an so etwas wie Liebe glauben kann. Die Liebe hat ihn gebrochen, doch da es so weit gekommen ist, weiß sie eben auch, dass es diese Liebe gibt und wie stark sie sein kann, wenn ein stolzer Mann wie ihr Vater daran zerbricht.

Lia glaubt an die Liebe, doch sie hat weder die Hoffnung, dass ihr diese Liebe begegnet, noch, dass diese Liebe gut enden würde. Sie kennt nur sehr wenige Leute, die mit der Liebe glücklich geworden sind.

Lia setzt sich zu ihrem Vater, der am Tisch in der Küche sitzt und ein Fußballspiel auf ihrem alten kleinen Fernseher verfolgt. »Papa, Tabea hat mich die ganze Zeit gefragt, ob du kommst. Du bist ihr Patenonkel, es würde ihr wirklich viel bedeuten. Du solltest mit Lorena zusammen zur Kirche kommen, ob du danach noch zur Feier willst, kannst du dir ja noch überlegen.

Ihr Vater sieht sie nicht einmal an. »Das ganze Dorf redet über uns. Wieso sollte ich dahin gehen?« Immer wieder das gleiche Thema, das Leben ihres Vaters dreht sich nur darum. »Es redet niemand mehr darüber, Papa, die Welt dreht sich weiter.« Sie steht auf und geht hinaus auf den Hof.

Es ist das erste Mal, dass sie ihrem Vater dazu klar ihre Meinung gesagt hat, doch es musste auch mal sein, weil sie immer mehr spürt, was für Auswirkungen das alles auf ihr eigenes Leben hat, diese Geschichte hat sie alle zerstört und Lia sollte versuchen zu verhindern, dass sie alle daran kaputtgehen.

Sie geht ihrem Vater den Rest des Tages aus dem Weg, wenn er denkt, dass er sich zu Hause einigeln muss, soll er es tun.

Am nächsten Vormittag zieht sie sich das Kleid an, was Lorena ihr besorgt hat und ist sogar richtig froh, dass ihre kleine Schwester den Weg nach San Juan gewagt hat.

Ihr Kleid ist rot mit einer perlenbesteckten Borte unter ihrem Ausschnitt, es passt ihr perfekt, ihre Augen strahlen und dabei hat sie noch nicht einmal Make-up aufgelegt. Lorena hat ein ähnliches Kleid in hellblau an und als ihr Vater sie beide ansieht, erkennt Lia ganz genau, dass er sich einen Kommentar verkneifen muss. Sie geht schnell zu Tabea hinüber und hilft ihr bei den letzten Vorbereitungen.

Ihre Nachbarin kommt, die hier im Dorf so etwas wie die Frisörin ist, macht ihr die Haare und schminkt sie. Als sie fertig ist, kümmert sie sich auch um Lia. Tabea ist eine wunderschöne Braut und auch Lia erkennt sich im Spiegel kaum wieder, einen kurzen Augenblick erlaubt sie sich den Gedanken, dass sie so auch gut als eine Frau aus der Stadt durchgehen würde.

Lias Haare sind in viele dicke Wellen gelegt und reichen ihr trotzdem noch bis zu den Ellenbogen, ihre Augen sind besonders betont und durch die Farbe des Kleides kommt ihr Hautton ausgesprochen gut zur Geltung.

Lia ist glücklich für ihre Freundin und darüber, dass sie beschlossen hat, sich wegen der Vergangenheit nicht mehr so herunterziehen zu lassen. Es stört sie nicht einmal, als sie von Yandiel und seinem Bruder abgeholt werden und das kurze Stück zur Kirche mit ihrem Auto fahren.

Es ist ein sehr alter Wagen, doch er ist natürlich viel besser als alles andere, was hier im Dorf anzutreffen ist, hier hat ja sonst kaum jemand einen Wagen.

Doch Lia hat jetzt richtige Luxusautos gesehen und sogar kurz in einem gesessen, sie hat ein Lächeln auf den Lippen, als Yandiel ganz stolz mit ihr aus dem Wagen steigt und sie sich vor dem Altar aufstellen, je mehr sie von der Welt da draußen mitbekommt, desto unsinniger kommen ihr viele Sachen hier vor, doch sie überspielt all das heute mit guter Laune.

Ihr Herz schlägt in dem Moment, als Lorena am Arm ihres Vaters die Kirche betritt, schneller. Plötzlich in dem Anzug erinnert er sie doch wieder an den Mann von früher und Lia muss sogar kurz mit den Tränen kämpfen, wie sehr sie diesen Mann vermisst.

Die Zeremonie geht viel zu schnell vorbei, sie alle beten zusammen und das Paar wird vor Gott verheiratet, danach werden unzählige Fotos gemacht und dann erst treffen sich alle auf dem riesigen Platz am Brunnen, wo schon alles schön geschmückt ist.

Tische und Bänke stehen herum, es wird laut Musik gespielt und es gibt mehrere Tische mit Kuchen und Essen. Es hängen zwei riesige Braten über dem Feuer und alle finden sich ein und essen gemeinsam.

Da trifft sie auch auf Maria, Crista und Dora, die sich zu ihnen setzen. Ihr Vater sitzt bei seinem alten Freund und als Lia sieht, dass sich auch andere Männer dazusetzen, mit denen er früher viel zu tun hatte, hüpft ihr Herz vor Aufregung, vielleicht ist es noch nicht zu spät und sie können ihren alten Vater doch noch wiederbekommen.

Es ist schön, Lia genießt es, sich mit allen zu unterhalten und ist froh, dass Maria und Dora nicht von der Arbeit sprechen. Dora erwähnt nur, dass sie wahrscheinlich doch schon wieder etwas früher arbeiten kann, doch Lia drängt das alles weit weg.

Sie möchte hier und jetzt nicht an den Mann denken, der solch ein Gefühlschaos in ihr auslöst und davon noch nicht einmal etwas weiß. Sobald es zu dämmern beginnt, werden Lampions angemacht und man beginnt mit dem Tanzen.

Lia kann sich eine ganze Weile entziehen, doch irgendwann ist sie mitten auf dem Dorfplatz am Brunnen zwischen alten Freundinnen und ihrer Schwester am Tanzen.

Lia schließt die Augen und genießt die Musik, die warme Luft, das Lachen der Leute und kann sich in dem Moment nicht vorstellen, dass eine Hochzeit in der Stadt schöner als das ist.

Sie tanzen lange und es wird auch immer mehr getrunken. Lia sieht auch, dass ihr Vater immer mehr trinkt, doch solange er sich im Griff hat, findet sie es nicht schlimm.

Nach Mitternacht neigt sich langsam alles dem Ende zu, einige verlassen bereits das Fest und Lia deutet Lorena auch, dass sie langsam gehen sollten, doch zuerst geht sie auf eine der Toiletten, die für heute hier an der Seite des Platzes aufgebaut wurden. Als sie wieder herauskommt und zurück zum Platz möchte, stellt sich ihr ein ziemlich angetrunkener Yandiel in den Weg.

»Das heute … hätten auch wir sein können.« Lia ahnt, dass das hier keine gute Idee ist. »Freu dich doch einfach für deinen Bruder.« Sie will an ihm vorbei, doch er hält sie fest. »Du hast bis heute nicht verstanden, wer ich bin und wer meine Familie ist, was diese Hochzeit für dich bedeuten würde und was es für dich und deine Familie bedeutet, wenn du dich gegen mich stellst.«

Lia reißt ihren Arm los. »Drohst du mir etwa?« Plötzlich wird sie wütend, sie hat es satt, sich ständig irgendetwas von ihm anhören zu müssen. »Denkst du eigentlich, deine Familie kann über alles und jeden bestimmen? Hast du auch schon mal über den Tellerrand der umliegenden Dörfer geguckt, Yandiel? Da wirkt deine Familie nicht mehr so ...«

Lia kann nichts weiter sagen, ohne Vorwarnung drückt Yandiel seine Lippen auf ihren Mund und seine Zunge fordert Einlass.

Ein ekelhafter Geruch und Geschmack von Schweiß und Alkohol lässt Lia würgen. Sie nimmt alle Kraft zusammen und stößt Yandiel von sich, doch er taumelt sofort wieder auf sie zu. Dieses Mal wütend, doch plötzlich wird er weggezogen.

Lia traut ihren Augen kaum, als ihr Vater ausholt und Yandiel zu Boden schlägt, dabei zischt er wütende Worte und will sich komplett auf ihn stürzen. Mit blinder Wut schlägt er zu. »Fass meine Tochter nie wieder an, sie ist nicht wie ihre Mutter!«

Die Leute kommen angerannt, Lia hört Lorenas panisches Geschrei und ihr wird von einer auf die nächste Sekunde klar, dass sie die Vergangenheit noch lange nicht besiegt haben.

Kapitel 12

»Ich hoffe, eure Flitterwochen sind schön, melde dich, wenn du das abhörst.«

Lias schlechtes Gewissen lässt sie nun zum dritten Mal auf Tabeas Anrufbeantworter sprechen. Sie hat den halben Sonntag im Bett verbracht, nachdem die Hochzeitsfeier so unschön zu Ende gegangen ist. Ihre Freundin und Yandiels Bruder waren zu dem Zeitpunkt, als sich ihr Vater auf Yandiel gestürzt hat, schon auf dem Weg in die Flitterwochen, eine Woche ans Meer, doch Lia ist sich sicher, dass sie bereits darüber informiert wurde, was alles passiert ist.

Es ist Lia so unangenehm, es war der schönste Tag im Leben ihrer Freundin, und wegen Lia ist es eine kleine Katastrophe geworden.

Lorena ist heute Morgen nicht einmal aufgestanden, um zur Schule zu gehen, Lia kann sie sogar verstehen. In den Dörfern verbreitet sich alles wie ein Lauffeuer und über ihre Familie gibt es ohnehin schon so viele Geschichten, da versteht sie absolut, dass sie die Begegnung mit allen anderen, die sie sicherlich mit Fragen löchern werden, noch so lange es geht hinauszögern möchte.

Ihr Vater hat den kompletten Sonntag verschlafen, wie so oft, wenn er zu viel getrunken hat und Lia bezweifelt, dass er sich wirklich daran erinnern kann, was er da eigentlich angerichtet hat.

Maria und die anderen Arbeiter haben ihr heute Morgen auf dem Weg zur Arbeit zwar alle versichert, dass sie verstehen, wieso ihr Vater so reagiert hat, doch was sie wirklich denken, werden sie Lia sicherlich nicht ins Gesicht sagen.

Lia sollte es eigentlich egal sein, sie weiß doch, wie es ist, das Gesprächsthema auf dem Dorf zu sein, nun kommt eben eine Geschichte dazu, sie sollte nicht so viel darüber nachdenken, doch es ärgert sie, es hätte nicht sein müssen.

Wenigstens hat sie somit ihre sonderbaren Gefühlsschwankungen wegen Cruz vollkommen vergessen. Er war auch nicht da, als sie am Morgen gekommen ist. Lia stürzt sich regelrecht in die Arbeit.

Es arbeitet in ihrem Kopf auf Hochtouren und sie braucht diese Ablenkung. Viel zu schnell hat sie die obere Etage fertig und die Wäsche erledigt. Sie findet immer wieder Blut auf den T-Shirts, die Wunde von Cruz scheint nicht gut zu heilen, aber wenn man bedenkt, dass er gerade wieder unterwegs ist, ist das auch nicht wirklich verwunderlich.

Lia ruft Lorena an, während sie den unteren Bereich wischt, hier liegt einiges herum, vielleicht war Cruz am Wochenende doch ein wenig mehr zu Hause und hat sich geschont. Zumindest entdeckt Lia keine Hinweise darauf, dass wieder eine Frau hier war. Lorena ist gerade auf dem Weg zum Dorfarzt mit ihrem Vater, seine Hand tut nach den Schlägen auf Yandiel weh. Lia schüttelt den Kopf, das darf doch alles nicht wahr sein. Sie legt auf und setzt sich an den Tisch, es ist alles fertig, sie muss nun auf die Einkäufe warten, damit sie mit dem Essen anfangen kann.

Es ist ganz still im Haus, Lia legt den Kopf in den Nacken und atmet durch, ihr Leben ist ein reines Chaos. »So müde?« Lia schreckt auf, Cruz kommt aus der Waschküche, er muss mit dem Auto direkt in die Garage gefahren sein. Lia steht schnell auf. »Es tut mir leid, ich bin mit allem fertig und warte auf die Einkäufe.« Cruz hat zwei Tüten in der Hand. »Ich habe die von vorne gleich mitgebracht, setzt dich, alles gut, du brauchst dich nicht zu entschuldigen.«

Lia geht zu Cruz und will ihm die Tüten abnehmen, doch der denkt nicht dran und trägt sie in die Küche, er sieht wieder besser aus, nicht mehr so blass. »Wie geht es der Wunde?« Cruz beginnt die Tüten auszuräumen. Lia nimmt sich gleich das, was sie zum Kochen braucht. »Viel besser, ich war gerade beim Arzt. Weißt du, wie man Quesadillas macht?« Lia nickt. »Soll ich welche zubereiten?«

Cruz nimmt sich Putenfleisch und schneidet es klein. »Wenn du den Teig machen kannst, mache ich die Füllung, niemand kann sie so gut wie ich.« Lia räumt den Rest des Einkaufes weg und beginnt mit dem Teig. Sie ist für das Kochen zuständig, doch sie arbeitet für ihn und kann ihm sicherlich nicht verbieten, Hand anzulegen, also sagt sie gar nichts, knetet den Teig und beobachtet Cruz.

Auch in der Küche macht er keine schlechte Figur, er hat ein langärmeliges dünnes Shirt mit einer Tasche an der Brust an, dazu eine schwarze Jeansshorts, die ihm bis zu den Knien geht. Er ist frisch rasiert, seine Haare sind frisch geschnitten, dazu hat er wirklich mehr Farbe im Gesicht, als hätte er einen kurzen Urlaub hinter sich. Vielleicht hat er sich wirklich einfach mal entspannt am Wochenende, somit war seines garantiert besser als ihres.

Cruz beginnt auch, Paprika zu schneiden und das Fleisch anzubraten, während Lias Teig fertig ist und in dem kleinen Brotofen, der in der Küche eingebaut ist, fertig backt. Cruz setzt gerade an, etwas zu sagen, da klingelt Lias Handy. Es ist Tabea, endlich.

»Hi, wie geht es euch.«

»Lia … es geht uns soweit ganz gut, wenn man davon absieht, dass dein Vater probiert hat, meinen Schwager auf unserer Hochzeit umzubringen.«

Lia lehnt sich an die Küchentheke und reibt sich die Stirn, sie spürt, dass Cruz sie beobachtet, auch wenn er weiter das Essen zubereitet. »Das ist ja nun wirklich übertrieben, ich meine ...«

Tabea unterbricht sie. »Wären die Männer nicht dazwischengegangen, hätte das Ganze noch ganz anders enden können. Dir ist doch hoffentlich klar, dass ich nichts mehr mit dir und deiner Familie zu tun haben kann.« Lia stockt.

»Es tut mir leid, Lia, aber das ist jetzt meine Familie und ich muss zu ihnen halten.« Tabea wird immer leiser und ihre Stimme immer trauriger. Lia ist sich sicher, dass sie das gar nicht will, doch wahrscheinlich gar keine andere Wahl hat und Lia will es ihrer Freundin nicht noch schwerer machen.

»Ich verstehe, pass auf dich auf.« Lia legt auf und wirft ihr Handy auf die Ablage, all das nervt sie unglaublich. »Wie war die Hochzeit?« Sie blickt direkt in Cruz' dunkle Augen. Lia dreht sich um und holt die ersten Teigfladen aus dem Ofen. »Wunderbar, wenn man davon absieht, dass meine Familie mal wieder das Gesprächsthema Nummer eins in unserem Dorf ist ...«

Cruz würzt alles und lächelt dabei. »Hat das was mit dem Mann zu tun, der von dir einen Korb bekommen hat?« Es ist sicherlich nicht die beste Idee, mit Cruz über all das zu sprechen, doch Lia muss das wirklich loswerden und er scheint ehrlich neugierig zu sein.

»Er wollte mich küssen und mein Vater hat ihn geschlagen.« Cruz dreht sich überrascht zu ihr um, ein anerkennendes Grinsen setzt sich auf sein hübsches Gesicht, es ist dieses Lächeln, was Lia so an ihm mag. »Ich mag deinen Vater.«

Lia legt den Kopf ein wenig schief. »Das ist nicht lustig, die Familie von Yandiel ist sehr einflussreich, sie können uns das Leben schwer machen und wie ich gerade gehört habe, ist es mittlerweile schon ein halber Mordversuch, dabei hat er nur ein paar Mal getroffen. Mein Vater hat sich nicht mehr richtig im Griff, wenn er etwas getrunken hat, aber wer hat das schon?«

Cruz nimmt die Teigfladen und füllt sie mit den leckeren Dingen, die er zubereitet hat, reibt Käse darüber und brät es noch einmal kurz an. »Wer sollte da etwas zu sagen? Du bist seine Tochter und er wollte dich beschützen.« Lia sieht Cruz genau dabei zu, was er macht. »Ich hatte es im Griff und jetzt sind wir wieder das Gesprächsthema Nummer eins.«

Cruz scheint voll und ganz hinter ihrem Vater zu stehen »Wärst du meine Tochter, hätte ich das gleiche getan. Sei nicht sauer auf deinen Vater, er hat das nur gut gemeint. Du solltest nichts darauf geben, was andere denken und schon gar nicht, was sie sagen.«

Er hält Lia die erste Quesadilla hin. »Oh nein, ich … Iss du, ich habe gar nicht ...« Cruz lacht und deutet auf einen der Hocker, mit dem man sich an die Küchentheke setzen kann. »Na los, probier schon.« Lia sollte es nicht tun, doch es duftet köstlich und immerhin arbeitet sie für ihn und sollte tun, was er sagt. Also setzt sie sich und beißt ab. »Das ist wirklich lecker.« Cruz strahlt sie zufrieden an und gießt ihr Cola ein.

»Wir tauschen hier gerade die Rollen.« Lia muss auch lächeln und nimmt das Glas. »Das kann man ab und zu schon mal machen, aber du kannst auch sehr gut kochen. Ich bin ein Fan deines Bananenbrotes geworden.« Er nimmt sich auch eine Quesadilla und setzt sich neben sie. »Also verzeihst du deinem Vater?«

Lia zuckt die Schultern. »Das ist völlig egal, es interessiert ihn nicht, wenn wir sauer auf ihn sind.« Sie sind sich plötzlich wieder so nah und es fühlt sich erstaunlicherweise gut und vertraut an, was es nicht sollte. »Das glaube ich nicht, sonst hätte er das nicht getan ... Hast du deine Augen von ihm?«

Er sieht ihr direkt in die Augen und da sie sich so nah sind, fühlt es sich so intensiv wie noch nie zuvor an. »Nein … von meiner … Mutter.« Es klopft und sie trennen den Augenkontakt. Lia sieht auf die Uhr. »Das ist Maria, ich muss los. Ich stelle das ...« Cruz schüttelt den Kopf. »Ich mache das schon, geh ruhig und sei nicht sauer auf deinen Vater.«

Cruz' Worte hallen noch lange in Lias Gedanken nach, genau wie ihr Augenkontakt noch immer ihren Bauch kribbeln lässt. Vielleicht ist sie wirklich zu streng, was ihren Vater angeht, natürlich wollte er sie nur beschützen, aber er weiß doch, was das alles für Folgen haben kann.

Als sie auf ihren Hof kommt, sitzt er wie immer auf der Veranda und sieht ihr entgegen, aber auch, wenn sie all das Geschehene noch so schlimm findet, muss sie lächeln. Lorena bringt ihm gerade etwas zum Trinken. Ihr Vater trägt einen Verband um die Hand. »Zeig mal, ist es sehr schlimm?« Lia sieht sich die Hand ihres Vaters an, der fast schon trotzig sein Kinn hebt.

»Es ist nicht schlimm. Ich würde es immer wieder tun, egal aus welcher Familie Yandiel kommt, er hat meiner Tochter gegenüber Respekt zu zeigen.« Lia lacht leise auf und streicht über den Verband. »Ich glaube, das hat er … und auch der Rest des Dorfes verstanden.«

In diesem Moment rennt ihr Hund zum Tor und schlägt an. Es klopft und der einzige Polizist, der für mehrere Dörfer gleichzeitig zuständig ist, tritt ein und hebt seinen Hut. »Hallo Edmundo, was führt dich hierher?«

Mit Baileys, der an ihm hochspringt, kommt er zu ihnen. »Hallo, wie geht es euch?« Er gibt Lia und Lorena einen Kuss auf die Wange und ihrem Vater die Hand, dabei betrachtet auch er seinen Verband. »Da hast du ja ganz schön was abbekommen. Ich kann es ja sogar verstehen, wäre es um meine Tochter gegangen, hätte ich sicherlich genauso gehandelt … aber ihr kennt ja die Familie.« Er hält ein Schreiben hoch.

»Es tut mir leid, ich habe das heute zugeschickt bekommen. Yandiel war in der Nacht noch im Krankenhaus in San Juan, er hat eine Gehirnerschütterung und mehrere Prellungen. Nun ist er krankgeschrieben und hat dich angezeigt. Du musst 3000 Dollar zahlen, für den entstandenen Schaden und Schmerzensgeld.«

Lia kann nicht glauben, was der alte Freund ihres Vaters da sagt und nimmt ihm das Schreiben aus der Hand. »Was?« Edmundo kratzt sich am Kopf. »Es tut mir leid.« Wirklich, Yandiel hat ihren Vater angezeigt und sie haben jetzt zwei Wochen Zeit, um das Geld zu zahlen oder er muss für ein halbes Jahr ins Gefängnis.

»Wie kann das sein? Wir wurden nicht einmal angehört? Mein Vater hat sich noch nie etwas zuschulden kommen lassen … zumindest hat er noch niemals jemanden verletzt und das … gibt es doch gar nicht.«

Lorena nimmt ihr das Papier weg und Lia sieht panisch zu ihrem Vater und Edmundo. »Du weißt, wie einflussreich die Familie ist,

Lia, es ist doch klar, dass nur zählt, was sie sagen, das war schon immer so.«

Lia kann das nicht fassen. »An wen kann ich mich da wenden? Das akzeptiere ich nicht! 3000 Dollar? Wir haben nicht mal mehr dreihundert, das ist doch ein schlechter Scherz.« Lorena liest eine Adresse in San Juan vor. »Da müssen wir hin, dort ist die Anzeige aufgegeben worden und die werden etwas dazu sagen können, du kannst morgen ab zwölf Uhr hin.«

Lia nickt und nimmt den Zettel wieder. »Ich fahre da direkt von meiner Arbeit aus hin, einen Tag werde ich sicher früher Schluss machen können, ich werde das verhindern, sie müssen sich doch beide Seiten anhören!«

Edmundo sieht nicht sehr zuversichtlich aus und in Lia beginnt die Wut immer mehr zu brodeln. Ihr Vater war bisher ganz still, jetzt räuspert er sich. »Ich habe kein Problem damit, dafür ins Gefängnis zu gehen. Wenn einer die Hand an meine Töchter legt, darf ich sie verteidigen.«

Lia schüttelt den Kopf, so weit wird sie es nicht kommen lassen. »Na warte ...« Ohne noch einmal etwas zu den anderen zu sagen, verlässt sie ihren Hof wieder und Lorena eilt ihr hinterher. »Lia, mach es nicht noch schlimmer!« Edmundo ahnt wohl, was sie vorhat, doch Lia ist es egal.

Sie geht auf direktem Wege in den Supermarkt, vorbei an der Cousine von Yandiel, die an der Kasse sitzt. »Eure Familie hat hier Hausverbot!«

Lia hält nicht an. »Als würden wir etwas aus diesem Drecksladen kaufen wollen!« Lorena ist genau hinter ihr, als Lia wütend gegen die Bürotür am Ende des Ganges klopft. Wie sie es sich gedacht hat, öffnet Yandiel, sein Vater ist auch im Büro.

»Du verdammter Lügner, wie kann man nur so tief sinken und eine Anzeige machen, wobei mein Vater recht hatte. Immerhin hast du mich geküsst und ich wollte das nicht. In deiner Welt kennst du wohl kein Nein, doch in meiner musst du das akzeptieren. Wie erbärmlich bist du, wegen so ein paar Kratzern zur Polizei zu rennen. Und was für einen Schaden hat mein Vater angerichtet, du bist doch hier auf Arbeit?«

Yandiel hört nur ganz entspannt zu und ein fieses Grinsen setzt sich auf sein Gesicht, ja, er hat etwas abbekommen, das sieht man ihm auch an, Lia hat aber schon Schlimmeres gesehen, Yandiel hat mal einen Jungen auf dem Schulhof verprügelt, der hatte ein wirkliches blaues Auge, dagegen ist das hier nichts.

»Ich habe dir die Möglichkeit gegeben, zu mir aufs Schiff zu springen, du wolltest nicht, alles was jetzt nicht auf meinem Schiff ist, wird nun untergehen!« Mit diesen Worten schlägt er ihr die Tür vor der Nase zu. »Dieser verfluchte ...«

Lorena nimmt Lia an die Hand und zieht sie aus dem Laden. Lia atmet tief ein und legt den Kopf in den Nacken. Das darf nicht wahr sein, sie muss das morgen klären. Sie haben das Geld nicht und Lia wird nicht zulassen, dass ihr Vater ins Gefängnis muss.

Am nächsten Morgen beginnt sie hibbelig, das Haus von Cruz zu putzen. Sie hat kaum geschlafen, sich die ganze Nacht Gedanken darüber gemacht, wie sie es schaffen könnte, gegen den Einfluss von Yandiels Familie anzukommen. Sie kann nur hoffen, dass sich die Polizeibeamten erweichen lassen, es kann nicht sein, dass sie sie nicht einmal anhören wollen.

Vor Maria und den anderen hat sie nichts erwähnt, es wird eh nicht lange dauern und es hat sich herumgesprochen, so lange möchte Lia allen Fragen aus dem Weg gehen. Lorena ist genauso aufgeregt wie Lia, sie wollte am liebsten mitkommen, doch Lia hat sie überzeugt, doch zur Schule zu gehen und sich nichts anmerken zu lassen. Sie werden sich nicht von Yandiels Familie in die Knie zwingen lassen.

Trotzdem hat sich Lia von ihrer Schwester überreden lassen, einen schönen langen, schwarzen Rock anzuziehen, der etwas enger ist und ihr bis zu den Knien geht und zu dem sie eine weiße

Bluse mit einem schönen Ausschnitt trägt. Sie hat sich auch etwas geschminkt und die Haare gewellt. Nun könnte sie wirklich als eine Frau aus der Stadt durchgehen, die in einem Büro arbeitet. Lorenas und ihre Hoffnung besteht darin, dass sie so vielleicht ernster genommen wird, als wenn sie als einfache Dorffrau vor den Beamten steht.

Natürlich fällt es Lia so etwas schwerer zu putzen und sie muss die Arbeit von heute in nur zwei Stunden schaffen. Cruz ist oben, sie hat ihn schon vor einer Weile unter die Dusche gehen gehört und beeilt sich immer mehr. Sie kann nur hoffen, dass er eine Ausnahme macht und sie heute früher gehen kann. Die Zeit vergeht, Lia macht das Gröbste, sie wird es nicht schaffen, noch zu kochen. Und als Cruz nicht herunterkommt, geht sie mit schlechtem Gewissen nach oben.

Sie dürfen nicht in das obere Stockwerk, wenn jemand da ist, doch sie hat jetzt keine Wahl, sie kann nur hoffen, dass sie nicht auch noch die Arbeit hier verliert. Gerade als sie an Cruz' Schlafzimmertür klopfen will, kommt er heraus und läuft fast in sie hinein. »Hey.« Lia geht einen Schritt zurück, der ihr schon vertraute und anziehende Duft von Cruz hüllt sie sofort ein.

Er trägt eine Jeans und ein weißes Shirt, seine dunklen Augen fahren einmal an Lia herunter. Lia muss sich zusammennehmen, es geht um zu viel.

»Es tut mir leid, ich weiß, dass wir hier nicht nach oben sollen, aber ich muss … Ich wollte fragen, ob es in Ordnung ist, wenn ich heute früher Schluss mache. Ich habe es noch nicht geschafft, Essen zu machen und das obere Stockwerk schaffe ich ...«

Cruz zieht die Augenbrauen zusammen, während er Lia in die Augen sieht, sie ist so aufgewühlt, dass sie spürt, wie ihr Tränen in die Augen steigen, die sie schnell wieder herunterschluckt. »Was ist denn los? Geht es dir gut?«

Lia fasst sich an die Stirn und beschließt, ganz ehrlich zu sein, immerhin kennt Cruz die Geschichte ja schon. Sie erzählt ihm, was gestern passiert ist, alles, auch dass sie Yandiel zur Rede gestellt hat und dass ihrem Vater jetzt Gefängnis droht.

»Ich muss nach San Juan. Ich hole die Arbeit morgen nach, es tut mir wirklich leid.« Cruz schüttelt den Kopf, erst jetzt sieht Lia, dass er eine Waffe in der Hand hält, die er sich gerade in den hinteren Hosenbund stecken wollte. »Wie kann man nur so lächerlich sein? Hat der Mann gar keinen Stolz? Ich habe einen Termin in San Juan, ich bringe dich dahin, komm!« Lia stockt. »Nein, das musst du nicht, ich nehme ein Taxi ...« Cruz lächelt und sieht an ihr herunter. »Ich muss nicht, ich möchte aber. Wir haben denselben Weg und ich helfe dir gerne, also komm.«

Kapitel 13

»Du kannst wieder durchatmen.« Lia wendet sich zu Cruz, der auf die Straße sieht, aber trotzdem ein wissendes Lächeln im Gesicht hat. Er hat gemerkt, wie unangenehm es ihr ist, zusammen mit ihm durch das Gebiet der Nechas zu fahren und auch, als sie kurz beim Wachposten gehalten haben.

Jetzt sind sie auf dem Weg nach San Juan, Cruz rast in einem schwarzen Mercedes über die Straßen und Lia krallt sich im weichen Leder der Sitze fest. »Ich möchte nicht, dass jemand etwas Falsches denkt.« Cruz sieht zu ihr und Lia wird ganz anders im Magen. »Machst du dir oft Gedanken darüber, was andere Menschen über dich denken?«

Noch immer sieht er sie an. »Ja, wenn man ein Leben wie du führst, muss man das vielleicht nicht, doch im Normalfall ist es schon wichtig, was andere denken oder vielmehr, wie deine Familie angesehen ist … Könntest du ... auf die Straße gucken, das ist doch gefährlich.«

Cruz lacht leise, sieht aber wieder zur Straße. »Ich kann gut Auto fahren, keine Sorge, wenn du willst, kannst du auch fahren.« Lia schüttelt den Kopf. »Nein nein, ich habe keinen Führerschein. Ich sitze nur sehr selten in einem Auto und du fährst so schnell.« Lia sieht zu Cruz, der aber zum Glück auf die Straße achtet, da diese immer voller wird, je näher sie San Juan kommen.

Noch immer hält sie sich am Leder des Sitzes fest und auch an ihrer Handtasche auf ihrem Schoß. Wenn ihr jemand vor einigen Monaten gesagt hätte, dass sie irgendwann mit dem Anführer der Nechas in so einem Luxusauto nach San Juan fahren würde und sie ihn sogar noch sehr anziehend findet, hätte sie laut losgelacht, doch momentan ist ihr alles andere als zum Lachen zumute.

Ihr eh schon sehr anstrengendes Leben gerät immer mehr aus den Fugen. Lia ist müde, müde, Sachen wieder in Ordnung zu bringen, nur um dann wieder vor einem neuen Haufen zu stehen.

Sie sieht auf die goldbraune Haut von Cruz, den muskulösen Arm, die breite Hand, die sicher das Lenkrad hält und auf den Schriftzug 'La Familia' und fragt sich, ob er solche Probleme und Sorgen überhaupt kennt. Wie ist das genau mit seiner Familie, wer gehört noch dazu? Es gibt so viel, was Lia gerne wissen möchte, doch Antworten auf diese Fragen wird sie wohl nie bekommen.

Sie ist seine Hausangestellte und kann froh sein, dass er sie mit nach San Juan nimmt, zwischen ihnen liegen Welten und eigentlich weiß Lia auch, dass es gut so ist.

»Wieso denkst du, dass es etwas mit meinem Leben zu tun hat, dass es mir egal ist, was andere denken? Dir kann es genauso egal sein.« Lia sieht auf den Zettel, den sie mit ihrer Handtasche zusammen auf ihrem Schoß hält.

»So zu denken … so leben zu können, ist Luxus. Ihr habt Geld, Einfluss, niemand würde sich trauen, etwas gegen euch zu sagen … da ist es nicht schwer, danach zu leben, dass es egal ist, was andere denken.

Wenn man wie ich vom Dorf kommt, sieht das alles komplett anders aus. Bei uns wird viel geredet, viel und gerne. Wenn man einen Fehler macht, weiß das sofort das ganze Dorf und es wird Tage, wenn nicht sogar Wochen, darüber gesprochen. Egal was du tust, es fällt immer auf die komplette Familie zurück. Wenn also ich einen Fehler mache, heißt es immer automatisch, wenn mein Vater irgendwo lang geht:

'Siehst du ihn, hast du das mit seiner Tochter gehört? Was hat er bloß falsch gemacht? Hat er sie nicht richtig erzogen?' Und wenn meine Schwester vorbeigeht, heißt es: 'Da ist die Schwester, sie wird sicherlich genauso sein wie ihre ältere Schwester'. Es fällt immer alles auf die Familie zurück und diesen Luxus zu sagen, es ist egal, was die Leute denken, gibt es nicht. Man ist darauf angewiesen, dass sie gut von einem denken, man braucht sich im Dorf. Man braucht die Hilfe der Nachbarn, Hilfe, wenn es um Arbeit geht und bei so vielen … es ist nicht so leicht. Ich weiß, wie schlimm es ist, wenn die Leute zu reden anfangen und ich habe gelernt, dass man ihnen einfach keinen Grund geben darf.«

Sie halten vor einem alten Gebäude am Anfang von San Juan und Cruz sieht erst dann zu ihr. »Ich hätte echt nicht gedacht, dass das Leben auf den Dörfern so hart sein kann.« Cruz meint das wirklich ernst. »Es ist anstrengend.« Das meint Lia auch absolut ernst.

»Vielleicht denkst du, dass wir so etwas nicht kennen, weil wir Geld haben und uns jeder kennt, doch auch ich kenne das genau. Ich bin der Anführer der einflussreichsten Familia, ich will unsere Geschäfte nicht verharmlosen oder so tun, als wären wir alle Unschuldsengel, doch über uns hat sich jeder schon seine Meinung gebildet.

Jedem Menschen, den ich treffe, sehe ich in die Augen und erkenne darin Angst oder Respekt. Kaum einer weiß, wie ich wirklich bin und wird es nie erfahren, da auch da schon ein genaues Bild im Kopf steht, dagegen anzukommen ist schwer und ich will es auch gar nicht.

Mir ist es recht, die Menschen, die mir nahe stehen, wissen, wie ich bin und alle anderen können denken was sie wollen und vielleicht ist es auch besser, wenn sie vorsichtig sind, weil ich wirklich kein einfacher Mensch bin. Aber manchmal, wenn ich jemanden wie dich treffe, dann stört es mich schon, ich sehe bis jetzt Angst in deinen Augen. Obwohl ich versuche, dir zu zeigen, dass du keine Angst zu haben brauchst, macht dir das, was ich bin, Angst, ohne dass du aber wirklich weißt, wer ich bin.«

Lia und Cruz sitzen noch immer im Auto und sehen sich an.

Lia spürt, dass sie ihren Kopf ein wenig schräg legt, eine Angewohnheit, die immer dann hochkommt, wenn sie etwas abwägt und das tut sie auf Hochtouren mit seinen Worten. »Es … ja …« Sie kann es nicht mal leugnen, er hat recht. »... das stimmt. Aber ich merke, dass du zu mir sehr nett bist. Ich habe nicht mehr so eine Angst wie die ersten Tage, ich wollte nicht einmal auf euer Grundstück, solch eine Angst hatte ich.«

Cruz lächelt. »Niemand würde dir bei uns etwas tun.« Lia kann selbst nicht glauben, wie offen sie plötzlich zu Cruz ist. »Aber ihr tut anderen Menschen etwas an.« Cruz sieht sie ein wenig abschätzig an, immer wieder sieht er ihr tief in die Augen, als wolle er sie irgendwie genau einschätzen können.

»Manchmal lässt sich das nicht vermeiden.« Lia trennt den Augenkontakt und sieht wieder auf den Zettel in ihren Händen, wenigstens ist er ehrlich.

»Jetzt probieren wir erst einmal, das hier wieder in Ordnung zu bringen.« Cruz deutet auch auf den Zettel. »Oh nein, es ist schon viel zu viel, dass du mich hergebracht hat, du hast doch selbst einen Termin. Ich danke dir ...« Doch Cruz steigt schon aus. »Ich kenne die Leute hier, ich zeige dir, wo du hinmusst und ich bringe dich auch wieder zurück. Ich muss nur etwas abholen, das liegt praktisch auf dem Weg zurück.«

Bevor Lia etwas erwidern kann, ist seine Autotür zu und er steht bei ihrer und hält sie auf. Lia weiß nicht, ob es so eine gute Idee ist, mit einem Mann wie Cruz bei der Polizei um einen Gefallen zu bitten, doch immerhin weiß er wenigstens wirklich, wohin sie müssen und führt sie zu einem Raum in der ersten Etage.

Alle Leute, die sie bis dahin treffen, starren sie förmlich an und plötzlich erkennt sie selbst, dass auch Cruz seine Probleme damit haben wird, wie andere Leute ihn sehen.

Cruz öffnet ohne zu klopfen die Tür und hält sie Lia auf, die mit rasendem Herzen vor zwei Polizeibeamten steht, die am Schreibtisch sitzen und sie völlig überrumpelt ansehen. »Hallo, entschuldigen Sie die Störung. Ich habe keinen Termin, aber es ist wirklich wichtig. Mein Vater hat dieses Schreiben bekommen, er soll Geld zahlen, Schmerzensgeld oder ins Gefängnis, doch so wie Sie glauben, wie es dazu kam, war es gar nicht.

Ich verstehe nicht, wie man schon ein Urteil fällen kann, ohne uns einmal angehört zu haben und auf welcher Grundlage die Strafe festgesetzt wurde. Ich meine, der Mann hat mich zuerst geküsst, was ich nicht wollte, was mehr als offensichtlich war, auch für meinen Vater, der eingegriffen hat und mich beschützen wollte ... Das ist doch irgendwo verständlich, oder? Haben Sie Töchter? Ich meine ...«

Lia kann nicht anders, sie ist kaum zu stoppen und viel zu aufgebracht, doch für sie bedeutet es eine Katastrophe, wenn sie jetzt scheitert und diese Strafe nicht verhindern oder mildern kann. »Kann man da nichts machen?« Sie sieht den beiden Männern in die Augen, die sie anstarren. »Doch natürlich, Señora, wir kümmern uns sofort darum! Kann ich mal sehen?«

Das hätte sie nun wirklich nicht erwartet, sie reicht dem Mann den Zettel und da sieht sie den Blick der Männer auf Cruz und dreht sich zu ihm um. Cruz steht ganz entspannt an der Tür und beobachtet sie. Lia wendet sich wieder zu den Männern um, die richtigen Angstschweiß auf der Stirn haben.

»Das werden wir sofort löschen. Die Anzeige wird gelöscht und somit auch das Geld, was gefordert wird. Entschuldigen Sie die Unannehmlichkeiten. Kann ich kurz Ihren Ausweis sehen.« Lia zieht aus ihrer Tasche den Zettel ihrer Geburt.

Wie fast alle Leute aus den Dörfern hat sie keinen richtigen Ausweis. Bei ihnen fahren die Frauen nur einmal mit den Kindern nach San Juan, wenn das Baby genau ein halbes Jahr ist und das auch nur, weil sie dafür bei der Anmeldung etwas Geld bekommen.

Die Regierung muss das tun, um überhaupt einen Überblick zu haben, wieviel Einwohner Puerto Rico hat. Eigentlich sollen die Eltern mit den Kindern mit vierzehn Jahren wiederkommen, um einen richtigen Ausweis anfertigen zu lassen, doch da es dafür kein Geld gibt, tut es keiner und somit hat auch Lia nur das Dokument ihrer Geburt.

Der Polizist kennt das natürlich, er vergleicht die Namen auf dem Schreiben mit ihrem und gibt ihr lächelnd das Papier zurück. »Sie haben ja morgen Geburtstag, alles Gute schon mal für den besonderen Tag. Wie gesagt, entschuldigen Sie bitte die Unannehmlichkeiten.« Lia verschränkt die Arme vor der Brust.

»Das ist nicht schlimm, ich freue mich, dass Sie es löschen, ich meine ..« Wieder der Blick zu Cruz, die Polizisten haben einfach nur Angst seinetwegen, es ist völlig egal, was Lia hier erzählt. Wie stark ist die Macht der Nechas, wenn der bloße Anblick von Cruz die Männer hier so einknicken lässt?

Sie wendet sich wieder zu Cruz um und dieses Mal reagiert er, er stell sich genau neben sie. »Meinen Sie nicht, dass eher sie Schmerzensgeld verdient hat, für all das? Immerhin hat der Kerl sie gegen ihren Willen versucht zu küssen.« Der andere Polizist steht nun auch auf. »Auf jeden Fall, wieviel Geld möchten Sie?« Lia sieht wieder zu Cruz, die Situation wird immer bizarrer, sie hätte niemals damit gerechnet, irgendetwas zu erreichen, doch alle scheinen auf Cruz zu hören.

Keine Frage, natürlich kann sie das Geld von Yandiel gut gebrauchen, doch Lia schüttelt den Kopf. »Nein, ich will kein Geld von dieser Familie, lieber arbeite ich noch dreißig Jahre so weiter, aber ich verzichte auf sein Geld.« Sie spürt Cruz' Blick auf sich, sieht aber weiter zu dem Polizisten, der die Anzeige zerreißt, sie möchte nicht von Yandiels Geld leben.

Nach weiteren fünf Minuten, in denen sich die Polizisten immer wieder entschuldigt haben, verlassen sie das Gebäude wieder. Lia hat mit allem gerechnet, aber nicht damit. Völlig verwirrt bleibt sie stehen, als Cruz ihr wieder die Tür zu seinem Wagen aufhält. »Hast du Hunger?« Lia übergeht die Frage. »Wie machst du das? Ich meine, das ist die Polizei, wieso haben die solch eine Angst vor dir?«

Normalerweise hätte Lia niemals den Mut, Cruz so etwas zu fragen, doch das gerade hat sie so sehr aus der Fassung gebracht, dass sie nicht anders kann. »Wenn du mir einige Fragen beantwortest, erkläre ich es dir. Dabei können wir aber etwas essen, ich habe Hunger.« Lia sieht auf die Uhr, sie haben noch viel Zeit, bevor sie den Bus zurück nehmen muss, das ging ja unerwartet schnell.

Lia weiß nicht mehr, was sie sagen soll, natürlich sollte sie nicht mit dem Anführer der Nechas, der selbst der Polizei Angst macht, essen gehen. Doch sie ist neugierig auf das, was Cruz ihr zu sagen hat, aber auch, was er von ihr wissen möchte und sie würde gern noch mehr Zeit mit Cruz verbringen, mit Cruz – aber nicht mit dem Anführer der Nechas.

Während sie schweigend neben ihm sitzt und er das Auto einen steilen Berg nach oben fährt, beschließt sie, für die nächste Stunde zu versuchen, diese beiden Personen zu trennen, auch wenn ihr natürlich bewusst ist, dass beide, Cruz und der Anführer, ein und dieselbe Person sind.

»Wie oft warst du schon in San Juan? Kennst du das Restaurant?« Lia ist es zwar unangenehm, wie wenig sie die Welt außerhalb der Dörfer kennt, doch sie will auch nicht lügen. »Nur ein paar Mal, ich war hier in keinem Restaurant. Es sieht sehr schön aus.« Sie halten gerade auf einem sandigen Parkplatz, ganz oben auf einem Berg. Lediglich dieses Restaurant steht auf dem Berg.

Man sieht schon von außen, dass es sicherlich sehr teuer ist. »Du hast die Aussicht noch nicht gesehen, das ist das Besondere.« Cruz ist wieder schnell und hält Lia die Tür auf, als sie aussteigen. Am liebsten würde sie ihm sagen, er solle das nicht tun, so fühlt es sich viel zu sehr nach einem Date an. Sie ist seine Hausangestellte, eigentlich sollte sie gerade in seiner Küche stehen und ihm Essen zubereiten und sich nicht hier die Tür aufhalten lassen.

Als sie auf das Restaurant zugehen, kommt ein Mann in einem roten Samtanzug heraus und hält ihnen die Tür auf, dabei zieht er seine Mütze ab und senkt den Blick. »Es ist uns eine Ehre, Sie wieder hier begrüßen zu dürfen.« Cruz beachtet den Mann gar nicht, er deutet Lia den Weg zwischen einigen wenigen Gästen im Lokal zu einer Terrasse. Das ganze Lokal ist edel eingerichtet, auf einer Tafel wird ein Mittagsgericht angeboten und bei dem Preis muss Lia schlucken. Dafür muss sie fast eine Woche arbeiten.

Cruz bemerkt ihr Zögern und lächelt sie an, als sie sich zu ihm umwendet. »Ich mag es, mehr von den Leuten zu erfahren, die für mich arbeiten, sieh es einfach als Dienstessen, wenn du dann nicht mehr so blass wirst. Sieh dir das mal an.« Ganz sanft wendet er Lia wieder um, dabei fasst er leicht an ihre Taille und ehe Lia widersprechen oder etwas dazu sagen kann, sieht sie auf die Terrasse, auf der gerade ein Tisch für sie eingedeckt wird.

Die Terrasse ist über einer wunderschönen Bucht, man sieht direkt auf das unendliche Meer, Möwen fliegen in der Luft und Lia weiß nicht, ob sie schon jemals so einen schönen Anblick hatte. »Das ist schön, oder?«

Eine zarte Gänsehaut bildet sich auf Lias Nacken, als Cruz sich zu ihr nach vorn beugt und ihr leise ans rechte Ohr flüstert. »Es ist ein Traum.« Einer der Kellner unterbricht sie, sie können sich an den Tisch setzen.

Lia ist völlig perplex, der atemberaubende Ausblick, der vollgestellte Tisch, für was braucht man all die Gläser und mehrere Gabeln und Messer? Für sie ist es schon etwas Besonderes, hin und wieder mal Cola zu trinken, Lia fühlt sich vollkommen fehl am Platz, auch wenn es wunderschön hier ist. Cruz setzt sich ihr gegenüber und sofort wird ihnen von mehreren Kellnern in ein Glas Wasser, in eines Limonade und in ein weiteres roter Wein eingeschenkt. Dafür die vielen Gläser.

»Wie immer?« Einer der Kellner hat Karten in der Hand, doch Cruz nickt. »Ja bitte, wie immer.« Lia lehnt sich zurück und trinkt von der Limonade, sie hat auf Festen schon Bier getrunken, doch noch nie so teuren Wein und der hier ist sicherlich teuer. Bevor ihr bei der Hitze etwas zu Kopf steigt, bliebt sie lieber bei der Limonade.

»Das heißt, du bist öfter hier?« Eine Feststellung, die Lia schnell getroffen hat. Cruz lehnt sich auch zurück und sieht sie an. »Ja, hin und wieder. Also bevor ich gerne etwas über dich erfahren würde, kannst du mich fragen, was dir auf dem Herzen liegt.«

Lia ist unsicher, sie ist nun wirklich nicht in der Position, ihn wegen irgendetwas auszufragen, doch gleichzeitig ist sie viel zu neugierig, um diese Chance ungenutzt zu lassen. »Ich weiß ja, dass ihr die einflussreichste Familia in Puerto Rico seid und dass viele … Angst vor euch haben ...«

Cruz unterbricht sie, dabei liegt wieder dieses süße Lächeln auf seinen Lippen. Sie sind sich sehr nah, schon im Auto hat Lia diese Nähe wieder genossen, seinen Geruch, wenn er es nicht bemerkt hat, hat sie ihn betrachtet, doch hier und jetzt sehen sie sich ganz frei in die Augen und sein Lächeln lässt auch sie schmunzeln.

Wieder kommen zwei Kellner und stellen den Tisch mit Vorspeisen wie eingelegten Auberginen, Öl, Brot und vielen weiteren Leckereien voll, man könnte denken, dass hier auf dem Tisch alle Vorspeisen stehen, die es im Restaurant gibt.

»Ich würde nicht sagen, dass viele Angst vor uns haben, eher Respekt.« Lia erinnert sich daran, wie die Leute, die sie kennt, von den Familias sprechen. »Doch … ich denke, die meisten haben Angst.« Cruz schiebt ihr einen der Teller hin. »Das musst du unbedingt probieren … Es braucht niemand vor uns Angst zu haben. Wir führen unsere Geschäfte nur mit anderen Geschäftsmännern oder Leuten, die auf uns zukommen. Niemand von uns bedroht unschuldige Leute oder tut ihnen etwas an, oder hast du so etwas schon gehört?«

Lia probiert wirklich von fast allem und es schmeckt köstlich, einiges hat sie noch nie gegessen. Lia zögert einen Augenblick, doch sie will ehrlich zu Cruz sein. »Es gibt da diese Geschichte … dass ihr einem Mann die Hand abgeschnitten habt, weil er nicht die Straßenseite gewechselt hat, als einige von euch an ihm vorbeigegangen sind.« Cruz lacht leise auf.

»Stimmt, die kenne ich auch, solche Geschichten gibt es viele, es steckt in jeder auch ein wenig Wahrheit, aber halt immer nur ein wenig. Das mit der Hand stimmt, es ist aber schon sehr lange her, damals hat mein Vater noch die Familia angeführt. Es ging da aber nicht um das Geschäft, sondern um etwas Persönliches. Die Schwester eines engeren Mitgliedes war verheiratet mit einem

Mann, der sie immer wieder geschlagen hat, er wurde immer wieder ermahnt, es nicht zu tun.

Eines Tages hat er die Frau so heftig zusammengeschlagen, dass sie eine Fehlgeburt erlitten hat, der Mann ist untergetaucht und als ihr Bruder ihn nach einer Woche auf der Straße entdeckt hat, hat er ihm die Hand abgeschnitten, mit der er seine Schwester geschlagen hat. So war es wirklich.«

Lia hat aufgehört zu essen und sieht ihn schockiert an. »Vielleicht sollten wir diese Themen beim Essen lieber lassen.« Cruz lächelt noch immer und fordert Lia mit einem Blick auf, weiterzuessen. »Okay, also sind vieles nur Gerüchte?« Dieses Mal stockt Cruz einen Augenblick, seine schönen dunklen Augen bohren sich forschend in ihre, als würde er abwägen, wie ehrlich er sein kann.

Dabei fällt Lia wieder auf, wie dunkel und geheimnisvoll seine Augen sind, die langen geschwungenen und dichten Wimpern verstärken das noch umso mehr.

»Ich will ehrlich sein, man bekommt diese Macht nicht, wenn man zu allen Menschen immer nur nett ist, doch ich für meinen Teil habe noch nie einem Unschuldigen etwas angetan und werde das auch nicht, doch wenn jemand versucht, meiner Familia, mir oder irgendjemandem, den ich liebe, zu schaden oder zu hintergehen, kenne ich keine Gnade.«

Lia schluckt schwer, doch sie möchte ja die Wahrheit wissen. »Und warum hat die Polizei so reagiert? Mir ist natürlich klar, dass ich nur wegen dir das Glück hatte und die Sache fallengelassen wird, aber ich verstehe nicht wieso … ich meine, das ist doch die Polizei ...«

Wie spannend auch immer ihr Gespräch gerade ist, Lia achtet genau darauf, für was Cruz welches Geschirr benutzt, doch er benutzt bei allem die gleiche Gabel und nur ein Messer. »Fast jeder bei der Polizei hat zuerst probiert, bei uns anzufangen, die, die dort sitzen, sind einfach zu schlecht, um bei uns aufgenommen zu werden und keiner von ihnen würde sich uns jemals in den Weg stellen. Der Präsident selbst fragt uns bei wichtigen Entscheidungen um Erlaubnis.« Das ist ehrlich und erschreckend zugleich, wie kann das sein?

»Und nach deinem Vater führst du jetzt die Familia?« Sie haben nicht alle Vorspeisen geschafft, doch es kommt offenbar bereits das richtige Essen und die Teller werden langsam wieder abgeräumt. »Die Familia gehört meiner Familie. Das ist meine Familie. Ich bin Cruz Nechas, mein Bruder Jomar und meine Schwester Savana, wir sind die direkten Anführer, wobei ich als Ältester das letzte Wort habe. Daneben gibt es noch meine Cousins Caleb, Dariel und Ian und einige gute Freunde, die die wichtigsten Führungspersonen bei uns sind.«

Lia nimmt noch einen Schluck Limonade. Statt das Gefühl zu bekommen, genug Antworten zu haben, bilden sich immer neue Fragen in ihrem Kopf. »Und deine Eltern wohnen auch noch bei euch in dieser ... Siedlung?« Cruz' Blick wird ein wenig düsterer.

»Nein, mein Vater ist vor drei Jahren getötet worden.« Oh nein, wieso hat Lia gefragt, sie wollte keine alten Wunden aufreißen. »Das tut mir leid.« Cruz tippt mit seinen Fingern auf der Tischplatte und sieht ihr wieder in die Augen. »Es ist schon fast krank, solange er die Familia geführt hat, ist ihm nichts passiert, nachdem er sich zur Ruhe gesetzt hat und seine Söhne die Führung übernommen haben, wurde er beim Tanken erschossen. Bis heute weiß niemand, wer dahintersteckt.

Meine Mutter hat meinen Vater sehr geliebt, sehr. Sie war für uns stark, doch dann ist sie ein Jahr nach ihm gestorben, ich denke, sie ist vor Kummer um ihn gestorben.« Lia lächelt, sie sieht, dass es Cruz nicht so leicht fällt, darüber zu sprechen. »Das war bestimmt die wahre Liebe.« Cruz nickt.

»Meine Mutter hat meinen Vater über alles geliebt. Das musste sie auch, sonst würde man das Leben als Frau des Anführers der Familia gar nicht aushalten ...«

Die Kellner bringen eine Platte mit frisch gegrillten Spießen, Garnelen, Steaks und viele Schüsseln mit Kartoffeln, Reis und anderen Leckereien. Lia kommt nicht dazu, sich zu fragen, wie sie all das essen sollen, ihre Gedanken kreisen um seinen letzten Kommentar und dann beugt sich Cruz auch noch näher zu ihr.

»Und jetzt bist du dran, mir Fragen zu beantworten.«

Kapitel 14

Lia muss lachen und nickt, auch wenn sie noch so viele Fragen hat. »Das ist nur fair.«

Sie beide unterhalten sich die ganze Zeit, man spürt, dass auf beiden Seiten eine gute Portion Neugierde vorhanden ist, doch trotzdem essen beide gut und Cruz achtet darauf, dass Lia alles probiert und ihr Glas mit Limonade nie leer ist.

»Du hast also morgen Geburtstag? Als der Polizist das erwähnt hat, wirktest du nicht so, als würdest du dich darauf freuen. Wie wirst du deinen Geburtstag feiern?« Lia genießt ein zartes Stück Lamm. Das Fleisch ist butterweich, sie kann sich nicht daran erinnern, schon einmal so ein gutes Essen genossen zu haben. Sie zuckt nur unbedeutend die Schultern.

»Ich feiere nicht.« Cruz isst auch, doch für ihn ist das Essen sicherlich nicht so etwas Besonderes wie für sie. Er scheint Geburtstage nicht so unbedeutend zu finden wie Lia. »Wieso feierst du dieses Jahr nicht? Man sollte diesen Tag immer feiern.« Lia muss lächeln. »Ich feiere diesen Tag seit einigen Jahren nicht mehr, niemand aus unserer Familie feiert mehr … irgendetwas.«

Cruz legt die Gabel beiseite und beugt sich näher zu ihr. »Ich weiß, wir kennen uns nicht lange und vielleicht habe ich nicht das Recht dazu, es zu erfahren, aber was ist in deinem Leben passiert, dass du nicht einmal mehr deinen Geburtstag feierst und dass du so darauf achten musst, was die Leute von deiner Familie denken?«

Lia weiß gar nicht, ob sie so einfach darüber reden sollte. Sie musste es nie, jeder der sie kennt weiß, was passiert ist. »Das ist eine lange Geschichte …« Cruz behält sie ganz genau im Auge, sein Handy hat immer wieder geklingelt und es scheinen Nachrichten angekommen zu sein. Hin und wieder hat er hingesehen, hat es aber meistens ignoriert. Nun nimmt er es und schaltet es ganz aus. »Ich habe Zeit und ich möchte sie wirklich gerne hören.«

Lia ist unsicher, sie weiß nicht, ob es eine gute Idee ist, jemandem wie Cruz ihre Geschichte zu erzählen, doch genauso wie sie diese Neugierde in sich auf ihn verspürt, möchte sie ihn auch ein wenig an ihrem Leben teilhaben lassen.

»Mein Vater ist in unserem Dorf geboren, er kennt kein anderes Leben. Meine Mutter aber ist in Mexico City aufgewachsen. Ihre Mutter kam von da und ihr Vater ist dorthin ausgewandert, um zu arbeiten, er ist aber im selben Dorf wie mein Vater geboren und aufgewachsen. Dort wo wir heute noch leben ...«

Auf Cruz' Gesicht bildet sich das Lächeln, das Lia so mag. »Das bedeutet, in dir steckt eine kleine Mexikanerin?« Lia nickt. »Könnte man so sagen. Als meine Mutter sechzehn war, sind sie in den Ferien in unser Dorf gefahren. Meine Mutter hat mir erzählt, wie langweilig diese Urlaube immer für sie waren. Sie hat ihre Freundinnen und die Großstadt vermisst.

Mein Vater war damals achtzehn, ein sehr gut aussehender und beliebter Mann, er hat mit seinen Freunden gerade einige Kontakte für etwas Export aufgebaut, sie sind öfter umhergefahren und haben Waren transportiert oder auch woanders auf dem Bau gearbeitet.

Bei uns im Dorf sind fast alle Leute dunkler von der Arbeit auf den Feldern und meine Mutter hat, genau wie auch ihre Mutter bereits, sehr helle Haut. Sie ist sehr hübsch, hat große grüne Augen, ein hübsches Gesicht, sie ist im Dorf sofort aufgefallen, natürlich auch meinem Vater.«

Cruz hört ihr ganz genau zu, während ihr Tisch bereits wieder abgeräumt wird. »Also kommst du nach ihr? Deine Schwester und du, ihr habt beide hellere Haut und diese großen schönen Augen ...« Lia senkt den Blick, ja sie beide haben sehr viel Ähnlichkeit mit ihr, doch das ist nichts, worauf sie stolz ist. »Ja, wir kommen eher nach der Seite meiner Mutter ... Sie hat es auf jeden Fall gehasst, im Dorf zu sein und ist irgendwann meinem Vater über den Weg gelaufen.

Mein Vater hat immer erzählt, dass er sie vom ersten Moment an geliebt hat, für meine Mutter war es eine willkommene Abwechslung von ihrer Langeweile. Sie haben sich heimlich getroffen und Zeit zusammen verbracht.«

Lia spielt an ihrem Armband herum, es fällt ihr so schwer zu glauben, dass es eine Zeit gab, wo ihre Eltern zusammen gelacht haben und Spaß hatten.

»Sie haben sich verliebt und geheiratet? Oder was ist passiert?« Cruz unterbricht ihre Gedanken. »Nein, wie gesagt, mein Vater hat gesagt, er hat sie damals schon geliebt und war traurig, als sie zurück nach Mexiko fuhren, doch meine Mutter konnte es kaum erwarten. Nein, das war nicht der Grund. Ich bin passiert. Meine Mutter war schwanger mit mir und sie hat es nicht einmal gemerkt, ihrer Mutter ist das damals aufgefallen.

Du weißt ja, wie es zu der Zeit noch war, eine Abtreibung kam eh nicht in Frage und die Familie wollte das Gesicht nicht verlieren, deswegen sind sie schnell zurück ins Dorf und meine Mutter und mein Vater mussten heiraten.

Mein Vater war überglücklich, er hat das Haus gekauft und alles mit seinen eigenen Händen verschönert. Er wusste, dass meine Mutter so ein Leben nicht gewohnt war und hat versucht, alles so schön wie möglich zu machen, doch für meine Mutter war es die Hölle.

Sie hat das Leben auf dem Dorf nicht einmal für einige Wochen ausgehalten, nun sollte sie es für immer leben. Sie hatte keine Wahl, wenn ich heute darüber nachdenke, habe ich ihr Leben zerstört. Sie hat mich geboren und auch immer geliebt und gut behandelt und vielleicht hat sie auch die erste Zeit versucht, sich mit allem abzufinden.

Sie hatte ja trotzdem immer einen besonderen Status im Dorf, die hübsche Frau aus der Stadt, die Frauen wollten mit ihr befreundet sein, die Männer beneideten meinen Vater, der ihr jeden Wunsch von den Augen abgelesen hat. Sie wurde wieder schwanger und hat sich die erste Zeit voll und ganz auf uns konzentriert, doch mein Vater hat uns später erzählt, dass sie nie wieder wirklich gelacht hat.«

Der Tisch wird wieder neu eingedeckt. Lia ist mittlerweile so voll, dass sie nicht einmal mehr weiß, wie sie noch etwas essen sollte, doch nun werden Kuchen und Cremes serviert, die so köstlich duften, dass Lia gar nicht anders kann, als zu probieren.

»Doch die Menschen waren auch neidisch und es gab viele Gerüchte um meine Mutter, dass sie unglücklich ist und mit Männern flirtet. Durch ihr Aussehen und weil sie nicht aus dem Dorf kam, wurde immer viel über sie geredet. Meinem Vater war das alles egal, er war glücklich. Er hat viel gearbeitet und alles für uns getan, ich kann mich an diese Zeit nur im Guten zurückerinnern, wir waren alle einfach nur glücklich. Alle außer meiner Mutter.

Sie hat sich nie wirklich mit dem Leben abgefunden, ihre Familie kam sie nur selten besuchen und uns erzählte sie immer, was sie damals alles aus ihrem Leben machen wollte. Sie hat uns aber geliebt und wir hatten eine glückliche Kindheit.

Unsere Geburtstage wurden immer gefeiert, wir sind immer in die nächst größere Stadt gefahren, nach Topa. Dort gab es ein Restaurant, es hieß Toparina. Wir haben da jedes Mal eine riesige Paella gegessen und als Nachtisch Erdbeerkuchen, an jedem Geburtstag. Ich habe das immer geliebt. Es gab nichts, was uns gefehlt hat, auch wenn wir nie viel Geld hatten. Doch je älter und selbstständiger wir wurden, umso leerer wurde ihr Leben wieder.

Als ich fünfzehn war und Lorena zwölf, gab es Bauarbeiten in unserem Dorf. Es wurden einige Sachen ausgebessert, die ganzen Verbindungen für das Fernsehen und die Telefone überarbeitet. Es war einige Wochen viel los. Ich war jeden Tag in der Schule und habe nicht viel mitbekommen, aber als die Bauarbeiter nach einigen Wochen wieder weg waren, war auch meine Mutter weg.

Ich weiß noch, dass es einen Streit gab, am Abend davor. Meine Mutter und mein Vater schrien sich an. Er kam gerade von einer anstrengenden Reise und hat gehört, dass meine Mutter ständig mit anderen Männern geflirtet haben soll. Meine Mutter hat ihn angeschrien, wie sehr sie all das hasst, das Leben auf dem Dorf hasst und dass sie so nicht sterben will. Sie hatte das Gefühl zu ersticken und dass sie ihr Leben nie leben konnte.

Ich war noch jung, aber trotzdem haben mich ihre Worte damals schwer getroffen. Lorena hat das nicht gehört, doch ich kann mich daran noch gut erinnern. Mein Vater war sehr wütend. Am nächsten Morgen war sie weg, es lag ein Zettel da für Lorena und mich. Dass sie uns liebt und uns bald nachholen wird. Sie hat sich verliebt und möchte sich ein neues Leben aufbauen, dann wird sie uns holen kommen.

Nach und nach kam heraus, dass sie wirklich eine Affäre mit einem der Planer der Arbeiten damals auf der Baustelle hatte und er sie mit in die Stadt genommen hat. Mehr haben wir nicht herausgefunden, das war das letzte Mal, dass ich meine Mutter gesehen habe, ich habe nie wieder etwas von ihr gehört.«

Lia hat aufgehört zu essen, sie hat noch nie so offen über all das gesprochen und es fühlt sich richtig befreiend an.

»Das tut mir leid, ich wusste nicht, dass so eine Geschichte hinter all dem steckt.« Cruz sieht ihr in die Augen und Lia schüttelt den Kopf. »Von dem Tag an hat sich alles geändert, alles. Mein Vater war gebrochen, er hat seine große Liebe verloren und jeder im Dorf hat über ihn geredet. Ein Unglück folgte dem anderen, er trank viel und prügelte sich oft, dabei verletzte er sich und verlor immer wieder seine Arbeit.

Er hat es nie gesagt, doch da meine Schwester und ich so viel Ähnlichkeit mit unserer Mutter haben, hat er immer das Gefühl, wir werden wie sie. Immer, egal was wir tun, es ist, als schlagen zwei Herzen in seiner Brust. Zum einen liebt er uns, zum anderen hasst er uns für unsere Mutter.

Für mich war alles anders seit dem Tag, da war meine Schwester, die all das genauso wenig verstanden hat wie ich und die jeden Tag am Tor auf die Rückkehr meiner Mutter wartete. Ich musste für sie da sein. Mein Vater hat sich immer mehr gehen lassen und nicht mehr gearbeitet, ich musste die Schule verlassen und sorge seitdem für meine Familie.

Es ist … schwer, meine Schwester und ich laufen wie auf Glasscherben um ihn herum, damit wir ja nichts falsch machen, deswegen müssen wir auch aufpassen, was wir tun. Das Gerede über unsere Familie ist nie richtig verstummt und wir wollen es nicht wieder erwärmen.«

Cruz hebt die Augenbrauen. »Damit habe ich wirklich nicht gerechnet. Also lässt dein Vater jetzt seine Wut auf deine Mutter an euch aus? Du wirst morgen 23, du musst auch irgendwann dein eigenes Leben leben.« Lia lacht bitter auf und legt den Löffel hin, sie ist satt, sie kann keinen Bissen mehr zu sich nehmen.

»Es ist ganz unterschiedlich, er ist einfach verbittert, er hat meine Mutter wirklich geliebt und alles getan, um sie glücklich zu machen und manchmal kommt wahrscheinlich einfach alles in ihm hoch, wenn er uns ansieht, gleichzeitig sorgt er sich auch um uns, es ist wirklich ganz unterschiedlich. Man weiß bei ihm nie, wie er gerade tickt. Meine Schwester hat in der Sache wirklich etwas von meiner Mutter, sie will unbedingt raus aus dem Dorf, die Welt entdecken, ich habe das so gar nicht in mir.

Klar frage ich mich manchmal, was ich machen soll, wie es weitergeht, doch eine Sache ist klar. Wenn ich nicht für meinen Vater da bin und das Geld verdiene, wer dann? Wenn wir ihn jetzt auch noch verlassen, wird er das nicht überleben, das weiß ich genau. Wenn ich ihn ansehe, sehe ich immer noch den starken Mann von früher, der uns Geschenke mitgebracht hat und durch die Luft geworfen hat, ich kann ihm das nicht antun.«

Ein Kellner kommt und gibt ihm die Rechnung, Lia will gar nicht wissen, was das alles kostet und auch Cruz wirft nicht einmal einen Blick darauf, er legt eine goldene Karte zusammen mit einem Schein auf das Tablett und sieht ihr in die Augen.

»Ich hoffe, dein Vater weiß, dass er nicht nur eine wunderschöne, sondern auch ganz besondere Tochter hat.«

Lia blickt auf die Tischdecke, sie spürt eine leichte Wärme in ihre Wangen steigen, er findet sie wirklich hübsch? Das erinnert sie sofort wieder an die vielen Frauen, die sie schon bei ihm gesehen hat. Sie darf sich hier nichts Falsches einbilden, nicht nochmal. Für Cruz ist das eine kleine Nettigkeit und vielleicht ein kleiner Flirt, mehr nicht.

Als sie nichts mehr sagt, erhebt sich Cruz und deutet zum Ausgang. »Ich muss jetzt etwas abholen, wenn du willst, können wir dann noch etwas machen und ich bringe dich später in dein Dorf.« Lia steht auch auf und geht neben ihm zum Ausgang. »Vielen Dank, aber es wäre besser, wenn ich mit den anderen zum Bus gehe, du weißt ja jetzt, wieso ich Gerede vermeiden möchte.« Wieder dieses Lächeln, das Lias Herz schneller schlagen lässt. »Du hast recht, ich bin wirklich froh, dass du mir das gesagt hast, jetzt verstehe ich das alles besser.«

Als sie kurz danach losfahren, wird Lia unruhig, sie weiß überhaupt nicht, wohin sie fahren oder was genau Cruz vorhat. Was ist, wenn er ein illegales Geschäft macht, irgendetwas, was mit Waffen oder noch Schlimmerem zu tun hat? Sie kann ja die Waffe, die er die ganze Zeit bei sich trägt, kaum ertragen, wie soll sie dann reagieren?

Cruz ist der Anführer der Nechas und eine furchteinflößende Person, wunderschön aber furchteinflößend, doch sie kennt jetzt diese Seiten an ihm und nach der Zeit, die sie heute zusammen verbracht haben, traut sie sich schon mehr und fragt ihn, was genau sie gleich tun werden.

Lia fallen tausend Steine vom Herzen, als er ihr erklärt, dass er nur einige Ausfuhrgenehmigungen unterschreiben lassen muss. Normalerweise kümmern sich andere darum, doch es gab irgendwelche Probleme und nun will er das selbst erledigen.

Sie halten direkt vor dem Rathaus, hier stehen zwar Halteverbotsschilder, doch Cruz beachtet all das nicht. Als Lia aussteigt, streicht sie ihren Rock glatt. »Du bist wunderschön, komm.« Cruz lächelt und legt seine Hand an ihren Rücken. Eine kleine Geste, die ihr durch alle Knochen fährt, wie kann sie so sensibel auf diesen Mann reagieren? Sie genießt diese Nähe viel zu sehr, das weiß sie, doch gut tut es trotzdem.

Sie betreten das Rathaus, wie auch schon bei der Polizei stehen unten Metalldetektoren. Ohne zu stoppen läuft Cruz hindurch, auch wenn sie natürlich anschlagen, auch hier hält ihn niemand auf. Er weiß offenbar, wo er hinmöchte, sie fahren in den zweiten Stock, wo er ohne zu klopfen einen Raum betritt.

»Was soll das? Haben Sie einen Termin?« Ein schmaler Mann mit Glatze und Brille schreckt vom Schreibtisch auf und sieht sie an. Cruz geht zu ihm nach vorn und beugt sich auf den Schreibtisch. Auch wenn Cruz mit dem Rücken zu Lia steht, spürt sie, dass dies nun nicht mehr derselbe Mann ist, mit dem sie gerade gegessen hat. Auch der Mann hinter dem Schreibtisch schreckt zurück.

»Es mag sein, dass du hier neu bist und dass ich nicht möchte, dass mein Tag mit der hübschen Frau hinter mir wegen so etwas verdorben wird. Das sind die einzigen Dinge, die dafür sorgen, dass du jetzt gerade noch atmest ...«

Ein weiterer Mann betritt den Raum und sieht erschrocken auf die Szene. »Cruz? Was ist hier los? Verdammt Andre, bist du lebensmüde? Weißt du nicht, wer das ist?« Cruz stellt sich wieder gerade hin, während der Mann, der gerade noch gefragt hat, was sie hier wollen, immer blasser wird. »Oskar, du solltest deine Männer besser einarbeiten, denkst du, ich habe die Zeit hier aufzutauchen und mich um so einen Scheiß zu kümmern?«

Der andere Mann weiß wohl genau, wer Cruz ist und beginnt zu schwitzen. »Nein, natürlich nicht. Es tut mir leid, was genau brauchst du?« Cruz zieht aus seiner Jeanstasche einige Scheine, die der Mann sofort unterschreibt und stempelt. »Wie gesagt, Cruz, das passiert nie wieder, dafür hast du meine Garantie.«

Cruz nimmt die Scheine entgegen und wendet sich wieder zu ihr um. »Das hoffe ich für dich!«

Lia weiß nicht, ob sie Cruz darauf ansprechen soll, doch ihr wird immer klarer, dass sie diese beiden Männer nicht ständig trennen kann, all das ist ein und derselbe Mann: Cruz.

Sie verlassen das Rathaus, gerade als mehrere Limousinen halten und einige Sicherheitsmänner aussteigen. Lia stockt, als der Präsident aussteigt und freudig die Arme öffnet. »Cruz, was tust du hier? Hätte ich das gewusst, hätten wir zusammen etwas essen können.«

Cruz und der Präsident begrüßen sich, während Lia stocksteif dasteht und sich nicht mehr bewegen kann, der Präsident, den sie nur von Bildern kennt, lächelt ihr zu und nimmt dann ihre Hand, auf die er ihr einen leichten Kuss gibt.

»Edmundo, das ist Lia. Ich hatte nicht vor herzukommen, aber es gab Ärger.« Der Präsident lächelt ihr noch einmal zu. »Es ist mir eine Ehre, Sie kennenzulernen. Was für Probleme? Kann ich helfen?« Cruz lacht auf und wieder geht seine Hand an ihren Rücken. »Du solltest mich besser kennen, ich brauche keine Hilfe. Ich muss los, wir hören uns!«

Cruz will sie zu seinem Auto bringen, da ruft der Präsident ihnen noch etwas zu. »Denkst du an den Empfang für die Leute aus Guatemala nächste Woche? Ich würde mich freuen, wenn Sie auch dahin kommen, Lia. Sie sind herzlich eingeladen.« Er sieht sie fragend an und alles was Lia zustande bringt ist ein Nicken, sie bekommt keinen Ton heraus. »Natürlich denke ich daran, ich weiß ja, wie wichtig das ist.« Cruz hält Lia die Tür auf und keine Minute später fahren sie los.

Lia kommt wieder nicht dazu, genauer nachzufragen, den ganzen Weg zurück telefoniert Cruz mit einem Mann, der ihn angerufen hat, nachdem sie losgefahren sind. Erst als sie in seiner Garage halten und aussteigen, legt er auf. Zum Glück hat niemand sie in seinem Auto gesehen, zumindest niemand, der bei ihnen in den Dörfern lebt.

»Es tut mir leid, ich musste das mit den Papieren noch schnell klären.« Gerade als sie zusammen ins Haus treten, klopft es. Maria, sie muss los. Es hat wirklich niemand etwas von ihrem Ausflug mitbekommen.

»Dir muss nichts leidtun. Vielen Dank für deine Hilfe wegen der Anzeige und für das Essen. Es war wirklich lecker. Danke.« Es klopft erneut. »Gerne, hoffentlich nicht zum letzten Mal, bis morgen.« Lia lächelt und wendet sich um. »Bis morgen!«

Als sie zum Bus laufen und zurückfahren, kann sich Lia nicht auf die Gespräche der anderen konzentrieren. Sie ist nicht so naiv zu glauben, dass das heute für Cruz eine größere Bedeutung hatte, noch einmal wird sie nicht so dumm sein wie das letzte Mal, doch sie fragt sich, wie sie nach allem, mit diesen neuen Eindrücken und Gefühlen im Magen, die dieser Tag noch verschlimmert hat, morgen normal zur Arbeit gehen soll.

Sie spürt, dass sie immer mehr in ein noch nie erlebtes Gefühlschaos stürzt, was ihr eine schreckliche Angst macht und gleichzeitig auch eine unheimliche Neugierde auf mehr davon in ihr aufkommen lässt, die sie unbedingt zu unterdrücken lernen muss.

Kapitel 15

»Alles Gute zum Geburtstag.« Lia schubst Lorena leicht von sich, als sich ihre kleine Schwester an sie kuschelt, die Augen aber noch geschlossen hält. »Weißt du, was ich mir wünsche? Dass du zur Schule gehst, komm nicht auf die Idee zu schwänzen.« Lorena vergräbt ihr Gesicht wieder ins Kissen. »Versprochen, ich habe heute wirklich nur später.«

Lia steht auf und sucht sich etwas zum Anziehen heraus, sie sollte gestern nicht überbewerten, doch sie möchte trotzdem irgendetwas Neues, etwas Schönes anziehen. »Guck unter den roten Rock, da ist mein Geschenk für dich.« Lia zieht ein kleines Paket heraus und sieht zum Bett zurück. »Wir feiern doch keinen Geburtstag mehr.«

Lorena öffnet noch immer ihre Augen nicht, doch sie ist trotzdem wach. »Vielleicht ist es irgendwann mal an der Zeit, weiterzumachen und alte Gewohnheiten abzuschaffen.« Lia öffnet das Paket und zieht ein wunderschön gehäkeltes Oberteil hervor. »Warst du nochmal in San Juan? Bist du verrückt, das ist ...« Lorena und Lia haben das Oberteil in einer der vielen Boutiquen in San Juan entdeckt und Lia hatte sich sofort verliebt.

Es ist beige und kurzärmelig, der Ausschnitt ist so, dass es über eine Schulter fällt und man wegen der Häkeloptik immer ein Top darunter tragen muss. Mit fast 100 Dollar war es aber natürlich wie so oft nur etwas, was bestaunt und dann wieder weggelegt wird. »Unterschätzt du etwa deine Schwester? Was die Designer können, kann ich schon lange!«

Lia stürzt sich auf ihre Schwester und knutscht sie ab. »Du bist verrückt, vielen Dank. Ich werde es gleich anziehen, ich liebe dich!« Lorena wehrt Lias Angriff lachend ab. »Schoooon gut, aber lass mich jetzt endlich noch etwas schlafen.«

Lia kann auch gar nicht anders, sie muss sich beeilen. Sie zieht eine Jeansshorts an, ein weißes Top und das neue Oberteil drüber.

Sie flechtet sich ihre Haare genau auf die andere Seite der freien Schulter und steckt sich Kreolen an, heute trägt sie Wimperntusche auf und einen leichten Lipgloss. Sie schmiert sich schnell ein Brot und schnappt sich ihre Tasche, dann eilt sie in ihren guten Ballerinas, die sie nur selten anzieht, zur Bushaltestelle.

»Guten Morgen Schönheit, habe ich irgendetwas verpasst?« Maria wartet schon, Lia setzt sich glücklich neben sie und zeigt ihr das Oberteil, das Lorena für sie angefertigt hat. Mehr will sie nicht verraten und Werbung für die Künste ihrer Schwester zu machen ist nie verkehrt.

Sie hat schnell die Aufmerksamkeit fast aller Frauen im Bus auf sich und viele Anfragen, die sie an Lorena weitergeben soll. Lia weiß nicht, wie viel ihre Schwester dafür nehmen soll, doch so können sie wieder etwas Geld verdienen.

Erst als sie aus dem Bus steigen und die meisten Frauen im Bus zurücklassen, wird es wieder etwas ruhiger. Aus dem Wachhaus kommt einer der Männer heraus, was sonst nie der Fall ist und hat viele Pakete in der Hand. »Es wurden für alle Hausangestellten Handys besorgt, damit ihr immer erreichbar seid, falls etwas ist.«

Nicht nur Lia ist vollkommen überrascht, als ihnen ein nagelneues Smartphone überreicht wird. »Behaltet es, nicht verkaufen. Ihr könnt heute etwas langsamer machen und euch damit beschäftigen. Leider kann man damit seine alte Nummer nicht behalten, ihr habt in dem Umschlag gleich eine neue. Die Karte wird einmal im Monat aufgeladen, das bezahlen wir, wenn ihr mehr verbraucht, müsst ihr es selbst wieder aufladen.«

Sie müssen alle zusammen ein lustiges Bild abgeben, denn der Mann kann sich ein Lachen kaum verkneifen, als er in ihre überraschten Gesichter sieht. »Cruz war sehr spendabel gestern.« Ob das was mit ihrem Gespräch mit Cruz gestern zu tun hat? Er hat wirklich für alle Angestellten ein Smartphone besorgt? Das muss doch wahnsinnig teuer sein. Alle sind plötzlich ganz aufgeregt und keiner kann es erwarten, das neue Handy in Betrieb zu nehmen, bis auf Lia. Sie kennt sich mit alldem überhaupt nicht aus und hatte auch nicht vor, sich jemals damit zu beschäftigen.

Lorena wird ihr später das Handy aus der Hand reißen, doch das alles hat sie schnell vergessen, als sie mit klopfendem Herzen in Cruz' Haus tritt, nur um schnell eine Enttäuschung im Magen zu spüren. Es ist alles hell, die Jalousien oben, er muss schon weg sein, oder vielleicht war er auch gar nicht da, wer weiß das bei ihm schon.

Lia legt die Tasche und das Handy auf die Theke in der Küche und sieht sich um, irgendwie wirkt alles so … sauber. Wahrscheinlich war er wirklich nicht da, Lia geht im Haus herum, aber alles ist sauber, nur die Wäsche hängt noch draußen.

Lia geht in das erste Stockwerk, doch auch hier ist alles ordentlich, als sie in sein Schlafzimmer tritt, atmet sie seinen betörenden Duft ein. Wenn sie all das zusammenzählt, ihren Herzschlag, die Enttäuschung über seine Abwesenheit, und wie sie hier in seinem Schlafzimmer herumschnuppert, sollte sie doch wenigstens sich selbst eingestehen, dass sie dabei ist, sich in Cruz zu verlieben.

Ist es gut? Nein! Sollte sie diese Gefühle verstärken oder ihn davon wissen lassen? Auf keinen Fall! Doch dass es so ist, muss sie sich langsam wenigstens selbst einmal eingestehen. Selbst Cruz' Bett ist gemacht, nicht besonders gut, aber es ist ordentlich. Darauf liegt eine offene Reisetasche, in die einige Kleidungsstücke geworfen wurden. Lia sieht ins Bad und verlässt das obere Stockwerk wieder, schaltet eine Maschine ein, hängt die Wäsche ab und faltet sie, dann hängt sie die neue Wäsche wieder auf.

Danach sieht sie sich etwas ratlos um, es gibt nichts zu tun, mit der Essenszubereitung wird sie später anfangen, deswegen setzt sie sich auf den Barhocker an die Küchentheke und beginnt, sich mit dem Handy zu beschäftigen. Es dauert fast zwei Stunden, bis sie es schafft, es anzuschalten, sie sich eine Maibox eingerichtet hat, ihre Nummern vom anderen Handy übertragen und sich ein wenig im Menü zurechtgefunden hat.

Sie kann hiermit sogar Fotos machen, Lorena wird das Handy lieben. Sie will es gerade beiseite legen und sich um das Essen kümmern, da geht die Tür zum Eingang durch die Garage auf und Cruz kommt vollgepackt herein. Lia ist so in das Handy versunken, dass sie nicht einmal sein Auto gehört hat. Er hält einen große runde schwarze Schachtel mit roten Rosen und einigen Tüten in der Hand. Als er Lia entdeckt, strahlt er über das ganze Gesicht. »Alles Gute zum Geburtstag.«

Lia geht ihm entgegen und nimmt ihm die Tüten ab. Er jedoch hält ihr die Blumen hin und Lia spürt, wie sich ihre Wangen rot färben.

»Danke, sind die für mich?« Cruz nimmt ihr die Tüten wieder ab und überreicht ihr die Blumen. Sie duften herrlich und sind wunderschön, Lia hat noch nie Blumen gesehen, die in solch einer edlen Box transportiert werden. Sie zählt genau 23. »Natürlich sind sie das oder hat sonst noch jemand Geburtstag?« Lia riecht an den Blumen und sieht ihn an, sie spürt, dass sie strahlt, eigentlich feiert sie doch gar keinen Geburtstag, doch plötzlich spürt sie, wie sie es auch irgendwo immer vermisst hat.

»Das kann ich nicht annehmen, sie sind so schön. Ich habe noch nie solch schöne Blumen bekommen.« Cruz hat wieder sein schönes Lächeln im Gesicht und sieht sie zufrieden an. »Doch klar kannst du das, und diese Blumen halten sogar ein Jahr und zur Feier des Tages habe ich Essen mitgebracht, setz dich.«

Lia ist vollkommen überrumpelt, Cruz bringt sie zum großen Esstisch und sie stellt dort die Blumen ab, auch wenn sie sie am liebsten gar nicht mehr aus der Hand geben würde, noch nie hat sie solch schöne Blumen bekommen.

Cruz hantiert in der Küche herum und bringt dann zwei Teller, Gläser und Limonade. Er öffnet die Tüten und als sie auf die Beschriftung der Boxen sieht, stockt Lia. Es ist von dem Restaurant, in dem sie als Kind immer mit ihrer Familie war, dort, wo sie bei jedem Geburtstag zusammen Paella gegessen haben und was das Highlight ihres ganzen Jahres war.

Als er nun die Box öffnet und darin die Paella und viele weitere Leckereien vor ihr auspackt, muss Lia mit den Tränen kämpfen und sieht Cruz in die Augen. »Du warst … da? Wieso?« Cruz hält in seiner Bewegung ein und sieht ihr ebenfalls in die Augen. Und das erste Mal seit Lia ihn kennt, stockt er einen Moment.

Es ist, als würde die mächtige und harte Erscheinung, die er immer an sich trägt, einen winzigen Moment bröckeln und er überlegt krampfhaft, was er ihr sagen soll, doch dann öffnet er eine weitere Box, die das leckerste Dessert des Restaurants enthält, welches sie gestern zu sich genommen haben.

»Ich möchte, dass du einen schönen Geburtstag hast. Das habe ich auch besorgt, weil ich gestern gemerkt habe, dass du das am meisten gemocht hast.« Lia lächelt, auch wenn in ihr langsam eine unheimliche Panik aufsteigt. »Das ist wirklich lecker, danke Cruz, ich weiß gar nicht, was ich sagen soll.« Er setzt sich ihr gegenüber. Was passiert hier gerade zwischen ihnen? Lia sieht ihm in die Augen, doch auch er wirkt fast so, als wüsste er auf all das keine Antwort, deswegen ist Lia froh, als er nach dem Handy fragt und sie zu essen beginnen.

Schnell sitzt er Lia nicht mehr gegenüber sondern neben ihr und zeigt ihr alles genau. Sie essen und richten zusammen ihr Handy ein, dabei sind sie sich manchmal so vertraut nah, dass sich Lia ermahnen muss, Abstand zu halten. Cruz richtet ihr sogar einen Nachrichtendienst ein, wo man sich in einem Chat ständig schreiben kann. Man kann da auch ein Bild von sich einstellen, Cruz' Bild zeigt ihn neben Jomar, beide sind fein angezogen, sie sehen tödlich aus und gleichzeitig so anziehend, dass sich Lia wieder fragt, wie diese beiden Punkte überhaupt zusammenpassen, wahrscheinlich ist es das, was sie so verwirrt.

Wie kann jemand, der so gefährlich und tödlich ist, so anziehend auf sie wirken?

Die Zeit vergeht schnell, Cruz speichert seine Nummer in ihrem Handy, damit sie für ihn immer erreichbar ist, was ja der Sinn dieser Handyaktion sein soll und anders herum. Er stellt ihr Handy so ein, dass sie überall automatisch eine Internetverbindung hat, da es ja in ganz Puerto Rico freien Zugang dafür gibt, selbst in ihren kleinen Dörfern.

Danach sitzen sie noch zusammen, Lia fragt, ob er verreisen wolle und Cruz erklärt ihr, dass er bis Sonntag auf den Bahamas sein wird, um einige Dinge zu erledigen. Bahamas, was für ein Traum, Cruz setzt an, etwas zu sagen, da klopft es schon und Maria holt sie ab. Lia sieht auf die schönen Blumen. »Du kannst sie ruhig mitnehmen, auch Dora bekommt zu jedem Geburtstag Blumen von mir. Da wird es kein Gerede im Dorf geben.«

Einen Moment hält Lia noch ein, sie weiß, dass sie aufpassen sollte und sich sehr zurücknehmen muss, doch sie hört auf ihr Herz, geht noch einmal zu Cruz und umarmt ihn.

»Danke für alles, das mit dem Essen, die Blumen ...« Cruz umarmt sie zurück und Lia kann nur hoffen, dass er ihr Herz nicht rasen hört, diese Nähe macht sie ganz fahrig. »Das alles bedeutet mir viel.« Es klopft erneut, Lia schließt einen kurzen Moment die Augen, auch Cruz macht nicht den Eindruck, als wolle er sie loslassen. Doch sie löst die Umarmung und ermahnt sich somit selbst wieder, auf dem Boden der Tatsachen zu bleiben. Nun stehen sie sich sehr nah gegenüber.

»Gerne, schreib mir, wenn das mit dem Chat bei dir im Dorf klappt, sonst lass das morgen von einem der Männer im Wachhaus einstellen.« Lia nickt, noch einmal sieht sie ihn genau an, sein hübsches Gesicht, die dunklen Augen, die schönen Lippen, die von einem leichten Dreitagebart umrandet sind, die kleine Narbe an der Lippe.

Auch er sieht sie an und einen Augenblick wirkt es fast so, als wolle er sie küssen, doch Lia wendet sich schnell ab, nimmt die Blumen und geht zur Tür. »Bis Montag.« Lia blickt noch einmal zu ihm, ein zufriedenes Lächeln liegt auf seinen Lippen, während seine dunklen Augen ihr entgegenstrahlen. »Bis Montag und pass auf dich auf.«

Bis zum Abend kann sie all das nicht einordnen, erkennt sich in diesem Gefühlsstrudel, in den sie momentan gezogen wird, selbst nicht wieder. Es ist neu und aufregend, doch gleichzeitig weiß sie auch genau, wie unmöglich und verboten es ist, diese starken Gefühle ziehen sie an und stoßen sie gleichermaßen ab, sodass sie selbst nicht weiß, wie sie sich verhalten soll.

Ihr Vater hat zu den Blumen nichts gesagt, Maria allerdings hat verwundert geguckt und gesagt, dass Dora zwar auch immer zu ihren Geburtstag Blumen bekommen hat, doch nicht solche schönen Rosen.

Lorena hingegen ist von allem begeistert. Lia hat ihr erlaubt, sich die für sie so wichtigen Sachen herunterzuladen und ihr Handy am Nachmittag dafür nutzen zu dürfen. Sie hat gleich vielen ihrer Freundinnen geschrieben und ständig Bilder von Lia und sich gemacht, um es als Profilbild einzustellen.

Es ist wahrscheinlich ganz gut, dass sie nun ein paar Tage Abstand von Cruz hat, ein paar Tage, um sich erneut ganz klar zu machen, wer er ist und wer sie ist und wieso sie diese aufkommenden Gefühle unterdrücken muss. Nicht einmal ein Flirt oder eine kleine Liebelei darf sie sich erlauben, sie arbeitet dort und fertig, die Distanz, die sie von Anfang an halten sollte, muss sie nun versuchen, für die letzte Zeit aufrechtzuerhalten.

»Einer der sexy Nechas-Brüder schreibt dir ...« Lorena bringt ihr das Handy und sieht sich dabei das Bild von Cruz an. »Jomar findet dich ganz offensichtlich auch sexy.« Lorena lacht und hebt die Augenbrauen. »Die beiden sind sexy und gefährlich. Mag sein, dass ich die Verrückte von uns beiden bin, aber DAS …« Sie zeigt auf das Bild der beiden. »… sind die Anführer der Nechas. Ich bin verrückt, aber nicht lebensmüde. Für sie zu arbeiten ist okay, aber mehr als das? Niemals!«

Lorena gibt ihr das Handy und rührt die Suppe weiter, die Lia gerade zubereitet. Wunderbar, selbst Lorena ist vernünftiger als sie. Sie sieht nach, was Cruz geschrieben hat. 'Und klappt es mit dem Internet?' Lia sieht auf die zwei Balken, die ihr angezeigt werden.

Sie haben Empfang, nicht sehr guten aber immerhin ein wenig. »Ja, wir haben nicht den besten Empfang, aber es geht. Vielen Dank noch einmal'.

Lorena steht neben Lia und sieht sie entgeistert an. »Ist das dein Ernst?« Lia legt das Handy weg. »Was?« Lorena schüttelt den Kopf. »Du hast für die Nachricht fast fünf Minuten gebraucht, das ist doch nicht so schwer.« Sie nimmt das Handy und schreibt einer ihrer Freundinnen. Lorenas Finger fliegen über die kleine Tastatur und Lia lacht. »Ich habe halt noch keine Übung, du hast ja ständig bei deinen Freundinnen geübt.« Es piept. »Cruz schreibt zurück.«

Lorena hält ihr das Handy hin. 'Gut, ein sehr schönes Bild von euch beiden.« Lia geht auf ihr Profil und sieht, dass Lorena eines der Fotos von ihnen beiden eingestellt hat. Nein, eigentlich sind es zwei, auf einem sehen sie beide in die Kamera und lächeln, es ist wirklich schön. Man sieht, wie ähnlich sie sich sehen und auch, wie viel sie von ihrer Mutter haben. Daneben ist ein zweites Bild, auf dem Lia lacht und Lorena ihre Wange küsst, man sieht Lias Grübchen, die nur herauskommen, wenn sie wirklich lacht.

»Du bist wirklich wunderschön, Schwesterherz ...« Auch Lorena sieht sich das Bild an. »Ein Steinzeitmensch, was Handys angeht, aber wunderschön.« Lia lacht und will Cruz antworten, doch sie gibt Lorena das Handy. »Schreib 'Danke'.« Nun beginnt auch Lorena zu lachen.

»Soll ich nicht schreiben 'Danke, du und dein schnuckeliger Bruder seid auch sehr heiß'?« Lia deutet ihrer kleinen Schwester, nicht zu laut zu sein, ihr Vater ist draußen auf der Terrasse. »Wehe, er ist mein Chef.« Lorena tippt schnell ein 'Danke', widmet sich wieder ihren Freundinnen und murmelt »ein sexy Chef«, während sich Lia wieder der Suppe zuwendet. Das weiß sie nur zu genau.

Lia hält sich an ihr Vorhaben und versucht, sich die nächsten Tage Cruz und seine anziehende Art aus dem Kopf zu schlagen, was nicht so leicht ist, während sie sich den Donnerstag und Freitag in seinem Haus langweilt. Nichts anderes tut sie, es ist alles sauber, Lia hat das Gefühl, es wird von Tag zu Tag sauberer, sie muss nicht kochen, da Cruz nicht da ist und als sie Maria ihre Hilfe anbietet, kann sie auch ihr nicht weiterhelfen, weil auch bei ihr nicht viel zu tun ist.

Lia beginnt, etwas gründlicher zu putzen, Schubladen in der Küche auszuräumen und zu wischen, die gesamten Fenster zu putzen, aber dennoch langweilt sie sich. Irgendwann erwischt sie sich dabei, wie sie darüber nachdenkt, in Cruz' Schlafzimmer herumzuschnüffeln, doch diese Gedanken verwirft sie schnell wieder und ist umso glücklicher, als sie Freitag ihr Geld bekommt und nach Hause fahren kann.

Das Glück hält aber nicht lange, als sie Lorena mit knallroter Wange und ihren wütenden Vater vorfindet. Lorenas Lehrer war da und hat nachgefragt, wieso ihre Schwester in der letzten Zeit so viel in der Schule gefehlt hat.

Ihr Vater ist ausgerastet und auch Lia ist wütend, doch sie stellt sich wie immer schützend vor Lorena. Sie hat es geahnt, in all der Aufregung hat sie vergessen, einen Teil ihres Geldes wegzustecken und schneller als sie reagieren kann, ist ihr Vater an ihrer Tasche und nimmt das gesamte Geld der Woche an sich.

Als er wütend mit seinem Freund in die Kneipe fährt, ziehen sich Lia und Lorena schon vorsorglich zum Schlafen aufs Dach zurück. Sie haben keine Mutter mehr und einen Vater, der unberechenbar ist.

Lia erinnert Lorena daran, wie viel sie dafür tut, damit Lorena die Schule beenden kann und dass sie das auch tun soll. Ihre jüngere Schwester schläft schnell ein, aber kurz bevor auch Lia ihre Augen schließt, bekommt sie eine Nachricht von Cruz.

'Ist bei dir alles in Ordnung? War etwas die letzten Tage bei mir zu Hause?' Lia lächelt traurig und sieht vom Dach herunter. 'Es ist alles beim Alten!' Sie sollte Abstand halten. 'Wie ist es auf den Bahamas?' Cruz schickt ihr ein Bild von einem traumhaften Sonnenuntergang am Meer. 'Wunderschön'. Mehr fällt Lia dazu nicht ein, es dauert einen Moment, bis Cruz antwortet, wer weiß, was er gerade macht an diesem traumhaften Ort. 'Es ist nett hier, aber ich freue mich auch auf Montag'. Lias Herz schlägt schneller. Sie ermahnt sich und überhört es trotzdem. 'Ich mich auch.'

Sie sitzt noch eine ganze Weile auf dem Dach, die Müdigkeit ist weg und sie blickt auf Cruz' Foto vom Sonnenuntergang, träumt sich ein wenig in diese andere Welt, bis ihr Vater wütend umherlallend den Hof betritt und ihre Mutter, Lorena und Lia beschimpft, da legt sie sich hin, kommt zurück in die Realität und schließt die Augen.

Kapitel 16

Das Wochenende kann gar nicht schnell genug vergehen, doch genau weil Lia darauf wartet, dass es endet, zieht es sich lange hin. Lia ist es nicht gewohnt, so wenig zu tun, ihr Körper erholt sich langsam von der anstrengenden Arbeit auf dem Feld und sie fühlt sich richtig unterfordert. Am Sonntagabend schreibt Cruz ihr, dass er doch erst am Dienstag zurückkommt und sie Montag und Dienstag frei bekommt, da nichts zu tun ist.

Lia wollte Abstand und spürt in dem Moment, dass sie, selbst wenn sie physischen Abstand hält, keinen emotionalen Abstand hat, sie ist enttäuscht und weiß genau, dass sie es nicht sein darf. Am Montag trifft sie im Waschsalon, den sich beide Dörfer teilen, auf Dora, die schon erstaunlich gut wieder zu Fuß unterwegs ist.

Sie erinnert Lia auch gleich daran, dass sie früher zurückkommt und wieder setzt sich eine Enttäuschung in Lia frei, die gar nicht sein sollte. Sie waschen die Wäsche und kommen ins Gespräch über Cruz und sein Haus.

Lia passt gut auf und geht sehr vorsichtig vor, doch nach und nach erfährt sie, dass Cruz sehr oft wechselnden Frauenbesuch bei sich hat. Es gibt aber eine Frau, die immer wieder bei ihm übernachtet und die sie am häufigsten in all den Jahren bei ihm gesehen hat.

Es soll eine mexikanische Frau sein, mehr weiß Dora aber nicht, da sie sich ja im Gegensatz zu Lia daran hält, einen gewissen Abstand zu wahren. Man hört aber bei jedem Wort von Dora heraus, dass sie Cruz wirklich mag. Allerdings scheint sie zu spüren, dass Lia und Cruz sich auch etwas näher kennengelernt haben.

Als sie ihre Wäsche zusammenlegt und die Wäscherei verlässt, zwinkert Dora ihr noch einmal zu.

»Hier ist unser Zuhause, Lia, wir tauchen für einige Stunden in ihre Welt ein und ich weiß, wie faszinierend diese scheinen kann, doch man darf niemals den Hintergrund dieses Lebens vergessen und muss sich immer wieder in Gedanken rufen, wohin wir am Abend zurückkehren. Verliere das nicht aus den Augen.«

Das nimmt Lia sich dann auch ganz fest vor, als sie am Mittwoch Morgen wieder in das Nechas-Gebiet läuft, doch allein das Herzklopfen beim Betreten des Hauses von Cruz zeigt ihr, wie schwer es wird. Lia hat sich nur eine Leggings und ein weites, langes Shirt mit Flip Flops angezogen, um zu zeigen, dass es ihr egal ist. Sie arbeitet hier, nicht mehr und nicht weniger.

Lia betritt das Haus und geht direkt in die Küche, wo Cruz steht und müde einen Kaffee trinkt. »Guten Morgen, schon wach?« Cruz wendet sich zu ihr um und lächelt, trotzdem sieht man wie müde er ist, auch wenn Lia bemerkt, dass er brauner geworden ist. Er trägt eine graue Jogginghose und ein schwarzes enges Shirt. Man kann somit seine Muskeln sehr genau erkennen. Cruz muss viel trainieren.

Maria hat ihr erzählt, dass zwei Straßen weiter ein Haus wie ein Fitnessstudio eingerichtet ist. Jedes Mitglied der Nechas ist verpflichtet, topfit zu sein, was Lia sofort aufgefallen ist. Jeder einzelne Mann ist hier breit gebaut und durchtrainiert, natürlich muss Cruz als Anführer da mit gutem Beispiel vorangehen und das tut er. Lia blickt auf den fein geschwungenen Schriftzug 'La Familia' auf seinem Arm und dann direkt in seine Augen.

»Ich habe noch gar nicht geschlafen, es gibt momentan viel zu tun und wir sind vorhin erst gelandet.« Lia nickt und bindet sich ihre Haare zu einem festen Zopf. Sie blickt sich um, klar, Cruz ist gerade erst gekommen, doch es ist extrem sauber, es riecht frisch, fast als wäre gerade erst gewischt worden. »Ich fange dann mal an … sauberzumachen.«

Lia will zum Wäschekorb, doch Cruz tritt aus der Küche heraus und zu ihr. »Es ist alles sauber und in Ordnung, meine Schwester muss nach San Juan und ein Kleid abholen und wollte dich gleich mitnehmen, damit du dir ein Kleid aussuchen kannst für morgen Abend.«

Lia weicht kaum merklich einen Schritt zurück. »Morgen Abend? Was soll da sein?« Cruz ist anders, er wirkt plötzlich so … unsicher. Sein selbstsicheres, mächtiges Auftreten ist verschwunden und er sieht sie abwartend, fast schon nervös an.

»Der Präsident hat dich doch zu unserem Treffen mit dem Präsidenten aus Guatemala und seinen Männern eingeladen.« Lia zieht die Augenbrauen hoch. »Du hast gesagt, du kommst.« Lia hebt die Arme in die Höhe.

»Ich habe genickt, ich meine, der Präsident hat mich gefragt, da kann ich doch nicht einfach nein sagen, aber ich kann auf keine … Feier. Wie soll das gehen? Ich habe kein Kleid dafür, geschweige denn, dass ich weiß, was ich sagen soll, wieso ich so spät nach Hause komme und … ich bin nur ein einfaches Dorfmädchen … eine Putzfrau hier im Haus, ich kann da nicht einfach hin.«

Nun ist es Cruz, der seine Augenbrauen zusammenzieht. »Natürlich kannst du. Wegen dem Kleid mach dir keine Gedanken, wir besorgen es dir. Deiner Familie kannst du sagen, dass du uns für zwei Tage begleiten musst, das können auch die anderen denken. Dora ist schon öfter mit uns mitgekommen, wenn wir mal wohin mussten und wir unsere Köche mitnehmen wollten.

Da wird sich keiner etwas bei denken und du kannst hier im Gästezimmer schlafen. Keiner wird etwas von deinem kleinen Ausflug bemerken. Der Präsident hat dich an meiner Seite gesehen und sich gefreut, endlich mal eine Frau bei mir zu sehen, ihm ist es sicherlich egal, was du beruflich machst oder woher du kommst und mir auch. Ich habe doch gesehen, wie deine Augen gestrahlt haben, das wird bestimmt ein toller Abend, es treten einige Sänger auf, hast du nicht Lust, so etwas einmal mitzuerleben?«

Lias Herz schlägt immer schneller, all das hört sich viel zu verlockend an, wieder einmal aus ihrer Welt auszubrechen und in die von Cruz einzutauchen, mit ihm zusammen, nur für einige Stunden, und er hat ihr alle Hindernisse dazu aus dem Weg geräumt. »Natürlich habe ich Lust dazu, aber … ich weiß nicht, ob ich das so einfach kann.«

Das schönste Lächeln setzt sich auf Cruz' müdes Gesicht und sofort muss auch Lia lächeln. Sie spürt, wie sie ihr Vorhaben, Abstand zu halten und nicht so naiv zu sein, wieder weit von sich wirft, kann dabei zusehen, wie sie wieder einen Fehler nach dem anderen macht und es doch nicht aufhalten, nicht wenn es sich so gut anfühlt.

»Ich glaube wirklich nicht, dass ich das tun sollte, ich … bezweifle, dass ich dahin gehöre und ...« Es klopft und Cruz sieht an Lia vorbei zur Tür, die sich gerade öffnet. »Ich gehöre da auch nicht hin, um ehrlich zu sein, hasse ich solche Veranstaltungen, also würde ich mich freuen, wenn du mich begleitest und ich nicht alleine hin muss.«

Lia dreht sich nun auch um. Cruz' hübsche Schwester Savana kommt ins Haus, ein Handy am Ohr und stoppt, als sie auf Lia blickt. »Ich wusste, dass du sie meinst. Als ich sie das erste Mal gesehen habe und ich erfahren habe, dass sie bei dir arbeitet, hatte ich schon so ein Gefühl. Hi, ich bin Savana.«

Die Schwester reicht Lia die Hand, sie erinnert sich an ihr erstes Aufeinandertreffen und schüttelt schnell den Kopf. »Oh nein, wirklich, bitte nichts Falsches denken, ich arbeite wirklich nur hier. Es war eher ein Zufall, wie das gekommen ist mit der Einladung und ...« Cruz lacht und legt kurz den Arm um Lia.

Es sind nur wenige Sekunden, doch Lia geht diese Berührung bis tief in die Knochen und die Stelle fühlt sich wärmer an, als er den Arm wieder herunternimmt. »Keine Sorge, meine Schwester denkt nichts Falsches, sie ist dir sogar dankbar, dass du mitkommst.« Savana sieht auf die Uhr. »Sehr dankbar sogar, aber wir müssen los. Leg dich endlich mal hin, Cruz, soll ich dir die passende Krawatte zum Kleid besorgen?«

Cruz hebt noch einmal seine Kaffeetasse, während Savana Lia quasi aus dem Haus schiebt. »Das tust du doch so oder so.« Savana hebt noch einmal die Hand. »Du kennst deine Schwester aber sehr gut.« In der Garage von Cruz steht ein Mann, der sie kaum beachtet, sondern gleich in ein schwarzes Auto auf der Fahrerseite ein steigt. Die hinteren Scheiben sind getönt und Savana hält Lia eine der hinteren Türen auf. »Aber ich muss doch saubermachen ...«

Savana sieht sie ernst an und Lia kann diesen Blick sogar verstehen, natürlich ist ihr klar, dass sie mittlerweile nicht mehr die normale Hausangestellte ist, die sie sein sollte, doch sie versucht ja, das alles nicht zuzulassen.

»Lia, ich weiß nicht genau, wie es dazu kam, dass du eingeladen wurdest und warum mein Bruder es überhaupt in Erwägung zieht, dich mitzunehmen, aber ich würde dich bitten mitzugehen. Es ist nur ein Abend, diese Feiern machen viel Spaß und Cruz' Ansehen würde das gut tun.« Lia zögert und Savana hebt die Arme. »Das Haus ist eh sauber, guck dir die Kleider an, du kannst es dir ja noch einmal überlegen. Magst du es nicht, shoppen zu gehen?«

Lia gibt nach und steigt ein, als sich Savana neben sie setzt, startet das Auto sofort. »Ich shoppe nicht, um ehrlich zu sein. Darf ich fragen, wieso es für Cruz gut ist, wenn ich mitkomme? Cruz hat auf mich den Eindruck gemacht, als würde ihn der Präsident nicht sehr beeindrucken.«

Lia ist froh, dass sie hinter getönten Scheiben sitzen und niemand sie sieht. »Oh, das tut er auch nicht, Cruz denkt daran, ihn abzusetzen und jemand anderem den Posten zu geben.« Lia schluckt. »Aber er ist der Präsident, er wurde gewählt, ich meine ...« Savana lacht leise auf. »Ich bitte dich. Cruz hat das Sagen, der Präsident ist nur für offizielle Anlässe da, du weißt schon, dass Cruz einer der mächtigsten Männer Puerto Ricos ist?«

Ja, sie weiß es, doch sie ist mittlerweile gut darin, es zu verdrängen.

»Aber wenn er so mächtig ist, wieso ist es dann wichtig, was andere von ihm denken und wieso soll ich mitkommen?« Die hübsche Schwester steckt ihr Handy in eine große Ledertasche, während Lia verkrampft ihre einfache Stofftasche umklammert. »Ihm ist es nicht wichtig, ich habe den Präsidenten vorgestern getroffen und er hat gefragt, ob Cruz mit seiner reizenden Begleitung kommt, da habe ich ihn drauf angesprochen, er wollte dich eh fragen, immerhin bist du eingeladen. Cruz mag dich, sonst würde er den ganzen Quatsch mit einer zweiten Putzfrau nicht machen und diese Handyaktion ...«

Lia wird immer verwirrter, doch das scheint Cruz' Schwester nicht zu bemerken. »Wenn ich Cruz nicht drängen würde, würde er vielleicht selbst nicht gehen. Wir sind die mächtigste Familia Puerto Ricos, doch ich finde, wir sollten die Macht ausweiten, noch mehr als bisher, und Guatemala wäre ein guter Anfang.

Cruz ist nicht so begeistert, doch er geht zu der Feier. Es kommt bei solchen Geschäften oft auf den ersten Eindruck an und du kannst dir vorstellen, dass es anders wirkt, ob Cruz mit einigen der Cousins auftaucht oder mit einer hübschen Frau wie dir an seiner Seite, das wirkt seriöser, sicherer, vertrauenswürdiger.

Zwei Tage später besuchen sie uns dann und wir beginnen die Verhandlungen, es muss nicht sein, doch man hätte so eine bessere Basis.« Lia reibt sich die Stirn, das sind viele Informationen und es bilden sich gleich wieder tausend neue Fragen in Lias Kopf. So wie es immer ist, wenn es um Cruz geht, doch sie ist auch sehr froh, dass Savana so ehrlich zu ihr ist.

»Was meinst du mit der Putzfrau, und ist diese Feier gefährlich?« Savana ist eine so hübsche Frau, wenn sie lächelt wie jetzt, hat sie eine gewisse Ähnlichkeit mit ihren Brüdern. Lia bereut es, sich so überhaupt nicht zurechtgemacht zu haben.

Bei Savana ist alles perfekt, ihre Fingernagelfarbe passt zu dem Top und den Pumps, der schwarze knielange Rock schmiegt sich an sie. Ihre Haare liegen ihr in perfekten Wellen über den Schultern. Sie trägt nur leichtes Make-up, aber das muss sie auch nicht, ihre Haut ist perfekt, sie wirkt wie eine lebendige dunkelhaarige Barbie und nennt sie hübsch?

Savana spricht leiser, auch Lia hat den Fahrer vorne fast vergessen. »Cruz tötet mich, wenn er weiß, dass ich mich verplappert habe, das musst du ihn selbst fragen, ich kann dir nur sagen, dass mein Bruder dich zu mögen scheint und das habe ich noch nicht oft erlebt. Es wird eine tolle Feier, mein Cousin Caleb begleitet euch, er hat gesagt, er nimmt auch eine Frau mit. Jomar kann nicht, der ist noch auf den Bahamas.

Es gibt gutes Essen, Musik, einige Shows und das Übliche. Für dich wird es einfach nur ein netter Abend im Haus des Präsidenten sein, wenn du möchtest.« Das Auto hält und der Fahrer steigt aus, er geht in einen Laden und winkt sie dann aus dem Auto, nachdem er wieder herausgekommen ist. »Auf geht's zum Shoppen.«

Lia und Savana verlassen das Auto, der Mann läuft genau neben ihnen und stellt sich dann in die Tür des Ladens. Offenbar ist der Laden für alle anderen geschlossen, nur einige Verkäuferinnen kommen sofort zu ihnen, bringen ihnen Sektgläser und Platten mit kleinen Broten drauf, sie werden zu gemütlichen Sesseln gebracht und Lia sieht sich ehrfürchtig in dem Laden um.

Hier gibt es Tausende schöner Kleider in allen Formen und Farben, Lia war noch niemals in solch einem edlen Geschäft. »Ich bin hier, um das Kleid vom letzten Mal abzuholen, was noch umgenäht werden musste und wir brauchen für Lia hier ein schönes Kleid. Sie begleitet meinen Bruder morgen zu einem wichtigen Termin.«

Eine ältere Frau mit einer dicken schwarzen Brille, strengem Dutt nach oben und einem schwarzen Petticoat-Kleid mit weißen Punkten nickt und klatscht zufrieden in die Hände. »Nichts lieber als das, wir nehmen erst einmal Maß.«

Sie ist anscheinend die Chefin hier, denn sofort kommen zwei jüngere Frauen und Lia wird gebeten aufzustehen. Die Frauen messen alles an Lia ab, wirklich alles. »Das sind Traummaße, da wird es uns nicht schwerfallen, ein passendes Kleid zu finden. An welche Farbe und welchen Schnitt haben Sie gedacht?«

Lia ist einfach nur froh, als sie sich wieder setzen darf, doch Savana hat schon genaue Vorstellungen. »Ich glaube, ihr würde ein leichtes Flieder oder aber doch eher ein Bordeauxrot gut stehen, schulterfrei, klassisch, schließlich ist sie an der Seite des einflussreichsten Mannes und muss das auch repräsentieren.« Die Frau mit dem Dutt nickt und wedelt mit den Händen. Wieder kommen Verkäuferinnen und bringen Getränke und kleine Shrimpsspieße. So shoppt man also bei den Nechas. »Wir suchen die passenden Kleider heraus.«

Es dauert nicht lange und Lia wird in eine Umkleidekabine gebeten. Zuerst zieht sie ein knielanges bordeauxrotes, enganliegendes Kleid an, das mit weißen Perlen kunstvoll bestickt ist. Als sie heraustritt und sich im Spiegel betrachtet, stockt sie. Noch nie hatte Lia solch ein schönes Kleid an, so teuer und edel, es ist wunderschön. »Es müsste hier noch enger gemacht werden.«

Die Frau hält das hintere Teil etwas fester zusammen und eine der jungen Frauen steckt es mit Nadeln ab. »Savana sieht zufrieden zu ihr. »Mein Bruder hat wirklich einen guten Geschmack. Du siehst wunderschön aus, aber lass uns noch die anderen Kleider ansehen.«

Die Frau mit dem Dutt klatscht erneut in die Hände, während die junge Frau noch einige Nadeln setzt. »Natürlich, ich habe noch etwas ganz Besonderes. Welcher Ihrer Brüder hat denn das Vergnügen, mit solch einer Schönheit auszugehen?« Lia kann den Blick nicht vom Spiegel nehmen, es ist fast so, als würde sie eine fremde Frau anblicken. Sie sieht wunderschön aus, doch all das fühlt sich nicht richtig an, falsch und gleichzeitig aufregend.

»Cruz und sie gehen ...« Lia spürt einen stechenden Schmerz im Rücken. »Aua.« Die Frau, die ihr Kleid abgesteckt hat, sieht sie wütend an. »Vielleicht ist es besser, nicht die Frauen einzusetzen, die sich in meinen Bruder verliebt haben.« Savana lacht und die Frau mit dem Dutt scheucht die jungen Frauen nach hinten. »Es tut mir so leid, ich kümmere mich selbst darum, kommen Sie, wir haben noch weitere Kleider.

Lia weiß nicht, wohin mit ihrem Gefühlschaos, sie ist so schüchtern, dass sie sich kaum zu sprechen oder einfach mal Stopp zu sagen traut. Sie zieht vier Kleider an, bevor sie mit einem fliederfarbenen langen Kleid die Umkleide verlässt. »Das ist es!« Savana lächelt sie an und als Lia in den Spiegel blickt, weiß auch sie, dass dieses Kleid wie für sie gemacht ist.

Es ist zart, zart von der Farbe her, zart von dem weichen Stoff her, der bis zum Boden herabfällt. Die Corsage, die mit schimmernden Pailletten verziert ist, wird mit einer silbernen Brosche, die mit fliederfarbenen Steinen besetzt ist, unter der Brust zusammengezogen und macht ihr ein wunderschönes Dekolleté. Der Farbton unterstreicht ihren Hautton und die schimmernden Pailletten lassen ihre Augen funkeln. »Perfekt!« Auch die Besitzerin ist entzückt.

Savana tritt zu ihr und öffnet ihre Haare. »Morgen wirst du der Star an der Seite meines Bruders sein. Was ist, hast du Lust, einen schönen Abend zu verbringen?«

Lia hat sich die ganze Zeit beim Umziehen Gedanken gemacht, sie sollte darauf verzichten, nicht solch ein Risiko eingehen, weder für sich noch für ihre eh schon chaotische Gefühlslage. Sie sollte sich nicht in diese Kreise begeben und einen guten Abstand zu Cruz halten, der gefährlich ist und einen so extremen Frauenverschleiß hat, dass da eh nicht mehr als eine kleine, gefährliche Liebelei herauskommen kann.

Doch sie mag Cruz, wenn man all das beiseite lässt, ist sie gern mit ihm zusammen und sie wird nicht mehr lange für ihn arbeiten. Wann wird sie in ihrem Leben noch einmal so etwas erleben können? Wieso sollte sie nicht auch einmal etwas wagen? Wenigstens einmal nicht zu vorsichtig sein, sondern genießen?

Es ist ein Abend, den sie so nie wieder erleben kann und wird und wenigstens einmal in ihrem Leben darf sie doch ein kleines Risiko eingehen.

»Ja, ich denke, ich werde mitgehen.« Dieses Mal klatscht Savana in ihre Hände.

»Wunderbar.«

Sie fahren schnell zurück, da sie schon spät dran sind. Savana verspricht Lia, sich morgen Mittag darum zu kümmern, dass sie zurechtgemacht wird. Lia überlegt sich die ganze Zeit krampfhaft, wie sie ihrem Vater sagen soll, dass sie eine Nacht wegbleibt.

Cruz ist nicht da und Lia muss auch sofort zu Maria, bei der sie gleich die Geschichte ausprobiert, dass sie Cruz zu einem Termin außerhalb der Stadt begleiten soll, offenbar hat Dora das wirklich schon öfter getan, denn Maria findet das ganz normal.

Als sie später ihrem Vater eine ähnliche Geschichte erzählt, spürt sie, wie leicht es ihr fällt, zu lügen und erschreckt sich über ihre Dreistigkeit, doch sie musste das mit der Zeit bei ihrem Vater lernen. Lorena erzählt sie allerdings die Wahrheit und das erste Mal seit sie denken kann, warnt ihre jüngere Schwester sie, gut aufzupassen und sich nicht in etwas zu verrennen, was eh keine Zukunft hat.

In dieser Nacht kann Lia kaum schlafen und am nächsten Morgen läuft sie schnell durch das Dorf, um zum Bus zu kommen. Sie hat ihre Tasche vollgepackt, da sie ja bei Cruz übernachten wird. Ihr Magen rebelliert, wenn sie daran denkt, an alles, was ihr bevorsteht.

»Lia!«

Sie geht genervt weiter, als Yandiel aus dem noch geschlossenen Supermarkt auf sie zukommt und sie wütend anschreit. »Was hast du getan? Wieso ist die Anzeige eingestellt?« Er will sie am Arm zurückhalten, doch Lia ist schneller und weicht aus. »Fass mich nicht an, Yandiel, und verschwinde, sonst bist du der Nächste, der eine Anzeige bekommt!«

Ein fieses Lächeln schleicht sich auf sein Gesicht. »Sag schon, was hast du getan? Warst du besonders nett zu den Polizisten? Ich fahre am Montag nochmal nach San Juan und danach werden du und dein Vater mich anbetteln, dass ich mich deiner annehme.«

Lia kann darüber nur müde lächeln. »Weißt du, was dein Problem ist, Yandiel? Du denkst wirklich, dass deine Familie und du die Größten sind, aber es gibt eine Welt außerhalb dieses Dorfes und da seid ihr alle ein Nichts und eure Macht ein Witz!«

Sie dreht sich um, offenbar will Yandiel ihr hinterher, doch sie hört seine Mutter nach ihm rufen und steigt schnell in den Bus. Erst dort kann sie auf ihr Handy sehen und entdeckt eine Nachricht von Cruz, die er ihr noch nachts geschrieben hat.

'Danke, dass du mitkommst. Ich freue mich auf morgen.'

Lia atmet tief ein, lässt Yandiel und das Dorf hinter sich und nimmt sich vor, diesen einen Abend zu genießen und einmal in ihrem Leben unvernünftig zu sein und all das für wenige Stunden hinter sich zu lassen.

Kapitel 17

Es fühlt sich komplett anders an, als Lia jetzt in Cruz' Haus kommt. Nun ist es ganz klar, dass sie hier nicht mehr nur als Hausangestellte hineinkommt, sie weiß gar nicht so recht, was sie tun soll. Es ist alles hell, also muss Cruz wach sein, vielleicht ist er auch schon unterwegs, doch als sie ihre Tasche auf die Küchentheke legt, hört sie die Dusche oben und weiß, dass er da ist.

Lia hat die Woche hier nichts getan und trotzdem sieht alles blitzblank aus, sie muss ihn nicht fragen, was hier los ist, sie weiß auch gar nicht, ob sie die Antwort momentan überhaupt wissen will.

Sie spürt, dass sie Gefühle für Cruz hat und es ist offensichtlich, dass auch er mehr als nur seine Hausangestellte in ihr sieht, doch wieviel mehr und wie genau diese Gefühle sind, darüber will sie sich jetzt zu diesem Zeitpunkt gar keine Gedanken machen, allein die Tatsache, dass es so ist, nimmt sie schon viel zu sehr mit.

Lia geht zum Wäschekorb, doch natürlich ist die Wäsche schon gewaschen. Was soll sie jetzt tun? Es gibt nichts zu tun, die Dusche geht aus und Lia deckt den Frühstückstisch im Garten, mehr kann sie nicht machen. Gerade als Lia fertig ist und nur noch ein Glas für den Orangensaft aus der Küche holt, kommt Cruz die Treppe herunter. Er trägt eine schwarze Sportshorts und ein weißes Polohemd, seine Haare schimmern noch nass. »Guten Morgen, du bist ja schon da.«

Lia kann nichts anders, sie muss lächeln, auch wenn sie weiß, dass es bestimmt sehr unsicher aussehen muss, so wie sie sich auch fühlt. »Ja, ich habe Frühstück gemacht.« Cruz kommt und nimmt ihr das Glas aus der Hand, holt noch einen Teller und sieht ihr in die Augen. »Du bist heute mein Gast, du musst gar nichts tun.« Lia legt den Kopf schief und sieht Cruz an.

»Ich arbeite hier, hast du das vergessen? Wieso ist es hier eigentlich so sauber? Dir ist schon bewusst, dass ich die Woche noch nichts getan habe und trotzdem sieht es aus, als wäre hier gerade eine Putzkolonne durchgegangen.«

Cruz lächelt sein unwiderstehliches Lächeln. »Das … kann sein. Ich … Hast du Hunger? Lass uns frühstücken.«

Lia muss lachen, Cruz, der Anführer der Nechas sprachlos? Doch bevor sie etwas sagen kann, deutet er auf ihre Grübchen. »Das habe ich bisher nur auf dem Foto gesehen, steht dir, man sollte dich immer so zum Lachen bringen.« Er hält ihr die Hand hin. Lia atmet tief ein. »Ich weiß nicht, ob das alles so richtig ist.« Cruz zuckt die Schultern, er hält ihr weiterhin die Hand hin. »Ich auch nicht.«

Lia nimmt seine Hand und wieder prallen die beiden Gefühle mit voller Wucht auf sie ein: Das Wissen, dass sie das nicht sollte und das wunderschöne Kribbeln, das sich in ihrem Bauch auftut, als Cruz ihre Hand mit seiner umschließt und sie nach draußen in den Garten zum gedeckten Tisch bringt.

Als Lia auch dort wieder zögert, sich zu setzen, sieht Cruz sie noch einmal ernst an, während er ihre Hand loslässt und ihr einen Stuhl hinstellt, damit sie sich setzen kann. »Weißt du noch, der Tag, als ich angeschossen hergekommen bin?« Das wird Lia niemals vergessen, auch wenn sie schon mitbekommen hat, dass Cruz keinen Verband mehr trägt. Zumindest ist keiner mehr zu erkennen.

»Ja natürlich weiß ich das noch.« Cruz schmunzelt. »Sieh es doch einfach als Dankeschön dafür an. Du kanntest mich kaum und hast mich nicht verbluten lassen und das, obwohl du selbst fast ohnmächtig geworden bist, heute möchte ich mich dafür bedanken und dir einen schönen Abend schenken. Ich hoffe zumindest, er wird schön.«

Lia gibt nach und setzt sich, erst dann setzt sich Cruz ihr gegenüber und gießt ihr Orangensaft ein. »Du hast mir und meiner Familie geholfen, mich zum Essen eingeladen und mir wunderschöne Geschenke gemacht, das reicht dafür, dass ich dich noch dreimal retten müsste.« Nun muss sie auch lächeln. »Das könnte sogar passieren.« Lia wird augenblicklich ernst und Cruz beginnt zu lachen. »Nein nein, ich werde mir Mühe geben, nichts mehr abzubekommen. Willst du etwas essen?«

Lia reibt sich die Stirn. »Das ist echt merkwürdig.« Cruz schiebt ihr den Teller mit Obst hin, den sie zubereitet hat. »Warum fällt es dir so schwer, erkläre es mir? Ich verstehe es nicht.« Lia nimmt sich eine Erdbeere und beißt ab.

»Wie soll ich das erklären? Stell dir vor, du gehst zu einem Geschäft, wo es um eine Lieferung Erdbeeren geht, die du geerntet hast und plötzlich heißt es, du sollst sie selbst verkosten und genießen, es ist ...« Cruz zuckt die Schultern. »Ich bin flexibel, ich hätte damit kein Problem.« Nun muss Lia wieder lachen und das lässt Cruz' Gesicht strahlen. »Ich bin überhaupt nicht flexibel.«

Lia isst ein wenig Obst, Cruz isst zwei Croissants. »Dann wird das, worum ich dich bitte, sicherlich sehr schwer für dich sein.« Lia ahnt es schon. »Ich muss gleich weg, vor heute Abend habe ich noch einen Termin. Gegen Mittag kommt meine Schwester und hilft dir, dich zurechtzumachen, Haare und was Frauen alles so machen.

Ich habe sie gebeten, herzukommen, da dich ja keiner der anderen Hausangestellten mehr sehen soll, du bist ja eigentlich mit uns verreist. Solange bis meine Schwester kommt, würde ich dich bitten, es dir hier einfach gemütlich zu machen. Geh in den Pool, guck dir Serien an, mach alles, was du gerne möchtest, bis auf die Hausarbeit.«

Lia hat schon gemerkt, dass es sinnlos ist, mit Cruz über so etwas zu diskutieren, deswegen sagt sie erst einmal gar nichts dazu und gleich danach klingelt auch sein Handy und er steht auf. »In der Wäschekammer im Schrank mit den Handtüchern sind eingepackte Bikinis und Badehosen für Gäste, nimm dir alles, was du brauchst, mach es dir gemütlich und wenn etwas ist, hast du meine Nummer. Komm mit, ich zeige dir etwas.«

Lia folgt ihm zum riesigen Fernseher im Wohnzimmer, er schaltet ihn ein und drückt solange auf der Fernbedienung herum, bis er auf einem Sender stehen bleibt. »Oh mein Gott, ist das die neue Staffel?« Lia sieht selten fern, aber die Soap 'Das Leben der Reichen' verpassen ihre Schwester und sie niemals. Gerade ist Sendepause, doch hier läuft bereits die neue Staffel.

»Ja, du kannst im Menü entscheiden, welche Folge du sehen möchtest.« Er zeigt es ihr und Lia setzt sich geknickt vor den Fernseher. »Das sind wirklich unfaire Mittel.« Cruz überreicht ihr die Fernbedienung. »Zum Glück habe ich eine Schwester und weiß, was Frauen mögen.«

Das weiß er wirklich, Lia kennt keine Frau, die sich diese Soap entgehen lässt. Sie schaltet zur ersten Folge und setzt sich gespannt auf die Couch. Selbst wenn Lia wollte, es gibt hier nichts zu tun, aber bevor sie herumsteht und Löcher in die Luft starrt, kann sie sich auch ansehen, wie es in der Serie weitergeht. »Melde dich, wenn etwas ist.« Lia nickt, als Cruz zur Garage geht. Sobald sie hört, dass er davonfährt, fühlt es sich noch komischer an, doch Lia versucht, es zu ignorieren. Sie möchte den Tag und den Abend genießen, lehnt sich zurück und sieht sich die erste Folge an.

Als die vorbei ist, räumt sie den Frühstückstisch ab, nimmt sich ein Croissant und sieht sich zwei weitere Folgen an. Die Zeit vergeht und irgendwann« kommt Savana mit kleinen Plastikbehältern ins Haus. »Magst du Sushi? In einer Stunde kommen die Stylisten und Cruz hat mich gebeten, dir schon etwas zu essen zu bringen. Oh, siehst du dir das auch an? Ich liebe es. Guck dir an, was Leon gleich macht ...«

Lia hat noch nie Sushi gegessen und hält sich auch zurück, so ganz ist es nicht ihr Fall. Mit Savana sieht sie noch zwei Folgen, bis es an der Tür klingelt. Es ist nach vier, die meisten der Haushaltshilfen sind schon weg und langsam wird Lia immer nervöser. Savana und sie unterhalten sich über die Serie, doch trotzdem spürt Lia, dass Welten zwischen Savana und ihr liegen.

Natürlich hätte sie sich damals, als sie Cruz' Schwester das erste Mal im Auto gesehen hat, niemals gedacht, dass sie heute hier mit ihr sitzen würde, doch sie fühlt sich nicht wohl, egal wie sehr Cruz und auch Savana sich bemühen, Lia ist viel zu verkrampft und ihr ist viel zu bewusst, dass sie hier gar nichts verloren hat.

Danach gehen sie in Jomars Haus, nun sind keine Angestellten mehr da und die Siedlung wird immer voller. Autos fahren umher, in den Gärten sind viele Männer zu sehen und jeder sieht zu ihnen, als sie hinüber zu Savana gehen.

Die Häuser von Cruz und Jomar ähneln sich sehr, das von Savana ist komplett anders eingerichtet. Viel femininer. Es gibt viel Flieder, Weiß, Creme, Gold. Viel Dekoration, Blumen, es ist traumhaft. Lia sieht sich unauffällig um, da kommen eine Frau und ein Mann, die sie gleich ins Gästezimmer duschen schicken, da ihre Haare komplett nass sein müssen, sie soll sie mit bestimmten Shampoos waschen, die sie danach auch behalten darf.

Lia schließt die Augen unter dem warmen Wasser, was tut sie hier? Ist es sehr falsch? Was wird der Abend bringen? Was erwartet sie auf solch einer Feier? Hat sie vielleicht doch ein wenig mehr von ihrer Mutter in sich, wenn sie jetzt hier ist, statt zuhause bei ihrer Familie zu sein?

Das alles fühlt sich merkwürdig an, Savana legt ihr einen weichen Bademantel und fliederfarbene sexy Unterwäsche hin. Der BH ist trägerlos, genau richtig für ihr Kleid, natürlich, da hatte Lia gar nicht dran gedacht. Als sie danach aus dem Bad tritt, klatscht der Mann in die Hände: »Los geht's!«

Lia ist noch nie so zurechtgemacht worden wie in den folgenden zwei Stunden. Der Mann kümmert sich um ihre Haare, während die Frau zuerst ihre Fußnägel und anschließend die Fingernägel lackiert. Immer wieder cremt die Frau sie mit einer gut riechenden Vanillecreme ein, wenn sie etwas beendet hat. Lia spürt selbst, wie weich ihre Haare fallen mit diesem Shampoo. Sobald die Frau fertig ist, wendet sie sich ihrem Gesicht zu, auch wenn Lia die Augen die meiste Zeit geschlossen hat, merkt sie, wie Savana immer wieder hereinkommt und nachsieht, wie weit sie sind.

Es fühlt sich sonderbar an, dass fremde Hände an ihr herumfummeln und je länger es dauert, desto ungeduldiger wird sie. Irgendwann kann sie kaum noch stillsitzen, die Frau tuscht ihre Wimpern und malt lange an ihren Augen herum, zupft die Augenbrauen, trägt Lipgloss und Rouge auf, und der Mann hat die Haare erst um dicke Wickler gelegt und steckt nun ihre vordere Partie nach hinten.

»Wow, mein Bruder wird Augen machen.« Savana tritt nun wieder ins Gästezimmer, in dem Lia die ganze Zeit zurechtgemacht wird, sie hat das Kleid dabei. Der Mann ist fertig und verlässt das Zimmer, während Lia endlich aufstehen kann und das Kleid anzieht. Savana bringt Lia die Pumps, die sie auch in dem Laden gekauft haben und eine kleine Clutch, in die sie ihr das Handy und den Lipgloss einsteckt.

»Danke für alles, für die Mühe, das Kleid ...« Savana hält die Hand hoch. »Du musst dich erst sehen, vielleicht gefällt es dir ja gar nicht.« Sie nimmt Lia mit ins Bad, wo sich ein bodenlanger Spiegel befindet. »Wo steckt ihr? Wir müssen los.« Von unten ertönt Cruz' Stimme und Lias Herz schlägt augenblicklich schneller, zu rasen beginnt es, als sie sich endlich im Spiegel sehen kann.

Lia macht sich manchmal mehr zurecht, bei Hochzeiten oder anderen Feiern, doch so hat sie sich noch nie gesehen. Sie tritt näher zum Spiegel, um auch wirklich genau zu sehen, dass sie nicht träumt. Es ist alles perfekt.

Ihre Haare fallen in langen Wellen weich bis zu ihrem mittleren Rücken, die vordere Partie ist nach hinten geflochten und gesteckt, sie trägt zwei weiße Perlen als Ohrringe, die Farbe findet sich auf der Clutch wieder zusammen mit Flieder.

Die Frau hat sie wirklich wunderschön geschminkt, die Augen sind schön betont, sie funkeln, der Rest ist eher schlicht unterstrichen, doch Lia hat sich so noch nie gesehen. Das Kleid fällt wunderschön an ihr herab, ihr Dekolleté ist genau richtig betont. »Perfekt!« Savana fasst es in einem Wort zusammen.

»Ich komme mir vor wie Aschenputtel!« Savana lacht leise und die Frau ebenfalls. »Du bist auch so wunderschön, wir haben das nur etwas unterstrichen. Jetzt komm, mein Bruder ist nicht der Geduldigste.« Lia folgt Savana, es fällt ihr zum Glück nicht schwer, auf den Pumps zu laufen. Als sie die Treppen nach unten geht, stehen dort Cruz, ein weiterer Mann und eine hübsche Blondine in einem zartrosa Kleid.

Cruz ist in Lias Augen immer ein schöner Mann, doch das erste Mal sieht sie ihn in einem schwarzen Anzug, er trägt ein weißes Hemd aber keine Krawatte, doch in der Anzugtasche ein Tuch, das genau die Farbe ihres Kleides hat. Er sieht umwerfend sexy aus, wie er so zu ihr hochblickt und sich ein zufriedenes Lächeln auf sein Gesicht legt. »Wunderschön, oder?« Savana preist Lia richtig an und Cruz nickt. »Mehr als das.«

Lia spürt, wie ihr die Hitze in die Wangen strömt, als nun alle Blicke auf sie gerichtet sind, sie ist froh, als sie unten ankommt und sich sofort zu Cruz stellt, der auf den anderen Mann zeigt. »Lia, das ist mein Cousin Caleb mit einer Bekannten.« Der Mann ist genau wie Jomar und Cruz auch sehr gut aussehend, aber etwas dunkler.

Er ist ein Mulatte, man sieht ihm an, dass ein Elternteil dunkelhäutig sein muss. Er trägt seine dunklen Locken kurz und in seinen Augen liegt genau dasselbe gefährliche Aufblitzen wie bei Cruz. Er gib ihr die Hand und lächelt sie freundlich an. »Das ist Gabi.«

Die Frau gibt ihr ebenfalls die Hand. »Babsi, nicht Gabi. Können wir los? Ich habe wahnsinnigen Hunger.« Savana lacht leise und Caleb macht eine angedeutete, viel zu übertriebene und leicht genervte Verbeugung, dass sie losgehen sollen.

»Das war deine Idee mit den Frauen, Savana, ich erinnere dich!« Cruz' Schwester lacht noch immer, während Lia Cruz' Hand in ihrem Rücken spürt, sie sieht, dass er schmunzelt. »Bis morgen.«

Sie verlassen das Haus durch den Haupteingang. »Benehmt euch, Jungs, versucht höflich und nett zu sein.«

Cruz hebt die Hand. »Wir sind immer nett!«

Lia hat hier schon einige tolle Autos gesehen, doch als sie nun zusammen in ein schwarzes Auto steigen, weiß sie, auch ohne viel Ahnung von Autos zu haben, dass dieses noch einmal ein ganz besonderes ist. Cruz fährt, Caleb sitzt neben ihm und Babsi und sie steigen hinten ein. Die blonde Frau ist auch sehr hübsch, ebenso wie Savana trägt auch sie eine gewisse Aura um sich, die vermittelt, dass sie viel Geld hat, einen Style und Lebenserfahrung, womit Frauen wie Lia gar nicht mithalten können.

Cruz fährt gleich los, am Wachhäuschen halten sie kurz und geben die Anweisung, dass sich sicherheitshalber immer einige Männer bereithalten sollen. Diese Ansage macht Lia Angst, sie hatten doch alle gesagt, dass es ein ganz harmloser Abend wird, es war doch ein Fehler, mitzugehen. Sie könnte jetzt mit ihrer Schwester auf dem Dach ihres Hauses sitzen und in den Sternenhimmel sehen, stattdessen ist sie mit den gefährlichsten Männern Puerto Ricos unterwegs zum Präsidenten und irgendwelchen anderen Leuten.

Lia sieht aus dem Fenster, sie hört, wie sich Babsi mit Caleb und Cruz über irgendeine Schießerei in einem Club unterhält, doch sie will gar keine genauen Details erfahren. Sie bekommt aber mit, dass Caleb sie noch genau zweimal Gabi statt Babsi nennt und sie sich jedes Mal aufregt.

Auch spürt sie immer wieder Cruz' Blick durch den Rückspiegel auf sich, doch sie möchte sich lieber gar nicht in dieses Gespräch einbringen.

»Und wo arbeitest du, Lia, woher kennt ihr beide euch?« Lia wendet sich der hübschen blonden Frau zu und räuspert sich. Soll sie ihr jetzt sagen, dass sie Cruz' Hausangestellte ist und eigentlich für ihn kocht und seine Wäsche macht? »Sie arbeitet für uns, daher kennen wir uns.« Cruz kommt ihr zuvor, noch nie war Lia eine

Situation so unangenehm wie diese, doch sie ringt sich ein gequältes Lächeln ab. »Ja und du und Caleb?« Die Frau lacht leise und deutet auf einen Kratzer auf ihrem Arm, den Lia bisher noch nicht bemerkt hatte. Auch sie trägt ihre langen blonden Haare offen und diese müssen das vorher verdeckt haben.

»In dem Club, wo ich arbeite, war eine Schießerei, es war schrecklich, auf einmal war dort die Hölle los und Caleb war mittendrin. Ich stand hinter der Bar und wollte zum Notausgang, da hat Caleb mich zu Boden gerissen und so verhindert, dass ich mir eine Kugel einfange.

Ich habe nur einen kleinen Kratzer abbekommen und seitdem … sehen wir uns öfters. Heute hat er mich dann um das Treffen gebeten. Das ist eigentlich so etwas wie unser erstes richtiges Date.« Lia sieht, wie Caleb leicht die Augen verdreht und lächelt die Frau an. »Das ist … auch nett … sich so kennenzulernen.«

Cruz biegt in eine Einfahrt, die von mehreren bewaffneten Männern bewacht wird, die blicken ins Auto und winken sie weiter. Lia muss so vor sich hingeträumt haben, dass sie gar nicht mitbekommen hat, dass sie schon da sind. Sie halten vor einer prächtigen Villa, vor der ein Brunnen steht. Sofort kommt ein Mann zu ihnen gerannt, der ihnen die Türen aufhält und von Cruz den Autoschlüssel entgegennimmt, um das Auto umzuparken. Lia blickt sich ehrfürchtig um, so kann nur ein Präsident wohnen.

Auch wenn Cruz und seine Familie schon edel wohnen, ist das hier noch einmal etwas prunkvoller. Die gesamte Villa ist hell angestrahlt und zwei Butler stehen oben an riesigen geöffneten Türen, aus denen man schon Musik hört.

Caleb und Babsi gehen schon vor, Lia sieht sich noch um, bis sie Cruz' Hand an ihrem Rücken spürt. »Du siehst wirklich wunderschön aus, Lia.« Sie lächelt und blickt hinter Caleb und Babsi her. »Danke, aber ich fühle mich vollkommen fehl am Platz.« Cruz schüttelt den Kopf. »Du bist hier mit mir und niemand, der dich ansieht, wird auch nur eine Sekunde bezweifeln, dass du nicht an meine Seite gehörst. Also komm, lass uns den Abend genießen und versuche einmal, dir keine Gedanken darüber zu machen, was die anderen von dir denken könnten.«

Wieder hält er Lia die Hand hin und dieses Mal nimmt sie sie ohne zu zögern.

Kapitel 18

Es ist beeindruckend, in was für eine Empfangshalle sie zusammen treten. Alles hier ist aus Marmor und Gold. Von der Decke hängt ein Kronleuchter, der wahrscheinlich mehr wert ist, als alle Häuser ihres Dorfes zusammen. »Ohhh, Cruz, wie schön dich zu sehen ...« Eine etwas ältere aber immer noch sehr hübsche Frau mit wilden lockigen Haaren und einem enganliegenden, knielangen Partykleid kommt auf sie zu und stockt aber, als sie Lia erblickt.

Gleich hinter ihr erscheint der Präsident und erst da fällt Lia ein, dass das seine Frau ist, sie hat schon einmal im Supermarkt ein Bild der beiden gesehen, auf einer der Zeitungen, die über den neuesten Klatsch berichten. Cruz lässt Lias Hand los und legt seine aber gleich an ihren Rücken und stellt sie vor. Wieder ist der Präsident begeistert, sie zu sehen, während die Frau Lia fast mit ihren Blicken tötet.

»Ich war so fasziniert, ich kenne dich nun schon so lange und noch nie habe ich dich auf solchen Veranstaltungen mit einer Frau gesehen. Ich war mir nicht sicher, ob sie die Einladung annimmt, es freut mich aber sehr zu sehen, dass sie es doch getan hat. Was denkst du, Schatz, ist das nicht ein schönes Paar?« Lia will im Reflex antworten, dass sie kein Paar sind, doch die Frau ist schneller.

Sie nickt und wendet sich ab. »Sehr schön, wir sollten die anderen Gäste nicht warten lassen, kommt bitte.« Was war das denn? Selbst Babsi sieht verwundert zwischen allen hin und her, doch Cruz und Caleb scheinen die geschockte und feindliche Art von dieser Frau gar nicht bemerkt zu haben, oder es ist ihnen egal und sie folgen ihr und dem Präsidenten in einen riesigen Salon.

Lia bleibt nichts anderes übrig, als mitzugehen.

Wieder stockt Lia und staunt, Babsi bleibt auch stehen. »Wahnsinn.« Es stehen viele runde Tische herum, alle sind schon eingedeckt in weiß, mit zartrosa Blumenschmuck, alles hier wirkt sehr teuer, edel und glänzt. Der Raum ist gut gefüllt und doch wirkt es nicht beengt. Es sitzen schon einige Leute, aber viele stehen auch noch herum und unterhalten sich. Kellner laufen von Tisch zu Tisch, und es gibt eine große Bühne, auf der eine der bekanntesten Bands Puerto Ricos leise ihre Musik spielt.

»Weißt du, was das Beste ist? Wir beide sind die einzigen Frauen hier, die noch ganz normal aussehen.« Babsi deutet auf eine Gruppe von Frauen, die irgendwie alle gleich aussehen. Sie haben viel zu dicke Lippen und Brüste, man sieht ihnen an, dass sie etwas an sich haben machen lassen, genau wie man es der Frau des Präsidenten auch angesehen hat. Lia lacht leise. »Da könntest du wirklich recht haben.«

Sie setzen sich an einen der runden Tische, der sofort bedient wird. Jeder der vorbeigeht, grüßt sie freundlich und redet kurz mit Cruz und Caleb, aber jedes Mal bemerkt Lia eine gewisse Ehrfurcht in jedem einzelnen Blick.

Sie sieht fasziniert zu der Band, wie vorsichtig die Kellner alles bei ihnen am Tisch anrichten, wie zurechtgemacht alle sind, normalerweise ist sie jemand, der das Essen zubereitet und serviert und nun das erste Mal auf der anderen Seite zu sitzen, fühlt sich ungewohnt schön an.

»Gefällt es dir?« Cruz sitzt neben Lia und achtet darauf, dass sie alles hat und bekommt, was sie möchte. Lia hat noch nie so viel Aufmerksamkeit von einem Menschen bekommen wie von Cruz, er achtet ganz genau auf sie und dass es ihr gut geht. »Ja, es ist schön hier, ich kann nicht glauben, dass sie hier spielen.« Lia zeigt zu der Band, die gerade ein ruhiges Lied anstimmt.

»Meinst du, wir können mal mit ihnen zusammen singen?« Calebs Freundin fällt in ihr Gespräch ein, Lia lächelt nur zufrieden und sieht weiter dem netten Durcheinander zu. Es sind auch einige Fotografen da, die aber alle noch keine Fotos machen. Während sie alles fasziniert betrachtet, scheint Cruz eher genervt von allem zu sein.

Das Licht wird plötzlich gedimmt und mehrere Scheinwerfer zeigen auf die Bühne. Die puertoricanische Nationalhymne wird gespielt und der Präsident tritt unter tosendem Applaus auf die Bühne. Nun folgen auch Blitzlichtgewitter, offenbar dürfen die Fotografen nur bestimmte Situationen festhalten.

Der Präsident erzählt von der Freundschaft Puerto Ricos zu Guatemala. Lia versucht ihm zuzuhören, doch sie merkt, wie Cruz sich gelangweilt zurücklehnt und lehnt sich zu ihm. Da es dunkel ist, bekommt keiner mit, wie sie enger zusammenrücken. »Du kannst doch nicht einfach so dem Präsidenten nicht zuhören.«

Lia lächelt und Cruz wendet sich ihr sofort zu. »Ich wäre gerade überall lieber als hier, wenn ich mir diesen Mist nicht antun müsste.« Sein Arm geht auf ihre Lehne und für diesen wunderbaren Moment im Dunklen blenden sie beide alles um sich herum aus und rücken noch näher zusammen.

»Wieso bist du dann hergekommen?« Cruz zuckt die Schultern. »Ich bezweifle, dass du einfach so mit mir ausgegangen wärst und so hatte ich etwas, wodurch ich noch etwas mehr Zeit mit dir verbringen kann.« Cruz sieht ihr in die Augen, diese Antwort war ehrlich und überraschend. »Wärst du?«

Lia streicht sich die Haarsträhnen, die immer wieder nach vorn fallen, auf den Rücken zurück. »Ich weiß es ehrlich gesagt nicht. Ich bin sehr … zwiegespalten, was all das betrifft.« Cruz hilft ihr und schiebt eine ihrer Strähnen nach hinten, dabei streifen seine Fingerspitzen ihre Schulter und Lia bekommt eine leichte Gänsehaut. Wieso reagiert sie so stark auf diesen Mann? »Ich weiß, deswegen bin ich hier und lasse das alles über mich ergehen und verbringe so Zeit mit dir ...«

Der Präsident wird lauter. »Unseren Freunden und Verbündeten aus Guatemala einen kräftigen Applaus.« Lia und Cruz blicken zur Bühne, als vier Männer diese betreten. Sie bleiben aber eng zusammen sitzen. »Sind das eure neuen Geschäftspartner?« Drei Männer bleiben im Hintergrund, einer tritt nach vorn und hält eine ähnliche Rede wie ihr Präsident. »Die hinteren Männer sind die Anführer der wichtigsten Familia von dort. Der Mann vorne ist der Präsident, er tut nur, was sie sagen.« Lia kann immer noch nicht glauben, dass die Familias so viel Einfluss haben. »So wie unser Präsident auf euch hören muss?« Cruz lächelt leicht. »Du verstehst unsere Welt immer mehr.« Lia sieht wieder nach vorn, das bedeutet nicht, dass sie diese Welt gut oder richtig findet.

Es dauert noch einen kurzen Moment, dann treten alle Männer von der Bühne und die Kellner bringen eine Vorspeise. Es ist eine helle Cremesuppe, die köstlich schmeckt. Babsi mag nicht gerade sehr wichtig für Caleb sein, doch sie ist lustig und sie unterhalten sich gut.

Lia lacht viel, auch Caleb und Cruz reden mit und in dem Moment weiß Lia, wieso sie sich auf diesen Abend eingelassen hat. Es ist schön, sie fühlt sich wohl hier, genießt das Essen, die Musik, die Leute und vor allem Cruz' Nähe, der ihr all seine Aufmerksamkeit schenkt. Man spürt, wie nah sich Cruz und Caleb stehen.

Nach dem ersten Gang steht Babsi auf. »Kommst du mit auf die Toilette?« Sie sieht Lia fragend an, Lia war noch nicht oft aus oder weg, eigentlich hat sie an nichts teilgenommen, was außerhalb des Dorfes stattgefunden hat, doch sie weiß, dass man das so macht. Also steht auch sie auf und sie gehen zusammen zurück in den Eingangsbereich, wo ihnen ein Kellner den Weg zu den Toiletten zeigt.

»Hast du das auch vorhin gesehen? Wie die Frau des Präsidenten reagiert hat?« Lia hat das schon fast vergessen, doch nicht nur ihr ist das aufgefallen. »Merkwürdig, irgendwie kommen die mir hier alle falsch vor.« Da kann Lia nur zustimmen. Sie betreten ein prunkvolles Gästebad, auf dem es mehrere Toiletten gibt. Nachdem Lia fertig ist, sieht sie noch einmal in den Spiegel und zieht sich den Lipgloss nach.

Wie oft hat sie davon geträumt, dass sie einmal auf solch einer Veranstaltung ist und sich ihre Schminke nachzieht, so zurechtgemacht ist, mit einem Mann zusammen, der in ihr Gefühle weckt, die sie bisher nicht kannte. Dass er der gefährlichste und gefürchtetste Mann Puerto Ricos ist, verdrängt sie dabei. Babsi kommt heraus und Lia und sie machen vor dem Spiegel einige Bilder zusammen, sie muss diesen Moment festhalten, sie weiß ja, dass sie so etwas nie wieder erleben wird.

Als sie dann zurück zum Platz kommen, sitzen nicht nur Cruz und Caleb um ihren Tisch, auch die drei Männer, die vorhin hinter dem Präsidenten auf der Bühne waren, sitzen nun an ihrem Tisch und die Frau des Präsidenten sitzt auf ihrem Platz, genauso eng bei Cruz wie sie vorhin. Lia bekommt ein komisches Bauchgefühl und ein merkwürdiger Verdacht kommt in ihr auf, doch als sie näher kommen, erheben sich sofort alle Männer.

Die Frau des Präsidenten steht auch auf und geht an ihnen vorbei, dabei streift sie Lias Schulter und das nicht gerade sanft, aber Lia muss sich all das einbilden, die Frau geht direkt zu ihrem Mann und umarmt ihn. Wieso sollte sie etwas gegen sie haben? Cruz legt sofort wieder seine Hand an Lias Rücken und stellt sie den Männern vor, Caleb stellt Babsi erneut mit falschem Namen vor, worüber diese nur den Kopf schüttelt.

Sie setzen sich wieder, dann wird ihnen die Hauptspeise gebracht. Es ist ein Stück Rinderbraten mit vielen kleinen Beilagen. Die Männer reden über irgendwelche Einfuhrbedingungen und ein erneutes Treffen, Cruz redet mit den Männern, Caleb hält sich eher zurück, doch trotzdem liegt Cruz' Aufmerksamkeit auf Lia.

Er fragt sie immer wieder, ob sie noch etwas möchte oder braucht. Wieder spielt die Band und erinnert sie an die vielen Abende mit ihrer Mutter, an denen sie die Musik dieser Band laut aufgedreht und zusammen für das Abendessen gekocht haben. Ihre Mutter hat diese Musik geliebt.

Noch einmal kommt die Frau des Präsidenten vorbei und wirft Lia und Cruz einen vernichtenden Blick zu, den Cruz vollkommen ignoriert, während Lia und Babsi sich mit fragendem Blick ansehen. Was hat die Frau für ein Problem? Babsi flüstert mit Caleb und an ihrem geschockten Gesichtsausdruck erkennt Lia, dass sie etwas erfahren hat. Sie tippt etwas in ihr Handy und schickt Lia eine Nachricht.

Sie haben gerade im Bad die Bilder ausgetauscht und somit auch die Nummern. 'Cruz und die Frau des Präsidenten haben eine Affäre'. Lia liest den Text dreimal, bevor sie ihn begreift. Sie sieht völlig geschockt zu Babsi, die genauso ungläubig den Kopf schüttelt. Lia sieht zu Cruz, der sich in dem Moment näher zu ihr beugt und wieder den Arm um ihre Lehne legt, aber dem Mann gegenüber zuhört. Dann blickt sie sich im Raum um und sieht direkt in das wütende Gesicht der verletzt wirkenden Frau.

Wie … kann das sein? Sie haben eine Affäre? Und wieso bringt er dann Lia mit hierher? Es ist doch mehr als offensichtlich, dass es die Frau stört, ist das vielleicht sogar der Sinn und Zweck? Wird sie nur benutzt, um sie eifersüchtig zu machen? Lia wird schlecht, wie krank ist das alles? Sie sieht zu der geöffneten Terrassentür, wo immer wieder einige Leute in den mit Lampions geschmückten Garten verschwinden. Genau das braucht sie jetzt auch, sie muss durchatmen.

»Ich brauche kurz frische Luft!« Lia legt die Serviette zur Seite und steht auf, ohne noch einmal auf die Anderen zu achten. Lia geht direkt in den Garten und atmet tief ein. Er hat eine Affäre mit der Frau des Präsidenten? Und was macht sie jetzt hier? Ist das eine Erweiterung dieses kranken Spieles? Dann doch lieber mit jemandem zusammen sein, der sich nicht den Namen merken kann.

Lia läuft weiter in den Garten hinaus, man hört noch immer die Musik, es ist schön hier draußen, überall stehen vereinzelt Bänke und alles ist mit Blumen bepflanzt. Lia läuft zu einem Pavillon, der etwas abseits steht und mit vielen bunten Lampions nur leicht beleuchtet ist. Wäre sie nicht gerade so aufgewühlt, würde sie sich darüber freuen, wie romantisch das wirkt, gerade will sie einfach nur so weit weg sie möglich von allem sein, was da drinnen passiert.

»Lia!«

Sie ignoriert Cruz' Stimme hinter sich und setzt sich in den Pavillon, streift die Schuhe von den Füßen und atmet erneut tief ein. Wieso ist sie jetzt nicht einfach in ihrem Dorf, genießt das einfache Leben und bekommt von all diesen kranken Dingen nichts mit?

»Mit dir erlebe ich so einige Premieren!«

Cruz steht plötzlich vor ihr und sieht misstrauisch zu ihr hinunter. »Was ist los? Du warst plötzlich so blass, geht es dir nicht gut?« Lia ist nicht mit Cruz zusammen und in Anbetracht dessen, wer er ist und dass sie ja eigentlich für ihn arbeitet, sollte sie doch besser ihre Klappe halten und den Abend einfach hinter sich lassen, doch in dem Moment, als er sich neben sie setzt, übernehmen ihre Gefühle das Kommando. Sie steht auf und wendet sich wütend zu ihm um. »Du schläfst mit der Frau des Präsidenten?«

Sie hätte es auch umschreiben können oder andeuten, doch dazu ist sie viel zu aufgebracht. Nun ist es Cruz, der tief ausatmet, er behält sie unsicher im Auge, als hätte er Angst, sie könne davonlaufen. »Ja, habe ich ein paar Mal, aber das hat keine Bedeutung.« Lia hebt die Arme. »Keine Bedeutung? Sie ist die Frau des Präsidenten, sie ist … verheiratet. Mich geht das nichts an, aber ich frage mich, was für eine Rolle ich gerade spiele. Bin ich nur hier, um sie eifersüchtig zu machen? Willst du ihr damit irgendetwas heimzahlen? Ich verstehe nicht so ganz, wieso du mich ins Haus deiner … Affäre bringst.«

Lia ist selbst erschrocken darüber, wie wütend sie ihn angeht, doch sie kann jetzt keine Rücksicht darauf nehmen, wer er ist, nicht, wenn ihr das so schwer im Magen liegt. »Nein, niemals Lia, die Frau da drinnen ist mir egal, es war nur Sex hin und wieder. Sie weiß, dass ich ihren Mann im Griff habe und hat sich wahrscheinlich gelangweilt. Ihr Mann weiß davon. Was denkst du, wie viele Affären er hat? Das ist keine Ehe, wie du es dir vorstellst.

Für ihn war es natürlich von Vorteil, dich zu sehen und zu merken, dass du mir wichtig bist und das wollte er auch seiner Frau zeigen. Mich aber interessiert es nicht, was sie oder was er denkt.

Ich habe mit ihr schon lange nichts mehr gehabt und werde es auch nicht mehr, Lia, ich wusste doch nicht, dass ich dich treffe.«

Lia sieht ihn völlig entgeistert an und merkt, dass er das, was er sagt, wirklich ernst meint. Sie ist immer noch sauer, doch nun, wenn sie schon so offen sind, fragt sie weiter nach. »Was dachtest du denn, wie sie auf mich reagiert und was sie denkt, wer ich bin? Und was meint deine Schwester damit, wegen deinem Haus und der Putzstelle? Ich verstehe all das langsam nicht mehr, Cruz.«

Cruz behält sie genau im Auge, als würde er ihrer Reaktion nicht ganz trauen. »Ich sage ja, dass du so einige Premieren für mich bist. Es interessiert mich nicht, was sie denkt oder irgendwer da drinnen. Mir ist wichtig, dass du nichts Falsches denkst, deswegen sitze ich jetzt hier. Denkst du, dass ich schon jemals hinter einer Frau hergelaufen bin wie dir gerade? Du kannst mir glauben, dass ich so etwas normalerweise nicht tue …

Ich habe noch nie eine Frau zu so einer Veranstaltung mitgebracht und jeder da drinnen wird sich schon denken können, was das für mich bedeutet. Ich bin vielleicht nicht der Anwalt von nebenan, Lia, aber ich schwöre dir, dass ich immer ehrlich zu dir sein werde. Ich spiele nichts vor, das habe ich gar nicht nötig.

Ich … nachdem wir den Tag zusammen in San Juan verbracht haben, konnte ich einfach nicht mehr zulassen, dass du zu mir ins Haus kommst und für mich putzt oder sonst etwas tust. Ich wollte, dass du weiterhin kommst, aber nicht mehr, um für mich sauberzumachen. Da habe ich jemanden eingestellt, der am Abend kommt und das Haus in Ordnung bringt, bevor du kommst.«

Lia sieht ihm in die Augen, sie ist völlig überrascht von seinen Geständnissen, doch all seine Worte ergeben Sinn. Er ist so ehrlich, dass Lia, die sich ihre Gefühle nicht eingestehen kann, seinem Blick ausweicht und zurück zur Villa sieht. »Wenn du möchtest, gehen wir, wir müssen nicht hierbleiben. Glaubst du mir, dass mir das alles egal ist?« Lia nickt und streicht über ihre Arme, plötzlich kommt ihr ihr Ausbruch gerade etwas übertrieben vor und es ist kühl hier draußen.

Sie kennt Cruz noch nicht sehr gut, doch sie spürt, dass er wirklich ehrlich zu ihr ist und er hat recht, wieso sollte er auch nicht? »Nein, wir müssen nicht gehen, da drinnen warten die Männer aus Guatemala auf dich.«

Cruz scheint auch ein wenig erleichtert zu sein, er zieht sich sein Jackett aus. »Das ist mir egal, willst du gehen?« Lia schüttelt den Kopf und Cruz steht auf, legt ihr sein Jackett um und bleibt genau vor ihr stehen. Es beginnt Lias absolutes Lieblingslied, es dringt nur leise zu ihnen durch, doch es ist so ruhig bei ihnen, dass sie es hören.

Quisiera decirte que hoy estoy de maravilla
Que no me ha afectado lo de tu partida
Pero con un dedo no se tapa el sol ...[1]

Cruz ist nun so nah vor ihr, dass sie auch sein Herz rasen hört, genau wie auch ihres unsicher und aufgeregt viel zu schnell in ihrer Brust schlägt. Sie sieht ihm in die schönen dunklen, gefährlichen Augen und hofft darin Antworten zu finden, die ihr inneres Gefühlschaos beruhigen können.

»Warum tust du das alles für mich?« Cruz lächelt, seine linke Hand legt sich auf Lias Becken, während er mit der rechten eine Haarsträhne nach hinten schiebt. Lia ist von seinem Anblick gefesselt, sie hat noch nie einen Mann so anziehend gefunden wie ihn in diesem Augenblick. Sein Duft, der sie vom ersten Tag an fasziniert hat, hüllt sie nun komplett ein.

»Das Gleiche kann ich dich fragen, wieso bist du hier? Ich sehe und spüre doch, dass du wegen all dem total zwiegespalten und unsicher bist und doch bist du hier bei mir.« Lia öffnet den Mund, um etwas zu erwidern, kann es aber nicht, sie zuckt die Schultern. »Ich weiß es wirklich nicht, ich weiß nicht, wie ich mit all dem umgehen soll.«

1 Zitat aus dem Song 'A Puro Dolor' von Omar Alfanno, gesungen von Son by Four

Cruz' Hand legt sich an Lias Wange, aber auch, wenn sie genau weiß, wer er ist, hat sie sich noch niemals so wohl bei einem Mann gefühlt wie in diesem Moment.

»Ich denke, wir beide wissen nicht genau, was hier gerade passiert, was da zwischen uns liegt, vielleicht ist es einfach ...« Lia muss an ihre Gespräche mit ihrer Freundin und Yandiel denken. Ihre Stimme wird immer leiser, weil sie in diesem Moment begreift, dass es passiert ist. Sie hat sich in Cruz verliebt.

»Eine Kleinigkeit, die zwischen uns liegt wie … was?« Cruz streicht mit seinem Daumen über ihre Wange und seine Augen halten ihre fest. »Lass uns das zusammen herausfinden ...« Lia nickt nur noch ganz zart und Cruz' Lippen legen sich genau in dem Moment auf ihre, als der Sänger der Band noch einmal alles gibt und seine Gefühle aus sich heraussingt.

Vida, devuelveme mis fantasias
Mis ganas de vivir la vida
Devuelveme el aire...
Cariño mio, sin ti yo me siento vacio
Las tardes son un laberinto
Y las noches me saben
A puro dolor... [1]

Lia spürt, dass ihre Knie weich werden, als sie Cruz so nah ist und ihn so intensiv spürt. Sie schließt die Augen und genießt diesen Augenblick, küsst ihn zurück mit einer Neugierde auf das, was da mit ihr passiert und sich zwischen ihn aufbaut.

Lias Arme legen sich an seine Hüfte und auch er zieht sie enger an sich, als er den Kuss intensiver werden lässt. Diese Nähe geht ihr durch den ganzen Körper, sie liebt dieses Gefühl. Lia würde diesen Moment am liebsten ewig hinauszögern, Cruz ist sehr zärtlich zu ihr, auch er scheint diesen Augenblick zu genießen.

---

1 Zitat aus dem Song 'A Puro Dolor' von Omar Alfanno gesungen von Son by Four

Kurz trennen sich ihre Lippen, noch immer sind sie so eng aneinander, Cruz sieht sie ein wenig unsicher an, als würde er nicht genau wissen, wie weit er gehen kann, doch Lia schmiegt sich enger an ihn und er küsst sie erneut.

Sie werden erst unterbrochen, als das Lied endet und einige Leute applaudieren. Lia legt ihren Kopf an Cruz' Brust und lächelt. »Dein Herz schlägt schnell.« Lia spürt seine Lippen auf ihrer Stirn. »Ich sage ja, dass du so einige Premieren für mich bist.« Auch seine Stimme ist leiser und noch rauer als sonst.

Bevor Lia antworten kann, ertönt plötzlich das laute Geknalle von Feuerwerk. Sie gehen zu den Treppen des Pavillons und sehen, wie sich der Himmel über ihnen erst in schöne silberne Funken und dann in den Farben Puerto Ricos und Guatemalas färbt.

Die Leute kommen in den Garten, um sich das Spektakel anzusehen, doch sie bleiben beim Pavillon stehen. Cruz steht hinter Lia und legt seine Arme um sie, während sie in den Himmel schauen. »Und, gefällt dir der Abend wenigstens ein bisschen?« Lia lehnt sich an ihn zurück und legt ihre Hände auf seine. »Ein bisschen.« Er lacht und küsst ihre Schultern.

Als das Feuerwerk vorbei ist, gehen auch sie langsam zurück in die Villa, Cruz hält ihre Hand und Lia hat ihre Finger miteinander verschlungen. Auch wenn sie nur einige Minuten hier draußen waren, hat sich doch alles zwischen ihnen verändert. Lia weiß nicht, ob das lange anhält, sie bezweifelt, dass es eine Zukunft hat, doch sie nimmt sich vor, es hier und jetzt einfach zu genießen.

Kapitel 19

Sie treffen die drei Männer und den Präsidenten aus Guatemala auf halbem Weg zu ihrem Tisch. Sie geben ihnen allen höflich die Hand und verabschieden sich, sagen aber, dass sie sich auf das Treffen mit Cruz und seiner Familia freuen und sie dann einiges an neuen Geschäften mit ihnen besprechen wollen. Cruz lässt Lias Hand nicht eine Sekunde los, so ehrlich und offen Cruz gerade zu ihr war, so wenig kann Lia ihn in solchen Momenten einschätzen.

Sie kann nicht sagen, ob er sich darüber freut, dass es mit den Geschäften klappt oder nicht, es wirkt fast wirklich so, als wäre es ihm vollkommen egal.

Sie setzen sich, Caleb spricht mit einem anderen Mann, der sich zu ihnen an den Tisch gesetzt hat und der auch sie höflich begrüßt. Es scheint ein Angestellter des Präsidenten zu sein, der versucht, auch den Präsidenten für das bevorstehende Treffen mit den Geschäftsmännern aus Guatemala einzubinden. Es werden ihnen verschiedene Cremes als Dessert gebracht und Lia probiert sie alle, während Cruz kaum noch etwas davon anrührt und dem Mann klarmacht, dass sich der Präsident vom Treffen fernhalten soll, er sagt sogar, dass es vielleicht generell an der Zeit ist, dass der Präsident darüber nachdenken sollte, sich etwas zurückzuziehen.

Nicht nur Lia schluckt bei Cruz' Worten schwer, auch Babsi lässt fast ihren Löffel fallen, einzig Caleb nickt zustimmend und isst seinen Dessertteller komplett leer. Cruz und Lia sitzen noch immer sehr eng beieinander, als der Mann etwas bedrückt ihren Tisch wieder verlässt.

Cruz legt komplett den Arm um Lia und sieht seinen Cousin an. »Ich denke, wir sollten langsam gehen, die Party ist vorbei.« Caleb hat ein leicht hinterhältiges Lächeln im Gesicht und nickt. »Ja, es wurde auch Zeit, ich hab den Präsidenten noch nie gemocht.«

Lia sieht den Mann, der bei ihnen am Tisch war, zum Präsidenten laufen, um ihn wahrscheinlich über das Gespräch zu informieren, woraufhin dieser kreidebleich wird. Sie spürt einen bohrenden Blick auf sich und sieht zur anderen Seite, wo die Frau des Präsidenten gerade mit einigen der hier anwesenden Gäste spricht, aber dabei doch ganz genau sie im Blick hat und tief beleidigt auf Cruz' Arm blickt, der um Lia gelegt ist.

Lia kann das nicht verstehen, wie kann eine verheiratete Frau so dreist sein? Es erinnert sie an ihre Mutter und eine ätzende Säure beginnt in ihrem Magen zu blubbern. Fast schon trotzig kuschelt sich Lia an Cruz und legt ihren Kopf an seine Schulter, was Cruz' Cousin Caleb überrascht lächeln lässt und als Cruz auch noch Lias Stirn küsst, haben sie mehr ausgesagt, als Worte das vielleicht gekonnt hätten, wobei weder Cruz noch Lia wirklich Worte für ihre derzeitige Situation finden können.

Sie stehen zusammen auf, Babsi möchte noch einmal auf die Toilette. Cruz, Caleb und sie warten im Eingangsbereich auf sie, während sie einen Parkjungen anweisen, ihr Auto vorzufahren. Lia sieht nicht, woher sie plötzlich kommt, doch auf einmal steht die Frau des Präsidenten vor ihnen. »Cruz, Caleb, so schnell verlasst ihr unsere Party schon? Hat es euch nicht gefallen?«

Lia kann nicht anders, plötzlich betrachtet sie die Frau mit ganz anderen Augen. Sie ist natürlich etwas älter, doch noch immer sehr attraktiv. Ihr Körper ist gut in Form, auch wenn man sieht, dass so einiges an ihr nicht echt ist und sie an einigen Stellen operiert wurde. »Wir waren schon auf besseren.« Die Frau hebt die Augenbrauen, als sie hört, dass Cruz genervt ist, auch Lia spürt, dass die Stimmung umschlägt.

»Könnten wir kurz alleine sprechen, Cruz?« Die Frau des Präsidenten sieht ihn wütend an und ignoriert Lia neben ihm komplett. »Nein, können wir nicht. Ich weiß nicht, was du noch zu sagen hättest. Du kannst auch nicht ständig für deinen Mann sprechen, wenn er etwas möchte, soll er selbst kommen.« Als hätte er alles mit angehört, kommt er in diesem Moment auch um die Ecke.

»Cruz, wieso geht ihr schon? Wir sollten uns noch einmal in Ruhe unterhalten.« Lia sieht sich nach Babsi um, die zum Glück auch genau in dem Moment wieder zu ihnen stößt, sie sollten vielleicht wirklich besser gehen. »Ich denke nicht, dass es da noch viel zu besprechen gibt, Edi, finden wir uns einfach langsam alle mit der Situation ab. Du hattest ein paar schöne Jahre, aber irgendwann ist es Zeit für etwas frischen Wind.«

Der Präsident lacht unsicher. »Das ist doch nicht euer Ernst? Man kann doch über alles noch einmal reden … Lia, haben sie eigentlich schon das ganze Haus ...« Der Präsident will nach Lias Hand greifen, doch Cruz ist schneller und tritt einen Schritt nach vorn. Lia spürt, dass nun die Stimmung komplett umschlägt und sieht sich verzweifelt nach Babsi um, die genauso angespannt alles verfolgt.

»Hör mir genau zu, Edi, ich weiß, dass das eine ungewohnte Situation ist, dass nun jemand an meiner Seite ist, aber jetzt und in Zukunft und egal was passiert, merk dir eins: Versuche niemals, über sie an mich heranzutreten. Wenn du etwas willst, komm direkt zu mir. Wenn einer von euch noch einmal versucht, über sie an mich ...«

Lia kennt Cruz so nicht, sie weiß nicht, wie er in solchen Situationen reagiert, doch sie spürt, dass sie etwas tun sollte, deswegen greift sie nach seiner Hand. Vielleicht ist es falsch oder gefährlich, doch etwas anderes fällt Lia nicht ein und sie möchte nicht, dass die Situation hier eskaliert.

Caleb macht keine Anstalten Cruz zurückzuhalten und auch Lia weiß nicht, ob es funktioniert, doch Cruz stockt einen Moment, als sie seine Hand berührt. Er bricht ab, Lia hat einen Moment Angst, er könnte nun sauer auf sie sein, doch dann umschließt seine Hand ihre und er hebt den Finger und sieht dem Präsidenten in die Augen. »Halte dich von ihr fern, Edi, merk dir das … und krieg deine Frau in den Griff!«

Sie gehen und lassen den Präsidenten stehen. Cruz umfasst weiter Lias Hand, nur als sie aus der Villa treten, bleibt er kurz stehen, legt ihr sein Jackett über, nimmt wieder ihre Hand und sie gehen alle zusammen zum Auto.

Es ist eine Weile still im Auto, als müssten sie alle verarbeiten, was da gerade passiert ist, doch nach einigen Minuten räuspert sich dann Babsi. »Na, dann werden wir wohl demnächst wieder wählen gehen müssen, yuhuuu.« Sie alle müssen schmunzeln. »Das könnt ihr euch auch sparen, aber wenn du Spaß daran hast.« Babsi lacht leise auf. »Da gibt es immer diese tollen Puerto Rico-Fahnen, ich muss wählen gehen!«

Lia war noch nie wählen und auch niemand aus ihrem Dorf, es ist aber eh egal, da Cruz bestimmt, wer Präsident wird. Lia kann nicht glauben, dass der Mann, der am Steuer sitzt und sie immer wieder durch den Rückspiegel ansieht, über ganz Puerto Rico bestimmt, denn wenn man es genau nimmt, ist es so. Bevor sie aus San Juan hinausfahren, hält Cruz noch an einem Laden, geht kurz hinein und kommt mit einem Beutel wieder heraus.

Babsi rettet den Rest der Fahrt, als sie mit Caleb zu diskutieren beginnt, ob sie bei ihm übernachten soll, da sie am nächsten Tag zur Arbeit muss. Caleb scheint nicht wirklich viel von Babsi zu wissen und auch nicht sehr interessiert zu sein, doch trotzdem werden sie, so wie es sich anhört, die Nacht zusammen verbringen.

Lia sollte vielleicht nicht über so etwas urteilen, wenn sie selbst heute bei Cruz schläft, obwohl sie ihn noch nicht lange kennt und eigentlich auch genau weiß, dass sie sich nicht auf solch einen Mann einlassen sollte.

Je näher sie dem Gebiet der Nechas wieder kommen, desto nervöser wird Lia. Natürlich sind sie sich näher gekommen, doch eine ganze Nacht mit Cruz allein in seinem Haus, was hat sie sich dabei gedacht? Vielleicht sollte sie sich doch lieber nach Hause fahren lassen und es riskieren, den Kopf von ihrem Vater abgerissen zu bekommen.

Es bleibt Lia aber nicht mehr die Zeit, es sich anders zu überlegen, denn sie setzen Babsi und Caleb vor einem Haus in der Nähe von Cruz' Haus ab und fahren dann in Cruz' Garage. Cruz hält ihr die Tür auf und nimmt die Tüte mit aus dem Auto. »Ich habe noch etwas besorgt, oder bist du schon müde?« Lia ist alles andere als müde, extrem aufgeregt trifft es wohl eher.

»Nein, ich würde mir nur gerne etwas Bequemeres anziehen.« Cruz zieht sich auch sein Jackett aus und nickt nach oben. »Ich habe das Gästezimmer neben meinem Schlafzimmer für dich fertig machen lassen, ich bereite alles vor, komm danach nach oben auf die Terrasse, okay?« Lia nickt, geht nach oben und tatsächlich liegt auf dem großen Bett ihre Tasche.

Lia schließt die Tür, zieht sich das Kleid aus, eine Shorts und ein Top an und geht ins Bad, wo sie sich ein wenig frisch macht und ihre Haare zu einem hohen Zopf bindet. Außer ihren Augen ist eh nicht mehr viel geschminkt, sie lässt ihre Schuhe aus und verlässt barfuß wieder das Zimmer.

Lia hat die Terrasse oben schon oft gesehen, doch noch nie so, wie sie jetzt in romantisches Licht getaucht erstrahlt. An den Seiten sind Spots in den Boden eingelassen, die ein leichtes Licht auf die Terrasse geben und Cruz hat einige Fackeln angezündet, die in Blumentöpfe gesteckt sind. Er sitzt auf der riesigen runden Hollywoodschaukel, die leicht im Wind weht und mit vielen weichen Kissen zum Hineinlegen einlädt. Er hat die Schaukel in die Mitte geschoben und als Lia jetzt näher tritt, sieht sie auch warum.

Sie sehen von da auf tausende Sterne, die über ihnen am Himmel strahlen.

»Wow!« Lia sieht nach oben und setzt sich auch in die Schaukel, die aber so weich ist, dass sie hineinfällt und in Cruz' Armen landet, der auch schon halb drinnen liegt. »Das ist ja ein richtiges Kuschelnest hier.« Lia lacht, Cruz hat gar nichts dagegen, dass sie sich zu ihm gelegt hat und holt die Tüte hervor. Er zieht einen Pappkarton mit Plastikgabeln hervor.

»Ich dachte, zu so einem schönen Abend muss es noch den passenden Abschluss geben.« Lia richtet sich ein wenig auf, als er ein riesiges Stück Kuchen aus dem Pappkarton befreit. »Frischkäse mit

Karamellsoße, Walnüssen und einem Karamellkern. Mein Lieblingskuchen.«

Cruz überreicht Lia eine Gabel, zusammen probieren sie davon und Lia muss zugeben, er ist köstlich. »Immer wenn wir Zeit zusammen verbringen, essen wir.« Cruz lächelt. »Das bedeutet, wir müssen aufhören, Zeit miteinander zu verbringen, sonst passe ich bald nicht mehr in meine Anziehsachen.«

Cruz lässt Lia den Karamellkern öffnen und den ersten Bissen nehmen, sie schließt die Augen, es schmeckt traumhaft. »Du brauchst dir wegen deiner Figur keine Gedanken zu machen.« Lia nimmt noch eine Gabel vom Kuchen, dann legt sie sie auf den Boden zu der Tüte, sie kann wirklich nicht mehr. »Wie du weißt, bin ich deine Haushälterin ...«

Cruz isst den Rest auf und legt das Papier und den Pappteller auch auf den Boden, er zieht die Augenbrauen hoch, gespannt darauf, was Lia nun zu verkünden hat. »Das kann man so nicht mehr sagen, ich möchte nicht, dass du noch weiter etwas für mich tust, aber du sollst trotzdem jeden Tag kommen.«

Lia muss über die Leichtigkeit, mit der Cruz all das sagt, leise lachen, man könnte meinen, ihm gehört die Welt. Wenn man genau darüber nachdenkt, hat er zumindest einen größeren Einfluss als die meisten Menschen. »Das meine ich nicht, ich meine, dass ich natürlich schon mitbekommen habe, dass es einige Frauen in letzter Zeit gab, die hier mit dir waren, auch auf dem Dach und dass ich wahrscheinlich nur die nächste bin, bis in ein paar Tagen wieder die nächste kommt ...«

Cruz hat das Lächeln auf den Lippen, was sie am meisten liebt. »Ich habe dir doch gesagt, dass ich bei dir schon einige Premieren hatte, dass mit dir ist also schon mal etwas komplett anderes ...« Lia lacht. »Ich will nicht wissen, zu wie vielen Frauen du das sagst, genau hier auf dieser Stelle, wahrscheinlich bekommt auch jede andere solch einen leckeren Kuchen ...«

Lia will etwas zurückweichen, während sie ihn lachend aufzieht, doch Cruz ist schneller, er zieht sie an sich und legt seine Hand an ihre Wange, sodass sich ihre Nasenspitzen berühren.

Sie sind sich plötzlich sogar noch näher als unter dem Pavillon, erst lacht Cruz auch, doch dann wird er ernst und sieht ihr in die Augen. »Das habe ich bisher zu keiner Frau gesagt.« Und das ist auch so. Lia weiß nicht warum, aber sie spürt, dass Cruz nicht lügt, er hat es nicht nötig, das zu tun und würde es ihr sagen, wenn es anders wäre.

Lia bekommt eine Gänsehaut, als sich ihre Lippen wieder treffen. Sie sitzt fast auf seinem Schoß und küsst ihn sehnsüchtig zurück. Es ist nicht das erste Mal, dass Lia einem Mann nah ist, doch noch nie hat sie jede einzelne Berührung so intensiv gespürt.

Cruz ist zärtlich zu ihr, auch wenn er dieses Mal noch etwas fordernder ist als vorhin auf der Feier. Lia hat die Augen geschlossen und gibt sich ganz diesem berauschenden Gefühl hin. Als sie sich viel zu schnell wieder lösen, berühren sich noch immer ihre Nasenspitzen. Lia küsst Cruz' Wange und er sieht ihr wieder in die Augen.

»Ich möchte einfach nicht nur die Nächste sein ...«

Wieder ist ihre Stimme leiser, sie ist völlig überrumpelt von den Gefühlen, die Cruz in ihr auslöst. »Wirst du nicht, bist du nicht. Ich würde dich nie so sehen.« Cruz lehnt sich nach hinten und da er sie nicht loslässt, legt auch Lia sich automatisch mit hin und kuschelt sich dicht an ihn. Er umarmt sie mit dem linken Arm, während er den rechten hinter seinem Kopf anwinkelt. Lia lehnt an seiner Schulter und sieht zum Himmel. »Und bereust du es, uns heute diese Chance gegeben zu haben?« Lia legt ihre Hand auf seinen durchtrainierten Bauch. »Nein.«

Sie kann nicht anders. »Trotzdem weiß ich nicht, auf was das hinauslaufen soll und das macht mir Sorgen.« Cruz küsst ihre Stirn. »Du musst lernen, den Moment zu genießen, nur Gott alleine weiß, was morgen sein wird.«

Lia lächelt und sieht wieder in den Himmel, es herrscht eine Weile eine angenehme Stille zwischen ihnen und als Lia wieder zu Cruz blickt, ist er eingeschlafen. So friedlich und süß wie er im Schlaf aussieht, wirkt er gar nicht wie jemand, der solch eine Macht hat. Lia küsst seine Wange, kuschelt sich an ihn und schließt auch die Augen. Nein, sie bereut es nicht, sich für diesen Abend entschieden zu haben, auch wenn sie weiß, dass es nur ein kurzes Abenteuer ist, ist es so intensiv, dass sie sich endlich wieder richtig lebendig fühlt.

Als Lia am nächsten Tag aufwacht, liegt sie allein in der Hollywoodschaukel. Eine Markise ist ausgefahren, da die Sonne schon am Himmel strahlt, Lia hat eine dünne Decke übergezogen, doch ihr ist mittlerweile warm. Sie hat nicht gemerkt, dass Cruz weggegangen ist. Lia steht auf und geht ins Haus, da hört sie von unten Stimmen, es sind mehrere, sie hört Cruz und Jomar, aber da müssen auch noch andere Männer sein. So will sie da sicherlich nicht hinunter. Sie geht ins Gästezimmer und schließt die Tür.

Als Lia das Handy aus ihrer Tasche zieht, erschrickt sie, es ist fast zwei Uhr mittags, so lange hat sie noch nie geschlafen, wieso hat Cruz sie nicht wachgemacht? Lia fühlt sich gut, sie hat den Schlaf sicherlich gebraucht, doch so spät aufzustehen, gefällt ihr gar nicht.

Als Lia ins Bad kommt, entdeckt sie eine Tüte mit dem Shampoo von gestern und einigen Schminksachen, mit denen sie zurechtgemacht wurde. Selbst die Vanillecreme ist dabei. Sie muss sich unbedingt noch einmal richtig bei Savana bedanken.

Lia stellt sich unter die Dusche und genau wie schon bei Savana genießt sie die warmen Strahlen. In ihrer Dusche zuhause haben sie nicht immer warmes Wasser oder der Strahl ist nur sehr schwach. Sie könnte ewig darunter bleiben, doch irgendwann steigt sie aus der Dusche, entfernt den Rest der Schminke, cremt sich ein, trocknet ihre Haare etwas und zieht sich wieder etwas an.

Sie zieht ein neues Top an, als sie dann wieder auf die Uhr schaut, ist es kurz vor drei, Lia hat sich viel zu viel Zeit gelassen. Sie geht leise auf den Flur, um zu hören, ob noch jemand da ist, doch es ist still und sie geht die Treppen hinunter. Cruz sitzt im Garten an einem gedeckten Frühstückstisch und sieht von einigen Papieren auf, als sie in den Garten kommt.

»Wieso hast du mich nicht geweckt?« Cruz legt die Papiere zur Seite. »Dein Körper hat den Schlaf wahrscheinlich gebraucht, ich wollte gar nicht aufstehen, so fest wie du an mich gekuschelt warst, doch ich wollte auch nicht, dass mein Handy dich weckt.«

Cruz deutet ihr, sich zu setzen, plötzlich ist das Vertraute und Innige zwischen ihnen wieder weg, zumindest fühlt es sich so an beim hellen Mittagslicht und in der Situation. »Frühstück?« Cruz lächelt. »Ja, manchmal mag ich es. Weißt du, ich hatte mal eine schreckliche Angestellte, die hat mir niemals Frühstück gemacht.« Lia muss auch lächeln, während er ihr Orangensaft eingießt.

»Wirklich? Es ist sicherlich schwer, gutes Personal zu bekommen.« Cruz sieht ihr in die Augen. »Aber Bananenbrot konnte sie backen, davon träume ich heute noch.« Lia liebt es, dass sie beide denselben Sinn für Humor haben. Sie will gerade etwas sagen, da klingelt Cruz' Handy und er nimmt genervt das Gespräch an.

Lia macht sich ein Brot und bemerkt, dass Marmelade fehlt, sie steht auf und geht zum Kühlschrank. »Es tut mir leid, Lia, aber ich muss los. Ich wollte noch etwas bei dir bleiben, aber es gibt Probleme und meine Männer kriegen das nicht hin.« Lia wendet sich zu ihm um. »Okay, kein Problem, Maria holt mich eh gleich ab.« Cruz steckt sich eine Waffe in den hinteren Hosenbund und Lia sieht weg, als würde es das ungeschehen machen.

Cruz kommt zu ihr und küsst sie auf den Mund. »Kannst du nicht hierbleiben?« Schon diese kleine Berührung lässt in Lia eine Sehnsucht nach diesen schönen Gefühlen von gestern wieder hochkommen. »Nein Cruz, ich muss zu meinem Vater und zu meinem Leben, das gestern war schön, wirklich schön ... aber ich muss zurück in mein Leben.« Cruz setzt an, etwas zu sagen, doch dieses

Mal ist es Lia, die das verhindert, indem sie sich zu ihm hochstreckt und ihn noch einmal küsst.

Cruz reagiert sofort, er zieht sie an sich und wieder beginnt in Lias Bauch ein Feuerwerk Funken zu sprühen. Cruz' Hand wandert unter ihr Top und streicht ihren Rücken entlang, und als sie sich kurz lösen, sorgt ein erneutes Klingeln dafür, dass Cruz leise flucht und noch einmal ihre Lippen küsst. »Pass auf dich auf, Lia!«

Lia ist glücklich, selbst wenn sie weiß, dass das nicht tiefer zwischen ihnen beiden gehen wird, ist sie dankbar, sich endlich mal wieder frei zu fühlen, zu spüren, dass sie mehr ist als Tochter und Schwester. Eine Frau, die ein verbotenes Abenteuer begonnen hat.

Sie deckt den Tisch ab und backt schnell mehrere Bananenbrote, die sie lächelnd unter einem Tuch in der Küche lässt, bevor sie sich ihre Tasche nimmt und draußen schon auf Maria wartet, die kurz danach kommt. »Und wie war es?« Lia zuckt die Schultern, die Anderen denken ja, sie musste arbeiten. »Auch nicht anders als die anderen Tage.« Maria klatscht in die Hände. »Wieder eine Woche rum.«

Als sie an das Wachhäuschen kommen, sehen sie die beiden Männer anders an, vielleicht bildet Lia sich das auch nur ein, doch es kommt ihr zumindest so vor. Sie geben allen ihren Umschlag, auch Lia erhält ihren. Alle laufen zum Bus, doch Lia kehrt noch einmal zurück. »Hier, gebt das Cruz zurück.« Die Männer sehen sie überrascht an. »Das ist dein Geld, du kannst es behalten.« Lia lächelt und gibt den Umschlag einem der Männer in die Hand.

So wie Cruz nicht mehr wollte, dass sie für ihn arbeitet, kann sie dieses Geld nicht mehr annehmen, es fühlt sich falsch an.

»Nein, das ist es nicht.« Sie dreht sich um und geht, zurück in ihre Welt, mit den Erinnerungen der letzten Stunden in ihrem Herzen.

Kapitel 20

Zuhause angekommen wartet schon Lorena auf sie. Dora war da und hat nach Lia gefragt, sie wird Sonntag wiederkommen. Lia erklärt Lorena, warum sie kein Geld dabei hat, da sie ihrem Vater nie das ganze Geld gegeben hat, holt sie schnell ein wenig von dem Geld, das sie im Tierschuppen versteckt, so merkt er es nicht.

Lorena möchte alles haargenau wissen, doch Lia umschreibt nur alles leicht. Wenn sie sich so erzählen hört, merkt sie erneut, wie gewagt das alles ist und dass, würde sie das erzählt bekommen, sie die Person fragen würde, ob sie lebensmüde ist. Sie beichtet ihrer jüngeren Schwester, dass sich Cruz und sie näher gekommen sind, aber dass es vermutlich dabei bleiben wird.

Keiner von ihnen hat Interesse an einer festen Beziehung, weder Cruz noch sie haben Zeit dafür oder die Möglichkeit, etwas Ernstes aufzubauen und wenn, dann ist Lia sicher nicht die Frau, die Cruz dafür nehmen würde und Cruz mit seiner Familia sicher nicht der Richtige, um ihn ihrem Vater vorzustellen, falls es dafür überhaupt den richtigen Mann geben kann.

Lia spürt eine merkwürdige Unruhe in sich, sie kümmert sich um die Tiere und als Lorena am Abend ganz gespannt ihre Lieblingsserie verfolgt, geht Lia aufs Dach, sie weiß ja bereits, wie es weitergeht. Lia hat sich noch nie so gefühlt an einem Freitagabend, eigentlich sollte sie müde und zufrieden sein, etwas mehr Schlaf zu bekommen, doch sie fühlt sich angespannt. Auf dem Dach sieht sie das erste Mal, seitdem sie heute Mittag das Dorf betreten hat, auf ihr Handy. Eine Nachricht von Cruz.

'Wieso hast du dein Gehalt nicht angenommen?', einige Minuten später 'Du hast ja doch etwas getan...' und dann jetzt vor einigen Minuten 'Es ist merkwürdig, ohne dich zu essen'. Lia lächelt und schreibt ihm zurück. 'Meiner Figur tut das sehr gut.' Cruz ist auch sofort online. 'Wieso hast du das Geld nicht genommen? Deine Familie und du ihr braucht das doch.' Lia sieht in den Sternenhimmel, unter dem sie gestern noch zusammen gelegen haben. Und wie sie das eigentlich brauchen. 'Es fühlt sich nicht richtig an, nachdem noch Geld von dir zu nehmen.' Eine kurze Pause folgt. 'Nachdem was?' Lia lächelt. 'Nach der Kleinigkeit, die wir hatten …' Sie muss zugeben, dass sie gerade wirklich gern wieder bei ihm wäre. 'Kleinigkeit? Also ich dachte, ich hätte dich wenigstens ein wenig mehr beeindruckt.' Lia muss leise lachen, sie mag Cruz wirklich. 'Hast du, ich bin schwer beeindruckt!'

Lorena ruft sie von unten, die Serie scheint vorbei zu sein. Cruz ist nicht mehr online, deswegen schreibt sie gleich weiter. 'Ich gehe langsam schlafen, ich wünsche dir eine gute Nacht.' Sie überlegt kurz, so einen Smiley mitzusenden, der einen Kuss verteilt, doch sie lässt es sein, schaltet das Handy aus und geht nach unten. Es wäre eine komplette Katastrophe, wenn ihr Vater herausbekommen würde, was Lia macht und mit wem sie heimlich Zeit verbracht hat.

Am nächsten Morgen geht Lia mit Lorena auf den Wochenendmarkt und kauft Fleisch und Gemüse ein. Die Nachbarin versorgt sie wieder mit frischem Obst und sie sie dafür mit Milch und Eiern. Lorena trifft sich mit Freunden, während Lia in die Wäscherei geht, um die Wäsche zu waschen. Der Salon ist Samstagnachmittag meistens leer und momentan will Lia auch ihre Ruhe, doch als sie die Tür öffnet, ist sie sehr verwundert, als sie auf Tabea blickt, die auch gerade Wäsche in mehrere Maschinen stopft.

»Die Flitterwochen vorbei? Wundert mich, dich hier zu treffen, ich hätte gedacht, ihr habt eine Waschmaschine zuhause.« Natürlich weiß Lia, dass Tabea nicht mit ihr sprechen soll, doch sie kann sich das nicht verkneifen. Tabea und sie sind zusammen aufgewachsen, sie muss jetzt nicht so tun, als wäre sie etwas Besseres.

»Doch, haben wir, ich wollte die gestern das erste Mal bedienen und … » Erst jetzt sieht Lia, dass Tabeas rechte Wange rot und blau ist, sie muss sich kräftig eine eingefangen haben. »Ich habe sie kaputt gemacht.« Lia geht zu ihrer Freundin und schiebt ihr die

Haare weg. »Er hat dich geschlagen? Wegen einer Waschmaschine? Ist der Typ wahnsinnig?« Lia fasst vorsichtig an Tabeas Wange, das sieht schlimm aus, aber auch so sieht ihre Freundin nicht gut aus. »Was hätte dein Vater getan, wenn du so etwas Teures zerstörst?« Lia schüttelt den Kopf. Natürlich wäre er auch ausgerastet, doch Lias Vater sollte man nicht als Maßstab nehmen.

»Tabea, das ist doch kein Grund zu schlagen, dieses Arschloch, ich wusste es, das liegt bei denen in den Genen!« Nun muss Tabea lachen und verzieht schmerzvoll das Gesicht. Lia ist froh, ihre Freundin zurückzuhaben, auch wenn es unter so schrecklichen Umständen ist.

Beide starten die Maschinen und setzen sich weit weg von den Fenstern zwischen die Maschinen, um sich zu unterhalten. Tabea erzählt von ihren kurzen Flitterwochen und wie sehr sich ihr Ehemann verändert hat, seitdem sie wieder hier sind. Sie erwähnt auch, dass Yandiel noch immer stinksauer ist und er heute nach San Juan fahren wollte, um das mit der Anzeige zu klären. Tabea warnt sie, da sie das Gefühl hat, in der Sache sei noch nicht das letzte Wort gesprochen, doch Lia macht sich keine Sorgen.

Sie hat genug mitbekommen, um zu wissen, dass die Beamten die Anzeige nicht wieder aufnehmen werden, auch wenn Yandiels Familie hier im Dorf viel Macht hat, reicht es nicht aus, um gegen das Wort von Cruz anzukommen, nicht nachdem, was Lia in der letzten Zeit alles mitbekommen hat.

»Du bist irgendwie verändert, du strahlst so, deine Augen … bist du verliebt?« Nachdem sie sich genug über Yandiels Familie ausgelassen haben, sieht Tabea Lia richtig an. »Findest du? Ich weiß nicht genau … es ist auch egal, da es eh nichts mit einer Zukunft ist.« Tabea lächelt matt. »Kann es sein, dass da mehr ist? Ich sehe es dir doch an, ist da vielleicht schon etwas wie … eine Kleinigkeit wie die Liebe entstanden? Lia, das freut mich so für dich, du hast es verdient. Ich habe dir schon so oft gesagt, dass du auch mal an dich denken musst.«

Lia streicht über ihre Nägel, die noch immer lackiert sind. Eine Kleinigkeit wie Liebe, ja, wenn sie an ihr Herzflattern denkt, was sie jedes Mal bekommt, wenn es um Cruz geht, wird genau das passiert sein und ja, Tabea hat recht, doch sie weiß, dass sie gar keine Wahl hat und das Kribbeln im Bauch wird durch eine bittere Enttäuschung ausgetauscht.

»Es geht nicht, Tabea, mein Vater wird diesen Mann niemals als meinen Ehemann akzeptieren, niemals, und er hat recht, es ist kein Mann zum Heiraten. Vor allem hat er viele Frauen, da werde ich kleines Küken aus einem kleinen Dorf sicher nicht seine Einstellung zum Leben ändern. In mein Leben passt zur Zeit kein Mann und schon gar nicht ein Mann wie er, auch wenn ich mich bei ihm so wohl fühle, wie bei noch niemand anderem zuvor.«

Tabea legt ihren Kopf auf Lias Schultern, als sie sieht, wie traurig das Lia macht. In dem Moment, als Lia die Worte ausspricht, weiß sie, dass es wirklich wahr ist, zwischen Cruz und ihr wird nie mehr sein als die schönen Stunden, die sie zusammen hatten, auch wenn Lia diese für immer tief in ihrem Herzen aufbewahren wird, tut es ihr gleichzeitig auch weh.

»Wirst du ihn wiedersehen?« Lia nickt. »Noch ein paar Mal, ich werde aber probieren, ihm so gut es geht aus dem Weg zu gehen.« Tabea küsst Lias Arm. »Versuche, ihn nicht wiederzusehen, so tust du dir nur selbst weh.« Lia lächelt Tabea an, auch wenn ihr gerade wirklich bewusst geworden ist, dass das zwischen Cruz und ihr zu nichts führen wird, ist sie doch glücklich, Tabea wieder an ihrer Seite zu haben.

Sie bleiben noch eine Weile in der Wäscherei sitzen und beschließen dann, sich ab sofort regelmäßig dort heimlich zu treffen. Ihr wird der Kontakt zu Lia immer noch verboten. Lia bittet Tabea, sich das nicht von ihrem Mann bieten zu lassen und sie verspricht es ihr, doch als sie dann ihre Freundin gehen lassen muss, hat sie kein gutes Gefühl dabei.

Sehr viel ernüchterter kehrt Lia zurück zu ihrem Hof, wo ihr Vater mit zwei fremden Männern auf der Veranda sitzt und Lorena ihnen gerade etwas zu trinken bringt. Lia sieht ihrem Vater sofort an, dass der Besuch der Männer ihm nicht gefällt. Lia begrüßt alle höflich und bleibt neben ihrem Vater stehen, als die Männer erklären, dass sie von einer bekannten Supermarktkette kommen, die es in fast allen größeren Städten gibt. In der nächsten Stadt gibt es einen dieser Supermärkte und sie laufen oft dorthin zum Einkaufen.

Nun haben sie vor, auch hier im Dorf als Mittelpunkt mehrerer Dörfer eine Filiale zu eröffnen. Da ihr Grundstück an einem großen Feld endet, würde genau dieser Platz sich hervorragend dafür eignen.

Sie wollen ihnen das Haus abkaufen und es dann abreißen. Natürlich weiß Lia, was das bedeutet. Mit solch einem Supermarkt im Dorf wären die Tage des Reichtums für Yandiels Familie gezählt und endlich würden sie mal etwas zurückbekommen, doch auch für sie ist die Vorstellung, das Haus zu verkaufen, merkwürdig.

Ihr Vater aber regt sich richtig auf, er erzählt den Männern, was hier alles in dem Haus passiert ist und ist wirklich wütend, als sie ihm dann ihren Preis unterbreiten. Sie bieten nur zweitausend Dollar und eine Wohnung in der Stadt, die sie sofort beziehen könnten.

Natürlich, ihr Haus ist verlebt, doch auch Lia findet das Angebot viel zu gering, ihr Vater schickt die Männer weg und Lia bleibt die ganze Zeit dabei, damit er nicht doch noch seine Beherrschung verliert und wieder etwas Unüberlegtes tut.

Erst spät fällt ihr ein, dass sie ihr Handy nicht eingeschaltet hat. Sofort als sie es startet kommt eine Nachricht von Cruz, noch von gestern Nacht, nachdem sie geschrieben hatte. 'Schlaf gut.' Danach hat er nichts mehr geschrieben. Lia zieht sich wieder auf das Dach zurück, dem einzigen Ort im Haus, an dem man ein wenig ungestört ist. Sie setzt sich gerade, da klingelt ihr Handy. Es ist Cruz. Lorena und ihr Vater sehen fern und Lia weiß, dass sie sie nicht hören können, deswegen nimmt sie das Gespräch an.

»Hi.«

»Hey, wie geht es dir?« Sobald Lia seine Stimme wieder hört, beginnt das Kribbeln in ihrem Bauch und sie weiß, dass es wirklich mittlerweile schon eine Kleinigkeit wie Liebe ist, was sich da in ihr breitmacht und dass Tabea völlig recht hat und sie die Bremse rechtzeitig ziehen muss.

Lia erzählt ihm von ihrem Tag, auch was sie für ein Angebot bekommen haben, Cruz erklärt ihr, dass er heute nicht viel gemacht hat, morgen findet aber das Treffen mit den Leuten aus Guatemala statt. Er hat vor, nächste Woche eine Feier zu geben und Lia soll unbedingt dabei sein. Lia lächelt, sagt aber nichts dazu.

Sie kann das nicht, sie kann nicht einfach auf eine Party, vielleicht könnte sie es als seine Hausangestellte, doch sie kann nicht einfach an seiner Seite sein und sich von den Leuten aus ihrem Dorf bedienen lassen. Das geht nicht und Lia weiß nicht, ob Cruz das wirklich versteht.

Es wird lauter um Cruz herum und sie beenden das Gespräch, Cruz ist wie immer zuckersüß zu ihr, er sagt ihr, sie solle auf sich aufpassen und dass er sie morgen wieder anrufen wird. Lia legt auf und träumt eine Weile vor sich hin. Wie wäre es, wenn alles nicht so wäre wie es ist, wenn sie wirklich eine Beziehung zu Cruz aufbauen könnte? Wenn er nicht wäre, wer er ist, doch sie muss sich so viel wegdenken und umdenken, dass sie erneut spürt, wie sinnlos all das ist.

Lia wird immer frustrierter oder besser gesagt realistischer, nachdem sie einige Tage zu hoch auf Wolke sieben geflogen ist und das Schlimmste daran, sie wünschte sich die ganze Zeit, dass sie wieder in Cruz' Armen liegen, sich noch einmal an ihn kuscheln und ihn noch einmal so nah spüren könnte. Oh ja, es ist wirklich passiert, sie ist in Cruz verliebt, auch wenn sie es nicht wollte.

Am nächsten Tag bleibt Lia bei sich im Haus und auf dem Hof und überlegt, wie sie Cruz in dieser Woche gegenübertreten soll.

Wie sie all das zwischen ihnen am besten klärt, ohne sofort wieder schwach zu werden, denn die Sehnsucht nach ihm wird immer stärker und das, obwohl sie noch nicht viel Zeit zusammen verbracht haben, wie würde das erst werden, wenn sie noch mehr Zeit zusammen verbringen würden?

Als sie am Mittag mit Bayli einen größeren Spaziergang machen will, läuft sie fast in Dora hinein, die sie aufsuchen wollte. »Lia, wie schön, dass ich dich treffe. Ich habe gute Neuigkeiten. Mein Arzt hat mir am Freitag gesagt, dass ich wieder arbeiten kann. Ich weiß, das ist jetzt ziemlich spontan, aber ich würde ab Montag wieder übernehmen. Ich bin dir so dankbar, dass du eingesprungen bist und du scheinst das auch echt gut gemacht zu haben. Ich werde nachfragen, ob sie dort Arbeit für dich haben, ich bin mir sicher ...«

Lia kann nicht glauben, was sie da hört, gleichzeitig sagen ihr alle Fasern ihres Körpers, dass das die Lösung ist, sie muss Cruz und all das gehen lassen, damit es nicht noch mehr wehtut, denn sie haben keine Zukunft.

»Nein, nein. Es ist gut … Ich meine, es ist gut, wenn du ab jetzt wieder übernimmst. Ich möchte da nicht mehr arbeiten, also nicht, dass es schlimm war, es ist ...« Dora sieht sie überrascht an. »Was ist zwischen Cruz und dir passiert und wieso hast du Tränen in den Augen?«

Lia hat nicht gemerkt, dass ihr die Tränen in die Augen gestiegen sind, doch der Gedanke, Cruz nicht mehr zu sehen, trifft sie, auch wenn sie weiß, dass es sein muss. »Woher weißt du, dass es an Cruz liegt?« Dora lächelt mild und deutet Lia, ein wenig mit ihr zu laufen. »Weil ich ihn kenne, ich möchte nicht sagen, dass er wie ein Sohn für mich ist, aber ich kenne ihn schon lange. Ich habe erlebt, wie Frauen auf ihn reagieren und als ich dich gesehen habe, hatte ich schon geahnt, dass da vielleicht mehr passieren kann.«

Lia vertraut selten jemandem, schon gar nicht, wenn die Gefahr besteht, dass danach das halbe Dorf Bescheid weiß, doch sie muss es Dora ein wenig erklären, damit sie ihr hilft. Also erzählt sie ihr ein wenig, nicht alles, sie erwähnt den Kuss und die Feier nicht, aber dass sich Cruz und Lia näher gekommen sind, sie aber genau weiß, dass das keine Zukunft hat und sie erklärt auch, wie streng ihr Vater ist und dass er ausflippen würde, wenn er wüsste, dass Lia nur in Cruz' Nähe ist.

Dora gibt ihr Recht, sie hat schon etliche Frauen mit Cruz gesehen und niemand war länger als einige Tage an seiner Seite. Er hat mehrere Frauen, die er immer mal wieder sieht, doch auch Dora ist bewusst, dass keine von ihnen da hineinpasst und Lia den Kontakt besser abbrechen sollte.

»Du hast schon jetzt zu viele Gefühle da reingesteckt.« Lia nickt und sieht auf das Handy. »Ich schreibe ihm eine Nachricht, dass du ab jetzt das Handy hast und ich unseren Chat lösche. Ich bezweifle, dass er es tut, aber falls er dich fragt, wo ich wohne, sag ihm, wie streng mein Vater ist und dass du es nicht sagen kannst ...« Dora nickt und sieht ihr in die Augen. »Es ist besser so, Lia. Ich werde nachfragen, ob wieder etwas auf den Feldern frei ist.« Lia nickt und zieht das Handy heraus.

Als sie zu tippen beginnt, dreht sich Dora respektvoll weg und spielt mit dem Hund.

'Hi Cruz,

Dora hat mich gerade aufgesucht und mir erzählt, dass ihr Bein wieder in Ordnung ist und sie ab Montag wieder zu dir nach Hause kommt …'

Lia überlegt, ob sie es so schreiben soll, als würde sie es beenden, doch sie weiß ja nicht mal, ob er es schon wie etwas Festes gesehen hat, Lia bezweifelt das eher.

'Ich wollte dir noch einmal danken, ich weiß, dass ich nicht aus deiner Welt komme und auch nie richtig dazugehören werde, ich denke, das wissen wir beide und das ist auch in Ordnung so. Doch du hast mich für einige Stunden in diese Welt entführt, mir wunderschöne Stunden geschenkt und mir geholfen. Ich habe die Zeit sehr genossen, vielleicht sogar etwas zu viel, sodass ich jetzt lieber den Kontakt ganz abbreche, damit ich wieder einen klaren Kopf bekomme und richtig in meine Welt zurückkehren kann. Ich hoffe, du verstehst das. Ich wünsche dir von ganzem Herzen nur das Beste und ich werde die Zeit niemals vergessen. Ich lösche jetzt den Chat und übergebe Dora das Handy.'

Sie muss lächeln und erst da spürt sie, dass Tränen ihre Wangen herunterkullern, sie denkt an ihren letzten Kuss und seine letzten Worte an sie.

'Pass auf dich auf'

Lia schickt es ab und auch wenn sie genau weiß, dass es richtig ist, fühlt es sich viel zu falsch an. Sie löscht alles, auch die Sachen ihrer Schwester, dann begleitet Lia Dora noch zurück zu ihrem Dorf. Gerade als sie sich verabschieden wollen, klingelt das Handy. Dora nimmt ab und versichert Lia, dass sie sich darum kümmert. »Hallo Cruz, hier ist nicht Lia, hier ist Dora.«

Lia schließt die Augen. »Danke, es freut mich auch. Lia ist schon weg, sie hat mir das Handy gebracht und ist zurück. Soll ich ihr etwas sagen, wenn ich sie das nächste Mal sehe?«

Lia wird schlecht, wieso tut sie das? Weil es das Beste ist, erklärt ihr Verstand, doch ihr Herz will das nicht hören.

»Okay, bis morgen!«

Lia fragt gar nicht nach, was er gesagt hat, sie verabschiedet sich, atmet tief ein, wischt die Tränen weg. Sie hat nicht gelogen, jetzt kann sie wenigstens wieder voll und ganz in ihr Leben zurückkehren und alles rund um die Nechas vergessen.

Kapitel 21

Die nächsten Tage sind einfach nur anstrengend.

Lia muss ihrem Vater und Lorena erklären, dass sie den Job nicht mehr hat und sich gleichzeitig auf die Suche nach etwas Neuem machen. Lia zieht sich zurück, ihr Vater ist schlecht gelaunt, weil sie keinen Job mehr hat, Lorena bietet zum hundertsten Mal an, die Schule zu verlassen und auch Geld zu verdienen und hat Lias aufgestaute Wut zu spüren bekommen.

Es wird sich nichts ändern, die Arbeit von Dora war ein Glücksgriff, doch sie wären auch so klargekommen. Lia hat noch genug Geld zur Seite gelegt, dass sie es schaffen müssten, bis Lia etwas Neues gefunden hat. Dazu kommt, dass sie das Gefühl hat, immer mehr zu ersticken, wenn sie den Tag zuhause verbringt.

Sie denkt ständig an Cruz, natürlich wird er sich vielleicht fragen, wieso Lia so reagiert. Auch wenn er sagt, dass er sie versteht, lebt er ein so komplett anderes Leben, dass er sich gar nicht wirklich in sie hineinversetzen kann und wenn sie ganz ehrlich zu sich ist, weiß sie auch, dass er so viel Macht und Einfluss hat, dass er viele Frauen haben kann und sie sicherlich schnell wieder vergessen hat.

Aber tief in ihr kann sie nicht verhindern, immer wieder an ihn zu denken, sie kann nur hoffen, dass es mit der Zeit besser wird.

Gerade ist sie über eine Stunde in die nächst größere Stadt gelaufen, eine kleine Fabrik sucht Mitarbeiterinnen und sie versucht ihr Glück. Den Weg nimmt sie gerne in Kauf, wenn sie die Aussicht auf eine feste Stelle bekommt.

Allerdings warten mehr als zehn Frauen in dem kleinen Vorraum vor dem Büro in der oberen Etage der Fabrik. Lia wartet schon den halben Vormittag. Nun kommt eine Frau heraus, sie ist ganz blass und rückt ihre Bluse zurecht, doch sie scheint einen der begehrten Jobs bekommen zu haben, denn eine weitere Frau kommt und sagt ihr, dass sie sie herumführen wird, zeitgleich wird Lia ins Büro gebeten.

Lia streicht ihr Shirt glatt und tritt in das kleine Büro. Ein dunkler Mann sitzt am Schreibtisch und hebt die Augenbrauen, als sie eintritt. »Herzlich willkommen, setzen Sie sich.« Lia setzt sich ihm gegenüber. »Wissen Sie, worum es in unserer Produktion geht?« Lia hat sich draußen einiges an Infomaterial angesehen.

»Es wird Bettwäsche für Europa hergestellt.« Der Mann nickt und steht auf. »Sie würden für die Färbung zuständig sein. Als was haben Sie bisher gearbeitet?«

Der Mann wirkt sehr schmierig, er hat einen ungepflegten Bart, in dem noch Essensreste hängen. Lia räuspert sich und erzählt von der Feldarbeit, der Haushaltsstelle und was sie sonst noch in den letzten Jahren an Arbeit gemacht hat. Der Mann nickt zufrieden.

»Eine Frau, die anpacken kann, das ist wichtig. Wir haben hier durch die Zusammenarbeit mit Europa einige Sonderkonditionen für unsere Mitarbeiterinnen. Zum Beispiel wenn Sie krank werden, bekommen Sie für drei Tage weiterhin ihr Gehalt. Sie verdienen 180 Dollar die Woche und müssen dafür zehn Stunden arbeiten, fünf Tage die Woche. Zudem bezahlen wir die Besuche beim Arzt, sollten Sie wegen der Arbeit krank werden.«

Das hört sich sehr gut an. »Natürlich sind unsere Jobs sehr begehrt und Sie müssen uns schon zeigen, wie sehr Sie diese Arbeit auch möchten.« Lia nickt. »Natürlich, ich kann gerne zur Probe arbeiten.« Der Mann lacht leise auf und beugt sich vor, schneller als Lia reagieren kann, umfasst er mit seiner Hand ihre Brust.

»Nein, das musst du nicht, zeig mir einfach ab und zu, wie dankbar du bist, diesen Job zu haben, das reicht schon.« Lia schlägt die Hand des Mannes weg. Wie oft hat sie davon bereits schon gehört. Es gibt so viele Firmen, die Frauen nur einstellen, wenn sie sich dafür sexuell ausbeuten lassen und in der Situation, in der viele stecken, lassen sich das die meisten auch gefallen.

Sie müssen Kinder, Eltern und Geschwister durchbringen, genau wie Lia, aber so tief will sie nicht sinken. »Auf keinen Fall.« Der Mann schnalzt die Zunge, über die Zurückweisung nicht allzu überrascht. »Dann nicht, schicken Sie die Nächste rein.« Lia ist wütend, doch sie weiß auch, dass es das einfach gibt und einige der Frauen hier darauf eingehen werden.

Niedergeschlagen läuft Lia den langen Weg wieder nach Hause, momentan läuft einfach alles schief.

Als sie nach Hause kommt, erwartet Lorena sie schon aufgeregt und hält ihr eine der vielen Klatschzeitungen Puerto Ricos hin. Lias Herz schlägt schneller, als sie sich mit Cruz zusammen auf den Bildern sieht. »Was?« Lia entreißt Lorena die Zeitung.

'Wer ist die hübsche Frau an Cruz Nechas' Seite?'

Es sind drei Bilder abgedruckt. Eines, das größte, zeigt, wie Lia und Cruz wieder in die Villa gehen und er ihre Hand hält, dort ist Lia nicht so gut zu erkennen, ihr Kleid weht leicht im Wind, es sieht schön aus.

Auf einem etwas kleineren Foto stehen sie beim Gehen dem Präsidenten gegenüber. Cruz und Lia stehen direkt nebeneinander, während Cruz mit dem Präsidenten redet. Auf dem Bild wirkt es fast so, als würden sie nur einen netten Plausch halten. Lia allerdings weiß ja, worum es dort wirklich ging. Lorena ist ganz aufgeregt.

»Du siehst so hübsch aus.« Lorena zeigt auf das letzte und schönste Bild. Lia und Cruz sitzen eng zusammen und Lia hat ihren Kopf an seine Schultern gelehnt. Cruz und sie wirken auf dem Bild so … innig, vertraut.

Lia schluckt schwer, die Bilder sind wunderschön, ein Stechen fährt in ihre Magengegend, als sie auf Cruz blickt, sie schließt die Zeitung wieder. »Ich habe nicht einmal bemerkt, dass wir fotografiert wurden.« Lorena lächelt und schlägt die Zeitung verträumt wieder auf. »Das sind so schöne Bilder, ihr seid so ein süßes Paar.«

Lia ist genervt davon, wie naiv Lorena in so vielen Dingen noch ist. Wieso musste sie so schnell erwachsen werden und ihre Schwester weigert sich immer noch?

»Das ist eine Katastrophe, was ist, wenn das jemand Papa zeigt?« Lorena winkt mit der Hand ab. »Quatsch, wer aus dem Dorf gibt fünf Dollar für eine Klatschzeitung aus? Meine Freundin in der Schule hatte die Zeitung und obwohl sie dich schon ein paar Mal gesehen hat, ist sie nicht auf die Idee gekommen, dass du das sein könntest.« Lias Herzrasen legt sich wieder ein wenig. Lorena hat recht, hier wird sich keiner solch eine Zeitung kaufen. Lia nimmt Lorena die Zeitung weg und versteckt sie unter ihrem Bett. »Sicher ist sicher.«

Lorena lächelt. »Ich finde euch wirklich süß und rate mal, wer heute noch einmal vor der Schule war?« Lia und Lorena bleiben in ihrem Zimmer und flüstern, da ihr Vater nebenan ist. »Wer?« Lorena zeigt diese komische Visitenkarte hoch, die sie ihr schon einmal gezeigt hat.

»Der Model-Scout, er hat mich immer noch nicht vergessen und möchte unbedingt Aufnahmen mit mir machen. Lia, ich könnte so schnell viel Geld verdienen. Es muss doch etwas bedeuten, dass er noch einmal wiedergekommen ist. Ich sollte diese Chance nutzen ...«

Sie hatten das Thema schon mal und Lia macht es sauer, dass Lorena so uneinsichtig ist. »Nein Lorena! Das ist kein Zufall, das ist garantiert irgendein Perverser, die Wahrscheinlichkeit, dass er dich groß rausbringt, liegt bei 0,8%, die Wahrscheinlichkeit hingegen, dass Papa dir deswegen den Hals umdreht bei 99,2%. Also, was denkst du wiegt schwerer?«

Lia geht aus dem Zimmer, sie ist genervt von immer den gleichen Diskussionen und Problemen. Die Bilder, die ihr vor Augen führen, wie gut es sich angefühlt hat, all das mal für einige Sekunden hinter sich zu lassen, setzen ihr zu. Sie vermisst Cruz.

Lia weiß, dass die Bilder keine größere Bedeutung für das Dorf haben, sie werden hier nicht solche Zeitungen kaufen, dafür hat niemand das Geld. Sie fragt sich gleichzeitig auch, ob Cruz die Fotos gesehen hat.

Heimlich sieht sie sich die Bilder so oft es geht an die nächsten Tage, saugt Cruz' Gesicht in sich auf und auch ihr glückliches Ich, was ihr jetzt wieder so weit entfernt vorkommt. Lia überlegt mehr als einmal, zu Dora zu gehen und nachzufragen, wie es Cruz geht, ob er etwas gesagt hat, doch sie zwingt sich, es nicht zu tun.

Sie braucht einfach nur Zeit, die Erinnerungen an Cruz werden verblassen und es wird irgendwann nur eine schöne Erinnerung, an die sie lächelnd zurückdenkt.

Was für Auswirkungen diese Bilder wirklich haben, spürt sie erst einige Tage später. Lia kommt von einer Plantage, auf der sie zwei Tage lang bei der Ernte helfen durfte. Leider nur diese zwei Tage, jetzt muss sie sich erneut einen Job suchen. Sie läuft mit einer alten Schulfreundin zurück ins Dorf. Gestern hat sie Tabea heimlich getroffen, auch wenn ihre Wunde abheilt, wirkt ihre Freundin immer unglücklicher, doch sie redet nicht viel über ihre Ehe.

Lia sieht zweimal hin, als sie an den Stufen des Supermarktes von Yandiels Familie eine Frau mit einer Nachbarin reden sieht. »Was …?« Auch die Schulfreundin bleibt mit offenem Mund stehen und genau in dem Moment dreht sich die Frau um. Es ist ihre Mutter, die vor fast acht Jahren verschwunden ist.

Auch sie starrt Lia ungläubig an, die Nachbarin schüttelt den Kopf und geht an Lia vorbei. »Lass dich nicht um den Finger wickeln.« Zusammen mit ihrer Schulfreundin entfernen sie sich einige Schritte, während Lias Mutter sich langsam wieder fasst und auf sie zukommt, immer noch unsicher, aber doch ziemlich selbstsicher.

Lias Herz rast, sie weiß nicht, wohin sie zuerst sehen soll. Ihre Mutter ist schön wie immer, doch man sieht ihr die Jahre an, die sie sich nicht gesehen haben und offenbar waren das auch keine so leichten Jahre für sie, das erkennt Lia daran, dass sie sehr gealtert scheint.

»Was willst du hier?« Lias Stimme ist nicht mehr als ein Krächzen, ihr Tochterherz schlägt wild um sich, wie sehr sie ihre Mutter vermisst hat, doch im selben Moment würde sie ihr am liebsten die Augen auskratzen für das, was sie ihrem Vater, ihrer Schwester und ihr angetan hat.

»Hallo Lia … wie schön du geworden bist. Ich habe dich sofort erkannt. Du bist deiner Tante wie aus dem Gesicht geschnitten, du weißt, dass sie einmal als Top-Model gearbeitet hat und ...« Lia schüttelt den Kopf. »Wieso bist du wieder da? Warst du bei Papa? Hat er dich gesehen?« Herrgott, das wird ihren Vater umbringen.

»Nein, nein, ich möchte ihn gar nicht sehen. Nicht, dass er mich dann wieder hier ans Dorf bindet ….« Lia hebt die Hand. »Was willst du?«

Ihre Mutter lächelt und Lia fährt es eiskalt den Rücken herunter, als sie die Berechnung dahinter bemerkt. Eine Nachbarin hat ihr damals immer gesagt, für wie falsch viele ihre Mutter gehalten haben und jetzt sieht sie es mit ihren eigenen Augen. »Ich wollte nach meinen Töchtern sehen, Lia, das wird mir doch als Mutter erlaubt sein?«

Lia sieht an ihrer Mutter herunter, sie trägt eine weiße Hose, eine helle Bluse und eine schwarze Clutch unter den Armen, dazu schwarze offene Pumps. Sie trägt einen strengen Dutt nach oben und ihre grünen Augen blitzen regelrecht hervor. Sie fällt sehr hier im Dorf auf, doch Lia erkennt ebenfalls, dass sie auch jetzt nicht über viel Geld verfügen kann, es gibt einen Unterschied zu Frauen wie Savana, den man sofort erkennt.

Lia spürt selbst, dass sie ihre Mutter einfach nur völlig erstarrt anblickt, gar nicht wirklich zu einer Reaktion fähig. Wie auch? Auch ihre Mutter scheint das zu spüren. »Ich habe deine Bilder gesehen und sofort gewusst, dass du es bist. Meine Tochter im Haus des Präsidenten, ich wusste, dass aus dir etwas ganz Großes wird. Du hast die Schönheit meiner Familie. Ich war mir nicht einmal sicher, ob ich dich hier noch finde, aber ich dachte, sie werden hier schon wissen, wo du jetzt lebst, wieso bist du noch im Dorf?«

Das entsetzte Erstarren weicht nach und nach einer blanken Wut, Abscheu und Wut, Lia lacht gehässig auf. »Verschwinde dahin, woher du gekommen bist und wage es nicht noch einmal, hier aufzutauchen!« Lia will an ihrer Mutter vorbei, bittere Kälte umringt ihren Magen und Lia ist schlecht, eine Übelkeit, die sie noch nie vorher erlebt hat.

»Ich bin deine Mutter! Freust du dich denn gar nicht, mich zu sehen? Ich habe dir ja noch nicht einmal erklärt, wieso ich damals ...« Lia reicht es. »Ich weiß es! Ich kann mich noch ganz genau daran erinnern, wieso du damals gegangen bist und Lorena und mich zurückgelassen hast. Du hast in sieben Jahren nicht einmal nach uns gefragt, nicht einmal nachgesehen, wie es uns geht … ob wir überhaupt noch leben. Weißt du, was aus unserem Vater geworden ist? Mit was ich die ganze Zeit zu kämpfen hatte?«

Ihre Mutter hebt die Hand. »Aber jetzt bin ich doch da!« Lia lacht noch einmal auf, sie will nur noch weg von der Frau. »Du bist hier, weil du meine Bilder gesehen hast, weil du davon ausgegangen bist, dass ich an Geld und Macht gekommen bin. Die Bilder sind kaum in der Zeitung, da bist du am nächsten Tag hier, aber die sieben Jahre vorher hast du es nicht geschafft? Nicht einmal? Es gibt nichts zu holen, wir leben alle noch hier auf dem Dorf und kämpfen um jeden verdammten Dollar, also verschwinde wieder in das Leben, für das du uns verlassen hast.«

Lia geht und ist nur froh, dass kaum jemand etwas von dem Streit mitbekommen hat. »Kranke Familie!« Yandiel fährt in seinem Auto an ihnen vorbei und Lia würde am liebsten laut losschreien. Sie kann nur hoffen, dass niemand es ihrem Vater erzählt. Dass ihre Mutter hier war, wird ihn wieder komplett aus der Bahn werfen.

Lia geht mit schnellen Schritten wütend nach Hause, sie sieht sich nicht noch einmal nach ihrer Mutter um, es ist klar, dass sie nur wegen Cruz und den Bildern hier ist.

Lia rennt ins Haus, ins Bad und übergibt sich. Heiße Tränen laufen ihr dabei die Wangen herunter, sie hat selbst verdrängt, wie sehr ihr das mit ihrer Mutter zugesetzt hat und gerade ist ein großer Teil davon freigesetzt worden. Auch die Sache mit Cruz und dass sie keine Arbeit findet, die Streitigkeiten mit Lorena, die sich immer mehr häufen, all das setzt ihr zu.

Lia verbringt lange im Bad, als sie herauskommt, steht ihr Vater im Flur und sieht sie misstrauisch an. »Bist du schwanger?« Lia legt den Kopf schief und lacht los, vielleicht kommt es ein wenig hysterisch rüber, aber das ist ihr mittlerweile vollkommen egal. »Schwanger? VON WAS? VON WEM? Ich tue doch hier nichts weiter, als zu arbeiten und mich um euch zu kümmern! Ich … vergiss es!« Lia verlässt das Haus und den Hof wieder und ihr Vater lässt sie.

Er spürt wahrscheinlich, dass es besser so ist. Lia muss Lorena vor dem Haus abfangen, um ihr von ihrer Mutter zu erzählen, falls diese sie nicht auch abgefangen hat. Ihr Vater darf das auf keinen Fall erfahren. Lia läuft langsam zum Ortseingang zurück, um dort auf Lorena zu warten, so ist es am sichersten.

Es gibt keine Spur mehr von ihrer Mutter und Lia wartet eine halbe Stunde, bis die ersten Leute aus den umliegenden Schulen im Dorf eintreffen. Lorena kommt mit zwei Freundinnen zusammen und sieht sie erschrocken an. »Was ist los? Du siehst aus, als hättest du ein Gespenst gesehen.« Lorena verabschiedet die beiden Mädchen und sieht ihre Schwester gespannt an.

Lia ist noch immer so wütend. »Besser wäre es, nein, unsere Mutter hat sich dazu entschlossen, uns nach fast acht Jahren einen Besuch abzustatten. Sie ist so … es war unglaublich, du glaubst nicht, was das für ein Monster ist, sie ist so ….« Lorena sieht sich um. »Mama ist da?« Lia wird lauter. »Ich habe sie wieder weggeschickt, sie soll dahin verschwinden, wo sie hergekommen ist.

Weißt du, warum sie gekommen ist, Lorena? Weil sie mich mit Cruz gesehen hat, die Bilder in der Zeitung und eine Chance auf Geld gesehen hat, sie wollte sich plötzlich erklären, wieso hat sie das nicht davor gemacht? Sie hatte ja fast acht Jahre Zeit, wieso genau jetzt?«

Lorena sieht sie fassungslos an. »Es ist mir egal, wieso sie es nicht getan hat, sie war hier und du hast sie wieder weggeschickt? Ohne dass ich sie sehen konnte?« Nun schreit Lorena sie an.

Lia würde sie am liebsten durchschütteln. »SIE WAR NUR DA, WEIL SIE DACHTE, SIE KOMMT DURCH MICH AN GELD! Verstehst du das nicht? Mir ist die Erklärung, warum sie sich nicht gemeldet hat, vollkommen egal, denn als sie gesehen hat, dass es vielleicht etwas Macht und Geld gibt, hat sie es ja auf einmal auch geschafft, hier aufzutauchen und zwar ganz schnell!« Lia ist außer sich, doch Lorena auch, sie hebt drohend den Finger.

»Ich wollte sie sehen, das hast du nicht für mich zu entscheiden! Ich suche sie, vielleicht ist sie hier noch irgendwo ...« Lorena läuft in Richtung Bushaltestelle und Lia schüttelt nur sauer den Kopf. »Sie hat nicht einmal nach dir gefragt!«

Soll sie doch machen, was sie will, Lia reicht es für heute. Ihr Magen spielt noch immer verrückt und sie hat genug davon, sich von ihrer Familie so kaputt machen zu lassen. Als Lia am Supermarkt vorbeigeht, steht Yandiel in der Tür gelehnt und kaut auf einem Zahnstocher herum. »Deine Mutter hat irgendetwas wegen einem tollen Freund erzählt und die Polizei in San Juan hat mich nicht einmal mehr reingelassen, muss ja ein sehr beeindruckender Kerl sein, den du jetzt an deiner Seite hast, ist das der Grund, wieso du mich nicht willst?«

Lia bleibt stehen und sieht in den Himmel, war das heute noch nicht genug? Doch vielleicht ist das endlich mal ein Grund, dass Yandiel sie endgültig in Ruhe lässt und was er herumerzählt, wird ihr Vater eh niemals glauben. »Ja genau, Yandiel, das ist er und du solltest dich lieber von mir fernhalten, sonst ...« Schneller als Lia reagieren kann, ist er unten und steht vor ihr.

»Sonst was? Was gibt es, was der Kerl dir bieten kann, was ich nicht habe? Ich hätte dir alles gegeben und was ist dein Dank?« Lia will ihm gerade eine freche Antwort geben, doch sie sieht den verletzten Stolz in seinen Augen aufflackern. Sie erinnert sich an ihr Gespräch und lächelt. »Es ist nichts, was man mit Geld kaufen kann, mit ihm war da einfach diese Kleinigkeit wie Liebe, die es bei uns nicht gibt.«

Yandiel presst die Lippen aufeinander und sieht ihr in die Augen, einen winzigen Augenblick denkt Lia wirklich, er hat es begriffen und sieht es ein, doch dann hebt auch er den Finger und warnt sie, genau wie nur vor wenigen Minuten Lorena.

»Dein Vater hat mich vor allen hier zum Deppen gemacht, jeder hier lacht über mich. Dafür werde ich mich rächen und dann wirst du angekrochen kommen, glaube mir, Lia. Du wirst mich noch eines Tages anbetteln, dich zu heiraten, scheiß auf die Liebe. Am Ende bist du nur die Tochter deiner Mutter, was soll da schon aus dir werden!«

Lia holt aus, um ihm eine Ohrfeige zu geben, mit solch einer Wucht, dass Yandiel ein wenig den Halt verliert, als er ihre Hand aufhält, doch leider ist er schnell genug, um zu verhindern, dass ihre Hand ihn trifft. »Dieser Tag wird niemals kommen!«

Yandiel lacht und Lia reißt ihren Arm los, sie hat genug von alldem hier. Sie geht direkt nach Hause, schon als sie über den Hof läuft, steigt ihr ein bekannter Duft in die Nase und sie atmet ihn ungläubig ein. Als sie in die Küche kommt, steht ihr Vater am Herd und sobald er Lia erblickt, füllt er Suppe in einen Teller. »Die Suppe wird deinen Magen wieder beruhigen.«

Lia sieht, wie schwer es ihrem Vater fällt zu stehen und nimmt dankbar den Teller. Früher hat er öfter mal gekocht, er kann gut kochen. Diese kleinen Gesten brechen Lia immer wieder das Herz. Sie probiert und schließt die Augen. »Danke, Papa.« Ihr Vater setzt sich zu ihr. »Und dir danke ich dafür, dass du immer bei Lorena und mir geblieben bist.« Ihr Vater sieht ihr in die Augen und lächelt, ein so seltener Anblick, den sich Lia gleich ins Herz eingraviert.

Sie sitzen lange zusammen und reden ein wenig darüber, wo Lia noch nach Arbeit nachfragen kann, ihr Vater erklärt sogar, dass er selbst auch eine Idee hat, was er trotz seines Beines noch arbeiten könnte.

Lia zieht sich danach mit den Bildern von Cruz und sich aufs Dach zurück. Es war wirklich viel heute, die ganze letzte Zeit, wie gern würde sie für ein paar Stunden zurück zu Cruz und all das hinter sich lassen. Als Lorena kommt, holt sich Lia ihre Schlafsachen nach oben. Es ist selten, dass sie Streit haben, aber Lia ist so wütend, dass sie ihr aus dem Weg gehen möchte.

Sie hat die ganzen Jahre die Familie am Leben erhalten, Lorena mit großgezogen und alles für sie getan und nur, weil plötzlich ihre Mutter auftaucht, fällt sie ihr in den Rücken.

Lia schläft am nächsten Tag viel zu lange, als sie hinunter ins Schlafzimmer kommt und sich etwas zum Anziehen nach dem Duschen heraussuchen will, sieht sie, dass die Regale halb leer sind. Lia blickt sich um, alles von Lorena fehlt.

Lia geht schnell in die Küche, wo ihr Vater sitzt und Kaffee trinkt. »Wo ist Lorena?« Er zuckt die Schultern. »Ich denke, in der Schule, sie war schon weg, als ich wach wurde.« Lia flucht und sieht, dass auch in der Küche einiges weg ist, sie sieht nach den Stoffen, weg. Lia will es nicht glauben, sie rennt in den Tierstall und holt ihre Dose mit all dem Geld, was sie für die nächsten Wochen hier versteckt hat, aus dem Heu. Nur Lorena kennt diese Stelle noch.

Lia schließt die Augen, atmet tief ein und öffnet die Dose. Es ist alles weg, gerade mal ein paar Scheine für die nächsten zwei Wochen, mehr nicht.

»Das hat sie nicht getan.« Ungläubig schüttelt Lia den Kopf.

Kapitel 22

»Tja, was soll man da machen, wie die Mutter so die Tochter, ich habe es ja immer gewusst!« Lia würde sich am liebsten die Ohren zuhalten, als sie von der Arbeit kommt.

Sie konnte heute auf einem weiteren Feld bei der Ernte helfen, es ist aber immer nur ein Tropfen auf den heißen Stein. Lia braucht dringend Arbeit, ganz dringend, jetzt wo Lorena ihr vor einer Woche alles Geld, das sie zur Seite gelegt hatte, weggenommen hat.

Den Rest hat Lia verbraucht, um Lorena zu suchen, sie konnte es nicht glauben. Bis zum Schluss dachte Lia, ihre Schwester überlegt es sich nochmal, dass sie, egal was kommt, sie niemals im Stich lässt und geht, genau wie ihre Mutter, doch Lia hat sich geirrt.

Sie ist sofort zu der Schule von Lorena gerannt, doch dort ist sie gar nicht erst angekommen. Nachdem Lia sich aber ihre besten Freundinnen zur Seite genommen hat, haben die ihr erzählt, dass Lorena noch bei ihnen war.

Sie ist mit dem Fotografen weggefahren, will in die Stadt, neu anfangen, möchte sich nichts mehr vorschreiben lassen und endlich ihr eigenes Leben leben. Lia musste sich sehr zusammenreißen, um nicht komplett auszurasten, als sie das gehört hat.

Sie ist danach jeden Tag mit dem Bus nach San Juan gefahren und hat nach Lorena gesucht, doch sie hat sie nicht gefunden. Eine ihrer Freundinnen ist gestern zu ihnen gekommen und hat gesagt, dass Lorena sich gemeldet hat. Ihr geht es sehr gut, sie fliegen nach Mexiko für Fotoaufnahmen und Lia soll aufhören, sich Sorgen zu machen und endlich mal anfangen, Lorena ihr Leben leben zu lassen.

Lia konnte dazu nichts mehr sagen, es hat sie tief getroffen. Ihr Leben mit Lias hart erarbeitetem Geld? Ihr Vater schimpft seitdem die ganze Zeit auf Lorena, er war jeden Tag trinken und es hat sich alles nur noch verschlimmert.

»Da kommt meine einzig richtige Tochter, sie ist ein gutes Mädchen, sie hat die Gene ihrer Mutter nicht abbekommen.« Ihr Vater und sein Freund, der ihn nun jeden Abend abholt, sitzen in der Küche und sehen ihr entgegen. »Hast du Geld bekommen?« Lia nickt, sie ist fertig, bis tief in die Knochen enttäuscht und einfach nur traurig. Gerade wird ihr alles zu viel und sie hat nicht einmal mehr die Kraft, mit ihrem Vater zu diskutieren. Sie gibt ihm die Hälfte, des heute verdienten Geldes, den Rest versteckt sie wieder, damit sie wenigstens für zwei Tage Essen einkaufen kann, danach weiß sie auch nicht mehr weiter.

Während die Männer sich laut davonmachen, geht Lia duschen und danach aufs Dach. Wenn ihr Vater nach Hause kommt, ist es schlimmer als je zuvor. Lia sieht sich auch nicht mehr die Bilder von dem schönen Abend an, das ist nicht ihr Leben, hier ist ihr Leben und Lia hat das Gefühl, es ist ihr Schicksal.

Im Dorf bleiben und sich um ihren Vater kümmern. Wenn sie jetzt auch geht oder ihn enttäuscht, was würde dann aus ihm werden? Lia weiß es nicht und möchte es auch gar nicht darauf ankommen lassen. Sie hat keine Zeit, ihr eigenes Leben zu leben und wenn doch, dann verliebt sie sich in einen Mann wie Cruz, mit dem sie unter keinen Umständen eine Zukunft hat.

Lia will nicht einmal mehr darüber nachdenken, es deprimiert sie nur und sie kann es eh nicht ändern.

Als ihre Gedanken auf dem Dach wieder dahin abdriften, legt sie sich hin und versucht einzuschlafen, doch seitdem auch noch Lorena weg ist, fällt es ihr sehr schwer einzuschlafen. Ihr Innerstes ist viel zu aufgewühlt und sie macht sich Sorgen. Egal wie sauer sie ist und wie sehr sie Lorena gerade am liebsten den Hals umdrehen würde, sie ist immer noch ihre kleine Schwester und Lia betet jeden Abend, genau wie heute, dass es ihr gut gehen soll.

Nach einer sehr unruhigen Nacht wacht Lia am nächsten Morgen auf. Sie muss irgendwann aber so fest geschlafen haben, dass sie nicht einmal mitbekommen hat, wie ihr Vater nach Hause gekommen ist, und das überhört man eigentlich nie.

Lia geht nach unten und stockt, als sie die Zimmertür ihres Vaters offen vorfindet. Normalerweise schließt er sie immer und kommt erst frühestens am nächsten Abend wieder heraus.

Vorsichtig schleicht sie hin und will die Tür schließen, da sieht sie, dass sein Bett unberührt ist. Lia stockt, wie kann das sein? Das hat sie noch nie erlebt, er wird doch nicht auch noch abgehauen sein, doch warum und wie soll er das geschafft haben? Ihr Vater ist auf Hilfe angewiesen und kann sich nur schlecht allein weit wegbewegen, da er beim Laufen zu starke Schmerzen hat.

Lia sieht erleichtert, dass noch alles in seinem Schrank hängt, zieht ihre Flip Flops an und eine Strickjacke über und läuft quer durch das Dorf zu dem Freund ihres Vaters, der am anderen Ende des Dorfes wohnt.

Vielleicht hatte ihr Vater so viel getrunken, dass er bei ihm geblieben ist. Lia klopft und der vollkommen verkaterte Freund öffnet ihr erst nach ein paar Minuten die Tür. »Wo ist mein Vater?« Der Mann kratzt sich den Kopf.

»Lia … ist er nicht zuhause? Es gab gestern ziemlich viel Ärger. Yandiel ist mit seinem Bruder in der Kneipe aufgetaucht und wir hatten viel damit zu tun, deinen Vater und ihn auseinanderzuhalten. Einige haben ihn dort aufgezogen wegen Lorena … ja, war ein Scheißabend. Yandiel ist dann gegangen, aber dein Vater hat sich nicht beruhigt und auch noch mit mir Streit angefangen. Ich habe ihn dann am Eingang des Dorfes abgesetzt und bin nach Hause.«

Lia schüttelt den Kopf. »Du weißt doch, dass er so weit nicht laufen kann und schon gar nicht betrunken.« Der Mann zuckt die Schultern. »Ich war auch nicht gerade nüchtern und dein Vater muss auch mal lernen, dass er nicht mit allen Menschen so umgehen kann und ständig seine Wut ...« Lia hebt die Hand. »Ich weiß, ich weiß, tut mir leid, ich suche ihn, vielleicht hat ihn einer der anderen gesehen und bei sich zum Schlafen aufgenommen.«

Lia will nicht riskieren, dass auch noch der letzte Freund ihres Vaters aufgibt. Sie geht zu den Nachbarhäusern und klopft. Es ist ihr unangenehm, doch was hat sie für eine Wahl? Niemand hat ihn gesehen. Sie trifft auf die Freundinnen von Lorena, die ihr bei der Suche helfen.

Nach fast zwei Stunden stellt sich das erste Mal ein ungutes Gefühl ein. Wo kann er stecken? Sie suchen jeden Winkel im Dorf ab. Zu guter letzt geht Lia in den Supermarkt unter dem Gemecker der Angestellten, da sie ja Hausverbot dort hat, und klopft wieder am Büro, wo ihr ein verkaterter und müder Yandiel entgegensieht. »Keinen Nerv dafür!« Lia stellt ihren Fuß in die Tür, als er sie schließen will und beißt die Zähne zusammen, dadurch dass sie nur Flip Flops trägt, tut es weh.

»Weiß du, wo mein Vater ist? Hast du ihn gestern noch einmal gesehen, nachdem du ihn in der Kneipe beleidigen musstest?« Yandiel wird wütend. »Ich beleidigen? Dein Vater kann froh sein, dass ich ihn da nicht sofort für alles zur Rechenschaft gezogen habe, doch mein Bruder hatte andere Pläne und zu mir wird er sicherlich als allerletztes kommen, um seinen Rausch auszuschlafen.«

Lia dreht sich um und geht. »Arschloch!« Sie hört noch Yandiels Lachen. »Bald schon wirst du etwas ganz anderes unter mir stöhnen.« Lia verdreht die Augen und verlässt den Supermarkt wieder. Ihr bleibt nichts anderes übrig, als in die Nachbardörfer zu gehen, um dort zu suchen und den Weg zurück zur Kneipe nachzuverfolgen. Vielleicht ist er auf die glorreiche Idee gekommen, doch noch einmal zurück zu gehen, Lia weiß einfach nicht, wo ihr Vater sonst steckt.

Die Freundinnen von Lorena wollen sicherheitshalber mal bei dem einzigen Polizisten der Dörfer, Edmundo, nachfragen gehen, nicht, dass er ihren Vater hat, weil der irgendetwas angestellt hat, wenn er so betrunken war.

Lia läuft bis in die nächste Stadt zur Kneipe, in das erste Dorf und ins andere Nachbardorf, in dem Dora, Crista und Maria leben, es ist nirgendwo eine Spur von ihm. Sie trifft auf Dora, die ihr sagt, dass Cruz ständig nach ihr fragt und Dora bittet, Lia auszurichten, dass sie sich melden soll. Dora sagt ihm nur, dass sie Lia nicht gesehen hat. Richtig reagieren kann Lia nicht, sie murmelt nur, dass sie ihren Vater sucht, aber auch dort hat niemand ihn gesehen oder etwas von ihm gehört.

Sie will sich gerade von Dora und Crista, die dazugekommen ist, verabschieden, da kommt das Polizeiauto von Edmundo angefahren. Es dämmert mittlerweile schon und in Lia steigt langsam Panik auf, wo kann ihr Vater sein?

»Lia.« Edmundo steigt mit einen Kollegen aus, sie suchen ja schon den ganzen Tag und irgendwann hat Edmundo offenbar Verstärkung angefordert. Edmundo und der Mann ziehen ihre Mützen ab und Dora und Crista neben ihr versteifen sich, Lia aber sieht die beiden nur verzweifelt an. Sie müssen ihren Vater finden, bevor es dunkel wird.

»Lia, es tut mir leid ...« Sie hebt die Hände. »Edmundo, ihr müsst mir helfen, ihn weiterzusuchen, vielleicht hat er es geschafft, zur Bushaltestelle zu kommen und weiß jetzt ...« Edmundo kommt und in seinen Augen stehen Tränen. Lia weicht zurück. »Wir haben ihn gefunden, Lia. Er liegt auf den Feldern beim kleinen Bach. Er muss betrunken dorthin gekommen sein, es sieht so aus, als hätte ein Tier ...«

Lia rennt los. Beim Bach? Wieso hat Lia da noch nicht nachgesehen? »Lia, warte …!« Lia hört nicht mehr auf zu rennen. Erst als sie an dem Bach ankommt, sieht sie einige Leute, die sie nicht kennt und die um etwas, das auf dem Boden liegt, herumstehen.

Lia wird langsamer, als sie die Hose ihres Vaters erkennt, das T-Shirt, sie sieht seine Arme, die ungewöhnlich hell und überall voll Blut und Kratzer sind. »Ist er gefallen, wieso … ?«

Durch Lias erschrockenes Aufkeuchen sehen die Männer zu ihr und jetzt erst erkennt Lia, dass es der Pastor und einige seiner Mitarbeiter sind. Ihr Vater liegt auf dem Boden, sein Gesicht ist völlig entstellt, blau, angeschwollen, aufgequollen, seine Sachen sind teilweise zerfetzt. »Atmet er noch?« Lias Stimme ist nicht mehr als ein erschrockenes Krächzen.

Sie hört, wie ein Auto hält und spürt Edmundos Arme um sich, erst da merkt sie, dass sie auf dem Boden hockt und weint. »Lia, komm weg hier, du kannst nichts mehr für ihn tun. Lass das den Pastor machen, morgen werden wir deinen Vater zu Grabe tragen, lass sie ihn jetzt mitnehmen und alles vorbereiten.«

Lia entrinnt ein Schrei, der so verzweifelt und laut ist, dass jeder der hier Anwesenden den Kopf senkt. Dora und Crista sind da, die Freundinnen ihrer Schwester kommen angerannt, doch plötzlich kommt es Lia so vor, als wäre sie gar nicht da. Als stände sie neben all dem und würde es beobachten.

»Atmet er noch?« Lia versucht, sich aus Edmundos Armen zu befreien, doch es geht nicht. »Er ist tot, Lia. Es tut mir so leid, es sieht ganz so aus, als wäre er hier gelandet und dann von Tieren angefallen worden, vielleicht Hunden oder größeres. Wir wissen es nicht.«

Tot? Ihr Vater? Wie konnte das passieren? Lia will das nicht an sich heranlassen. Sie spürt, dass ihr kalt wird, hört verschiedene Stimmen und verschiedene Worte, doch nichts dringt zu ihr durch. Sie versucht, zu ihm zu kommen, doch sie kann nicht. Ihre Tränen sind so heftig, dass es ihr den Atem raubt.

Lia wird nach Hause gebracht, als sie durch die Tür kommt, riecht alles nach Zuhause, nach ihrem Vater, ihrer Schwester und doch ist niemand da, wird niemals wieder jemand außer ihr hier sein.

Lia legt sich in das Bett ihres Vaters, die vielen Stimmen sind ihr zu viel. »Deckt sie zu, sie zittert. Bleibst du bei ihr?« Lia schließt die Augen, doch die Tränen laufen unaufhörlich ihre Wangen herunter. Der Duft ihres Vaters hüllt sie ein und der Schmerz scheint sie schier zu zerreißen.

Plötzlich sieht sie wieder das Gesicht ihres Vaters vor sich, aufgequollen und blau, sie will es anfassen, doch es zerspringt in tausend kleine Scherben. Lia wird durch ihren eigenen Schrei wach. Die Freundinnen ihrer Schwester und ihre alte Schulfreundin sind bei ihr und bringen ihr Wasser.

Lia versucht sich zu fangen, es ist bereits der nächste Morgen. Sie weiß kaum noch etwas von dem, was passiert ist, als sie nach Hause gekommen sind, nur dass sie sich ins Bett gelegt hat, mehr hat sie nicht mehr mitbekommen.

»Die Polizei hat uns ein Beruhigungsmittel für dich gegeben, deswegen hast du bis jetzt geschlafen. Wie geht es dir?« Lia steht auf. »Wo ist mein Vater?« Ihre Freundin wischt sich die Tränen weg. »Lia, nicht schon wieder, du musst es akzeptieren. Versuch jetzt stark zu sein. In einer Stunde ist die Beerdigung.« Lia fühlt sich völlig ausgepowert. Erinnerungen kommen hoch. Edmundo war noch da, sie weiß, dass sie einen Zusammenbruch hatte, dass sich alle um sie kümmern mussten.

»Ich weiß, dass er tot ist, ich habe ihn gesehen.« Es zerreißt Lia, das zu sagen, doch sie hat ihn ja mit eigenen Augen gesehen. Wieder verlassen heiße Tränen ihre Augen und ihre Freundin nimmt sie in den Arm. »Du musst jetzt auf die Beine kommen, um deinem Vater den Weg in den Himmel erleichtern.« Lia wischt sich die Tränen weg. »Ich bin nicht bereit, ihn gehen zu lassen. Ich habe niemanden mehr, alle verlassen mich. Er war doch vorgestern noch da, ich kann nicht glauben, dass er weg ist.«

Da sie hier in den Dörfern und Kleinstädten keine Möglichkeit haben, die Toten aufzubewahren, müssen Tote immer am nächsten Tag beerdigt werden. Lia hat noch nicht einmal Zeit, sich an den Gedanken zu gewöhnen. Wie sollte sie sich aber auch an den Gedanken gewöhnen, kann man das überhaupt? Sie bräuchte zumindest mehr Zeit, die Tatsache, dass ihr Vater nicht wiederkommt, zu akzeptieren.

Alle beobachten jeden Schritt Lias, als würden sie ihr nicht über den Weg trauen. Bayli kuschelt mit Lias Freundin, während sie alle am Boden hocken, bis Lia sich auftrafft und duschen geht. Sie muss zur Beerdigung gehen, sonst hält sie die Seele des Toten auf Erden, sagt man bei ihnen.

Lia sieht in den Spiegel, all das, was sie die letzten Wochen und Tage erlebt hat, ist nicht spurlos an ihr vorübergegangen. Sie hat dunkle Ringe unter den Augen, ist blass und doch sieht sie noch viel zu gut aus, dafür, dass sie sich so schlecht fühlt. Die Gene ihrer verfluchten Mutter haften an ihr.

Sie ist an allem schuld. Sie hat ihren Vater in diesen unglücklichen Mann verwandelt, hat sie alle zurückgelassen. Sie hat Lia ihrer Kindheit beraubt und ihr Leben gestohlen und jetzt eifert Lorena ihr nach.

Lia nimmt das Zahnputzglas und zerschmettert damit den Spiegel, sie will sich nicht mehr sehen. »Lia, du blutest.« Ihre Freundin kommt ins Bad, der Spiegel ist in viele Scherben zersprungen und eine Scherbe hat ihr die Wange aufgeschnitten. »Ist mir egal!« Bevor ihr die Freundin helfen kann, zieht sich Lia aus und duscht. Tränen vermischen sich mit Blut und Wasser. Wieso konnte sie das nicht verhindern? Hätte sie ihren Vater nicht gehen lassen, ihn zuhause gehalten ... aber wie hätte sie das machen sollen? Er hat sich nichts sagen lassen.

Edmundo hat versucht ihr zu erklären, dass sie davon ausgehen, dass ihr Vater vom Weg abgekommen ist, so betrunken wie er war. Nach Aussagen der Leute, die ihn als letzte gesehen haben, war er stark betrunken und wütend. Er hat sich nicht nur mit Yandiel gestritten, sondern auch mit einem der Verantwortlichen für den Bau des neuen Supermarktes, das Projekt, was jetzt wegen der Absage ihres Vaters auf Eis gelegt wurde. Einer der Männer war auch zufällig in der Kneipe.

Zudem hat er dort erfahren, dass ihre Mutter da war und ist völlig ausgerastet.

Er ist zu tief in der Nacht zu weit weg vom Dorf und zu langsam unterwegs gewesen, vermutlich Tieren begegnet, die ihn angegriffen haben, daher die vielen Wunden. Dann soll er am Bach gestürzt, ins Wasser gefallen und ertrunken sein. Lia glaubt das nicht, nichts von all dem, ihr Vater wäre niemals so weit gekommen, doch keiner hat ihr gestern zugehört, aber Lias Bauchgefühl sagt ihr ganz klar, dass etwas nicht stimmt.

Lia trocknet sich schnell ab, putzt sich die Zähne, kämmt ihre Haare durch und lässt sie offen. Ihr wird eine schwarze Hose und ein schwarzes Strickoberteil ins Bad gereicht, das ihre Schwester für sie gemacht hat. Lia zieht die Hose an und geht aus dem Bad in ihr Zimmer, dabei wirft sie das Oberteil in den Müll, sie will es nicht mehr, wenn ihre Schwester meint, sein zu wollen wie ihre Mutter, ist auch sie für Lia gestorben.

Sie zieht sich ein einfaches schwarzes Shirt über, dabei sieht sie in den noch intakten Spiegel ihres Zimmers. Ein leichter Schnitt ist auf ihrer rechten Wange und die ist gerötet. Lia sucht nach ihrer Strickjacke, weil ihr kalt ist. Auch wenn es sicher schon über dreißig Grad draußen sind, ist ihr bis auf die Knochen kalt. Plötzlich hört sie Edmundo draußen.

»Ich habe Frühstück gebracht, esst erst einmal etwas. Geht es ihr besser?« Lia kommt aus ihrem Zimmer in die Küche, Edmundo sieht auf ihre Wange, sagt aber nichts, sondern schiebt ihr Kaffee und ein Croissant hin. Lia schiebt alles wieder von sich.

»Das gestern war nicht so, niemals, ihr müsst das noch einmal genau untersuchen. Ich will wissen, was genau passiert ist.« Edmundo stöhnt leise auf. »Lia, das hatten wir gestern schon, ich habe dir gesagt, was passiert ist. Du musst das akzeptieren.« Lia sieht ihm in die Augen. »Er kann gar nicht alleine so weit gekommen sein, das weißt du genau.«

Edmundo senkt seinen Blick. »Lia, es ist egal, was wir denken. Die Ermittler, die vor Ort waren, sagen es so und somit ist das Kapitel für alle abgeschlossen, du musst das versuchen zu akzeptieren, damit du in Ruhe abschließen kannst.« Lia schüttelt den Kopf.

»Das alles ist so … typisch. Wer kann dafür verantwortlich sein? Das ist doch kein Spaß, das hat nichts mehr mit Geld oder Macht zu tun. Mein Vater ist tot, du hast doch gesehen, was ihm angetan wurde und ich glaube nicht, dass es ein … Unfall war.«

Es hupt draußen. »Wir müssen los, Lia. Wenn es dich beruhigt, rede ich später nochmal mit den Ermittlern, die gestern vor Ort waren, aber jetzt komm bitte.« Alle setzen sich in Bewegung, doch Lia ist starr, starr vor Trauer, Ungläubigkeit und Entsetzen. Ihre Freundin stützt sie, bis sie ins Polizeiauto steigen, Lia ist wackelig auf den Beinen, weil sie genau weiß, wohin sie diese Schritte jetzt führen werden.

»Ich habe einen Trauerkranz besorgt.« Lia sieht aus dem Fenster, sie will das alles nicht an sich heranlassen, doch als sie auf dem kleinen Friedhof zwischen den beiden Dörfern ankommen und Lia sieht, dass das halbe Dorf da ist, fällt es ihr schwer zu atmen. Sie will nicht aussteigen und bleibt sitzen. »Du musst ihn verabschieden.« Lias Freundin hält ihr die Hand hin.

Lia sind Schritte noch nie so schwer gefallen wie die nächsten, die sie zum offenen Grab ihres Vaters bringen. Ein Priester steht bereits da und gibt ihr die Hand. Das einfache weiße Kreuz, das jedes Grab hier schmückt, ist auch schon in die Erde gelassen worden. Dort steht der Name ihres Vaters, sein Geburtsdatum und das Datum von gestern als Todestag.

Lia sieht niemanden der hier Versammelten an. Sie hört einige aufmunternde Worte, doch sie kann nicht aufhören, auf das Kreuz zu starren. Edmundo steht neben ihr, irgendwer hilft ihr, auf den Beinen zu bleiben, doch Lia sieht nur auf das Grab.

Seitdem sie aus der Dusche gekommen ist, hat sie nicht mehr geweint und auch jetzt hat sie das Gefühl, gar nicht richtig anwesend zu sein. Sie sieht auf die Buchstaben und Zahlen und denkt daran, dass ihr Vater noch nicht einmal fünfzig geworden ist.

Wie kann ein Mensch so früh aus dem Leben gerissen werden, wieso war sein Leben in den letzten Jahren so einsam und frustriert? Wieso konnte er vor seinem Tod nicht wenigstens ein wenig Glück finden? Sie hätte so gern noch einmal den stolzen Mann von früher wiedergesehen.

Der Priester spricht und zwei Männer tragen einen Sarg heran. Lia sieht wieder zum Kreuz, das ist nicht ihr Vater, sie darf das nicht zulassen. Der Sarg wird ins offene Grab hinabgelassen und alle beginnen ein Gebet zu murmeln. Lia nicht, Lia sieht weiter zum Kreuz auf die Buchstaben. Erst als die Leute an ihr vorbeigehen, ihr tröstende Worte sagen und Sand vom frischen Sandhaufen neben dem Grab auf den Sarg werfen, kommt Lia wieder ins Hier und Jetzt.

»Was tut ihr da? Lasst das!« Edmundo hält Lia zurück, als sie ihre Nachbarn davon abhalten will, Sand auf den Sarg zu werfen. »Lass sie sich verabschieden.« Lia versucht sich loszureißen, und da entrinnen ihr die unterdrückten Tränen auch wieder. »Mögest du in Frieden ruhen! Es tut mir so leid, Lia. Ich weiß, dass wir in letzter Zeit unsere Meinungsverschiedenheiten hatten, aber als ich das erfahren habe ...«

Plötzlich steht Yandiel vor ihr und wirft ebenfalls Sand auf das Grab ihres Vaters. »Du ...« Lia geht ihn wütend an, er hat hier nichts zu suchen, doch Yandiel stoppt sie, er schüttelt den Kopf. »Du siehst ja, wie gefährlich das Leben hier sein kann, nun bist du ganz alleine, Lia, vielleicht solltest du deinen falschen Stolz vergessen und zu mir kommen, immerhin ...«

In Lias Kopf dreht sich alles. »Hast du etwas damit zu tun?« Yandiel hebt die Hände. »Womit? Dem Tod deines Vaters? Er war betrunken und ist ertrunken, wie kannst du es wagen, mich zu beschuldigen. Wir alle hier kennen deinen Vater und wie kaputt er war nachdem ...«

Noch immer hält Edmundo sie fest, sonst wäre Lia auf Yandiel losgegangen. »Halt deinen Mund und verschwinde von hier. Sollte ich herausbekommen, dass du irgendetwas mit dem Tod meines Vaters zu tun hast ...«

Yandiel hebt die Hand und geht lachend davon. »Du weißt, wo du mich findest, wenn du es dir doch noch anders überlegst!« Lia dreht sich zu Edmundo um. »Er war es, habt ihr das geprüft? Du weißt doch, was alles zwischen ihnen passiert ist. Glaubst du, dass er es war?«

Edmundo schüttelt traurig den Kopf. »Beruhige dich, Lia. Nur weil sie Streit hatten, bedeutet das nicht, dass er ihn ermordet hat. Yandiel und seine Familie tun viel für das Dorf, da kann man nicht einfach solche Anschuldigungen tätigen.« Die Männer, die auch den Sarg getragen haben, beginnen nun, das Grab zuzuschütten und Lia vergisst alles andere.

»NEIN!« Lia will sie daran hindern, doch wieder wird sie zurückgehalten, aber dieses Mal bricht sie komplett zusammen. Lia kauert sich auf den Boden und weint, weint um ihren geliebten Vater, ihre Schwester und alles, was sie verloren hat. Der Friedhof leert sich.

Lia bekommt das alles nicht mehr mit. Bald ist sie nur noch mit Edmundo und ihrer Freundin allein beim frischen Grab ihres Vaters.

Edmundo legt den Kranz auf den Sandhaufen und Lia versucht, sich die Tränen abzuwischen, die aber sofort von neuen ersetzt werden. Sie starrt auf den Sandhaufen, sie hat ihren Vater wirklich verloren. Lia schließt die Augen und spricht ein Gebet. Sie betet für ihren Vater, dass er endlich wieder glücklich wird und wenn es im Himmel ist und sie hier auf ihn verzichten muss.

Ihr kommen die Bilder seines Gesichtes vor das innere Auge und ihr Herz zieht sich zusammen, wie sehr muss er gelitten haben in seinen letzten Minuten?

»Wer ist … ach du meine Güte. Was macht Cruz Nechas hier?« Bei den erstaunten Worten von Edmundo hebt Lia den Kopf und sieht zu Cruz, der sich bekreuzigt und auf sie zukommt.

Lia hat in den letzten Tagen alles verdrängt, was mit ihm zu tun hat, doch als er jetzt in seinem schwarzen Anzug und der Sonnenbrille auf sie zukommt und die Sonnenbrille absetzt, steht sie auf und geht mit schnellen Schritten auf ihn zu.

Egal was passiert ist, es tut so gut, ihn zu sehen. Sie ist gegangen, ohne sich richtig zu verabschieden, wollte ihn, seine Welt und die Gefühle, die sie für ihn hat, vergessen, doch ohne zu zögern nimmt Cruz sie sofort in die Arme, als sie bei ihm ist.

Lia schließt die Augen, als sein vertrauter Geruch sie einhüllt. »Es tut mir so leid. Dora hat mir alles erzählt. Ich wusste nicht, wo ich dich finde, sonst wäre ich schon viel früher gekommen.« Lias Tränen werden immer mehr, als sie seine Lippen auf ihrem Scheitel spürt. »Du zitterst … komm her.«

Cruz umarmt Lia fest und das erste Mal, seitdem sie vom Tod ihres Vaters erfahren hat, spürt sie Halt und kann alles herauslassen. »Es tut mir so leid, Lia, wie ist das passiert? Was kann ich tun, um dir zu helfen?«

Lia sieht nach oben und direkt in seine wunderschönen dunklen Augen, die sie besorgt mustern, seine Hand geht an ihr Gesicht und mit dem Daumen streicht er über ihre Wunde.

»Bring mich von hier weg!«

Kapitel 23

Als Lia ihre Augen öffnet, liegt sie in einem großen, weichen Bett. Die Jalousien sind geschlossen, aber dennoch schimmert die Sonne durch die winzigen Löcher und Lia erkennt, dass sie in Cruz' Schlafzimmer ist.

Lia spürt muskulöse Arme um sich und streichelt darüber. Sie wendet sich um und sieht in Cruz' schlafendes Gesicht. Langsam kommen ihr die Erinnerungen an die letzten Stunden wieder hoch und Tränen steigen in ihre Augen.

Lia musste Cruz nicht zweimal bitten, Lia hat sich kurz von Edmundo und ihrer Freundin verabschiedet und ihre Freundin gebeten, Baily zu sich zu nehmen, bis Lia wieder da ist. Sie haben völlig entgeistert Cruz angesehen, aber nichts weiter gesagt. Lia ist sich dennoch sicher, dass sie, wenn sie zurück im Dorf ist, einige Fragen beantworten muss, doch erst einmal wollte sie nur weg.

Sie hat sich neben Cruz in sein Auto gesetzt und er hat sie zu sich nach Hause gebracht. Lia konnte nicht mit ihm reden, ihre Tränen haben nicht gestoppt und auch ihr Körper hat nicht aufgehört zu zittern. Cruz hat sie nicht aus den Augen gelassen und sie ständig besorgt gefragt, was er machen kann, damit es ihr besser geht.

Lia hat sich auf die Couch gelegt, während er telefoniert hat. Vielleicht ist sie ein wenig eingeschlafen, irgendwann hat Lia gespürt, wie er sie nach oben gebracht und gefragt hat, ob sie etwas essen und trinken möchte, doch sobald Lia wacher wurde, hat sie wieder angefangen zu weinen.

Irgendwann kam ein Arzt und hat sie untersucht. Er hat ihr eine Infusion gesetzt, um ihr Flüssigkeit zuzuführen und ihr ein Beruhigungsmittel gegeben. Cruz war die ganze Zeit bei ihr. Gestern ist sie dann den Tag über immer ein wenig wach gewesen, doch nicht so ganz, sie war nicht richtig da. Sobald sie klarer im Kopf wurde, hat sie die Erinnerung und der Schmerz so heftig eingeholt, dass sie dachte, sie müsste daran ersticken.

Sie redet kaum, wenn Cruz sie etwas fragt, nickt sie nur oder schüttelt den Kopf. Er möchte wissen, was genau passiert ist, doch Lia kann noch nicht darüber sprechen, es tut zu sehr weh. Aber sie hat gestern eine Suppe gegessen, die Dora extra für sie gemacht hat und viel getrunken.

Cruz war gestern kurz weg und Dora kam in der Zeit immer wieder nach ihr sehen. Als Cruz dann kam und gefragt hat, ob Lia gesprochen hätte, erzählte Dora ihm, dass Lia trauert und er Geduld haben müsse. Sie hat die beiden miteinander sprechen gehört und mitbekommen, wie bedrückt Cruz ihretwegen ist, doch sie hat noch nicht die Kraft, sich ihm zu öffnen, auch wenn es ihr leid tut.

Lia hat gestern das Bett nicht verlassen, doch heute will sie sich aufraffen und versuchen, wieder auf die Beine zu kommen. Auch Cruz sieht müde aus und Lia weiß warum. Sie wacht mehrmals in der Nacht auf, weil das aufgeschwollene Gesicht ihres Vaters sie in ihren Träumen verfolgt. Jedes Mal schreckt sie hoch und macht Cruz neben sich auch wach.

Doch Cruz sagt nichts, er nimmt sie in den Arm und ist für sie da. Lia merkt nicht, wann er ins Bett kommt, aber wenn sie wach wird, ist er da. Er kümmert sich um sie und Lia vergisst vollkommen, wer er ist oder für was er steht, dass sie sich noch nicht lange kennen und sie den Kontakt zu ihm abgebrochen hat. Jetzt in dem Moment, wo sie am nötigsten jemanden braucht, ist er ihr Halt und das ohne auch nur eine Sekunde zu zögern.

Lia befreit sich ganz leise aus Cruz' fester Umarmung. Ihr ist etwas schwindelig und sie hält sich am Nachttisch fest. Als sich ihr Kreislauf etwas gefestigt hat, geht sie zu der Kommode, in die Cruz für sie einige Sachen gelegt hat, die Savana ihm gegeben hat. Cruz hat ihr gesagt, dass seine Schwester oft nach ihr fragt, auch ihr tut es leid, was passiert ist, doch Cruz hat ihr erklärt, dass Lia erst einmal ihre Ruhe braucht.

Lia hatte die Tasche mit den Cremes und Schminkutensilien, die sie am Tag der Feier beim Präsidenten bekommen hat, hier vergessen und jetzt steht auch die auf der Kommode, zusammen mit einer eingepackten Zahnbürste und einigen weiteren Sachen wie Haargummis. Lia nimmt sich aus der Kommode eine neue Unterhose, eine korallenfarbige Jogginghose und ein weißes Top.

Als sie ins Bad geht, schließt sie die Tür hinter sich, auch wenn Cruz und sie sich schon näher gekommen sind, waren sie sich noch lange nicht so nah, dass sie sich bereits ohne Hemmungen vor ihm zeigen würde.

Wie Dora es gesagt hat, Lia trauert. Sie hat gar keine Kraft, sich jetzt damit zu befassen, was mit Cruz und ihr ist, wie genau sie das, was sich zwischen ihnen entwickelt, einzuordnen hat. Sie weiß, dass sie Gefühle für ihn hat, doch sie hat auch den Kontakt zu ihm abgebrochen. Wer weiß, wie er über all das denkt. Das Einzige, was Lia gerade weiß ist, dass sie sich hier und jetzt wohl bei ihm fühlt und Halt von ihm bekommt.

Lia duscht und genießt die warmen Strahlen auf ihrer Haut, sie wäscht ihre Haare und spürt, dass das Shampoo auf ihrer Wange brennt. Sie hat ihren Kratzer total vergessen. Lia lässt sich Zeit, als sie aus der Dusche kommt, trocknet sie sich ab und setzt sich auf eine kleine Bank, die in dem riesigen Bad steht. Sie lässt die letzten Tage an sich vorbeiziehen und fragt sich, wie all das passieren konnte und vor allem warum.

Natürlich weiß sie auch, dass sich das alle Menschen fragen, denen etwas Schlimmes passiert ist oder die jemanden verloren haben, die sie über alles lieben, aber es gibt keine Antwort darauf. Keine Antwort, die die Schmerzen leichter macht. Man muss nur daran glauben, dass man lernt, mit diesem Verlust zu leben, noch kann sich Lia das nicht vorstellen.

Sie cremt sich ein, putzt sich die Zähne und kämmt ihre Haare durch, sie findet keinen Fön, deswegen zieht sie sich an und sieht in den Spiegel. Der Kratzer auf ihrer Wange ist nicht mehr so rot, doch noch immer ist er sehr deutlich zu sehen. Lia streicht über die dunklen Ränder unter ihren Augen, vielleicht sollte sie diese abdecken, doch sie lässt es sein und geht zurück ins Schlafzimmer.

Die Jalousien sind offen und das Bett ist leer, Lia hat lange gebraucht, offenbar ist Cruz in dieser Zeit aufgestanden. Es ist Samstag und Dora ist heute nicht da. Lia geht barfuß auf den Flur und hört von unten Geräusche. Noch während sie die Treppe hinuntergeht, sieht sie, wie Cruz in der Küche einige Dinge für ein Frühstück zusammenstellt, seine Haare schimmern nass, auch er scheint geduscht zu haben.

Als er sie bemerkt, hält er ein und sieht ihr entgegen. »Guten Morgen.« Lias Stimme ist noch etwas kratzig, sie hat kaum geredet während der letzten Tage.

Er zieht die Augenbrauen hoch, sichtlich erstaunt, dass sie wieder spricht. »Morgen, geht es dir besser?« Lia kommt zu ihm in die Küche und nimmt ihm die Teller aus der Hand. »Ich weiß nicht, ob das wirklich besser wird, es fühlt sich momentan nicht so an.« Lia geht an den Kühlschrank und nimmt Orangensaft heraus, während Cruz eine Pfanne mit Eiern und Marmelade in den Garten bringt.

Sonst ist schon alles gedeckt, Lia setzt sich Cruz gegenüber und sieht zu, wie er ihr Eier auf ihren Teller häuft. »Du musst wieder zu Kräften kommen.« Lia lächelt, es ist zu süß, wie sich ein Mann wie Cruz so viele Gedanken um sie machen kann und wie unabsichtlich anziehend das wirkt. Cruz' Gesicht beginnt zu strahlen, als sie lächelt. Lia probiert seine Eier, die wirklich gut schmecken.

Lia erinnert sich daran, wie ihr Vater die Suppe für sie gekocht hat, sie hat sich so oft über ihn geärgert, war so wütend auf das, was aus ihm geworden ist, warum hat sie solche Momente nicht mehr ausgekostet? Was würde sie jetzt dafür tun, um noch einmal solch einen Augenblick mit ihm zu haben. Cruz merkt, dass sie wieder mit ihren Gedanken abdriftet.

»Willst du mir jetzt erzählen was passiert ist?«

Lia weiß nicht genau, ob sie die Kraft hat, das mit ihrem Vater zu erzählen, deswegen erzählt sie ihm erst einmal, wie die Tage waren, nachdem sie Dora das Handy wiedergegeben hat. Sie erzählt ihm selbst von diesem komischen Vorsprechen in der Fabrik und dass die Männer da waren und ihr Haus kaufen wollten. Sie erwähnt die Bilder in der Zeitung und die häufigen Streits mit Lorena. Cruz sagt ihr, dass er die Bilder auch gesehen hätte.

Lia erzählt ihm von Yandiel, dass plötzlich ihre Mutter aufgetaucht und alles eskaliert ist. Als sie ihm sagt, dass Lorena abgehauen ist, zieht sich ihr Magen zusammen, doch noch immer überwiegt die Wut auf ihre Schwester. Sie ist gegangen, hat ihr Geld genommen und bei ihrem Vater genau den wunden Punkt getroffen, bei dem er so empfindlich war.

Lia hat aufgehört zu essen und Cruz sieht ihr die ganze Zeit in die Augen, auch er hat seinen Teller beiseite geschoben, dann erzählt Lia ihm, wie sie aufgewacht ist und ihr Vater nicht nach Hause gekommen ist, von der Suche und wie sie ihn gefunden hat. »Du glaubst nicht, dass es Tiere waren?«, stellt Cruz ruhig fest. Lia kann nicht anders. Ihre Tränen laufen ihr wieder die Wangen herunter.

Cruz greift nach ihrer Hand und zieht sie so neben sich auf die Bank. Er streicht Lia die Tränen weg. »Nein, ich … er sah so schlimm aus, Cruz. Ganz blau, aufgequollen, überall war Blut. Mein Vater hätte den Weg niemals alleine gehen können, niemals! Aber keiner glaubt mir, alle tun so, als wäre ich verrückt vor Trauer.«

Cruz stockt einen Moment und Lia erzählt ihm von dem Streit ihres Vaters mit Yandiel und von dem Mann, der ihr Haus kaufen wollte. »Du denkst, es war einer der beiden?« Lia zuckt die Schultern. »Ich weiß es nicht, es könnte sein, doch ich weiß es nicht genau. Ich weiß nur, dass er nicht mehr da ist und … Mein Vater war kein Heiliger, aber er ist bei meiner Schwester und mir geblieben, als meine Mutter gegangen ist und auch wenn er sich verändert hat, er hat uns geliebt und ...«

Lia lächelt. »Ich weiß noch, wie stark und stolz er früher war. Er hat mich immer auf den Schultern getragen und gesagt, ich wäre die schönste Prinzessin der Welt und dass sogar der mächtigste König der Welt eines Tages vor mir auf die Knie gehen wird und dass mein Mann später der glücklichste Mensch der Welt sein wird. … Hätte meine Mutter uns damals nicht im Stich gelassen, wäre all das nicht passiert. Er hat damals seinen Stolz verloren und niemals wiederbekommen. Er hat das nicht verdient, kein Mensch hat so einen Tod verdient.«

Cruz atmet tief ein. »Nein, das stimmt, es tut mir leid, Lia, ich wusste nicht, dass es so schlimm ist. Aber du hast nicht alle verloren. Lorena meldet sich bestimmt wieder. Denkst du, dass dieser Yandiel dahinter steckt?«

Lia zuckt die Schultern. »Ich weiß, dass jemand das meinem Vater angetan hat, ich vermute, dass er dahintersteckt, aber ich weiß es nicht ganz genau. Vielleicht war es doch ein anderer und wenn ich nicht hundertprozentig weiß wer es war, kann ich auch nichts machen. Ich werde Edmundo nachher fragen, ob schon etwas Neues herausgekommen ist.« Lia ist immer noch müde und sieht zur Uhr. »Willst du zurück ins Dorf?«

Nur deswegen ist Lia aufgestanden. »Ich muss zum Grab meines Vaters und ich muss zu mir nach Hause.« Cruz nickt und nimmt sich noch ein Brötchen, bevor er aufsteht und Lia die Hand hinhält. »Dann komm!« Lia wischt sich die letzten Tränen weg, steht auf und überlegt, wo ihre Flip Flops sein könnten. »Ich kann auch mit dem Bus fahren, ich habe dich schon die ganze Zeit aufgehalten, du musst doch bestimmt arbeiten.«

Cruz deutet zum Sofa, wo Lias Flip Flops stehen, als er bemerkt, dass sie sich suchend umsieht. »Nein, zum Glück bin ich der Chef und teile meine Zeit ein und ich werde dich garantiert nicht noch einmal alleine dahin zurücklassen.« Lia lächelt dankbar. »Danke, dass du für mich da bist … mal wieder.« Cruz hält einen Moment ein und sieht sie an, sie müssen darüber reden, was zwischen ihnen war und ist, das weiß sie und sieht es auch an Cruz' Blick, doch nicht hier und jetzt.

Sie nimmt seine Hand und folgt Cruz ins Haus, wo er sich die Autoschlüssel und eine Sonnenbrille aus einem Schubfach nimmt, in dem viele Sonnenbrillen liegen.

Lia greift nach einer, die etwas kleiner und feiner aussieht und probiert sie an, ihre dicken Augenränder verschwinden hinter der Brille. »Steht dir, du kannst sie behalten.« Vielleicht sollte sie die heute lieber aufbehalten, so sieht man ihr die letzten Tage wenigstens nicht gleich an. »Danke, aber ich brauche sie nur kurz.«

Beim Gedanken daran, wieder zurück ins Dorf zu fahren, rast ihr Herz und sie ist dankbar, dass Cruz an ihrer Seite ist. Er macht all das ganz selbstverständlich, doch Lia weiß, dass es das nicht ist, nicht, weil sie eigentlich nicht vorhatte, wieder Kontakt zu ihm zu haben.

Sie steigen in einen weißen Sportwagen, der nur zwei Sitze hat. Als sie durch die Straßen des Nechas-Gebietes fahren, heben fast alle die Hand und grüßen Cruz, am Wachhaus bleibt er stehen. »Fährst du nicht nachher zum Treffen wegen der Reise?« Die Männer sehen ihn überrascht an. Cruz flucht leise. »Das habe ich vergessen. Verschiebe das bitte auf morgen, heute kann ich nicht.«

Lia weiß, dass Cruz seine Geschäfte wegen ihr schleifen lässt und bekommt sofort ein schlechtes Gewissen. Cruz gibt Gas, die Straßen zu den Dörfern sind leer. Lia sieht auf die Waffe, die Cruz dabei hat, nun wird das ganze Dorf von Cruz erfahren, aber das erste Mal ist ihr das alles vollkommen egal. Sie hat eh schon alles verloren, was sollte sie jetzt noch darauf geben, was die anderen denken?

Lia sieht zu Cruz, der mit einer dunkelblauen Shorts und einem weißen Shirt mit V-Ausschnitt wieder aussieht, als wäre er einem Magazin entsprungen, während sie sich nicht mal umgezogen hat, sie hätte wenigstens etwas Schwarzes für ihre Trauer anziehen können, doch im gleichen Moment, wo sie sich selbst rügt, beruhigt sie sich gedanklich wieder. Sie braucht ihre Trauer nicht mit Kleidung auszudrücken, sie trägt sie im Herzen und sie muss sich endlich frei davon machen, was andere von ihr denken könnten.

Cruz hält in der nächst größeren Stadt vor den Dörfern, vor einem Blumenladen. Lia wird wieder aus ihren Gedanken gerissen, sie ist so in sich gekehrt, dass sie gar nicht alles mitbekommt. Cruz schenkt ihr einen besorgten Blick. »Ich komme gleich wieder.« Lia seufzt leise auf, als er in dem Blumenladen verschwindet, sie sollte versuchen, sich ein wenig mehr vor Cruz zusammenzunehmen, doch momentan fällt es ihr schwer, ihre Gedanken und Gefühle im Griff zu haben und zu sortieren und das merkt man ihr deutlich an.

Es dauert einen kleinen Augenblick, dann kommt Cruz mit einem schönen Grabgesteck und einigen Grabketten zurück.

Lia treten wieder Tränen in die Augen, doch durch die Sonnenbrille sieht Cruz diese nicht. »Danke.« Lia hätte sich das nicht leisten können. Blumen sind teuer und alles, was sie noch hat, sind weniger als 30 Dollar. Cruz legt ihr die Blumen auf den Schoß und gibt ihr die Ketten mit den gesegneten Kreuzen dran, die man an das Grabkreuz hängt. »Kein Problem. Brauchst du noch etwas?« Lia schüttelt den Kopf, das ist schon mehr als genug, Lia hätte sich das nie leisten können.

Kapitel 24

Eine halbe Stunde später halten sie vor dem Friedhof. Lia bekommt sofort eine Gänsehaut und bleibt sitzen. Erst als Cruz ihr die Tür aufhält und die Blumen abnimmt, steigt auch sie aus.

»Meinst du, es ist okay, wenn ich mit dir zusammen am Grab deines Vaters stehe?« Cruz bleibt stehen und Lia sieht ihm in die Augen. Dass er sich wegen so etwas Gedanken macht, Lia ist immer noch völlig überfordert mit den unterschiedlichen Seiten, die Cruz in sich trägt und lächelt ein wenig.

»Ich denke, nach dem was ihm passiert ist, ist er wahrscheinlich sogar froh, wenn ich nicht alleine an seinem Grab stehe.« Cruz hebt die Hand und streicht ihr eine Träne weg, Lia hat nicht einmal gemerkt, dass wie wieder angefangen hat zu weinen. Zum Glück hat sie die Sonnenbrille auf und man sieht nicht, wie sehr sie mittlerweile wieder weint. Lia kommt es fast so vor, als würde ihr Körper allein handeln und sie hätte die Kontrolle darüber verloren.

Sie bekreuzigen sich beide, als sie den Friedhof betreten. Es ist ganz leer und die Mittagssonne trocknet die Erde erbarmungslos aus. Lia holt sich eine Gießkanne, die in einer Ecke steht und füllt sie an einem kleinen Wasserhahn mit Wasser. Dann erst geht sie zum Grab ihres Vaters, vor dem Cruz bereits steht. Lia gießt den Kranz, den Edmundo dort gelassen hat und die Erde, bevor Cruz die Blumen auflegt und Lia die Ketten an das Kreuz hängt. Sie sprechen beide ein leises Gebet und bekreuzigen sich.

»Ich kann das einfach noch nicht glauben.« Lia stellt sich neben Cruz, genau vor das Grab. »Als meine Eltern gestorben sind, war ich nicht auf ihrer Beerdigung und über ein Jahr nicht bei ihrem Grab. Ich dachte vermutlich, wenn ich es nicht sehe, ist es nicht so und sie sind einfach nur verreist oder irgendwie so etwas. Du wirst deine Zeit brauchen, aber irgendwann lernt man, damit zu leben.«

Lia sieht weiter stur auf das Grab. »Du hast deine Familie, deinen Bruder, Savana und all die Männer, die du deine Familia nennst.

Ich weiß momentan nicht einmal mehr, wo ich jetzt hinsoll.« Lia spürt Cruz' Blick auf sich, doch sie sieht nicht hoch zu ihm. Erst als die Sonne immer unerbittlicher auf sie herunter scheint, verlassen sie den Friedhof wieder. Sie fahren in das kleine Polizeibüro, in dem Edmundo arbeitet.

Wie auch schon beim ersten Mal sieht er völlig perplex zu Cruz, als sie sich zusammen vor ihm an den Schreibtisch setzen. Lia redet nicht viel drumherum, sie stellt Cruz vor, was eigentlich unnötig ist, man erkennt klar, dass Edmundo weiß, wer er ist.

Sie mag den Polizisten, er war immer für sie da, doch sie weiß auch, dass er nicht ganz unbefangen sein kann, weil er sich nach dem richten muss, was reiche und einflussreiche Familien ihnen vorgeben.

Lia hat das früher alles immer nur erahnt, doch nun weiß sie, dass nicht einmal der Präsident ist, was er sein sollte, sie würde nichts mehr wundern. Edmundo erklärt ihr unsicher, dass es nichts Neues gibt, außer dass Lias Nachbarin ihn gerufen hat, da in der Nacht irgendwelche Einbrecher bei Lia auf dem Grundstück waren.

Sie haben einiges kaputt gemacht, ob auch Sachen weggekommen sind, muss Lia überprüfen. Lia sagt gar nichts dazu. Es war fast schon klar, wenn die Leute wissen, dass ein Haus leer steht, passiert so etwas eben.

Wozu sollte sie es jemandem melden, wenn etwas weg ist, würde es etwas ändern? Lia spürt, dass sie langsam den Glauben an das Gute und an die Gerechtigkeit verliert. Noch immer hält Edmundo an der Theorie mit den Tieren fest, er hat alle noch einmal befragt und jeder, der in Frage käme, hat ein Alibi für den Zeitraum, somit sind ihm die Hände gebunden.

Lia hat eigentlich nichts anderes erwartet, sie ist auch nicht mehr enttäuscht, als sie kurze Zeit später ins Dorf einfahren, eine immer tiefergreifende Traurigkeit überschattet alle anderen Gefühle. Lia sieht nicht aus dem Auto, es ist ihr egal wer sie sieht, sie zeigt Cruz den Weg zu ihrem Haus.

Bevor sie aber hineingehen, treffen sie auf Lias Freundin, die gerade mit Baily und ihrem Hund spazieren war. Baily begrüßt Lia überschwänglich, rennt dann aber mit dem Hund ihrer Freundin gleich weiter.

Lia begrüßt ihre Freundin und stellt auch ihr Cruz vor. Ihre Freundin gibt Cruz die Hand und in ihren Augen sieht Lia hundert unausgesprochene Fragen, die sie aber nicht beantworten kann. Was soll sie denn sagen, wer genau Cruz für sie ist? Lia bedankt sich, dass sie auf Baily aufgepasst hat und sagt, dass sie ihn jetzt wieder nehmen wird, doch ihre Freundin bittet sie, ihn noch ein wenig bei ihr zu lassen. Er versteht sich so gut mit ihrer Hündin, aber auch alle anderen aus ihrer Familie haben ihn in ihre Herzen geschlossen.

Vielleicht ist es sogar besser so, Lia verspricht, in den nächsten Tagen bei ihr vorbeizukommen. Die Nachbarin kommt heraus und nimmt sie in den Arm, erzählt von den Geräuschen in der Nacht und dass sie leider nichts verhindern konnte. Auch ihr stellt Lia Cruz vor, der sich sehr zurückhält und Lia machen lässt. Es dauert einige Zeit, bis sie dann endlich in ihren Hof gehen und Lia das Tor hinter sich schließt.

Sie muss schlucken, als sie auf die vertraute Terrasse blickt, wo ihr Vater nicht mehr auf sie wartet. All ihre Tiere sind gestohlen worden und es ist gespenstisch ruhig. Die Wäsche hängt noch immer in der Sonne, Lia greift nach ihr und zieht sie ab, während Cruz in den Stall guckt, ob da irgendetwas ist. Lia sagt ihm, wo er ihre Box findet. Er entdeckt sie und die dreißig Dollar sind auch noch drin.

Als sie dann zusammen ins Haus gehen, kann Lia sich nicht mehr zusammenreißen. Alles ist auf der Suche nach Geld zerstört worden, kein Stuhl steht mehr an seinem Platz und sämtliche Sachen wurden auf den Boden geworfen.

Cruz flucht und sieht sich um, Lia geht auch alle Räume ab. Noch immer liegt der Geruch von Zuhause in dem alten Haus, doch es ist schon jetzt nicht mehr das Gleiche. »Ist das dein Vater?« Cruz hat einen alten Bilderrahmen in der Hand, welcher ein Bild ihres Vaters mit Lia und Lorena zeigt. Sie waren noch so jung, Lia war gerade mal sechs. Ihre Mutter war auch mit auf dem Bild, doch Lia hat sie weggeschnitten.

Lia lächelt, sie alle drei strahlen um die Wette, sehen glücklich aus. Ihr Vater ist noch der stolze hübsche Mann von früher und Lia ist froh, dass Cruz ihn so kennenlernt, so wie Lia ihn am meisten geliebt hat. »Ja ...«

Cruz lächelt, streicht über das Bild und reicht es ihr. Lia nimmt das Bild an sich. »Was soll ich jetzt tun? Wie soll ich hier schlafen?« Lia murmelt die Worte nur leise, doch natürlich hört Cruz sie. »Denkst du, ich lasse dich hier schlafen, Lia? Es ist viel zu gefährlich, pack die Sachen zusammen, die du brauchst und bleib erst einmal bei mir. Dort kannst du dir genau überlegen, was du weiter machen möchtest. Du solltest dir einfach mal eine Atempause nehmen und gucken, was dann passiert.«

Lia setzt an, um etwas zu erwidern, doch sie hört das Tor zu ihrem Grundstück und geht hinaus nachsehen, wer da kommt. Cruz hebt währenddessen einen Stuhl auf. Als sie auf die Terrasse tritt, stockt sie, als sie auf Yandiel und seinen Bruder blickt.

»Sieh an, wer wieder da ist … so schnell? Wie kommst du an so ein Auto, was da vor der Tür steht? Hast du Scheiße gebaut? Brauchst du Hilfe? Ich wusste, dass du angerannt kommst und mich um Hilfe anbettelst, doch dass es so schnell sein wird, habe ich nicht …«

Lia erkennt nicht nur an Yandiels Blick den Moment, als Cruz aus dem Haus tritt, sie spürt ihn. Sie spürt Cruz hinter sich und seine mächtige Aura um sich herum. Er tritt einen Schritt nach vorn, die gleiche Geste wie beim Präsidenten und in Lia steigt ein inneres warmes Gefühl auf, dass Cruz sich immer schützend vor sie stellen wird.

»Oh, ich wusste nicht ...«

Yandiel erkennt Cruz, der einfach nur zu den beiden Männern hinabsieht. »Wir werden dann mal ...« Cruz geht die Veranda hinunter und Lia schnell hinterher, sie kann ihn in solchen Situationen nicht einschätzen.

»Ihr geht nirgendwo hin, ich würde gerne hören, was du noch sagen wolltest. Lia will was ….?« Cruz stellt sich genau vor Yandiel hin, Yandiels Bruder geht zwei Schritte zurück und das erste Mal, seitdem sie ihn kennt, ist Yandiel kreidebleich.

»Ich wollte Lia nur meine Hilfe anbieten, ich wusste nicht, dass du auf sie … dass du ihr Schutz gibst. Das ändert natürlich alles.« Lia hebt die Augenbrauen hoch, ist das der gleiche Yandiel, der sie seit Jahren nervt?

»Es ändert alles? Hör mir genau zu und ich meine das absolut ernst, was ich jetzt sage. Du wirst nie wieder auch nur in die Richtung von Lia sehen. Wie kann man so erbärmlich sein und sich einer Frau so aufdrängen. Sie will dich nicht, schreib dir das hinter die Ohren. Ich habe keine Ahnung, was für ein Affe du bist und was du denkst, was deine Familie für Macht hat, aber du wirst Lia oder ihrer Familie nie wieder zu nahe treten.

Deine Anzeige bei der Polizei war ja schon lächerlich genug, Lias Vater war doch noch sehr nett zu dir, ich hätte dir wahrscheinlich jeden Knochen einzeln gebrochen und noch etwas …

Lia ist ein guter Mensch, sie hat ein reines Herz und ich kann nicht einmal sauer darüber sein, dass du in sie verliebt bist, wie sollte man es nicht sein …« Lia neben Cruz sieht zwischen Yandiel und Cruz hin und her und stockt, hat er das gerade wirklich gesagt? Yandiel sieht so aus, als würde er jeden Moment anfangen zu weinen.

»Sie ist der Meinung, wenn sie nicht ganz genau weiß, wer für den Tod ihres Vaters verantwortlich ist, dann sollte man nichts machen. Nun, ich bin da anders, mir ist das egal. Ich brauche keine Beweise, ich kann euch alle, die ihn die letzten Stunden gesehen haben, zur Verantwortung ziehen, ich habe da keine Probleme mit meinem Gewissen, aber Lia muss das entscheiden, also merke dir genau, der einzige Grund, warum du jetzt noch atmest ist der, dass Lia so ein guter Mensch ist. Und jetzt verschwindet von hier und kommt nicht noch einmal auf die Idee, Lia zu nahe zu kommen.«

Lia sieht völlig perplex hinter Yandiel und seinem Bruder her, die schnell vom Hof gehen. »Yandiel ...« Sie kann es sich nicht verkneifen. »Es hat auch nichts mit Schutz zu tun, den ich suche, dafür brauche ich dich nicht und auch nicht Cruz, ich hatte all die Jahre keine Angst vor dir oder deiner Familie.

Ich weiß, du kennst so etwas nicht, aber stell dir vor ...« Lia geht näher zu Cruz. »Ich bin ganz freiwillig bei ihm, ohne Zwang oder sonst etwas. Solltest du dir für die Zukunft auch mal überlegen. Du weißt bestimmt noch: Eine Kleinigkeit wie die Liebe!«

Ohne darüber nachzudenken, platzt es aus Lia heraus, all die Jahre, die Yandiel sie terrorisiert hat und der Gedanke, dass er etwas mit dem Tod ihres Vaters zu tun hat, brodeln in ihr.

Yandiel nickt nur und will endlich vom Hof weg. Cruz lacht leise und legt seinen Arm um Lias Hüfte. »Und Yandiel ...«

Beide Männer blicken sich noch einmal um und sehen Cruz an. »Sollte ich erfahren, dass du hinter dem Tod ihres Vaters steckst, komme ich wieder und werde dich finden, das garantiere ich dir!«

Yandiel und sein Bruder sind so schnell vom Hof verschwunden, dass Lia nicht einmal blinzeln kann. Cruz lacht leise und wendet sich zu ihr um, erst jetzt wird ihr bewusst, was sie da zu Yandiel gesagt hat. Ist es das, was zwischen ihr und Cruz passiert?

Eine Kleinigkeit wie Liebe?

Cruz hat es offenbar gar nicht so registriert, er küsst ihre Wange. »Ich wusste gar nicht, dass du so austeilen kannst. Komm, pack das Wichtigste zusammen und lass uns von hier verschwinden!«

Zwei Stunden später treten sie wieder in Cruz' Haus ein, sie waren etwas essen. Cruz wollte sie aufheitern und sie sind zu dem Restaurant gefahren, in dem sie als Kind immer zu ihrem Geburtstag waren, doch all die Erinnerungen haben das Hoch, was sie kurz wegen Yandiel gespürt hat, schnell wieder zunichte gemacht.

Lia legt die zwei Taschen, die sie gepackt hat, und die Blumen die Cruz ihr zum Geburstag gekauft hat, auf den Boden. Viel ist es nicht, was sie mitnehmen wollte. Cruz muss gleich weiter, er hat mehrere Anrufe bekommen und muss etwas erledigen, er wird sich aber beeilen zurückzukommen.

Sie haben nicht sehr viel geredet, Lia hat ihm aber gesagt, dass sie sich sehr wohl bei ihm fühlt und wirklich einmal Luft holen muss, bevor sie entscheidet, wie es weitergeht. Sie hat sich bedankt, dass er für sie da ist und sie hat ihm auch gesagt, wie unwohl sie sich allerdings dabei fühlt, in dem Bett zu schlafen, wo sie selbst schon die Bettlaken gewechselt hat, als er mit anderen Frauen darin lag. Sie teilen noch immer denselben Humor, auch wenn Lia momentan einfach noch nicht richtig lachen kann.

»Ich bin schnell wieder zurück.« Er schaltet ihr wieder den Fernseher so ein, dass sie ihre Serien gucken kann. Lia streicht sich über die Arme, es wird gerade dunkel. »Danke nochmal, dass ich hier bleiben kann.« Cruz sieht ihr in die Augen und kommt zu ihr.

»Lia, du brauchst dich nicht zu bedanken. Ich wünschte, ich könnte dir deine Trauer nehmen. Es ist … Ich weiß nicht, wie ich mit dir umgehen soll, du kommst mir gerade vor wie ein angeschossenes Reh, was sich zurückzieht. Ich habe Angst, etwas falsch zu machen und wenn ich wiederkomme, bist du wieder verschwunden, ohne dass wir beide noch einmal richtig über alles sprechen können.«

Lia lächelt bei seinen ehrlichen Worten. Cruz legt seine Hand an ihre Wange. »Eine Kleinigkeit wie die Liebe?« Lia stockt, er hat es doch nicht überhört.

»Lass dir eins gesagt sein, Lia, die Liebe ist niemals nur eine Kleinigkeit. Versprich mir, dass du nachher da bist, wenn ich wiederkomme.« Lia spürt, dass ihre Wangen heiß werden, sie sieht ihm in die ihr schon so vertrauten dunklen Augen und nickt. »Ich werde da sein.«

Cruz' Lippen legen sich auf ihre und Lia seufzt zufrieden auf, als sie Cruz endlich wieder so nah ist. Angestachelt von ihrem Geräusch, zieht er sie enger an sich und lässt den Kuss intensiver werden, löst sich einen Augenblick, sieht ihr in die Augen und vereint ihre Lippen sofort wieder, solange, bis sein Handy klingelt und er ihre Stirn küsst. »Bis später!«

Lia bleibt noch einen Augenblick stehen, wieder völlig durcheinandergewirbelt von Cruz und dem Gefühlschaos, was er in ihr auslöst, bis es an der Haustür klingelt. Cruz ist davongefahren, sie hat es selbst gehört, wer soll das also sein?

Lia öffnet die Tür und ein Lieferwagen steht davor, bewacht von zwei bewaffneten Männern, die ihr zunicken. »Wir sollen ein neues Bett liefern und das alte entsorgen!«

Kapitel 25

Lia hat den restlichen Abend damit verbracht, zuzusehen, wie das neue Bett aufgebaut und das alte abgebaut wurde. Die beiden bewaffneten Männer sind die ganze Zeit mit im Zimmer gewesen.

Sie sind sehr nett, einer von ihnen hat es sich auf einem Sofa gemütlich gemacht, ein Tüte Chips geöffnet und Lia und den Arbeitern der Firma, die das Bett aufgestellt haben, immer wieder etwas angeboten, doch weder Lia noch die Arbeiter konnten darüber hinwegsehen, dass beide Männer der Nechas Waffen in der Hand hatten.

Lia kennt es mittlerweile, dass sie sie im Hosenbund tragen, so offen hat sie es noch nicht gesehen. Besonders den Arbeitern, die das alte Bett entsorgt und das neue aufgestellt haben, hat man ihre Nervosität angemerkt. Als sie kurz unten waren, um noch ein Teil ins Schlafzimmer hochzubringen und Lia mit dem Mann mit der Chipstüte und dem fiesen Grinsen allein war, hat sie sich getraut, ihn zu fragen, wieso sie diese Männer bewachen.

Er hat ihr erklärt, dass niemand in dieses Gebiet kommt, der nicht zu den Nechas gehört und unbewacht ist. Wenn Sachen geliefert werden, sind immer Wachen dabei, damit niemand auf die Idee kommt, hier irgendetwas anzustellen. Er hat Lia im Gegenzug gefragt, ob sie jetzt mit Cruz zusammen ist, aber Lia konnte ihm darauf nur antworten, dass sie das nicht wisse. Sie weiß nicht, was mit Cruz und ihr ist, sie weiß es wirklich nicht.

Als die Männer weg waren, klingelte kurze Zeit später immer wieder das Haustelefon, Lia hat sich aber nicht getraut abzunehmen, so klopfte wieder der Mann mit den Chips und reichte ihr sein Handy, an dem Cruz dran war und sie gebeten hat, doch ans Haustelefon zu gehen. Lia kann nicht verbergen, wie unsicher sie ist, sich hier im Haus von Cruz zu bewegen.

Lia hat gesagt, dass sie das neue Bett schön findet und Cruz hat ihr erklärt, dass er möchte, dass sie sich wohlfühlt. Er hat ihr gesagt, dass es etwas später wird, keine zehn Minuten später klingelte es an der Tür und ein weiterer Mann der Nechas brachte ihr zwei Pizzen. Der Mann hat sie lieb angelächelt und gefragt, ob sie noch irgendetwas braucht.

Diese Männer, vor denen ganz Puerto Rico Respekt und teilweise auch Angst hat, sind so lieb und fürsorglich zu Lia, dass sie das alles ständig vergisst. Bis der Mann sich umdreht und davongeht und sie auf die Pistole in seinem hinteren Hosenbund blickt.

Cruz hat ihr zwei Pizzen besorgt, damit sie eine Auswahl hat, Lia weiß gar nicht mit so viel Fürsorge umzugehen. Lia musste seit der Abwesenheit ihrer Mutter immer für ihren Vater und Lorena sorgen. Natürlich hat auch ihre Schwester mal etwas für sie getan, dass sich aber jemand so um sie kümmert und sich ihretwegen Gedanken macht, kennt Lia nicht und es ist sehr schwer für sie, damit umzugehen und das auch annehmen zu können.

Lia hat danach das Bett frisch bezogen und mit einigen Kissen aus den Gästezimmern aufgefrischt. Sie liebt diese hohen großen Betten. Eine Weile hat sie es unsicher angesehen, doch dann konnte sie sich nicht mehr zurückhalten.

Sie hatte damals in einem Schrank für Bettwäsche eine schöne Überdecke genau passend zur Einrichtung gefunden und holt diese jetzt. Lia dekoriert so lange herum, bis es perfekt aussieht, wie in den Filmen, die Lia liebt, diese gemütlichen, riesigen amerikanischen Betten mit den vielen Kissen. Hoffentlich wird Cruz es nicht merkwürdig finden, dass sie anfängt, hier umzudekorieren, aber wer weiß, ob er das überhaupt bemerkt.

Lia legt sich auf das Bett, es ist ganz still, man hört absolut nichts. Lia kennt das nicht, bei ihnen hört man immer irgendetwas, wenn keine Menschen, dann zumindest die Tiere auf den Höfen. Lia schließt die Augen, sofort kommt ihr das Gesicht ihres Vaters vors innere Auge. Was soll sie jetzt tun? Wie soll ihr Leben weitergehen?

Bisher hat sie immer dafür gelebt, für ihre Schwester und ihren Vater zu sorgen … was nun? Plötzlich steht Lia an dem Punkt, dass sie sich fragen muss, was möchte sie eigentlich? Was soll sie jetzt tun oder vielmehr, was kann sie jetzt tun?

Wieder wird Lia in den Armen von Cruz wach. Sie muss gestern mit den Gedanken über ihre Zukunft eingeschlafen sein. Es ist Sonntag und genau zwölf Uhr mittags, so langsam gewöhnt sich Lia daran, so spät aufzustehen, doch das sollte sie nicht. Sie wird wieder arbeiten und für sich selbst aufkommen, auch wenn sie noch nicht genau weiß, wie es weitergehen soll, weiß sie das ganz genau.

Sie dreht sich um und sieht in Cruz' schlafendes Gesicht. Die letzten Nächte hat er ein T-Shirt getragen, dieses Mal hat er keines an und Lia sieht auf seinen nackten Oberkörper. Ihr fällt sofort der Nechas-Schriftzug am Herzen auf, derselbe, der auch groß über seinen Schulterblättern geschrieben ist. Es ist faszinierend, wie muskulös Cruz ist, Lia streicht vorsichtig über die goldbraune Haut, er hat keine Haare auf der Brust, erst am Bauchnabel beginnt ein schwarzer Haarstrang, der bis in die Boxershorts führt.

Lia streicht über sein Tattoo am Arm 'la familia' und ein schmerzlicher Stich fährt durch ihr Herz, sie hat das nicht mehr und schon jetzt vermisst sie ihren Vater wahnsinnig, egal wie enttäuscht und wütend sie oft auf ihn war. Cruz und sie kennen sich noch nicht sehr lange, aber dennoch fühlt sie eine Verbundenheit zwischen ihnen beiden, die sie kaum beschreiben kann und auch nicht echt einzuordnen weiß, doch das macht es ihr so schwer.

Vom Verstand her weiß sie, dass Cruz zwar ihr absoluter Traummann ist, er aber ein Leben führt, in dem sie keinen Platz hat, doch diese Verbindung und dieses vertraute und schöne Gefühl, was sie hat, wenn sie wie jetzt über seine Wange streicht, lässt sie alles andere ausblenden.

Cruz öffnet seine Augen, es fällt ihm aber sehr schwer, sie offen zu halten. »Ist alles in Ordnung?« Lia nickt und küsst seine Lippen, was er sofort erwidert und sie enger an sich zieht.

Lia trägt nur ein Top, das ihr hochgerutscht ist und das erste Mal berührt sich ihre nackte Haut mit seiner. Lia hebt den Blick und sieht ihm in die müden Augen.

»Wann bist du gekommen?« Cruz sieht an ihr vorbei auf die Uhr. »Um sechs Uhr morgens.« Lia küsst noch einmal seine Wange und lächelt. »Schlaf weiter, ich esse etwas und sehe mir meine Serien an.« Cruz nickt nur leicht und sofort sind seine Augen wieder zugefallen.

Lia bleibt in der Jogginghose und dem Top, sie will noch nicht duschen, um ihn nicht zu wecken. Sie könnte zwar in eines der Gästezimmer gehen, doch erst möchte sie etwas essen, sie hat wahnsinnigen Hunger.

Lia bereitet einen Obstsalat und Crêpeteig zu, sie macht sich selbst zwei und stellt den restlichen Teig für Cruz zurück in den Kühlschrank. Eigentlich hat sie wirklich vor, sich einige Serien anzusehen, doch ihr Blick fällt immer wieder auf Cruz' riesigen Pool.

Lia kann nicht schwimmen, wie sollte sie auch, doch Cruz' Pool ist am Anfang noch relativ flach und wird erst später tief, sie könnte doch mal versuchen, ins Wasser zu gehen.

Lia bleibt unschlüssig zwischen Garten und Couch stehen, horcht nach oben, doch es ist weiter alles ruhig. Sie erinnert sich daran, dass Cruz ihr gesagt hat, wo sie Bikinis für Gäste findet und tatsächlich liegen da mehrere eingepackte in verschiedenen Größen.

Lia nimmt einen korallenfarbigen mit einer goldenen Brosche, die die beiden Bikinioberteilhälften zusammenhält. Als sie sich den im Gästebad anzieht, merkt sie erst, wie knapp das Höschen sitzt, doch so soll es wohl geschnitten sein.

Lia bindet sich einen hohen Knoten mit ihren Haaren und geht langsam in den Pool, sehr langsam. Das Wasser ist angenehm, als sie die Treppen hinabsteigt, steht sie bis zu den Hüften im Wasser und schließt die Augen, wie herrlich das ist. Lia hätte sich niemals träumen lassen, dass sie jemals in einem Swimmingpool sein wird. Lia geht in die Knie, doch sobald ihr das Wasser bis zum Hals geht, bekommt sie Panik und weicht einige Schritte zurück.

Wie lernt man schwimmen? Soll sie einfach ins tiefe Wasser gehen und ihre Arme bewegen? Sie probiert ein paar Bewegungen im flachen Wasser, doch der Gedanke, dass Cruz oben an einem Fenster stehen und sie sehen oder sie sonst wer hier beobachten könnte, lässt sie aufhören, es ist ihr viel zu unangenehm.

Wie kann man in ihrem Alter noch nicht schwimmen können? Lia wird bewusst, dass sie durch das Leben auf dem kleinen Dorf und dass sie kaum etwas anderes kennengelernt hat, noch viel zu eingeschränkt in allem ist, sie muss lernen zu leben und herausfinden, was es für Möglichkeiten für sie gibt. Sie muss lernen, das Leben zu leben.

»Guten Morgen.« Lia wendet sich um, als plötzlich Savana in der Terrassentür steht. Zum Glück hat sie gerade keine komischen Übungen mit den Armen gemacht, sondern nur dagestanden. »Morgen.« Lia steigt aus dem Pool und Savana zieht anerkennend die Augenbrauen hoch. »Mein Bruder hat wirklich Geschmack, das hätte ich ihm gar nicht zugetraut.«

Lia hat sich ein Handtuch auf eine der Liegen gelegt und bindet sich das um, ihr ist der Blick von Cruz' Schwester unangenehm. Sie geht auf sie zu. »Cruz schläft noch, soll ich ihn wecken?« Savana sieht nach oben. »Nein, ich wollte eh nach dir fragen, wie geht es dir? Ich habe das mit deinem Vater gehört und es tut mir leid.« Cruz hat Lia erzählt, dass Savana oft nach ihr gefragt hat. Sie gehen zusammen ins Haus.

»Es ist einfach … wenn ich nicht daran denke, geht es, sobald es aber wieder in meine Gedanken kommt, fühlt es sich so an, als müsste ich ersticken. Ich weiß momentan noch nicht, wie ich weitermachen soll. Meine Schwester ist auch abgehauen und ich habe quasi von einem auf den anderen Tag alles verloren. Ich muss mich entscheiden, wie es weitergehen soll und ich bin deinem Bruder dankbar, dass er mich so lange hier bei sich bleiben lässt. In meinem Dorf hätte ich jetzt keine Ruhe.«

Lia ist ehrlich zu Savana, wieso sollte sie es nicht sein. »Mein Bruder mag dich, ich habe ihn noch nie so erlebt.« Lia lächelt. »Ich mag ihn auch, aber ich kann dir nicht sagen, was genau das zwischen uns ist und wohin das führen wird.« Nun lacht Savana.

»Das hat er mir auch ungefähr gesagt, er ist glaube ich der letzte Mann der Welt, den ich mir in einer festen Beziehung vorstellen kann, deswegen verwirrt uns das alle und besonders ihn ...« Sie stockt und lächelt und wieder einmal staunt Lia darüber, wie schön Cruz' Schwester ist.

»Mein Bruder mag mir manchmal auf die Nerven gehen, doch er ist einer der besten Menschen, die ich kenne und wenn er etwas liebt, dann kämpft er darum bis aufs Blut. Er tut alles für die Menschen, die er liebt, für uns und die Familia.« Lia nickt. »Das kann ich mir vorstellen.«

Savana sieht auf die noch auf dem Herd stehende Pfanne und Lia fragt, ob sie auch einen Crêpe möchte. Während Lia für sie beide noch einmal ein paar brät, richtet Savana zwei Teller mit Obst und Vanilleeis an. Statt in der Küche legen sie sich an den Pool und genießen das Essen. Savana trägt nur eine Shorts und ein kurzes bauchfreies Top, doch nach einigen Minuten spannen sie den Sonnenschirm über sich auf, weil es zu heiß wird.

Savana erzählt Lia, dass sie sich mit ihrem Vater gestritten hat, in derselben Nacht ist er gestorben und sie hat sehr lange gebraucht, um damit zurechtzukommen. Lia mag Savana und sie hört schnell heraus, dass Cruz' Schwester wirklich froh ist, mal ein anderes weibliches Wesen hier zu haben.

Zwar haben einige der Männer, die bei der Nechas sind, Frauen, die auch hier leben, doch da sie auch eine der Anführerinnen ist, haben alle immer einen gewissen Respekt vor ihr und so ganz ungezwungen geht keiner mit ihr um, deswegen ist sie froh, dass Lia da ist und das spürt man auch deutlich.

»Gleich zwei Schönheiten in meinem Garten.« Mit dem sexy Grinsen im Gesicht, dass Lia schon so sehr liebt, kommt nach einer Weile Cruz in den Garten und sofort schlägt Lias Herz bei seinem Anblick schneller.

Er hat geduscht, seine Haare schimmern noch feucht. Er trägt nur eine Sportshorts und sonst nichts. Lia kann nicht anders und betrachtet seinen durchtrainierten Oberkörper, doch sie sieht auch genau, wie sein Blick über sie wandert, als er sie mit dem Bikini auf der Liege betrachtet.

»Ich hoffe, wir haben dich nicht geweckt, Bruderherz, ich habe gehört, dass ihr gestern sehr erfolgreich wart?« Cruz gibt Savana einen Kuss auf die Wange, als er zu ihnen tritt, sie haben noch einige Crêpes übrig, einen nimmt sich Cruz und isst ihn zusammen mit dem Obst von Lias Teller. »Sehr, wir sollten das feiern, habe ich gerade beschlossen, außerdem möchte ich Lia auf andere Gedanken bringen.«

Savana legt den Kopf schief. »Und was hast du vor?« Cruz sieht auf sein Handy. »Ich habe gerade schon angerufen und in unserem Lieblingsrestaurant gebucht.« Savana klatscht in die Hände. »Das haben wir ewig nicht gemacht, das ist eine super Idee. Ich sage allen Bescheid, wann geht es los?«

Cruz lacht leise, als seine Schwester aufgeregt aufspringt. »In zwei Stunden ungefähr.« Savana ist schon halb weg und jauchzt glücklich auf, als sie die Haustür zuknallen hören, wendet sich Cruz zu ihr um.

»Was ist das für ein Restaurant, dass es so besonders ist?« Cruz zuckt die Schultern und legt den Teller weg. »Lass dich überraschen.« Er sieht zu ihr hinunter. »Den Bikini solltest du aber vielleicht mit einpacken.« Lia zieht die Augenbrauen zusammen. »Zu einem Restaurant?« Cruz lächelt und nickt. »Vertraust du mir nicht?«

Er beugt sich über sie und Lias Hände umfassen seinen Nacken, als er kurz davor ist, ihre Lippen zu vereinen. »Doch, das tue ich.«

Cruz küsst sie und auch wenn er so zärtlich wie sonst immer ist, fühlt es sich anders an. Lia öffnet ihre Beine, sodass er sich in ihre Mitte legen kann und obwohl er sich abstützt, um sie nicht mit seinem Gewicht zu belasten, spürt sie seine Haut auf ihrer. Seine Hand fährt langsam ihr Bein entlang und das erste Mal kommen sie sich anders nah, intensiver.

Lias Hand wandert über Cruz' Nacken zu seiner Schulter, über seinen Bizeps, sie liebt diese Nähe, seine Haut, seinen Geruch und besonders seinen Geschmack. Sie beide atmen schneller, als Cruz seinen Kuss löst, seine Lippen wandern ihren Hals entlang über ihr Schlüsselbein. Seine Hand ist schneller und streicht über ihre Brust, die nur von dem zarten Bikinioberteil verhüllt wird. Lias Atem wird noch schneller, als Cruz' Lippen kurz davor sind und er das Oberteil wegschieben möchte, doch da klingelt es an der Haustür.

Cruz und sie blicken sich einen Augenblick in die Augen, beide atmen schwerer und sind ganz auf sich konzentriert. Lia lächelt, als es noch einmal klingelt und Cruz leise einen Fluch murmelt. Sie küsst kurz seine Lippen und schlüpft unter ihm durch, während er sich eher langsamer und widerwilliger aufrappelt, um zur Tür zu kommen.

»Ich gehe schon mal duschen, wenn wir eh bald losfahren.«

Lia lacht leise, als sie oben ankommt und hört, wie Cruz irgendjemanden genervt fragt, was los sei, aber auch sie muss sich erst einmal sammeln, als sie unter die Dusche tritt. Die Nähe zu Cruz fühlt sich immer intensiver an.

Lia duscht sich ab und beginnt, sich zurechtzumachen, sie kramt in den Taschen, die sie mitgebracht hat, und zieht das Foto hervor, das sie mitgenommen hat, worauf ihr Vater, sie und ihre Schwestern zu sehen sind. Zu ihren glücklichen Zeiten. Lia treten wieder

Tränen in die Augen, als sie ihrem Vater auf dem Bild in die Augen sieht.

Was er wohl denken würde, wenn er sie jetzt so sehen könnte? Hier in solch einem Haus, bei einem Mann, der ihm so gar nicht passen würde. Er würde sagen, sie ist wie ihre Mutter geworden, genießt diesen Luxus, dieses Leben, er würde nicht wissen, wie es in Lia aussieht, was für Gefühle Cruz in ihr auslöst und dass alles andere ihr vollkommen egal ist. Auch wenn ihr Vater jetzt nicht mehr bei ihr ist, möchte sie ihn nicht enttäuschen.

Die Vorfreude, die sie verspürt hat, ist weg. Lia zieht einen engeren schwarzen Rock aus der Tasche, der ihr bis zu den Knien geht und vorn mit Knöpfen besetzt ist. Dazu nimmt sie ein einfaches weißes Top. Lia legt das Bild zurück auf die Tasche und geht wieder ins Bad, wo sie ihre Augen ein wenig betont und sich überlegt, was sie mit ihren Haaren machen soll.

»Ich bin kurz weg und hole dich in einer Stunde ab, okay?« Cruz muss nebenan im Bad sein. »Okay.« Lia lässt ihre Haare offen und benutzt die weißen Perlenohrringe von der Feier. Sie steckt ihr Portemonnaie in die Clutch, die sie auch von dem Abend hat und seufzt genervt auf. Sie hat nichts anderes, was sie hineinpacken kann, kein Handy, kein Schlüssel, nichts, nur zwanzig Dollar, ansonsten besitzt Lia nichts. Bemitleidenswert.

Sie zieht sich ihre Lippen mit dem leicht schimmernden Lipgloss nach, der so schön nach Vanille riecht und legt diesen noch in die Clutch, damit ihr Portemonnaie darin nicht vereinsamt. Sie verlässt das Bad wieder und hält ein, als sie sieht, dass das Bild, was sie auf ihre Tasche gelegt hat, auf der Kommode steht, neben mehreren Bildern von Cruz. Er muss das Bild gesehen, aufgehoben und hingestellt haben. Lia geht hin, streicht über das Gesicht ihres Vaters und erst dann verlässt sie das Schlafzimmer.

Als sie mit der Clutch nach unten geht, stockt sie. Sie hat keine Schuhe. Sie besitzt nur ein paar Flip Flops, ein paar Leinensneakers und ein paar Ballerinas, sie hat auch ein paar Pumps, aber die sind noch in ihrem Haus und nichts davon kann sie zu dem Rock anziehen.

Also sie könnte natürlich schon, sie würde sonst die Ballerinas anziehen, aber in den Restaurants, in die Cruz und seine Familie gehen, kann sie sicher nicht mit solchen Schuhen auftauchen.

Es ist wieder ganz still im Haus, keiner ist mehr da. Also geht Lia barfuß hinüber zu Savana und klopft unsicher. Natürlich ist Cruz' Schwester sofort bereit, Lia zu helfen. Lia trägt eine Nummer kleiner als sie, doch Savana sucht ihr schwarze Pumps heraus, die ihr etwas zu klein sind und Lia perfekt passen. Zum Glück haben die nicht so einen hohen Absatz. Sie haben noch Zeit und Savana bietet ihr an, ihre Haare zu locken. Während Cruz' Schwester sich mit Lias Haaren beschäftigt, lackiert sich Lia ihre Finger und Fußnägel tiefrot.

Savana erzählt Lia, dass es um ein Geschäft ging, was ihrer Familie mehrere Millionen Dollar einbringen kann. Lia weiß nicht, was sie sich vorgestellt hat, wie reich Cruz ist, doch an solche Dimensionen hat sie bei Weitem nicht gedacht. Sie starrt auf das Fläschchen Nagellack, auf das tiefe Rot und die Bilder der Verletzungen ihres Vaters kommen ihr vor Augen.

Niemals war das nur ein Unfall, niemals, doch wie soll sie das beweisen? Soll sie auf gut Glück versuchen, Rache zu üben, vielleicht erwischt sie den Richtigen? Was ist, wenn sie sich irrt und die Falschen werden bestraft, ist sie dann besser als der Mensch, der das ihrem Vater angetan hat? Nein, sie muss die Wahrheit zu hundert Prozent herausbekommen.

Lia ist schon wieder in ihrer Welt, als plötzlich Cruz zu ihnen ins Bad kommt. Er muss einfach in Savanas Haus gekommen sein. »Hier bist du, ich habe dich gesucht ...« Cruz sieht ziemlich angespannt aus, seine Schwester lacht leise und legt alles weg. Sie sind fertig.

»Entspann dich, deine Lia ist nicht weggelaufen. Lass uns los!« Savana geht vor und Cruz sieht seiner Schwester genervt hinterher, doch Lias Herzklopfen, als sie Cruz ansieht, lässt sie für einen Augenblick wieder alles vergessen.

Sie legt ihre Hand in seine, er hebt sie an seine Lippen und küsst ihren Handrücken. »Na dann los, lass dich überraschen.«

Kapitel 26

Lia ist ein wenig irritiert, als sie merkt, dass nicht nur Cruz und Savana mitkommen, sondern noch Jomar und Caleb. Dazu kommen noch zwei andere Cousins, Dariel und Ian, die Lia nun kennenlernt.

Jomar und Dariel haben auch zwei Freundinnen dabei, die, genau wie auch Savana, von Kopf bis Fuß aufgestylt sind. Eigentlich muss Lia zugeben, dass dieses Mal ja auch sie zurechtgemacht ist, trotzdem fühlt es sich neben den anderen Frauen nicht so an.

Lia ist froh, als sich Savana und Jomar zu ihnen ins Auto setzen. Sie bleibt hinten mit Cruz' Schwester, die mit Jomar eine Diskussion darüber anfängt, ob er ihr etwas sagen kann. Cruz ist der älteste der drei Geschwister, dann kommt Savana und Jomar ist der jüngste, der seiner älteren Schwester aber trotzdem gern erzählt, dass sie sich vielleicht nicht ganz so kurze Kleider anzuziehen hat.

Lia muss auch lachen, als Savana erzählt, wie sie Jomar, als sie kleiner waren, immer an den Ohren hinter sich hergezogen hat, wenn er sich nicht benommen hat, und nun will er ihr etwas vorschreiben? Cruz beobachtet seine Geschwister und Lia durch den Rückspiegel, er wirkt sehr entspannt und zufrieden.

Sie fahren nach San Juan, soviel erkennt Lia, doch als sie dort eine Weile in der Stadt herumfahren, kommt sie nicht mehr hinterher. Erst als sie auf ein riesiges Gebäude zufahren, sieht sie angespannt aus dem Fenster.

»Das ist der Flughafen.« Jomar dreht sich bei ihrer trockenen Feststellung zu ihr um. »Weißt du nicht, wohin es geht?« Cruz antwortet für sie. »Nein und es wird ihr auch nicht verraten. Wir haben einen Privatjet, es ist also ein anderes Fliegen als das normale, du spürst es kaum.« Lia hebt die Arme. »Ich bin noch nie geflogen, ich habe nicht einmal ein Flugzeug in echt gesehen.«

Wieder dreht sich Jomar zu ihr um, auch Savana sieht sie begeistert an. »Wirklich nicht? Oh ist das aufregend. Keine Sorge, du wirst es bestimmt lieben. Ich garantiere dir, dass ….« Cruz hält auf einem Parkplatz und sieht Lia durch den Rückspiegel abschätzig in die Augen, als würde er abwarten, ob sie wegrennt oder sich doch traut. Auch Lia sieht ihm in die Augen, sie ist noch nie geflogen, eine Nachbarin hat ihr einmal erzählt, dass es das schlimmste Gefühl der Welt ist.

Savana erzählt ihr noch immer, wieso fliegen so schön ist und steigt schon aus. Lia bliebt nichts anderes übrig, als auch auszusteigen. Cruz tut es ihr gleich und zieht sie ein wenig von den anderen weg, die nun auch alle aus den anderen Autos steigen. »Traust du dich?« Lia sieht zum Himmel, wo gerade ein Flugzeug in die Luft steigt.

Es ist riesig und laut, Lia umarmt sich selbst. »Ich weiß nicht, ich habe nicht einmal eine Vorstellung davon, wie es sein wird und wieso fliegen wir eigentlich? Ich dachte, du möchtest nur essen gehen.«

Cruz hält ihr mal wieder seine Hand hin, er trägt eine feine schwarze Anzughose und ein schwarzes enges Shirt, worunter sich seine Muskeln abzeichnen, neben der Waffe, die er ganz offen im Hosenbund trägt, hat er noch eine breite silberne Uhr an. Er sieht zum Anbeißen aus mit seinen dunklen funkelnden Augen und dem fein gestutzten Dreitagebart. »Es ist eine Überraschung, wir fliegen aber auch zum Essen, statt des Autos nehmen wir halt unser Flugzeug.« Lia zögert trotzdem kurz, blickt noch einmal in den Himmel, erst dann bekreuzigt sie sich und nimmt seine Hand.

Cruz lässt ihre Hand los und legt den Arm um sie, als sie zusammen hinter den anderen zum großen Gebäude laufen. »Du bist die Schönste heute.« Vor ihnen laufen die zwei Blondinen und Savana, die sich alle ganz aufgeregt unterhalten. Lia lacht leise und sieht auf deren Kleider und Figuren. »Nein, bin ich nicht, aber das ist auch okay, ich muss es gar nicht sein.«

Cruz bleibt stehen und sieht sie verwundert an. »Du kannst dich wirklich selbst so schlecht einschätzen, oder? Lia, weißt du eigentlich, wie schön du bist?« Lia will etwas sagen, doch Cruz deutet ihr zu warten.

»Vielleicht hört es sich komisch an, aber ich sehe die Blicke, die du immer zu anderen Frauen wirfst, da habe ich schon gemerkt, dass du dich selbst überhaupt nicht siehst wie du bist. Als ich dich das erste Mal gesehen habe, musste ich zweimal hingucken und ich übertreibe jetzt auch nicht, Lia. Dein Gesicht ist perfekt, ich liebe deine Lippen, die kleine Nase, du hast ein wunderschönes Lachen, Jomar sagt immer, das gleiche wie JLo, wobei ich deines noch bezaubernder finde und du hast einen traumhaften Körper.

Aber am allermeisten liebe ich deine Augen, du hast wunderschöne Mandelaugen, Lia, und für mich bist du die schönste Frau, die ich je gesehen habe, egal ob du irgendwelche Markenklamotten trägst oder bei mir im Haus in Leggins und weitem Shirt unterwegs bist und das meine ich absolut ernst.«

Lia muss lächeln. »Du bist ein guter Lügner.« Die anderen betreten bereits das Gebäude. »Kommt ihr beide mal? Ich habe Hunger.« Das war einer von Cruz' Cousins und Lia schiebt Cruz weiter, der sie aber nur ernst ansieht. »Ich meine das absolut ernst und irgendwann wirst du mir das glauben!«

Lia lacht und küsst Cruz auf die Wange. Sie weiß, wer sie ist und woher sie kommt, auch wenn Cruz das gern mal vergisst.

Endlich bewegen sie sich zusammen zu den anderen, mit denen sie durch zwei Hallen in einen abgetrennten Bereich gehen.

Alle reden durcheinander, nur Lia wird immer stiller und sieht aus dem Fenster zu den startenden Flugzeugen. Cruz drückt ihre Hand, die er nun wieder hält und zusammen gehen sie durch einen ausgefahrenen Gang in ein Flugzeug. Natürlich weiß Lia durch das Fernsehen, wie es in einem Flugzeug aussieht, doch das hier ist wirklich etwas anderes.

Zwei Piloten begrüßen sie und gehen direkt ins Cockpit. Sie betreten eine Art Wohnzimmer, mehrere weiße Ledersessel sind an den Seiten angebracht und einige Bildschirme. Es gibt einen Kühlschrank und die Fenster sind viel größer bei diesem Flugzeug. Alles sieht sehr luxuriös aus, Savana nimmt sich gleich eine Cola und reicht Lia auch eine. Sie setzt sich mit den anderen Frauen an einen runden Tisch, der eher aussieht, als würde er in einem Club stehen.

Es gehen zwei weitere Zimmer ab, in jedem ist ein großes Bett und ein Schreibtisch, es gibt eine kleine Garderobe und von jedem Zimmer geht noch einmal ein Bad ab. Das ist wirklich purer Luxus.

»Setz dich lieber hin, wir starten.« Lia hört auf Cruz und setzt sich neben ihn in die weichen Ledersessel. »Wie lange fliegen wir?« Cruz sieht auf die Uhr. »Eine halbe Stunde ungefähr, vielleicht auch eine Stunde, aber nicht länger. Wir fliegen nach Anguilla.«

Der Flieger bewegt sich immer schneller, auch Lias Herz schlägt schneller, trotzdem sieht sie Cruz an. Sie hat schon viel von der Nachbarinsel Puerto Ricos gehört. Sie ist wunderschön, kristallklares türkisfarbenes Wasser und weißer Sand, sie gehört mit zu den schönsten Inseln der Welt. »Und da ist dein Lieblingsrestaurant?« Cruz nickt und Lia kann nichts mehr sagen, weil sie abheben.

Alles, was sich Lia vorgestellt hat, wie es ist zu fliegen, kehrt in den Hintergrund, während sich ihr Magen anfühlt, als würde er kräftig durchgeschüttelt werden. Lias Brust fühlt sich eingeengt und sie hat das Gefühl, keine Luft mehr zu bekommen.

»Das ist das Gefühl, wenn man hochsteigt, gleich wird es besser.« Lia sieht zu Cruz, der den Arm um sie legt und ihre Stirn küsst. »Wie oft bist du schon geflogen?« Lia schließt einen Augenblick die Augen, das Gefühl ist schrecklich. »Kann man nicht mehr zählen, ich fliege ständig.«

Als Lia die Augen wieder öffnet, wird das Gefühl wirklich etwas besser, es ist noch laut und es ist ein Druck auf ihren Ohren, doch es ist nicht mehr so unangenehm. »Sieh doch!« Cruz deutet zum Fenster und Lia sieht weiße Wattewolken neben ihnen auftauchen. Durch die großen Fenster hat man das Gefühl, mitten in den Wolken zu sein. Lia sieht fasziniert hinaus, bewegt sich aber nicht von der Stelle, während die anderen ganz normal umherlaufen, als wären sie am Boden.

Lia kann noch gar nicht richtig fassen, dass sie fliegt, da kommt wieder ein ähnliches Gefühl in ihr auf und sie landen schon. Cruz ist die ganze Zeit neben ihr geblieben, hat sich aber mit seinem Cousin Dariel eine Email angesehen, er sieht zu ihr, ob es ihr gut geht, doch Lia beißt die Zähne zusammen und bekreuzigt sich, als sie landen.

Dann erst springt sie schon fast auf und kann es nicht erwarten, aus dem Flugzeug zu kommen. Sie sind auf einer kleinen Straße gelandet, hier stehen überall nur kleinere Flugzeuge wie ihres und drei große Geländewagen stehen schon vor dem Jet für sie bereit. Cruz und sie setzen sich dieses Mal mit Dariel und seiner Freundin in einen der Wagen.

Dariel ist etwas heller als Cruz und Jomar, trotzdem erkennt man im Gesicht, dass sie verwandt sind. Er trägt seine Haare sehr kurz und genau wie allen anderen Männern sieht man auch ihm an, dass er Macht besitzt. Er ist auch sehr höflich und nett zu ihr.

Cruz hingegen beachtet die Freundin von Dariel überhaupt nicht. Für Lia ist die Frau einfach … unwirklich. Sie hat einen traumhaften Körper, kurze blonde Haare und sieht im Gesicht aus wie eine Puppe. Sie sieht einfach aus wie eine perfekte Barbie-Puppe, auch wenn die andere Frau dunkler war, erinnert die Freundin von Dariel Lia an die Frau, die sie eines Morgens bei Cruz vorgefunden hat. Sie haben ein sehr ähnliches Gesicht.

Cruz hält und erst da sieht Lia aus dem Fenster. Sie sind auf einem Parkplatz an einem wunderschönen Strand. Es ist, wie sie es gehört hat, weißer Strand und türkisfarbenes Wasser. Sie steigen aus und da sieht Lia, was für ein Restaurant gemeint ist. Auf dem

Meer liegen riesige Glasplatten und es gibt ein kleines Haus am Strand.

Es ist unwirklich, es wirkt so, als würden viele Tische und Stühle mitten auf dem Meer stehen. »Wow.« Cruz deutet Lia, die Schuhe auszuziehen. Auch die beiden Freundinnen von Cruz' Cousin sind beeindruckt, alle anderen waren offensichtlich schon mal hier.

Sie betreten die Glasplatten und laufen somit über das Meer und da ihr Tisch ein größerer am Ende ist, laufen sie eine ganze Weile über dem Meer. Lia ist beeindruckt, da es noch hell ist und das Wasser kristallklar, laufen sie über Schildkröten und bunten Fischen, immer wieder bleibt sie stehen und sieht fasziniert auf die bunte Welt unter ihnen. Sie sind nicht die einzigen hier, doch sie haben den hintersten Platz über dem Meer, direkt neben ihnen endet das Restaurant und das tiefe Meer beginnt.

Lia selbst hat gar nicht gemerkt, dass sie so fasziniert ist und ganz still geworden ist. Cruz setzt sich neben sie, keiner bestellt, es werden ähnlich wie in dem anderen Restaurant, wo sie schon mit Cruz war, mehrere Platten gebracht und der ganze Tisch vollgestellt, zuerst mit kleinen Schnittchen, Salaten und vielen leckeren Vorspeisen. Dazu gibt es Wein.

Lia, Savana, Cruz und Ian trinken aber Wasser und Limonade.

Die Sonne geht unter und alles was Lia bis dahin schön fand ist vergessen, als sie auf dem Meer sitzt und dem Himmel dabei zusieht, wie er in den schönsten Rottönen erstrahlt und immer dunkler wird. Es werden Fackeln angezündet und kleine Laternen schenken ihnen Licht, mitten im Sonnenuntergang springen die Delphine aus dem Wasser, Lia muss gegen die Tränen kämpfen. Sie hat noch nie etwas Schöneres gesehen und auch nie jemals daran gedacht, dass sie so etwas je sehen würde.

Sie wünschte, ihr Vater hätte auch wenigstens einmal in seinem Leben solch schöne Sachen sehen können. »Ist alles in Ordnung?« Sie sind schon bei den richtigen Platten mit Fleisch und Fisch, was alles köstlich schmeckt, als Cruz unter dem Tisch ihre Hand nimmt und sie wieder ins Hier und Jetzt holt. »Ja, es ist traumhaft hier.« Er lächelt. »Ich habe mir gedacht, dass es dir gefällt.«

Gefallen ist keine Beschreibung für das, was Lia hier empfindet.

Sie ist vollkommen fasziniert und sie fühlt sich wohl. Alle sind nett zu ihr, sie stoßen auf das Geschäft an, wobei Lia noch nicht einmal richtig weiß, worum es geht. Jomar und Dariel sind sehr lustig, sie essen alle viel und gut und sind an diesem traumhaften Ort.

Als sie nach einigen Stunden das Restaurant wieder verlassen und sich in die Autos setzen, kann Lia immer noch nicht fassen, was für schöne Stunden sie hier erlebt hat.

Sie lehnt sich zurück und erwartet, dass sie wieder auf den Flugplatz fahren, doch nach einigen Minuten halten sie schon vor einem weiteren Strand. Da es bereits dunkel ist, kann man nicht mehr so viel sehen, doch man erkennt deutlich, dass es mehrere kleine Häuschen im Wasser sind. Jedes ist separat, ein Haupthaus steht auf dem Strand. »Was machen wir hier?« Cruz steigt aus und öffnet ihr die Tür. »Wir schlafen hier!«

Savana steht plötzlich neben ihr. »Ich liebe diesen Ort, immer wenn ich eine Auszeit brauche, komme ich her.« Lia wendet sich an Cruz und will ihn etwas fragen, doch er legt lachend den Arm um sie. »Jetzt lass dich doch einfach mal überraschen und komm.« Lia wird gar nichts anderes übrig bleiben. Sie gehen in das Haupthaus, dort bekommt jeder gleich einen Hotelpagen zugeteilt, der sie in ihre kleinen Wasservillen bringt. Wieder laufen sie über dem Wasser zu den Holzhütten.

Lia dachte, sie hätte für heute schon so viel Beeindruckendes gesehen, dass es nicht zu übertreffen ist, doch als sie zusammen mit Cruz ihre Villa betritt, stockt sie erneut. Alles ist luxuriös eingerichtet, obwohl es Holzvillen im Meer sind. Den Hauptteil beansprucht ein riesiges weißes, rundes Bett, das mit vielen Kissen und weißen Vorhängen sofort dazu verleitet, sich hineinzulegen. Es sind Rosenblätter darauf verteilt und Handtücher sind als Schwäne aufgebaut. Altmodische schöne Sessel mit weißem Futter stehen in den Ecken.

Lia geht weiter, in einem Nebenraum sind begehbare Kleiderschränke. Darin befindet sich bereits einiges an Männerbekleidung, genau wie Kleider, Hosen, Schuhe, für Frauen. »Man kann sich Bekleidungspakete dazu bestellen, ich wollte dich ja überraschen und deswegen keine Sachen mitnehmen.«

Lia muss aufpassen, dass sie ihn nicht mit offenem Mund anstarrt. Es gibt eine kleine Kochnische, es ist … traumhaft. Genau vor dem Bett beginnt die Terrasse und die Front ist komplett verglast, das bedeutet, sie sehen aufs Meer, der volle Mond scheint auf ihr Bett. »Traumhaft.«

Lia geht hinaus, es weht nur ein leichter Wind. Auf der Terrasse gibt es einen kleinen Pool, eine riesige Lounge-Insel zum Sonnen und mehrere Treppen, mit denen man direkt ins Meer kommt. Lia sieht, dass die Dusche draußen ist, abgeschirmt von fremden Blicken und doch im Freien, daneben steht eine Badewanne, deren Boden verglast ist, sodass man das Gefühl hat, man badet im Meer.

»Ich habe noch nie so etwas Schönes wie hier gesehen.« Cruz kommt zu ihr auf die Terrasse und umarmt sie von hinten. »Es freut mich, dass es dir gefällt, ich wollte dich einfach mal aus Puerto Rico raus haben, damit du all das für ein paar Stunden hinter dir lässt.«

Der Page räuspert sich und Cruz gibt ihr einen Kuss. »Ich komme gleich wieder, ich muss ihn rauslassen, ist hier etwas kompliziert mit der Sicherheit.« Lia nickt und deutet um die Ecke. »Ich gehe duschen.«

Lia entwirrt einen Schwan und zieht sich aus, sobald sie allein ist. Sie sieht sich noch einmal genau um, dass sie auch wirklich nicht gesehen wird, dann öffnet sie die Dusche und schließt die Augen. Die Strahlen kommen von allen Seiten und fühlen sich an wie warmer Regen. Herrlich, was für ein Tag. Es stehen mehrere Shampoos auf einer Ablage, Lia nimmt sich eines, das nach Vanille duftet und schäumt sich ein.

Sie genießt die Dusche, trocknet sich ab und tapst barfuß zurück in ihr Zimmer, das Handtuch um ihren Körper gebunden.

Cruz liegt auf ihrem Bett und hat sein Handy in der Hand. Als Lia wieder zurückkommt, legt er es zurück und ein zufriedenes Lächeln legt sich auf sein Gesicht. »Schön im Freien zu duschen?« Lia öffnet ihre Haare und gleitet zu ihm ins Bett. »Es ist alles wunderschön hier. Ich glaube, das hier ist das Paradies.«

Cruz' Hände legen sich an ihre Hüften, als sie sich über ihn legt. »Wenn ich dich so ansehe, denke ich das wirklich.« Lia hat vorhin schon geahnt, dass sie sich heute näherkommen werden, sie ist bereits so tief im Gefühlsstrudel von Cruz gefangen, dass sie ihn nur noch intensiver spüren möchte, kennenlernen will und das zeigt sie auch, als sie sich zu küssen beginnen.

Schnell sind sie wieder außer Atem, ihre Haut berührt sich und die Stellen scheinen zu brennen. Cruz' Hände streifen das Handtuch nach oben, er streicht über ihre nackten Beine und über ihren Po.

Lias gesamter Körper beginnt zu kribbeln. Sie lehnt sich auf und Cruz kommt mit, sodass sie ihm sein Shirt ausziehen kann. Cruz legt sich wieder zurück und dieses Mal gehen Lias Lippen langsam auf Erkundungsreise. Sie schmeckt seinen Hals, seine Haut, küsst seine Tätowierung am Herzen und spürt, wie sein Herz immer mehr zu rasen beginnt. Lias Hand fährt nach unten und öffnet seine Hose.

Kurz stockt sie, doch Cruz küsst sie noch fordernder und Lia stöhnt in den Kuss hinein und spürt in ihrer Hand, wie sehr er sie will und wie gut Cruz überall am Körper gebaut ist. Beide befinden sich in einem Rausch aufeinander. Der Mond scheint sie an, kleine Lichter auf der Terrasse spenden ihnen genug Licht, um sich zu sehen und über dem Bett ist ein Glasdach, sodass tausende von Sternen über ihnen funkeln.

Cruz löst den Kuss und schneller als Lia reagieren kann, liegt sie unter ihm. Er öffnet das Handtuch und sieht auf sie hinab. »Ich sagte doch, das Schönste, was ich je gesehen habe.« Seine Stimme ist rauer, Lia lächelt und hebt ihre Hände, sie will ihn näher spüren, schon diese kleine Distanz zwischen ihnen stört sie.

Wenn Lia dachte, dass sie sich bereits in einem Gefühlsstrudel befindet, spürt sie erst jetzt, was das wirklich bedeutet. Cruz verwöhnt sie am ganzen Körper und auch Lia erkundet ihn, lernt alles kennen und kann nicht genug von ihm bekommen.

Sie lassen sich viel Zeit, doch irgendwann halten es beide kaum noch aus. Als sie sich dann endlich komplett vereinen, stöhnt Lia laut auf, Cruz hält kurz ein und sieht ihr in die Augen.

Für einen winzigen Augenblick scheint die Welt stillzustehen und Lia spürt, dass da mehr ist, sie kann es nicht beschreiben oder erklären, doch das zwischen Cruz und ihr ist einfach mehr.

Ihre Hand geht an seine Wange, auch Cruz sieht sie ernst an, als würden auch ihm genau diese Gedanken durch den Kopf gehen. Er beugt sich vor, küsst ihr Kinn und ihre Nase zärtlich und als er sich dann in ihr bewegt, reißt er sie sofort mit in einen neuen wunderschönen Gefühlsstrudel.

Cruz und Lia genießen sich in dieser Nacht und am nächsten Morgen. Sie verbringen den nächsten Tag mit den anderen und doch sind sie sich sehr nah, Cruz legt ständig den Arm um sie oder Lia kuschelt sich an ihn.

Während die Männer im Meer schwimmen, sitzen Lia und Savana an den Treppen, die anderen beiden Frauen lassen sich massieren. Sie lassen die Beine ins Wasser baumeln und genießen diese Augenblicke im Paradies. Lia aber weiß auch genau:

Wenn sie zurück in Puerto Rico sind, muss sie sich endlich darüber klar werden, was sie aus ihrem Leben machen möchte.

Kapitel 27

»Was denkst du? Willst du noch einmal hier wohnen? Fühlt es sich immer noch an wie dein Zuhause?«

Lia und Cruz stehen auf der Terrasse ihres Hauses im Dorf und sehen auf den leeren Hof. Es ist nichts mehr, wie es war, drinnen herrscht das absolute Chaos, es waren offenbar nochmal Einbrecher da, doch es gab ja nichts mehr zu holen. Lia war gerade bei ihrer Freundin und sie haben beschlossen, dass Baily bei Lias Freundin bleibt. Er fühlt sich wohl und Lia weiß nicht, wohin sie ihr Weg führen wird. Sie waren auch lange bei ihrem Vater am Grab und Lia hatte sofort ein schlechtes Gewissen.

Sie sind gestern Abend erst aus dem Paradies zurückgekommen, aber dennoch fühlt sie sich, als hätte sie ihn hintergangen. Sie muss sich das abgewöhnen, sie muss versuchen, einen Weg nach vorn zu finden und darf sich davon nicht wegen falscher Gefühle ablenken lassen. Lia schüttelt den Kopf und lehnt sich an das Geländer, sodass sie Cruz ansehen kann, der sich auf die Bank der Terrasse setzt und sie beobachtet.

Sie sind gestern zurückgeflogen und der Flug war schon etwas angenehmer, auch wenn Lia weiß, dass sie sicherlich kein Freund des Fliegens werden wird. Die Nacht haben sie wieder zusammen verbracht und auch nicht besonders viel geschlafen.

In Lia kommt eine Unruhe auf, die sie nicht schlafen lässt. Lia kann das nicht, so … ganz ohne Ziele und Pläne, ohne feste Strukturen. Sie hat ihr ganzes Leben so verbracht, immer gearbeitet, immer musste sie etwas tun, und so zu leben, ohne zu wissen, was sie jetzt vorhat, macht sie wahnsinnig.

Sie hat es Cruz in der Nacht erklärt und als sie ihm heute beim Frühstück gesagt hat, dass sie ins Dorf fahren und endlich Entscheidungen treffen will, ist er mitgekommen, obwohl er eigentlich etwas anderes zu tun hatte.

Auch das geht nicht. Lia kann nicht ständig Cruz von seinen Pflichten abhalten, sie verschränkt die Arme vor der Brust. »Nein, du hast recht. Das ist nicht mehr mein Zuhause. Vielleicht stimmt es wirklich, was man sagt, dass die Menschen, die man liebt, das Zuhause bestimmen.

Vielleicht sollte ich die zweitausend Dollar nehmen, die uns für das Haus geboten worden sind und die Wohnung in der Stadt und endlich komplett neu anfangen. Ich würde hier im Dorf eh nicht mehr glücklich werden und zurückkommen werde ich durch das Grab eh immer wieder. Zudem kann ich damit Yandiels Familie schaden, ein neuer billiger Supermarkt bedeutet ihren Ruin und viele neue Arbeitsplätze für die Leute hier.«

Cruz lächelt. »Aber zweitausend Dollar sind sehr wenig, wir fahren da zusammen hin und klären das.« Lia legt den Kopf schief. »Ich versuche es aber selbst auszuhandeln, du kannst nicht immer alles für mich machen.« Cruz schenkt ihr sein süßestes Grinsen. »Ich lasse meine Waffe im Auto und sage keinen Ton, versprochen.« Das ist wieder ein Moment, wo sich Lia wieder am liebsten auf seinen Schoß setzen und sich an ihn kuscheln würde, doch sie bleibt stehen und sieht ihm in die Augen.

»Du brauchst keine Waffen, die Menschen sehen dich nur an und tun, was du willst.« Cruz lehnt sich ein wenig zurück. »Das nennt man Macht, mi amor.« Lia lacht leise und sieht ihn weiter an, er wird wieder ernster.

»Da ist noch etwas ... dieser Deal, den wir gefeiert haben, hat auch noch eine andere Bedeutung. Wir haben viel in Guatemala vor. Es werden einige von uns dahin ziehen müssen und unsere Arbeit dort leiten. Wir haben auch schon einige gute Männer dafür ausgesucht, doch um alles ins Laufen zu bekommen und die ersten wichtigen Schritte zu machen und Entscheidungen zu treffen, muss ich runter und das nicht nur für einige Wochen.

So wie ich es einschätze und kenne, werde ich ungefähr drei Monate in Guatemala bleiben. Ich kann auch nicht hin- und herreisen, weil ich genau diese wichtigen ersten Wochen jeden Tag da sein muss, damit alles läuft, wie ich es möchte. Es geht in ein paar Tagen los und ich würde gerne, dass du mich begleitest. Ich habe da ein Haus gekauft und wir könnten zusammen das Land kennenlernen. Nutz die Zeit und mache dir Gedanken um alles und wie es weitergehen wird, wenn wir dann zurück in Puerto Rico sind.«

Lias Hals wird trocken, sie spürt, dass sie jetzt an einem entscheidenen Punkt sind und sie spürt auch, wie sie sich entscheiden muss, doch ihr Inneres beginnt augenblicklich einen Kampf, der ihr die Tränen in die Augen treibt.

»Das kann ich nicht, Cruz!«

Es fällt ihr schwer, ihm in die Augen zu sehen, doch sie muss sich erklären.

»Ich war mein Leben lang einfach nur die Tochter meines Vaters, die Tochter meiner schlechten Mutter, die große Schwester, die sich um alles kümmern muss, wenn ich jetzt mit dir gehe, bin ich wieder nur die Frau an Cruz Nechas Seite. Ich weiß nicht, ob du das verstehst, aber ich muss erst einmal lernen, Lia zu sein.

Ich war noch nie wirklich … ich. Nur für mich alleine da. Ich weiß nicht, was ich wirklich will, welchen Weg ich gehen möchte, wie es überhaupt ist, nur für mich alleine zu leben, keine Verantwortung zu haben … all das kenne ich nicht.

Ich habe dich getroffen und ich bereue es nicht, doch wenn ich ehrlich bin, habe ich bereits jetzt so viele Gefühle für dich, dass ich, wenn ich diese drei Monate noch warte, diesen Schritt nicht mehr gehen kann und ich fürchte, dass ich das später einmal sehr bereuen werde, nicht wenigstens versucht zu haben, mein Leben zu leben.

Einmal nur für mich zu sein. Ich möchte erfahren, ob ich es schaffe, was aus mir wird, wohin mich mein Weg führt … Ich kann jetzt nicht nach Guatemala, ich muss probieren, meinen eigenen Weg zu gehen … Ich weiß nicht, ob du das verstehst.

Deine Welt, das Leben in einer Familia, ich weiß nicht, ob das das Richtige für mich ist. Du tust mir gut und ich liebe es, mit dir zu sein, doch dein Leben, all das was dazugehört, ist für mich so … fremd.

Ich weiß nicht, ob ich damit leben kann, dass so viele Menschen Angst vor mir haben werden, nur weil ich die Frau an deiner Seite bin und ich habe mich noch nicht einmal damit beschäftigt, was du wirklich alles machst, was deine Familie macht, wahrscheinlich weil ich weiß, dass ich das nicht akzeptieren kann und es sich viel zu gut anfühlt, bei dir zu sein, als dass ich das aufgeben möchte, doch wenn ich nicht auf mein Herz, sondern nur auf meinen Verstand höre, muss ich hierbleiben und meinen Weg gehen.«

Cruz steht auf und kommt zu ihr. Lia sieht in seinen Augen etwas, was sie bisher noch nie gesehen hat, eine Traurigkeit, die sie an ihm nicht kennt, doch trotzdem lächelt er und nimmt ihr Gesicht in seine Hände. »Ich habe mir das fast schon gedacht. Es war mir klar, dass du nicht die Frau bist, die sich jetzt einfach damit zufrieden gibt, meine Freundin zu sein ...« Lia will etwas einwenden, doch er küsst ihre Lippen kurz.

»Ich habe dir schon gesagt, dass du für mich in vielen Sachen eine Premiere bist, doch es gibt Sachen, die werden sich nicht ändern, die werde ich nicht ändern. Ich verbringe gerne Zeit mit dir und lasse momentan auch einiges an Arbeit liegen, und ich bin zu dir gekommen, auch wenn du einfach gegangen bist, ohne dass wir noch einmal miteinander geredet haben, oder als ich dir auf der Feier hinterhergelaufen bin, so etwas tue ich normalerweise nicht, aber für dich mache ich es.

Aber ich bin der Anführer meiner Familia und muss mich als Erstes darum kümmern. Ich würde wirklich gerne, dass du mich begleitest, doch ich verstehe dich und dass du es nicht kannst und ich werde auch nicht probieren, dich dazu zu überreden.« Lia entweicht eine Träne und Cruz küsst diese weg. »Wir reden später noch einmal in Ruhe, lass uns erst einmal einen Strich unter deine Vergangenheit setzen, damit du in die Zukunft blicken kannst.«

Doch das sind nicht die letzten Tränen, die Lia verliert.

Cruz und sie sind zu der Firma gefahren, die für den neuen Supermarkt verantwortlich ist. Lia weiß, dass ihr Grundstück nicht viel wert ist, das Haus und alles andere gar keinen Wert mehr hat, doch sie hat es geschafft, dafür statt 2000 Dollar 8000 zu bekommen.

Natürlich weiß sie, dass es nur geklappt hat, weil Cruz hinter ihr stand, doch auch der Gedanke, was mit Yandiels Familie passiert, lässt sie dieses Kapitel mit einem zufriedenen Gefühl beenden.

Cruz und Lia haben trotzdem nicht noch einmal richtig darüber gesprochen. Sie mussten noch zu einem Restaurant, wo Cruz ein kleines Meeting hatte, Lia hat in der Zeit mit Suela zusammen gegessen, danach waren sie zuhause bei ihm und haben die Zeit zusammen genossen, auch wenn keiner es ausgesprochen hat, war beiden klar, dass es die letzte Nacht zusammen war.

Lia hat sich entschieden und die Gefühle in ihrem Herzen haben ihr klargemacht, dass sie schnell handeln muss, sonst ist es zu spät und sie wird diese Trennung nicht mehr machen können, schon so hatte sie immer wieder Tränen in den Augen, die Cruz ihr jedes Mal geduldig weggeküsst hat.

Sie haben sich geliebt, langsam und zärtlich, Lia hat alles von Cruz noch einmal in sich aufgesaugt, sich jede Einzelheit von ihm eingeprägt und auch er war anders, hat sie länger in den Armen gehalten, beide haben lange nicht geschlafen und sich über Gott und die Welt unterhalten, aber nicht über sie beide und was sie jetzt machen sollen, auch wenn Lia es genau weiß.

Es gibt keine andere Lösung. Wenn Lia noch weiter bei Cruz bleibt, wird sie niemals wissen, wie man ein eigenständiges Leben lebt und Lia weiß auch, dass sie sich gar nicht viel intensiver mit dem Leben von Cruz auseinandersetzen möchte, weil es sie erschrecken wird und sie damit nicht umgehen kann.

Irgendwann ist Cruz eingeschlafen, Lia lag fest in seinen Armen, hat aber nicht geschlafen. Nun steht sie in seiner Küche, hat einen

Korb mit frisch gebackenem Bananenbrot vor sich und einen Stift und einen Zettel in der Hand. Die Tränen laufen ihr die Wangen herunter, weil sie weiß, dass sie diese schlechte Angewohnheit von ihrer Mutter geerbt hat.

Sie müsste sich richtig von Cruz verabschieden, doch sie kann es nicht. Es ist einfacher wegzulaufen und sich vor den Gefühlen, die solch ein Abschied mit sich zieht, zu verstecken.

Lia ist erbärmlich, sie hat sich Hals über Kopf in den Mann verliebt, der da oben liegt und denkt, er hat sie noch fest in seinen Armen, und sie überlegt sich hier unten ein paar passende Worte, um ihm zu erklären, warum sie einfach verschwindet. Das Schlimmste ist, dass Cruz es weiß, er kennt sie wohl doch schon besser, als sie dachte.

Als sie ihn gestern Nacht das letzte Mal auf den Mund geküsst hat, war er schon fast eingeschlafen.

Müde hat er sie angesehen und seine Nase an ihre gestupst, als wollte er sie damit zur Vernunft bringen. »Warum fühlt sich das wie ein Abschied an?« Lia hat nichts gesagt, der Plan, heute früh zu gehen, war schon längst gefasst. Cruz hat ihr gestern zu erklären versucht, dass man vor gewissen Sachen nicht davonlaufen kann, doch genau das tut Lia und sie weiß es auch ganz genau.

Cruz hat nur leicht gelächelt. »Weißt du, Lia, du solltest eine Sache immer bedenken:

Die Kleinigkeit wie Liebe, wie du es nennst, ist keine Kleinigkeit. Vertrau mir, die Liebe ist alles andere als eine Kleinigkeit, merk dir das!«

Danach ist er eingeschlafen und Lia weiß, dass das die letzten Worte sind, die sie miteinander gesprochen haben.

Lia hat alles zusammengepackt, die Blumen von Cruz wird sie auch mitnehmen, sie bringt es nicht übers Herz, sie zurückzulassen. Einzig die Kleidungsstücke, die sie von Savana und dem Hotel bekommen hat, lässt sie hier.

In dem Restaurant auf Anguilla kam ein Fotograf und hat diese alten Polaroid-Fotos von ihnen gemacht. Lia hat vier in ihrer Tasche, die sie immer an diese Zeit erinnern werden, zwei der schönsten stellt sie jetzt auch an den Korb.

Beide zeigen Lia und Cruz, zusammen. Lia kuschelt sich an ihn und er hat den Arm um sie gelegt, beide strahlen in die Kamera.

Lia sieht auf die Uhr, sie muss los.

Sie gibt ihrem Herzen einen Ruck und wischt sich die Tränen weg, sie erinnert sich daran, wie er sie immer mit 'pass auf dich auf' verabschiedet hat.

Ich weiß, dass du sicherlich sauer sein wirst, wenn du statt mich nur diese paar Zeilen vorfinden wirst, doch du hast gestern vollkommen recht gehabt.
Diese Kleinigkeit wie Liebe ist keine Kleinigkeit und meine Gefühle zu dir sind schon so stark, dass ich es nicht schaffen werde, dir in die Augen zu sehen, während ich dich verlasse.

Ich wünsche dir von ganzem Herzen nur das Beste und ich werde niemals vergessen, dass du immer für mich da warst.

Pass auf dich auf ...

Lia

Lia lässt alles am Korb und geht mit schnellen Schritten weg, ohne sich noch einmal umzudrehen.

Bis sie bei den Wachen ist, sind ihre Tränen schon wieder getrocknet und sie zwingt sich ein Lächeln auf, als sie den Mann im Wachhaus entdeckt, der dabei war, als das Bett aufgebaut wurde.

»Wohin so früh? Soll ich dich fahren?« Lia lächelt und winkt ab. »Nein danke, der Bus kommt gerade und genau den muss ich nehmen.« Sie winkt und geht schnell zur Haltestelle, als gerade der Bus hält.

Lia hat nur noch ein wenig Kleingeld in der Tasche und den Scheck, der ihr Start in ein eigenes Leben sein soll.

»Lia?« Dora hat sie entdeckt und sieht sie fragend an, Lia steckt noch einmal schnell den Kopf aus der Tür. »Wohin so früh?«

Lia lächelt und sieht in Richtung San Juan. »Ich beginne mein Leben zu leben!« Kurz blickt Dora sie verwirrt an, doch dann ändert sich ihr Blick und sie nickt.

»Ich bin mir absolut sicher, dass du es schaffen wirst, meine Süße, viel Glück.«

Lia winkt ihr und steigt ein. Sie setzt sich auf einen Sitz und fährt mit klopfendem Herzen in Richtung neues, selbstbestimmtes Leben. Sie sieht zurück zum Nechas-Gebiet und ihr Herz schmerzt, doch gleichzeitig weiß sie in dem Moment auch, dass sie richtig gehandelt hat und freut sich darauf, ein neues Leben zu beginnen.

Lesen sie weiter in ...

Eine Kleinigkeit wie Vertrauen

Leseprobe:

Lia nippt an ihrem Kaffee und eilt durch die Straßen, es hat geregnet und die Straßen San Juans haben diesen gewissen Geruch an sich, es regnet viel zu selten hier. Lia ist sicherlich aber auch einer der wenigen Menschen hier, die Regen mögen.

Sie geht durch die ihr mittlerweile so vertrauten Straßen und registriert, wie fast jeder stolz den 'I vote'-Button an seiner Kleidung angepinnt hat. Das haben sie sich hier von den Amerikanern abgeguckt.

Lia geht schnell in die Bäckerei, die sie so oft besucht, dass die Inhaberin und sie sogar schon ein wenig befreundet sind. Heute soll Lia die Donuts mitbringen und sie ist schon spät dran.

»Lia, hast du jetzt erst Feierabend gemacht? Deine Haare sind so schön geworden, denkst du, das bekommt man bei mir auch so hin?« Die ältere Frau fasst sich belustigt durch die grauen kurzen Locken und Lia lacht leise. »Ich werde mal nachfragen. Ich brauche zehn Donuts, gemischt.«

Lia zieht einen Schein aus ihrer Jeanstasche. »Warst du nicht wählen?« Lia blickt hoch, sie kann sich ein sanftes Lächeln nicht verkneifen.

»Ähmm, nein, ich glaube nicht so ganz, dass das irgendetwas bringt.« Die Bäckerfrau zeigt stolz auf ihren Button, während sie ihr die Donuts in einen großen Karton legt. »Die ersten Auszählungen sind schon gemacht worden, es sieht gut aus für Prepo.« Lia nickt und seufzt leise aus. Cruz hat sich für einen guten Mann entschieden.

Sie hat die Gedanken an ihn während der letzten Monate komplett verdrängt, krampfhaft versucht sich nicht daran zu erinnern, doch heute mit der Wahl war es kaum noch möglich.

Deswegen trägt sie auch schon den ganzen Tag diesen Kloß im Hals. »Dann drücken wir ihm die Daumen. Ich muss los.« Lia beugt sich über die Verkaufstheke und drückt der lieben Frau einen Kuss auf die Wange, nimmt die Packung Donuts und legt den Geldschein hin. »Grüß deinen Mann.«

Die Frau winkt ihr noch einmal. »Einen schönen Abend noch.« Lia beeilt sich und sieht nicht mehr zu den Menschen und deren 'I vote'-Buttons.

Sie muss drei Straßen weiter, um in das kleine rote Backsteinhaus zu kommen, zu dem Jugendtreff, wo heute der Mädchenabend ist, an dem sie jetzt schon zweimal teilgenommen hat.

Ihr macht es Spaß, mit den Mädchen zu arbeiten, ihnen einige Ratschläge zu geben und sie ein wenig von der Straße zu holen und es ist ein guter Ausgleich zu ihrer Arbeit.

Janet öffnet ihr die Tür, als sie klopft. Sie begrüßt ihre Kollegin, die heute frei hatte und die sie mit hergebracht hat, mit zwei Küsschen und sieht, dass die Gesprächsrunde, mit der sie den Mädchenabend jeden Donnerstag in der Woche beginnen, schon gestartet ist.

Gerade ist das Mädchen an der Reihe, die Lia so an ihre jüngere Schwester erinnert, von der sie nicht einmal weiß, wo sie sich gerade befindet. Auch dieses Mädchen träumt davon, ein bekanntes Model zu werden und mit Geld und Ruhm um die Welt zu reisen. Auch sie ist wie Lias Schwester wunderschön, doch fast alle Mädchen hier sind das. Man kann sein Leben doch nicht auf solchen unrealistischen Träumen aufbauen und vor allem die Menschen, die man liebt, deswegen vor den Kopf stoßen.

Lia hält sich mit Beurteilungen und Ratschlägen noch bewusst zurück, sie hat Angst, die Mädchen vor den Kopf zu stoßen, wenn sie ihnen klarmacht, wie unvernünftig sie teilweise noch sind. Sie müssen noch einiges lernen und auch Lia ist noch immer dabei zu lernen und nicht sehr viel weiser als sie.

Als das Mädchen ihre Erzählungen von einem kleinen Casting, auf dem sie war, beendet hat, wendet Janet sich an zwei Mädchen, die zwar nebeneinander sitzen, doch sich bewusst voneinander abwenden.

»Carla, Theodora, was ist los mit euch beiden? Ihr seid doch sonst immer unzertrennlich?« Janet spricht die beiden an, während Lia herumgeht und die Donuts verteilt, bevor sie sich neben Janet setzt.

Alle Mädchen lächeln sie lieb an, sie hat schon gemerkt, dass sie sehr beliebt bei den Mädchen ist, da sie von den freiwilligen Betreuern, die es hier gibt, die Jüngste ist und sie vielleicht noch am meisten verstehen kann.

»Wir haben uns gestritten, weil ich ihr meine Meinung gesagt habe, ich mache mir Sorgen um sie und Carla denkt, ich gönne ihr ihr Glück nicht.«

Man hört, wie sauer Theodora ist. »Du bist nur sauer, weil ich nicht mehr jeden Tag Zeit für dich habe.« Nach Carlas leisem Vorwurf wird Theodora nur noch wütender.

»Carla ist mit dem miesesten Gangster aus unserer Straße zusammen. Der Kerl verdient sein Geld mit Drogen und alle haben Angst vor ihm. Er hat ständig neue Autos und neue Frauen und ist mit seinen sechzehn Jahren schon zweimal im Knast gewesen, er trägt eine Waffe ... Entschuldige, dass ich mir da Sorgen mache. Das ist ein Junge, um den man lieber einen großen Bogen machen sollte.«

Alle Mädchen beginnen plötzlich aufgeregt etwas dazu zu sagen, offenbar kennen den Jungen viele von ihnen, doch Janet hebt die Hand. »Was ist, Carla, stimmt das?« Es wird wieder ruhiger und die hübsche Carla mit den grünen Augen und den vielen kleinen schwarzen Locken, die um ihr Gesicht herum fallen, rutscht unruhig auf dem Stuhl herum.

»Aber zu mir ist er ganz anders, er kann auch ein ganz anderer Junge sein, ich meine … Kennt das denn niemand? Natürlich weiß ich, dass ich das nicht sollte, aber ...«

Sie blickt nach oben und da Lia genau vor ihr sitzt, genau ihr in die Augen.

»Lia, kennst du das nicht, dass man genau weiß, dass man etwas nicht sollte und es auch keine Zukunft hat und absolut unvernünftig ist, aber es sich so schön und einzigartig anfühlt, dass man gar nicht anders kann?«

Einige der Mädchen um sie herum beginnen zu kichern, doch sofort treten Lia Bilder vor ihr inneres Auge. Bilder von dunkler goldbrauner Haut, zärtlichen Händen, die ihre Tränen wegwischen, Lippen, die sanft ihre berühren, ein Lächeln, welches ihr Herz allein bei der Erinnerung daran zum Schmelzen bringt und Augen, die sie auch nach so langer Zeit noch immer fesseln.

Ihre Hand, wie sie über seine Tätowierungen streicht und sich an ihn kuschelt, wie gut sich all das angefühlt hat und wie schwer der Kampf gegen all diese Erinnerungen jeden Tag ist und besonders heute bricht all das wieder auf.

Lia räuspert sich und schluckt die aufkommenden Tränen schnell herunter. »Doch, ich kenne das, aber Theodora hat nicht ganz unrecht, Carla. Manchmal muss man auf seinen Verstand vertrauen, egal wie sehr das Herz sich danach sehnt!«

Sommer 2017

Entdecken Sie die ergreifende Welt von Jaliah J. ...

LLORA POR EL AMOR
Jaliah J.
MIT EXKLUSIVEM BUCHRÜCKEN!
Eine Stadt, zwei Familias und eine Liebe, die nicht sein darf.
Tauchen auch Sie ein in die atemberaubende Welt rund um die Trez Puntos und die Les Surenas. Erleben Sie Feindschaft, Liebe, Hass und Glück und wie nah all das manchmal beisammen liegt.

Das Schicksal hat viele Gesichter, es kann Gutes bringen oder sich deinen Plänen in den Weg stellen. Es ist kein Zufall, dass uns manche Menschen begegnen. Wir lernen und wachsen an unserem Schicksal. Es ist keine Frage, ob dich das Schicksal aufsuchen wird, sondern wie du dann damit umgehen wirst.
Für jeden Menschen stellt sich irgendwann die Frage ...

... Glaubst du an das Schicksal?

Belinda verliert durch einen schweren Schicksalsschlag alles, was ihr in ihrem Leben Halt gegeben hat. In ihrer schwärzesten Stunde findet sie ein paar Fotos und einen angefangenen, aber nie beendeten, Brief. Sie begibt sich auf eine Reise ins Ungewisse, auf die Suche nach einem Teil von ihr, von dem sie niemals geahnt hätte, dass er existiert.
Ihr ganzes Leben ändert sich, ihre Werte und Moralvorstellungen werden auf eine harte Probe gestellt und all dies ist erst der Anfang.

Lesen Sie den ersten Teil der neuen Buchreihe
El Puerto - Der Hafen von Jaliah J.

www.jaliahj.de